Maria Ressa

向獨裁者說不

諾貝爾和平獎記者
如何捍衛民主底線
為我們的未來奮鬥

瑪麗亞·瑞薩—著 | 葉佳怡—譯

How to Stand Up to a Dictator

The Fight for Our Future

獻給那些 #堅守陣線 的記者和公民們

各界好評

「準確的新聞報導是民主的基石，數位素養需要有見識和辨別力的公民。面對威權擴張主義，民主陣營必須應對破壞性的挑戰，才能守護社會福祉與個人自由之間的微妙平衡。我們不能止於制定保護措施，更要擁抱「參與、進步、安全」的三位一體，通過群眾智慧的力量開創新局。」

——唐鳳

「『那些殺不死我的，都會讓我更強大。』瑪麗亞・瑞薩在本書中引用尼采的話自況，令人深深動容。在菲律賓獨裁政治興起、社群媒體撕裂社會之際，她以信念、專業、行動與勇氣點燃火炬，召喚全球各地追求真相的新聞工作者奮鬥不懈，也更加印證獨立媒體、調查報導在這個時代的價值。」——何榮幸，《報導者》創辦人兼執行長

「這段對抗獨裁政權和捍衛真相的漫漫長路，瑞薩以報導新聞般的口吻輕鬆敘述，但那身陷囹圄的恐懼和網路攻擊，絕非一般人所能承受。瑞薩的勇氣為書中字句增添重量，在這個充斥假訊息及仇恨言論的時代，為了民主自由，我們都應該打開這本書，跟著瑞薩的記者生涯走一趟，相信當闔上書時，你會充滿信心地擁抱恐懼並相信善良，同時也有勇氣去捍衛你所相信的重要價值。」

——李宗憲，駐東南亞國際記者

「一個非常精彩動人而引人深思的人生故事。這本書讓我們了解台灣的近鄰菲律賓，也讓我們更加珍惜我們所擁有的自由與民主。」——林宜敬，艾爾科技公司執行長

「面對真相不斷被演算法吞噬，科技平台已成為獨裁者作惡絕佳舞台的黑暗前景，本書是瑪麗亞．瑞薩坦誠、無懼的告白。她告訴我們：『伸張正義就是成為記者的原因』、『勇氣是成為一名好記者的關鍵特質』。她相信『優秀的新聞製作可以改變世界』，唯有不滅的信心與愛，讓我們堅持到最後。」——邱家宜，卓越新聞獎基金會執行長

「假訊息群魔亂舞的時代，在與怪獸搏鬥時如何不讓自己也變成怪獸？瑪麗亞．瑞薩對世界的愛，給了我們無比的勇氣。謝謝瑞薩挺身而出，捍衛新聞自由、守護人權防線。」
——黃兆徽，資深新聞工作者、公視董事、台灣人工智慧實驗室內容執行長

「不必等到諾貝爾和平獎肯定，瑪麗亞．瑞薩已是一位偉大的新聞工作者，她的勇氣、抉擇、犧牲、洞見與專業，在在都值得我們借鏡與效法，透過本書聽她娓娓道來尤其可貴。看看今日台灣面對的中國與烏克蘭面對的俄羅斯，獨立媒體與新聞自由的重要性再怎麼強調也不為過。本書的書名有如一記警鐘：向獨裁者說不，人類才有未來！」——閻紀宇，風傳媒前副總編輯

「我個人心目中的英雄……她對我們其他人提出了極為重要的警告。」
——希拉蕊．柯林頓（Hillary Clinton）

「瑪麗亞．瑞薩只有一百五十七公分，可是她在追尋真相的道路上卻顯得如此高大。」
——艾瑪．克隆尼（Amal Clooney），國際人權律師

「瑪麗亞是不可忽視的一個聲音……她在太多方面都無比傑出。這個世界需要聆聽她非說不可的話。」——卡洛爾．卡德瓦拉德（Carole Cadwalladr），英國作家暨調查記者

「這部作品帶我們經歷了一趟少見又美好的英雄旅程，這趟旅程也讓我們明白，要如何才能成為一位英雄。瑞薩邀請我們進入她精彩的人生故事……她原本是一名害羞的女學生，後來在普林斯頓大學讓自己變得博學多識，之後又成為一位具開創精神的記者及捍衛民主的戰士；其中展現出獨特勇氣的真誠與慷慨，更讓她的故事充滿神奇魔力。我們藉由此書經歷了瑪麗亞．瑞薩的這段改變之旅，也因此有所成長——我們更準備好去擁抱恐懼、努力對抗逆境、堅持慈愛親切地待人、與他人同心協力、試圖扭轉看似無從避免的結果，甚至挺身對抗獨裁者。」
——肖莎娜．祖博夫（Shoshana Zuboff），《監控資本主義時代》作者，哈佛商學院榮譽退休教授

「（瑞薩）充滿勇氣的作品獲得了應有的國際關注，而她這本通順易讀的書迫切地懇求記者維護自身的正直、警覺心，以及公開透明的處事原則……這位我們時代不可或缺的記者，針對重大全球事務提出了熱切且論證充分的警告。」——《科克斯書評》（星級評論）

「諾貝爾和平獎的共同得主之一瑞薩……交出了一本傑出的回憶錄兼行動計畫書，目的是創造『一個可以將我們連結在一起的網路，而非撕裂我們的網路』……文字優美，但又充滿研究數據和各種技術性細節，在我們對抗虛假訊息的戰役中，可說是一份絕對必要的最新情報。」

——《出版者周刊》（星級評論）

「瑞薩向我們提出的，是迫切的警告及啟迪人心的動員令。她認同且闡明了她的核心價值——同理心、誠實，還有對人性的信心——而她的目的就是要說明，堅持奉行這樣的基本信念，就是民主得以存續的關鍵……一片赤誠且令人熱血沸騰。」——《書目雜誌》（星級評論）

「所以你要如何對抗一位獨裁者？有一件事是確定的：你無法獨自辦到。瑞薩需要我們所有人的協助，而且立刻需要。」——《衛報》

「一個道德巨人的故事……由於所有試圖提高大家警覺的嘗試最終都徒勞無功，所以我們不會很驚訝地發現，瑞薩這本啟發人心的作品散發出一種急切、挫敗，而且偶爾略顯憤怒的氛圍。她已經能預見未來，也知道這樣的未來不利於民主運作。但除了諾貝爾委員會之外，似乎沒人在意。對於這樣的善行，我們心存感謝。」——《觀察家報》

「《向獨裁者說不》非常發人深省，但又令人感到無比重要……這本書赤裸裸呈現出大型科技公司是如何透過虛假訊息的散布，逐漸讓民主受到侵蝕，以及這個現象可能對一個國家造成的破壞性效應……瑞薩的生活總在交保中等待下一場庭審。我們其他人應屏息注視著這一切。在此同時，我們能做的至少是閱讀這本書、從中學習，並將這本書介紹給所有我們認識的人。」

——安娜．波聶特（Anna Bonet），英國 inews.co.uk 獨立新聞網站

「在這個時代，世界上所有人都必須面對一個選擇：追隨威權領導者，或是加入對抗他們的人。而瑪麗亞．瑞薩這位不可或缺的嚮導，帶我們看見那條從紛擾現狀迎向更美好未來的道路。」

——《愛爾蘭時報》

導讀
我們都活在她的故事裡

《真相製造》作者　劉致昕

二〇二三年一月，我在馬尼拉見了十幾個公民團體，他們笑稱，自己都是「與政府作對的人」。有的團體建立一份線上地圖，讓受虐的女性、讓家屬因菲國總統杜特蒂的「毒品戰爭」而被濫殺的公民，能夠以匿名方式在地圖上求援，或上傳證詞、見證暴行。有的團體與馬尼拉同志遊行、變裝皇后合作，替LGBTQI+族群量身打造網路安全工作坊，教她／他們如何面對過去幾年日益嚴重的仇恨言論、數位性暴力、網路性騷擾等。有的團體則在鄉村教農夫拍影音新聞：都市之外的他們常被當地政治人物「代言」，賴以維生的土地正義、糧食自主等議題卻無法擠上主流議程。農夫們學習做短影音新聞，是為了把自己的心聲傳出去、爭取權益。

一個長期耕耘事實查核、對抗網路錯假訊息的團體無力地說，這幾年，不同的公民團體在混亂、真假不分、極化劣化的資訊環境中嘗試了各種可能，但公民力量抵抗不了來自政府的資訊管控、改寫歷史。當獨裁者的兒子贏得總統選舉，當一波波網軍操作連歷史都能抹去，許多協助民眾在網路上守護自己、倡議權利、追求事實的公民團體，都陷入了創傷與無助之中。

不只是喪氣，許多公民團體更受到騷擾與攻擊。一位獨立媒體工作者說，當他們報導了不利於當政者的新聞，由中國資助的駭客便多次攻擊他們的網站。這群「與政府作對的人」，日日都得承受逐漸擴大的未知恐懼。

由此可見，瑪麗亞．瑞薩（Maria Ressa）的故事不只是屬於她一個人的故事，她與 Rappler 團隊這幾年的奮鬥也不只是 Rappler 的戰鬥。身處社群時代的我們，都是瑞薩這本書裡的主角。

社群平台與造浪者的結合共生

《向獨裁者說不》說明了當政府試圖掌握社群平台、資訊傳播時，追求民主法治的公民如何成為標靶，或「與政府作對的人」。透過瑞薩的書寫與調查，我們看見了許多真實案例，除了 Rappler 本身的詳細遭遇，也包括菲律賓副總統如何被總統杜特蒂視為政敵，更挪用百萬美金公帑聘用網軍攻擊。我們看著網紅與獨裁者合流，共享流量、共築錯假訊息之牆，誤導民眾、煽動情緒，讓民眾隨之起舞，成為獨裁者的免費傭兵，甚至從線上走向線下，對政府的眼中釘施暴。此外，還有「不聽話」的富商如何被政府盯上，無聲的窮人如何成為獨裁者口中的社會毒瘤，成為毒品戰爭中被殺害的「吸毒者」，以自己的性命與權利成就獨裁者的強人形象。

《向獨裁者說不》深刻記錄了社群網站為菲律賓政界帶來的改變，其中收錄的 Rappler 調查報導，讓讀者能完整地窺探獨裁總統如何以社群網站造浪，讓自己在民主制度中登上權力之峰。而後，讀者也看著瑞薩與 Rappler 如何因為調查報導，被總統杜特蒂以網軍及司法途徑，一槌一槌地打。

同時，瑞薩是少數有機會直接與 Meta 創辦人與高層直接對話的媒體及公民團體。書中細緻地記錄幾年來她與 Meta 的互動，結合她的近距離觀察、商業模式的解釋，同時解析了社群網站平台的商業版圖如何與獨裁者的政治版圖一步一步的結合、共生。第七章提到的「實驗宣傳、黑色商業化、政治極化」三階段剖析，不管是來自世界哪個地方的讀者，只要經歷過社群時代選舉的，相信都能深獲共感。

在數位世界裡，重新定義何謂「新聞報導」

《向獨裁者說不》不只是描繪了獨裁者實施的、不斷進化的數位壓迫，如同英文書名 "How to Stand up to the dictator" 明示，書中也寫下她嘗試過的路徑與省思，對於在意公共討論及資訊環境的公民、研究者、媒體工作者，都有參考價值。例如奠基在心理學與社會學理論上，他們嘗試群眾外包式的公民記者計畫，或是利用數據、社群媒體所發起的報導型式與產製過程的創新等等，都是重要的積極作為。

她不只報導，也展開行動，要打造一個歡迎真實、守護真實的社會。「在我起身對抗那些攻擊我們的高官時，人們總問我是如何找到勇氣。『很簡單啊，』我通常會這麼回答。『事實站在我這邊。』」，瑞薩在書中寫道。但殘酷的是，在極化的時代，人人沉浸在同溫層之中，讀者在意真實、願意守護事實已經不是個自然的前提了。記者若要有底氣、有立足之地，以事實監督當權者、與獨裁者對抗，就得走出去，如瑞薩那般舉辦一場場的工作坊，投入一次次的實驗計畫，嘗試重新定義媒體與受眾的夥伴關係，尋找媒體為閱聽人服務的各種多元可能性。

瑞薩的故事，是一場夾在獨裁者攻勢及媒體環境巨變中的闖關試煉。她在書中詳細記錄每一關的過程，不論她的嘗試是成是敗，讀者都讀得到她的思考、省思，並從中照見自己的位置。

例如以下這段她與哈佛商學院名譽教授肖莎娜・祖博夫（Shoshana Zuboff）的對話，就直指當今媒體在社群網站上緊跟著演算法搶眼球、為觸及率而拼盡全力的問題核心：

肖莎娜對她說，「我們必須在二十一世紀重新發明新聞報導這個建制，你要怎麼在數位世界中報導新聞呢？新聞報導不是監控資本主義，你不能跟監控資本主義者競爭同樣的監控紅利。但那些新聞媒體現在就是這麼做的。這是他們唯一懂得的方式。」

瑞薩接話，「結果，我們現在是在餵養這個體系，我們一邊使用他們的社群分享功能，一邊將我們最寶貴的資源拱手奉上，同時我們的新聞品質也隨之降低。」

「因為新聞報導被迫為了社群媒體自我優化（self-optimization）。說到底，還是監控資本主義在決定什麼樣的新聞得以生存。」肖莎娜作結。

從脆弱到勇敢：信任是一切的開始

即使這本書是在二〇二一年底瑞薩得到諾貝爾和平獎之後出版，但這本書並不是一本成功人士的傳記；相反地，讀者透過瑞薩的自述，看見了各種巨大的難、兇狠的攻勢跟敵手。在讀這本書之前，每次透過新聞畫面看見瑞薩，總是不解，她如何頂住壓力、如何繼續前進？如何身處在一團迷霧中，嘴角仍有力氣抬起，甚至呼喚人們繼續？

在書中，她談到了自己的脆弱，談到了容許自己脆弱，如何帶領她走到今日：

我選擇去做一個不停學習的人，但也不僅止於此——我還學會了信任：我放下了我的防備，並容許自己脆弱。我很少在選擇信任別人時感到失望，而那對我來說就是一種力量，也是我信任人性良善的原因。只要讓自己脆弱，你就會創造出最強大的情感連結，以及各種啟發人心的可能性。

如此這般，她書寫時的坦誠，展現在對自身性向的揭露、摸索過程的公開；她的開放態度，展現在她述說對家人的感受、她與同事的決裂，以及遇上的組織內部鬥爭。書中最為動人的片段，是那些迷失、被啟蒙，一步步面對自己、允許自己失敗，與情緒共處的曲曲折折。在書中，這位享譽全球的諾貝爾和平獎得主，得以被立體化的認識：她是一個女兒、一個記者、一個創業家、一個選擇回到家鄉、建立自己菲律賓認同的公民。這本誠實的自傳描寫了她走過的路、看過的風景，還有開路時所遇到的各種顛簸荊棘。

然而，這不只是一本自傳。瑞薩將自己的故事視為一場更大規模行動的起點，如同她過去所做的每個嘗試。她告訴讀者，瑞薩只是這則未完待續故事的主角之一——《向獨裁者說不》的下一章，需要世上的所有人共同書寫。

導讀

所以，我們該刪掉臉書嗎？

——在不安的社群平台裡，後真相時代的對話與可能性

美國夏威夷大學馬諾阿分校人類學博士候選人　賴奕諭

二〇二一年，菲律賓全國記者聯盟（NUJP）發布了一本《菲律賓記者倫理守則》，並強調這是為了積極回應當前媒體產業所面臨的社會問題與挑戰。然而，這並不是菲律賓第一次這樣做。早在一九八八年，也就是菲國民眾以「人民力量革命」迫使獨裁政府下台的隔兩年，幾個頗具規模的大型媒體組織便已草擬出一份守則。他們希望在菲律賓社會好不容易解除戒嚴、並推翻前總統老馬可仕（Ferdinand Marcos）政權之後，得以藉此重振新聞媒體第四權的價值。

那麼，為什麼菲律賓的媒體決定在事隔三十多年後，重新出版一份倫理守則呢？

從新版守則的內文看來，過去雖然已經強調記者談論事實的價值，卻鮮少有人論及記者該如何積極回應與挑戰被扭曲的事實。而今天，菲律賓記者除了被層不出窮的假訊息影響，還可能面臨到被視為罪犯的風險，言論自由和人身安全都受到嚴重威脅。如此看來，重出的記者倫

理守則已經不再只是教導記者如何成為有操守的記者，更期盼他們得以在惡劣的環境中做出相應的具體行動，堅守自己的信念。

正因如此，本書作者瑪麗亞．瑞薩從傳統媒體轉戰網路社群媒體的生命歷程顯得尤為重要，因為她的故事正好反映了菲律賓過去幾十年來媒體環境的變遷。從她筆下所描繪的菲國社會變遷過程來看，記者的獨立性與人身安全並沒有在該國社會迎來民主政權後而獲得較多保障，反而在進入網路時代後更加顛簸艱困；其中，社群媒體不只影響了傳統媒體再現與傳播的形式，更直接成為當代政治在資訊戰上競逐的重要場域。

在菲律賓，多數人民需要透過社群媒體與遠赴海外留學、工作或定居的親友聯繫，使得他們每天平均使用社群媒體的時間居高不下。有社群媒體公司看準商機，與菲國的電信公司合作，以免費獲得每日使用該社群平台的流量為行銷策略，成功讓菲國民眾更加離不開社群所構築的生活世界，也讓該國獲得「全球社群媒體之都」的稱號。當社群媒體儼然成為菲律賓人上網與獲取資訊的同義詞，記者自然不可能只是把社群媒體當成單純發布報導的平台與宣傳工具而已。

從本書作者序言中提到的、二〇二二年甫落幕的菲國總統大選來看，菲律賓媒體本身及其與民眾的關係正在經歷劇烈的變化。以近六成選票拿下總統大位的已故獨裁者老馬可仕之子小馬可仕（Ferdinand "Bongbong" Marcos Jr.）在選舉期間不斷強調，媒體早已為特定陣營的政客所把持，並主張若支持者透過他團隊的社群平台，就可以看到不被扭曲的真相。他本人也在競選期間身體力行，堅持不接受絕大多數媒體的專訪，甚至完全不出席由傳統媒體所轉播的總統候選人政見發表會。從總統大選結果的後見之明來看，不少菲國民眾確實開始更加懷疑傳統媒體的內容與立場，並買單小馬可仕的說詞。如此一來，社群媒體不僅在菲律賓打造出分眾的世界，更具體而微地重塑了政治、媒體、記者與真相的關係與樣貌。

瑞薩切身體會到了這股重塑過程，她算是非常早期便在菲律賓注意到社群平台重要性的媒體人，很早就試圖利用網路的力量，建立起一個不受箝制的獨立媒體新聞網。在這本書裡，我們也可以見到許多藉由社群媒體而發展出來的數位公民行動計畫。然而，正如媒體人不斷開發新的公民參與形式，政府控制言論的手段也透過相關法令的制定，以及商業化、組織化的網軍而不斷進化。這些手段往往與菲律賓過往歷史的法外政治暴力策略相互結合，像是將異議分子貼上叛軍或共產黨的標籤，使其因恐懼而噤聲。又或者藉由貼標籤的作法，讓大眾覺得這些人就是社會安全的隱憂，因此被不合理的迫害也絲毫沒有問題。於是，過往在現實世界令人懼怕的政治暴力威脅，便這樣漸漸地滲入到菲律賓人的網路生活中。

二〇二〇年，菲律賓議會通過了《反恐怖主義法案》。這項法案主張，只要個人在社群媒體上發布、撰寫、分享，甚至是轉推與迷因圖相關的內容，如果被政府認定與恐怖分子有關，就可能被視為違法行為。當時正值新冠肺炎疫情爆發的高峰期，幾乎所有的活動和人際互動都被迫轉移到網路上，這項法案因此引發許多人憂慮和恐慌。面對大數據與演算法的客製化與快速反應，不少人在這時已無法確定國家機器是否在背後監控著自己在網路上的一舉一動。因此，人們開始放大自己對國家權力的想像與懼怕，這也直接讓他們在線上的行為有了極大的改變，就連身在海外的菲律賓人都或多或少被影響。

如果一般民眾需要承受的壓力已經如此，就更別說往往必須站在第一線的菲律賓記者與異議人士了。瑞薩在獲得諾貝爾和平獎的當下，菲國國內輿論立刻出現截然不同的對立意見。有些批評者甚至主張該獎項根本是在羞辱菲律賓人，因為他們認為瑞薩只不過是報導了西方人所認定的「真相」而已。正是因為此般兩極的評論不斷在菲律賓社會造成紛爭，削減公共討論理性對話的空間，許多人便對媒體與社群平台越來越不抱期望，更開始思索該如何退出這些平台。

「如果想要追尋事實的人都離開了臉書，那些留在社群平台的人們又會如何呢？」面對這股失意的棄守浪潮，二〇二三年初，瑞薩在一場簽書會上公開呼籲人們不要輕易離開社群平台。其原因在於，平台會不斷根據使用者的行為進行機器學習，而這個學習的過程，最終會建構出一個符合使用者行為模式的環境。如此，就更不應該放任平台恣意餵養網民仇恨虛假言論，而是應該堅守陣線。「不放棄對話的可能性」，便是瑞薩在面對種種難關的態度，也是她選擇向不公義勢力說不的姿態。

在看似有效溝通著實困難的今日，我們該如何藉由她的生命歷程，思索自己所欲行動的途徑？這是每一位曾想過是否退出臉書的讀者，都該好好思考的問題。

目錄

第二部

臉書、拉普勒新聞網，還有網路上的黑洞（2005～2017）

第三部

政府追擊：逮捕、選舉，還有為我們的未來奮戰（2018～現在）

人權律師艾瑪・克隆尼的推薦序

當你想到超級英雄時，腦中出現的或許不會是一位拿著筆，而且身高只有一百五十七公分的女士。不過時至今日，在威權國家活動的記者就需要超能力。他們的名聲和自由每天都受到威脅，在某些地方就連生命也無法獲得保障。瑪麗亞・瑞薩正是其中一位。

說瑪麗亞是在力抗萬難的狀況下奮戰，還不足以形容她的處境。在威權國家，記者的敵人是國家——就是那個負責制定政策、控制警方、雇用檢察官，並隨時能把人丟入監獄的國家。這個國家在網路上擁有一群機器人大軍，只要他們把任何人視為敵人，這群大軍就會毀謗、中傷對方。最重要的是：這個國家為了存活，必須去掌控網路上的訊息，而其存續的條件就是確保所有故事都只有一個它想要的版本。

正如一位有名的哲學家說過，最殘酷的暴政，莫過於藉法律之盾及正義之名來維繫的政權。不過在杜特蒂總統的統治下，菲律賓政府毫不猶豫地使用法律，來嘗試威嚇他們所認定的敵人。政府當局撤銷了瑪麗亞的媒體營運執照，還提起可能讓她破產的民事訴訟。她被迫面對一連串莫須有的指控，還可能因此入獄。

這並不是因為她犯下了任何罪——而是因為在她的國家，這些領導人不想聽見任何批評。她面對的選擇如下：為了安然度日而小心翼翼遵守政府劃出的底線，或者為了她的工作而賭上一切。她毫不猶豫地選擇了後者。我也知道她永遠不會放棄。

回顧歷史，一些社會上最重要的發聲者都曾遭到起訴。甘地（Gandhi）、納爾遜・曼德拉（Nelson Mandela），還有小馬丁・路德・金恩（Martin Luther King, Jr.）都曾因為批評當時的政府而遭到起訴。在印度因為煽動叛亂受審時，甘地表示他是為了踐踏人權的政府而起身反抗，所以不會為此求取寬恕：「我在這裡……請求並喜悅地接受任何可以加諸在我身上的最嚴重刑罰」，因為「就跟與善良站在一起一樣，不與邪惡共謀也是義務。」他因為這些話在牢裡待了兩年，但卻讓印度成為一個更公義的社會。曼德拉因為他的觀點得罪政府而遭到逮捕，罪名是叛亂罪，他因此在牢裡待了二十七年。可是他打倒了邪惡的種族隔離政策。

瑪麗亞的困境恰好反映出了我們這個時代的樣貌。根據最近幾年的資料顯示，目前全世界受監禁的記者數量可謂有史以來最高，而當今世上的威權國家也比民主國家來得多。

這就是瑪麗亞拒絕離開自己國家的原因，她也是因此決心要迎戰自己所受到的指控。她知道，像她這樣來自獨立媒體的聲音向來珍貴，尤其在其他人保持沉默時更顯重要。她為了其他還敢發聲的人撐住了言論自由的空間。畢竟，要是連瑪麗亞這樣一個美國公民兼諾貝爾和平獎得主，都會因為想做好自己的工作而被丟進牢裡，其他人又還能有什麼機會呢？

那些威權領導者常被稱為「強人」，這實在令人感到諷刺，因為他們根本無法忍受不同意見，甚至不允許別人與他公平競爭。我們應該稱頌的是那些起身對抗他們的人，這些人才是真正的強悍——而且其中有些人可能還只有一百五十七公分。

艾利澤．「艾利」．魏瑟爾（Eliezer "Elie" Wiesel）*曾警告我們，我們或許偶爾會覺得無力對抗不公，可是永遠不該在應該抗議時沉默。瑪麗亞留下的遺產會讓好幾個世代深有所感——因為她永遠不會在應該抗議時沉默，而且總是嘗試把歷史的弧線導往正義的方向。當年輕的菲律賓學生研讀歷史時，他們會發現，第一個獲得諾貝爾和平獎的菲律賓人，是一名決心說出真相的勇敢記者。我希望，為了未來的世世代代，她立下的典範能對他們有所啟發。

---

* 編註：猶太裔美國作家，一九八六年諾貝爾和平獎得主，以描述納粹集中營遭遇的《夜》著稱。

前言

看不見的原子彈——活在（源自過去的）當下（此刻）

自從二〇二〇年三月因為疫情封國之後，我變得非常情緒化，其程度遠超越我以往允許自己情緒起伏的極限。我只能毫無選擇，接受一切不公義在我體內累積為無處發洩的憤怒，而其源頭就是政府六年來對我發動的攻擊。

我可能會去坐牢，而且是坐一輩子——又或者如同我的律師所說：我得坐上超過一百年的牢。而且還是基於一些甚至上不了法庭的指控。法律制度的崩解是一個全球性現象，但對我來說卻是切身之事。在不到兩年的時間內，菲律賓政府對我發出了十次逮捕令。

我也可能成為暴力攻擊的目標。難道警察，也就是我國政府的代理人，真的會笨到把我當成攻擊目標嗎？哎呀，還真的會。根據菲律賓人權委員會的估計，從二〇一六到二〇一八年間，大概有兩萬七千人在前總統羅德里戈．杜特蒂（Rodrigo Duterte）慘無人道的反毒戰爭中遭到殺害。[1] 數字的真實性？天曉得。在我的國家為真相奮戰的過程中，那個數字讓我們記者當中出現了第一個傷亡者。二〇一八年，我開始在路上穿防彈背心。

網路上的暴力，也是真實世界的暴力。全世界已經有太多研究及許多悲劇事件證明了這件事。我在網上每天都受到攻擊，此外受到攻擊的還有數千位記者、社會運動參與者、反對意見領袖，以及在此地及全球各地不知不覺被捲入的公民。

不過每當我起床望向窗外時，我仍覺得活力充沛。我心懷希望。我能看見各種可能性——因為就算前景一片黑暗，這也是我們得以重建社會的時候，而且就從我們觸手可及的領域開始：我們的影響力。

我們曾熟知的世界已灰飛煙滅。現在我們得決定我們想創造出什麼。

我的名字是瑪麗亞・安潔莉塔・瑞薩（Maria Angelita Ressa）。我已經當了超過三十六年的記者。我生於菲律賓，在紐澤西成長受教育，一九八〇年代末從大學畢業後，就回到了我出生的國家。我在美國的有線電視新聞網（CNN）開展了我的事業，一九九〇年代在南亞創立並營運了兩個CNN分社。那是CNN的輝煌年代，也是讓國際記者感到興奮陶醉的年代。我在南亞據點見證過許多戲劇化事件，這些事件往往都預示了即將在全球連動發生的大事：包括從前殖民前哨地發端的民主運動、早在九一一事件發生前就已駭人興起的伊斯蘭恐怖主義、透過民主選舉上位的全新種類強人將他們的國家變成類獨裁國家，以及社群媒體是如何帶動人的前景及力量耀眼登場，最後卻在我所珍愛的一切遭到摧毀的過程中扮演了樞紐角色。

二〇一二年，我與其他人一起創辦了《拉普勒》（*Rappler*），那是在菲律賓一個僅以數位形式發表的新聞網站。我的抱負是想在我的國家創造出調查報導的新標準，也就是利用各種社群平台建立行動社群，以提升政府的治理並強化民主體制。在那個時候，我是相信社群媒體力量足以改善世界的最虔誠信徒。透過臉書（Facebook）和其他平台，我們得以使用群眾提供的消息來做即時新聞、找到關鍵資料及線報、為了氣候變遷議題及政府治理手段組織集體行動，還能藉此在選舉中幫助提升投票者的相關知識及參與程度。我們確實快速獲得了成功，可是等到《拉普勒》進入第五年，這個本來因各種理念而備受稱譽的媒體，卻成為自家政府攻擊的對象——一切都只因我們持續做我們的記者工作：說出真相、向當權者問責。

在《拉普勒》，我們揭發的貪汙或惡意操控問題不只存在於政府機關，也愈來愈常出現在掌控我們生活的科技公司之中。從二〇一六年開始，我們開始強調兩個總能輕易逃脫罪責的領域：羅德里戈．杜特蒂總統的反毒戰爭，以及馬克．祖克伯（Mark Zuckerberg）的臉書。

讓我來告訴你們為什麼全世界都該關注菲律賓：在全球公民當中，二〇二一年，菲律賓人連續第六年成為在網路及社群媒體上花費最多時間的一群人。[2] 儘管網路速度不快，但二〇一三年在Youtube平台上傳及下載影片數量最多的，也是菲律賓人。四年之後，我們國家有百分之九十七的公民都在使用臉書。我在二〇一七年時把這個數據告訴馬克・祖克伯時，他沉默了一下子，說「等等，瑪麗亞」，然後他終於反應過來了，眼神直直盯著我，「剩下那百分之三的人去哪了？」

當時的我因為他油嘴滑舌的俏皮話笑了出來。但現在的我再也笑不出來了。

根據這些數據，以及臉書自己承認過的說法，菲律賓是社群媒體可以對一個國家的體制、文化及其居民產生負面影響的原爆點。[3] 只要是在我們國家走過一遭的趨勢，最終都會在世界上其他國家發生——就算不是明天，也可能是一、兩年後。早在二〇一五年時就已有報導指出，菲律賓有許多「帳號農場」會創建經手機認證的社群媒體帳號，這種帳號也被簡稱為PVA（phone-verified account）。而同年也有一則報導指出，唐納・川普（Donald Trump）的臉書頁面上大多按「讚」帳號都來自美國境外，而且他的每二十七個追蹤者中就有一個來自菲律賓。

有些時候，我覺得自己像是薛西佛斯*和卡珊德拉**的綜合體，我總是一直努力想對這個世界提出警告，讓大家知道社群媒體正在摧毀我們所共享的現實，也就是民主體制得以發生的場域。

我試圖藉由這本書讓你們明白，虛擬世界缺乏法治，這樣的問題極具破壞性。我們所存活的現實只有一個，而全球法治原則崩毀的源頭，在於二十一世紀缺乏一種管理網路的民主願景。人們能在網路上免於受罰的性質，自然導致人們也能在現實生活中免於受罰，因此摧毀了原有的制約與平衡原則。我在過去十年目睹、記錄的是，科技擁有神一般的權力，得以將謊言的病毒傳染給我們。科技不但使我們陷入對立，還煽動甚至創造出我們的恐懼、憤怒、仇恨，並在全世界各地加速了威權者及獨裁者的興起。

我開始將這個現象稱為「遭到千刀萬剮的民主之死」。現在我們需要用來傳遞新聞的平台，本身對事實採取了充滿偏見的視角。早在二〇一八年時就有研究顯示，跟事實相比，夾帶怒氣及仇恨的謊言傳遞速度不停加快。[4]然而一旦沒有了事實，我們就不可能擁有真相；而沒有了真相，我們就不可能有信任。這一切都沒有了之後，我們就不再擁有共享的現實，而我們所理解的民主——以及人類所有其他重大的奮鬥成果——就等於是死了。

我們一定要在這個結果發生之前趕快採取行動。這就是我在本書中想要說明的：我探索的價值及原則不只攸關新聞報導及科技領域，還包括我們為了打贏這場捍衛事實之戰所需採取的

* 譯註：Sisyphus，希臘神話中因為受到懲罰而必須反覆推石上山的角色。

** 譯註：Cassandra，希臘神話中有預知未來能力的女巫。

集體行動。這段發現之旅幾乎是我的個人經驗，因此每個章節都有微觀和巨觀的面向，其中包括我自己學習到的教訓，以及更全面的情勢說明。你們會看見我堅持奉行一些簡單的概念，為的是希望在經過光陰的流逝後，都能每次憑直覺做出周延的決定，並在面對「源自過去的當下此刻」*所帶來的各種新經驗時，還能清晰理解其中所代表的意義。

二〇二一年時，我是獲得諾貝爾和平獎的兩位記者之一。上次有記者得到這個獎項是在一九三五年。當時獲獎的德國記者名叫卡爾・馮・奧西茨基（Carl von Ossietzky），但當時他因為還在納粹集中營內備受折磨而無法領獎。藉由將這份榮耀頒給我和俄羅斯的德米特里・穆拉托夫（Dmitry Muratov），挪威的諾貝爾委員會向世界發出了訊息，表示現在的我們正處於與當時類似的歷史時刻：民主再次面對了生存的關鍵轉折點。在諾貝爾獎演說中[5]，我說有顆看不見的原子彈已經在我們的資訊生態系中爆炸，這些科技平台給了地緣政治強權一個分化、操弄我們每個人的機會。

諾貝爾頒獎典禮才過去四個月，俄羅斯就侵略了烏克蘭，利用的是打從二〇一四年就開始在網路上[6]散播的元敘事（metanarratives），當時俄羅斯侵略克里米亞，吞併了這個原本屬於烏克蘭的地區，之後樹立了一個魁儡政權。俄羅斯使用的策略為何？在打壓真實資訊後，全數用謊言去取代。透過使用那些便宜的數位網軍惡毒地攻擊事實，俄羅斯抹去了真相，並用自己的敘事去取代受噤聲的敘事——以效果而言，就是告訴大家克里米亞是自願受俄羅斯控制。許多俄羅斯人創造出假的網路帳號、布署由機器人程式運作的網軍，然後利用社群媒體的各種弱點來欺騙真實的人。這些由美國人擁有的平台是全球新資訊的守門人，而對他們來說，那些活動為他們創造出更多的平台交流及收入。於是守門人的目標跟虛假訊息（disinformation）**操作者的目標一致。

那是我們第一次意識到資訊戰（information warfare）***的戰略將很快布署到全世界，這段過程包括杜特蒂勝選、英國脫歐、加泰隆尼亞，一直到美國「停止竊選」（Stop the Steal）的占領國會行動。****八年後的二〇二二年二月二十四日，弗拉迪米爾・普丁（Vladimir Putin）使用跟之前併吞克里米亞一樣的元敘事侵略烏克蘭。這個例子也說明了虛假訊息是如何由下往

---

* 譯註：這是作者借用一位作家的概念，之後也會詳細解釋，但大致是指所有的「此刻」都是過去各種事件堆疊而來的結果。

** 編註：也常稱為不實訊息、假訊息、惡訊息等等，意思是故意、刻意誤導閱眾的訊息，跟不經意犯錯的錯誤訊息（misinformation）不同。

*** 編註：資訊戰（簡稱 IW）跟資訊作戰（information operations，簡稱 IO）有些不同。資訊作戰的涵蓋範圍及手段較廣，資訊戰則是敵我雙方發生危機或衝突點時進行，有特定的軍事戰術性目標。

****譯註：川普落選後煽動支持者去針對選舉不公進行抗議的運動。

上、後又由上往下產生影響，最後得以藉此製造出一個全新的現實。

不到三個月之後，菲律賓就墮入了深淵。二〇二二年五月九日是選舉日，我們的國家在那天選出了杜特蒂的繼任者。雖然總共有十個候選人，最後有競爭力的只有兩位：身為反對黨領袖的副總統萊妮．羅布雷多（Leni Robredo）和小馬可仕（Ferdinand Marcos, Jr.），而後者正是獨裁者老馬可仕（Ferdinand Marcos）唯一的兒子；這位獨裁者曾於一九七二年頒布戒嚴法，並在總統大位上掌權了將近二十一年。老馬克仕是初代的盜賊統治者（kleptocrat），在一九八六年的人民力量（People Power）革命終於把他放逐到國外之前，他被控從人民身上竊取了一百億美金。

選舉那天剛入夜，小馬克仕很早就取得了領先，此後票數始終沒有落後。[7] 晚上八點三十七分，百分之四十六點九三的選區傳來票數，小馬可仕的一千五百三十萬票領先羅布雷多的七百三十萬票。八點五十三分，百分之五十三點五的選區傳來票數，小馬可仕的一千七百五十萬票領先羅布雷多的八百三十萬票；到了九點，百分之五十七點七六的選區已開票，小馬可仕的一千八百九十八萬票領先羅布雷多的八百九十八萬票。

看來已經沒救了，那天晚上的我對自己說。事後證明，這場選舉展示了從二〇一四年到二〇二二年間，虛假訊息以及社群媒體上無休無止的資訊作戰（information operations），是如何扭轉了馬可仕的形象，讓他從被社會唾棄的賤民化身為英雄。虛假訊息的操作網路不只來自菲律賓，還包括了全球各地的組織網路，像是二〇二〇年被臉書擊破的中國組織網路。[8]他們都參與了在我們眼前出現的歷史轉折。

從二〇二一年底的諾貝爾和平獎演說開始，我就不停指出，無論是誰贏得這場選舉都不只會決定我們的未來，還會決定我們的過去。如果事實沒有被完善地呈現出來，選舉本身就不會是完善的。

結果事實落敗。歷史也落敗。小馬可仕贏了。

跟其他被迫躲藏、流亡或入獄的人相比，我很幸運。記者唯一能保護自己的方式就是去讓真相發光、去揭發謊言——而我還可以這麼做。另外還有太多人在看不見的暗處受迫害，他們沒有曝光度及外人的聲援，管控他們的政府在逃脫罪責方面更是擁有強大能耐。這些政府的共犯就是科技，我們所目睹的是在這個資訊生態系中的一場靜默核彈屠殺。我們必須像是第二次世界大戰之後一樣處理餘波，比如創立北大西洋公約組織（North Atlantic Treaty Organization，NATO）、聯合國（United Nations）以及世界人權宣言（Universal Declaration of Human Right）之類的機構和體制。時至今日，我們需要新的全球組織來重申我們所珍愛的價值。

我們正站在過往世界的廢墟上，而我們必須擁有足夠的遠見和勇氣去想像、創造出那個應有的世界：人們更有同理心、生活更平等，一切也更能永續發展。那是一個不受法西斯和暴君威脅的安全世界。

這本書描述的是我嘗試這麼做的旅程，但也跟你有關，親愛的讀者。

民主是脆弱的。當中的每個細節、每條法律、每個防衛機制、每個組織機構，甚至是每則報導，你都得為之奮戰。你必須知道，再小的傷口都可能對民主體質造成莫大的危害。這就是為什麼我對我們所有人都這樣說：我們不能對任何困難低頭。

對許多認為民主似乎理所當然存在的西方人而言，這就是他們需要從我們身上學習的課題。這本書是寫給那些把民主視為空氣一樣自然的人看的，而寫的人永遠不會這麼做。

在這個源自過去的當下此刻，一個所有記憶都可以被輕易竄改的此刻，你的所作所為至關重要。我的團隊和我每天都會問一個問題，我希望你也能問問自己：為了真相，**你**願意犧牲到什麼地步？

第一部

返家

權力、媒體，和菲律賓

1963-2004

第一章

黃金法則

選擇做一個不停學習的人

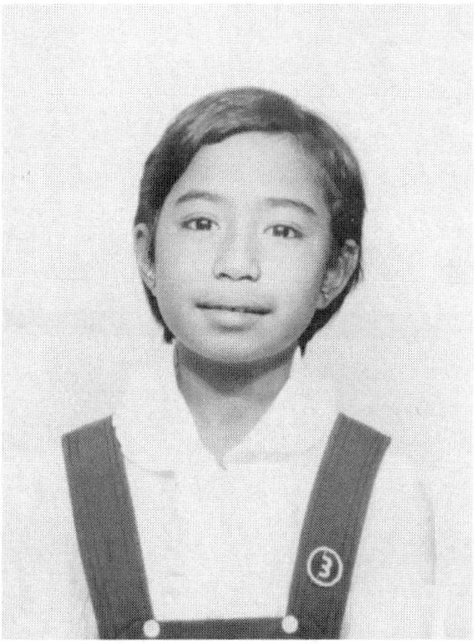

學生照，聖舒拉卡學院（St. Scholastica's College），三年級，1973 年

當必須為了維護自我奮鬥時，你才可能真正認識自己。而你要怎麼決定為何而戰呢？有時不是你自己能選擇的。你就是不知不覺走到了這一步，而帶你走到這一步的，就是你人生做出的所有選擇。如果夠幸運的話，你很早就會意識到，自己做的每個決定，都回答了我們所有人必須努力釐清的問題：我們要如何為自己的人生建構意義？意義不是你能不小心撞見、或指望有人找給你的；你要透過自己的每一個選擇將其建構出來，其中包括你決定為什麼奉獻、愛哪些人，以及珍視什麼樣的價值。

我的人生大概能以十年為單位來劃分。我的生活在十歲時出現了戲劇化的改變，並在那之後的十年經歷了各種的發現及探索。二十到三十歲的我在不停做出選擇：大學畢業後要做什麼？定居在哪裡？為誰工作？跟誰談戀愛？如何去愛？三十到四十歲則是在發展我的專業技能，這項技能之後成為我的天職——新聞產業——而其本身就隱含了追尋正義的意涵。始終不變的是我一直非常努力，「努力」是我知道我能掌控的事。

然後進入了四十歲的十年，我開始進入我是「宇宙主宰」的人生階段，也開始給自己設下各種期限，並終於選擇了一個落腳定居的家，決定全心為菲律賓人奉獻。現在到了五十歲的這個十年，我的人生進入再創造以及行動主義的階段：我打算在我最深信的價值觀點上站穩腳步。我想你可以說，我現在的這十年算是一種「出櫃」——我要出櫃對抗當權者的殺戮及明目張膽的權力濫用，出櫃對抗科技的陰暗面，也出櫃承認自己的政治觀點及性傾向。

一九六三年十月二日，我出生於菲律賓馬尼拉（Manilla）帕賽市（Pasay City）的一棟木造屋子中。菲律賓是由許多蔓延在海面的群島所組成，並透過天主教會將各種迥然不同的語言及文化團結起來。這個國家的封建社會主要由寡頭政治家掌控，他們在西班牙殖民時代的那幾個世紀從執政者手上獲得了現有的土地。在西美戰爭（Spanish-American War）於一八九八年結束後，西班牙根據《巴黎條約》（Treaty of Paris）把菲律賓給了美國。一年後，菲律賓人口中的菲美戰爭開打，然而這場戰爭長期以來只是美國歷史課本裡的一條註解，而且還被描述成是菲律賓人的「叛亂行動」。[1]

那是美國正在風行「天命昭彰」*的年代。魯德亞德．吉卜林（Rudyard Kipling）發表了他著名的帝國主義詩作〈白人的負擔〉（The White Man's Burden），為的是鼓勵美國人在一八九九年去統治菲律賓這個國家。菲律賓一直到他們於一九三五年的統治結束後才成立了自治政府，不過其憲法仍必須由美國總統富蘭克林．德拉諾．羅斯福（Franklin D. Roosevelt）核准，而且內容基本上就是改寫自美國憲法。所以後來有個關於殖民統治的笑話是，菲律賓先是在修道院裡待了三百年，之後五十年又活在好萊塢。

* 譯註：「天命昭彰」（manifest destiny）是一個源自十九世紀的概念，當時的美國定居者深信美國被上帝賦予了向西擴張的天命，所以應該要橫跨整個北美洲直到太平洋的沿岸。後來也被一些人用來合理化美國的擴張主義。

一九六四年，我二十歲的父親曼紐爾．菲爾．艾爾卡多（Manuel Phil Aycardo）在一場車禍中過世，而我的母親赫米麗娜（Hermelina）當時懷著我的妹妹瑪莉珍（Mary Jane）。母親帶著我們離開父親的家，然後我和妹妹就跟著母親和曾祖母住在一間根本沒有完工的屋子裡。曾祖母總是酒氣沖天，可是還是好好照顧了我們。我們窮到只能用鹽巴刷牙，而且總在擔心下一餐的著落。我們引頸盼望的難得美食是母親結束一天的工作、穿著勞工部的黃色制服回家時，為我們帶回來的那一盒肯德基炸雞。

在我五歲時，家族積怨再度爆發，母親搬到美國去跟她的母親住（我的這位外婆最近剛搬到了紐約市）。一九六九年四月二十八日，母親搭機降落在洛杉磯，當時的她二十五歲。

我和妹妹則跟父親的父母一起搬進馬尼拉大都會地區（Metro Manila）昆頌市（Quezon City）的時代街（Times Street）。那是一個寧靜又穩重的中產階級街區，街邊的屋子都跟道路隔著一段距離。

我的奶奶名叫羅莎里歐．蘇尼柯（Rosario Sunico），這位擁有虔誠信仰的女子，間接形塑影響了我的價值觀。她跟我說了有關我父親的事：他年輕、聰明，在這個充滿音樂家的家庭中也是個技巧高超的鋼琴家。她要我在學校努力讀書，並灌輸我應該要延遲享樂的心態，所以我會把上學日的零用錢分出一些存進瓶子裡，然後我們一起看著那個瓶子逐漸被填滿。她也嘗試影響我看待事情的方式：她說我的母親很糟糕，而且其實是在美國當妓女。

這種事對一個女兒來說很難消化，尤其是在我母親前來探訪的時候。母親至少每年會來跟我們住一段時間，此時我們家總是雞犬不寧。即便是那麼小的年紀，我都可以感覺到母親和奶奶之間的緊繃張力。她們毫不掩飾的敵對競爭往往迫使我必須選邊站，但我拒絕這麼做。

每次母親來訪時，我的腦中就會閃現黑白色的回憶畫面：大概七、八歲的時候，我和母親及妹妹一起坐在床上。我媽是個特別有趣的人：她嬌小、美麗，總是笑個不停。有一次她正在跟我妹說話，而剛記得一個新生字的我得意地想向她炫耀。於是一等到適合的時機，我就立刻開口。

「美妙！」我大吼。一陣靜默之後，我母親爆笑出聲。然後她抱住我。

我進了聖舒拉卡學院，那間天主教女校的創辦暨營運單位是德國的本篤會女修道院。這間學校把我安排在高級前導班；這裡的同學和我測驗成績都很好，因此被認定比其他孩子「更聰明」。至少我的同學小雀・馬卡瑞格（Twink Macaraig）和我常拿這件事來說笑。

這一切都結束在母親把我和妹妹從學校綁架走的那一天。

那天我走進教室，一切看起來就跟其他日子沒兩樣，刺眼的陽光透過窗戶流瀉進來。我放下書包，掀開木桌。然後聽見有個聲音喊了我的名字。「瑪麗安！」

只有我的家人會這樣叫我，那是將我的兩個名字合併在一起的叫法，也就是把瑪莉亞・安潔莉塔簡稱為瑪麗安。我震驚轉身，看見我的母親跟校長葛蕾西亞修女一起出現在教室前方。她們走向我的桌子，幫我把所有物品放回書包。在我們走出教室的途中，我回頭看見所有朋友都在盯著我看。

我們又走到妹妹的教室。她正跟我母親的妹妹曼西・米隆納多（Mencie Millonado）以及一個修女老師一起在教室外面等。瑪莉珍一看見母親就立刻跑來抱住她。當時在走廊上的只有我們這群人。瑪莉珍和媽媽都在哭。然後我聽見母親低聲喃喃自語，說她打算把我帶去美國。

我記得自己四下張望了那間學校，直覺知道以後的日子不會再跟以前一樣了。在這種時刻，你會試圖尋找最後的浮木，而我找到的是我放在書包裡的書，那本從圖書館借的書會在明天到期。

於是就在我們走向大門時，我停在操場正中央，手指向圖書館，問媽媽我們可不可去把書還掉。她說，「我們改天再還。」

有台車停在人行道邊，我們上了車。一等我們坐好，媽媽就向我們介紹坐在副駕駛座的男人。「瑪麗安、瑪莉珍，」她說，「這是你們的新爸爸。」

原來任何事物都能在一瞬間改變。我之後再也沒回到爺爺奶奶家或這間學校。前一天他們還是我的全世界，隔天就不是了。通往那個世界的大門被永遠關上，新的現實展開在我面前。我當時十歲。

之後不到兩星期，我們就已經坐在於阿拉斯加中途停留加油的西北航空班機上了。那天是一九七三年十二月五日。我從飛機窗戶往外望，告訴自己要記得這個日期。我不知道接下來會發生什麼事，可是那是瑪莉珍和我第一次見到雪。

我們降落在紐約的約翰・甘迺迪國際機場（John F. Kennedy International），當時又黑又冷得不得了——那是我從未感受過的冷。我的繼父拿起我們的行李箱，此時我腦中還在不停思考到底要如何稱呼他。母親要我叫他爹地，我的曼西阿姨則說，「試試看叫他彼得爹地。」我們還在馬尼拉時，有個人要求和他合照。「他們以為他是艾維斯・普里斯萊*」，母親悄聲說。

我們擠進機場停車場內的一台深藍色福斯金龜車。那是我和妹妹第一次感受到車內的暖氣。我們就這樣又往南開了一個半小時。然後，在歷經從世界另一端展開超過二十四小時的旅程後，我們終於抵達了目的地，一棟位於紐澤西（New Jersey）湯姆斯河（Toms River）新建街區內的郊區房屋。我們從車子卸下行李。我在車道上的薄雪留下一個完美的腳印。然後我和妹妹進入了我們的新家。我的新爹地和媽媽之後會向我們解釋申請領養我們的流程，他們也會把我們的姓氏正式改為瑞薩。

* 譯註：艾維斯・普里斯萊（Elvis Presley），別稱貓王，是美國著名搖滾樂歌手。

被我丟在身後的是一個陷入動盪的國家。在大概一年多之前的一九七二年九月二十一日，老馬可仕總統才剛宣布戒嚴，並關掉了全國最大的電視台，阿爾托廣播系統—紀事廣播網（ABS-CBN），這間電視台一直是在菲律賓展現媒體力量的重點機構。老馬可仕的一人獨裁統治為菲律賓揭開了時代的新頁，在此之前，菲律賓的樣態一直受到美國的強烈影響。「領土的征服同時在菲律賓開始並結束，」我的朋友斯坦利．卡諾（Stanley Karnow）在他的史詩級大作《以我們的形象：美國王朝在菲律賓》（*In our Image: America's empire in the Philippines*）中如此寫道，「美國人沒能建立起一個有效又不偏私的行政體系……所以菲律賓人轉而向政客而非官僚體系求助，這樣的習慣滋養出了酬庸和貪汙問題。」[2]

封建酬庸和地方貪腐問題此後從未在菲律賓消失過。老馬可仕是在一九六五年嚴峻的經濟處境中初次勝選，後來成為首位且唯一一位兩次成功連任的總統。他的政治宣傳除了主打國族認同，也強調徹底脫離美國的掌控。

老馬可仕宣布戒嚴後，眾議院批准了一九七三年憲法，這份憲法仍然遵照美國憲法的格式，但又在修正後更加確保了老馬可仕的權力。這些內容後來獲得最高法院批准，因此馬可仕得以「合法地」在往後十四年鞏固、掌握手中的權力，而這十四年間，我則在美國面對著人生的新現實。

我們家的人對美國抱持信心：他們相信只要努力工作、好好繳稅，你就會獲得應有的報償。世界是公平的。這裡的社會契約讓我們相信實情就是如此，導致我的父母受了好幾十年的摧殘。我知道這種事會對人們造成什麼影響。我知道不安及恐懼會如何在這種情況下孳生，而當承諾被打破時，這些努力工作又遵守規矩的人會感覺受騙。若再加入社群媒體和資訊作戰的元素，這些人就是最容易受影響的目標；他們會相信那些謊言。

彼得．埃姆斯．瑞薩（Peter Ames Ressa）出生於紐約市，他是義大利裔美國人的第二代。

彼得．瑞薩（Peter Ressa）和赫米麗娜．達爾芬（Hermelina Delfin）在自由女神像前約會，1971 年

為了幫助家裡經濟，他十六歲時輟學，開始在投資銀行布朗兄弟哈里曼公司（Brown Brothers Harriman & Co.）中擔任資料輸入員，在這裡奮力工作往上爬。等到退休的時候，他已經是大型電腦（Mainframe computer）的資深資訊工程經理，然後他去了國際商業機器公司（IBM）工作。他努力工作，不停往前奮進；另

外推動他前進的，還有他總是可以記得各種小細節的奇妙才能。

他和我母親是真的在紐約市街頭「撞」見了彼此。約會兩年後，兩人在一九七二年結婚，我的妹妹米雪兒（Michelle）於隔年出生。就在她出生幾週後，我的父母拜託我的安妮阿姨幫忙照顧新生兒，然後搭機前往馬尼拉去找我和瑪莉珍。對我媽來說，這是一趟艱困、但又讓她凱旋歸來的旅程。

彼得和赫米麗娜是引人注目的一對，他們的每個孩子都意識到他們的這項特質，彷彿無時無刻都有聚光燈打在兩人身上。在那些年間，我眼中的美國大多是那些努力工作的迷人角色：在破曉前離家，花兩個小時通勤到紐約市工作，天黑之後才回家，而且無時無刻都在工作。

我媽曾為了省錢為我們手縫衣物，但後來發現實在太花時間又省不了多少錢。等到她生下我弟弟彼得．埃姆斯二世和最小的孩子妮可時，家裡已是由我跟在母親身後主導開學前的購物之旅。每年八月，我會在大聯盟（Grand Union）、西爾斯（Sears）及其他折扣商店推著購物車執行這項任務。我知道如何選出最便宜的衣物和鞋子。

在那段期間，我父親的公司出錢，讓他得以完成高中學業。我上高中時，他又去上了大學夜校。我是後來才意識到，為了讓孩子能有機會在這世上一搏，他們其實犧牲了很多。他們希望孩子過上好生活、去上好學校——我們也確實做到了。

我的三年級教室是在銀灣小學（Silver Bay Elementary School）一棟漫長延展的紅磚建築內，第一次走進教室的我大概一百二十七公分，是班上最矮的孩子——而且是唯一棕皮膚的孩子。雖然我的英文聽說能力沒問題，但在家的主要語言是他加祿語（Tagalog）和菲律賓話。我對同學大鳴大放的自在與自信感到讚嘆，他們對老師的粗魯態度也讓我大感震驚。

我很高興地發現這裡跟我以前讀的聖舒拉卡學院一樣，上課時使用的是SRA閱讀實驗室（SRA Reading Lab），那是最早用來教導學生閱讀、寫作和文意理解的個人化教材，這套教材可以讓學生用自己的節奏來學習。我喜歡逼迫自己超越自己和其他同學，所以我在聖舒拉卡學院時的進度就已頗為超前。因此，在我走到新教室後方領取閱讀理解卡，也就是用來追蹤我們進度的卡片時，其中一位個子最高且嗓門最大的孩子對班上其他人宣布，校方必須為我印出一份沒有其他學生學過的全新學習段落。在那一刻，所有人都知道我的進度遠超過其他人。

我生性害羞又內向。適應美國生活的過程對我來說非常不順利。根據許多老師的回憶，我有將近一年的時間都沒有開口說話。我記得我是把沉默當成學習，我延續的是菲律賓家庭及學校教育中那種「沒人向你問話就別開口」的心態。我讓自己像塊海綿一樣泡在這個新世界裡。

不知為何，銀灣小學的教育者們非常清楚我的沉默源自何處，他們也幫助我適應這個新的處境。其中一個老師是瑞里克太太（Mrs. Rarick），她每週為我免費上鋼琴課，這讓我找到一種歸屬感。畢竟奶奶總強調我的父親彈過鋼琴，她說她的家族一直有在贊助各種藝術活動[3]，還說我的叔叔是一名鋼琴演奏家。[4]這種飄浮在空中的暗示，總會讓你不自覺地想要追尋類似的夢想。

彈鋼琴讓我找到了與過去的連結，讓我有一種自由的感受：彈鋼琴的我不需要說或學習新的語言。我只需要反覆練習，直到可以演奏並創作音樂即可。為了讓自己彈得好，我很早就理解了這個道理：你必須花費無數個小時練習，才能在演出時表現出毫不費功夫的樣子。因此每當身邊的世界變得難以承受，我就會轉化精力，投注入無數小時的練習中。

不過當然，我也想變得跟所有其他人一樣。我會站在鏡子前，努力練習英文字的正確發音，還幻想自己可以有更淺色的皮膚和金髮。對自己的身分歸屬感到迷惘會讓你的世界亂成一團，你會希望自己不是那個顯眼的人。

在我搬去美國的那一年間，我學到了至今仍舊受用的三件事。就算之後身處不同的空間與情境，這三件事還是一次次幫助了我，而且每次都會在幫助我的過程中創造出新的意義。

首先是永遠要選擇去做一個不停學習的人。那代表你要能擁抱改變，並能在失敗時鼓起勇氣面對現實；成功和失敗是一枚硬幣的兩面。未曾失敗過的人是沒辦法成功的。不過我發現大部分的人都選擇留在舒適圈，他們只處理自己熟悉的事物：老朋友、例行公事、長年累積的各種習慣。

我的自我認同在搬到美國後開始受到考驗。我該把自我的哪些部分帶到美國？該把什麼留在菲律賓？我是誰？就連我的名字都不一樣了：我在離開馬尼拉的那間教室時名叫安潔莉塔・埃爾卡多（Angelita Aycardo），而現在的我叫瑪麗亞・瑞薩（Maria Ressa）。我搬進了一個完全不同的新世界，其中包括了新語言、新習俗，還有大家都明白卻只有我不清楚的新文化符號。搬來美國的第一年，這種情況一度快把我壓垮，我甚至根本不想出門。

所以，我把注意力集中在我可以量化的部分：我在SRA閱讀實驗室教材中求取進步；我開始挑戰自己可以多快把所有的《哈農》（*Hanon*）鋼琴練習曲彈完。我從書本中學到很多，甚至包括如何打籃球。到了週末，我會帶一本書到學校籃球場，把書放在柏油地上後一步一步跟著書中的指示做，比如要如何運球或罰球。我把學到的一切化為現實，而要達成這個目標唯一需要的就是練習。

在安頓下來幾個月後，我很崇拜的老師厄格蘭小姐（Miss Ugland）[5]問我是否考慮換到另一間教室讀書：學校想讓我往上跳一個年級。那時的我才剛開始感到自在，這項可能的改變嚇壞了我。而她就是在那時告訴我，「瑪麗亞，別害怕。你永遠都該鞭策自己去學習，但你在我的班上已經沒什麼好學了。」

所以學年才過了一半，我就從三年級升到了四年級，一切只好從頭開始。而我就是在那時學到了第二件事：擁抱我的恐懼。

到底發生了什麼事？起點是因為我不知道什麼是「睡衣派對」。我們在馬尼拉沒有這種事，就算真有類似的活動，我們也不是這樣稱呼的。可是我受到雪倫・羅寇茲尼（Sharon Rokozny）邀請參加「睡衣派對」，她可是我在三年級那班最酷的學生啊，而當我問我媽那是什麼派對時，她回答，「就是穿睡衣去的派對！」這回答乍聽合理，而且我當時還在因為雪倫願意邀請我而感到震驚。

到了約定那天，我穿上睡衣跟我爸、我媽還有我妹上了車。就在我們轉進一條死巷時，我看見我的同學在雪倫家的草坪上踢球。沒有人身上穿著睡衣。

我恐慌地轉頭望向我媽，她難為情地承認她也不太清楚什麼是「睡衣派對」。那時我的同學已經看見我們的車，要離開也太遲了。等車子停下後，我先看了我的父母一眼，然後打開車門，下車。

我的同學都停止踢球望向我。我不知道該怎麼辦。然後雪倫走來車子旁邊。「喔，你穿著睡衣，」她說。

「我以為我們都該穿睡衣來，」我囁嚅著說，我的眼淚都快掉下來了。我在不得不下車時已經用盡所有勇氣，現在真的一絲勇氣也不剩。

然後雪倫牽起我的手，抓起我的包包，帶我走向屋子。「你可以進去換衣服，」她說，我擦掉眼淚，對父母揮手道別。幸好我還多帶了一套衣服。

在你選擇承擔風險時，你必須相信一定會有人來幫你；而你也必須在有機會時選擇幫助別人。面對恐懼總比逃開來得好，因為逃跑不會解決問題。只有選擇面對才有機會克服問題。那就是我開始定義「勇氣」的方式。

我學到的第三課就是要對抗惡霸，這件事跟很多其他事有關，包括恐懼、接納、加入團體、變得受歡迎等等。由於一切對我來說都很陌生，我通常除了保持沉默、觀察並學習之外別無選擇。既然已經跟別人很不一樣了，我覺得自己需要盡量保持不那麼從眾的狀態，並因此保有那種可以從旁觀察、理解群眾但不參與其中的餘裕。

那年我有個同學，這裡就姑且叫她黛比吧，這個安靜的女孩因為穿著聚酯纖維長褲而受到大家捉弄。所有人都拿這件事開她玩笑，但我其實不太明白為什麼。我當然不想為她出頭——要是他們開始捉弄我怎麼辦？

時至今日，我對這個情況已經有了一個說法：沉默就是共謀。

我當時拉小提琴，戴比拉中提琴，某天在學校的音樂排練會結束後，我看見戴比在管絃樂教室的角落哭泣。我的直覺叫我直接離開，因為如果我停下來問她怎麼了，可能會被其他人看到，我也會因此成為被嘲笑的目標。畢竟大家都只會嘲笑她，沒人會跟她搭話。然後我想起了《聖經》的黃金法則：「你想要別人怎麼待你，你就要那樣待人。」

我做了一個決定。我走出排練室，到走廊對面的廁所拿了一張衛生紙，回來遞給戴比，然後問她怎麼了。她說她父親已經住院好幾個月了。

一旦開始跟她說話，我就有了繼續跟她說話的勇氣。過了一段時間，我邀請她來家裡過夜。後來我發現，她之所以穿聚脂纖維的長褲，是因為家裡的經濟有困難，而那樣的長褲非常便宜。

總之，在那之後，我會開始為戴比出頭。有一次，最愛惹她的傢伙正在管絃樂教室找她麻煩，我叫他停止。就在我以為他會開始找我麻煩時，我的一些朋友都跳出來幫忙。其實只需要一個人站出來對抗就可以了，因為這種惡霸不喜歡公開受到挑戰。

在對抗從眾心態的殘酷上，這是我很早就學到的一課。另外這是我針對「受歡迎」這個議題學到的事：只要你想辦法滿足別人，別人就會喜歡你。但問題是：那樣做可以讓你滿足嗎？

湯姆斯河當地的公立學校系統為我提供免費選修的課程，其中包括音樂課和電腦程式設計課。另外還有一些進階課程，幫助我培養申請常春藤學校的競爭力——那樣的未來讓你深信：只要你夠努力，做什麼都可以成功。等到我從高中畢業後，我已經在班上當了三年班長，還被選為「未來最有可能成功」的學生。

因為父母總是在工作，我花了很多時間跟不同老師待在一起。幫助我找到自己的老師是唐納德・史波丁（Donald Spaulding），他是湯姆斯河地區學校夏日絃樂營隊（River Regional Schools Summer Strings）的執行長，他這人體格魁梧，但動作很快，留著鬍子的那張臉總是在咧嘴微笑。史波丁先生不只是我的小提琴老師和管絃樂團指揮，他還幫助我學習如何演奏高達八種樂器。他總是在協助我和其他像我一樣的孩子：在這個世界中尋找自我定位的孩子。他會大老遠開車到小鎮的另一頭來接我，好讓我有機會參與真正的演出。我們會在週日的早午餐會上表演、在地板上滿是花生殼的「新鮮後腿肉」(Ground Round）餐廳表演、在我們海洋郡（Ocean County）的地方購物中心表演，另外也會去「六旗大冒險主題公園」(Six Flags Great Adventure）。[6]

他要我在做人及演奏音樂方面不停精進。他從不會覺得我的任何想法太過天馬行空。

「史波丁先生，我們來演奏〈惡魔降臨喬治亞〉＊如何？」我在聽到一段我想學的即興樂段後這麼問。他停下手邊的事開始思考，拿出他的小提琴，抽出一張空白的五線譜，然後開始寫下一個個音符，好讓我之後能進行讀譜練習。

「沒什麼不行吧？」他總是這樣回答。他總是選擇去做一個不停學習的人。

不過跟著唐納德．史波丁行動，可以讓你學到另一件事：沒有人能獨自獲得有意義的成就。這也是管絃樂團教會我的事，之後我在參加籃球和壘球隊、戲劇製作演出，以及學生自治會時也都再次學到了這一課。不過若要成為團隊中的優秀成員，仰賴的則是你的技巧、你的衝勁，還有你的毅力。

演奏時的我喜歡沉浸在樂音的旋流中，此時聆聽樂音的我彷彿翱翔在天際，但又同時數著節拍，望著我們手中的琴弓上下晃動，另外還有一部分的我總是注意著指揮，準備好跟隨他的指示行動，畢竟身為第一小提琴的我必須準備好領奏。接著神奇的事發生了，所有的技術與努力會逐漸褪色為背景，我們只是純然活在音樂裡，就這樣一起詮釋音符、一起創造出音樂。為了達到這個目標，我們必須花上無數小時練習。

後來我也意識到，管絃樂團是用來描述民主運作的完美比喻：音樂給了我們音符和樂理，但你要如何去感受、去跟隨指揮——或如何去領奏——則全然掌握在你個人的手上。

我之所以持續參與運動活動，多少是為了盡量不被人貼上「書呆子」的標籤。可是我其實就是個超級書呆子，而最重要的原因是：書本為我解釋了所有其他人無法解釋的事物——或者回答我無法提出的疑問。我熱愛哈爾立奎出版社（Harlequin）的愛情小說和科幻小說，這些書可以幫助我想像例如以撒・艾西莫夫（Isaac Asimov）創造出來的那些不同世界。可是首先最重要的是：我是個死忠的星艦迷。

我讀了《星艦迷航記》（*Star Trek*）由詹姆斯・布里許（James Blish）小說化之後的所有作品，家裡還用一整個書架收藏了這些作品。這些作品幫助我理解自己的心靈。有時我是寇克船長，就是那位會聽從自身情緒及內在直覺的領導者；有時我又是史巴克先生，就是那位邏輯取向的瓦肯人，他總會非常細緻地剖析問題。要過了很久之後，我才意識到他們就是大腦以及人類天性的兩個面向——若用丹尼爾・康納曼（Daniel Kahneman）之後的說法，就是「快思慢想」。直到今天，每當有人問我所景仰的英雄是誰，我都會說是史巴克先生和寇克船長的綜合體，這個綜合體擁有經同理心、直覺及情感調和過的理性邏輯分析能力。

一直到後來我才開始理解，我其實一直在試圖昇華我的負面情緒，比如怒氣。我總是無法擺脫一種感覺：我覺得自己像個在窺望一切的局外人，總是為了融入而努力想要理解每個片

* 譯註：〈惡魔降臨喬治亞〉（The Devil Went Down to Georgia）是一九七九年發表的一首歌曲。

刻。大概就是因為這樣，我所選擇的課外活動都跟菲律賓有關。我打籃球，那是在菲律賓最受歡迎的運動；另外我還加入西洋棋隊，因為這些都在我的過往記憶中占據重要位置，也是我已經無法回頭、卻又仍未完全理解的過去。

這些感受有一部分在我申請大學時浮上檯面。我在申請作文中寫道，我很後悔自己的許多成就、還有我所成為的大半樣貌，其實都只是反映了其他人——老師、我的父母——想要我成為的樣子。我可以在有必要時每一科都拿 A，可是在整個過程中，我都感覺有個惡魔坐在我的肩膀上，這個惡魔不停逼迫我要做得更多、做得更好，還要不停累積成就並追求卓越，因為不這麼做的我就不屬於這個地方。

我申請了十三間大學，其中包括六年制的醫科學校、軍事學院，還有好幾間長春藤學校。我的父母想要我成為醫生。我也認定我需要活得更有紀律。然而到了最後，我並不真的知道我是誰，只是覺得必須有所成就。總之就是得搞出點名堂。什麼都好。

我知道，那樣的驅動力來自於不安全感。然而我是個務實的人。就算搞不懂那個坐在我肩膀上的惡魔，我還是知道學習——而且不只是課本內的知識——只可能有益無害。

反正我想，只要選擇去做一個不停學習的人，總是不可能出錯的。

第二章

榮譽規章

劃出界線

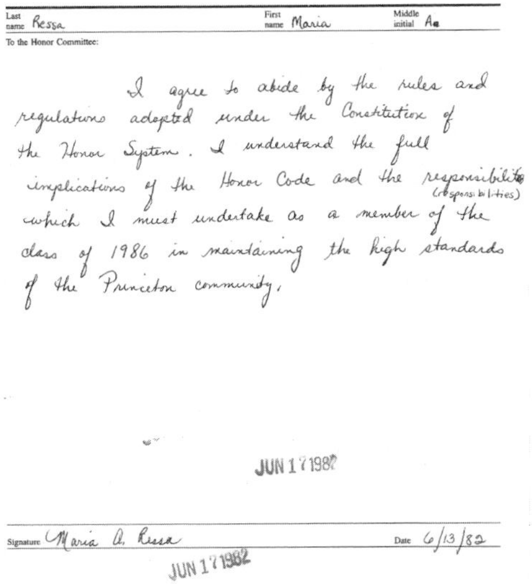

Last name Ressa | First name Maria | Middle initial A.

To the Honor Committee:

I agree to abide by the rules and regulations adopted under the Constitution of the Honor System. I understand the full implications of the Honor Code and the responsibilities (responsibilities) which I must undertake as a member of the class of 1986 in maintaining the high standards of the Princeton community.

JUN 17 1982

Signature Maria A. Ressa | Date 6/13/82

JUN 17 1982

普林斯頓大學的每位申請者都必須宣誓遵守榮譽規章

我是在大學階段開始自己探索並獨立思考。我的馬尼拉教育強調的是各種死記硬背：遵守規則，沒人問話時別開口。這個行事風格就算到了美國也一樣，直到進入大學才有所改變。

普林斯頓大學是我為自己做的選擇。我覺得學生可以和世界知名的教授一起上聖經戒律課或參加小組討論是很棒的事，這些教授中甚至還包括一位諾貝爾獎得主。此外，普林斯頓距離湯姆斯河的車程大概一小時，所以我也不會離家太遠。我經常花好幾小時在充滿燦爛歷史的優美校園內漫步，望著葉子隨季節變色。又或者就是坐在小禮拜堂內，那裡總能讓我的心平靜下來。有時候，要是身邊沒有其他人，我會在雄偉的布萊兒拱門停下腳步，找到門下正中央的地點，好讓我的低語得以在牆面間迴盪。晚上從費爾斯通紀念圖書館回家時，我會在一八七九拱門停下腳步，聆聽我們學校各種合唱團的即興演出，然後才會走回我的宿舍，一邊還哼著剛剛聽到的最後一首歌。

我被分配到一個八十八英尺平方的房間，大小剛好夠放一張床、一張化妝桌和一張書桌。我媽還帶來一座很大的聖母瑪利亞雕像，她把雕像放在我的化妝桌上，因此雕像的眼神直接望向我的床。我甚至沒意識到這有多怪——不過我和歷任男友入睡前常因此有了很不錯的聊天話題。

宗教對我來說是個龐大又棘手的議題。我奶奶對宗教的虔誠讓我和妹妹很早就系統化地浸淫在宗教中。她要求我們每天唸兩次玫瑰經，早上和晚上各一次，而且幾乎每天都要參加彌撒。我在大一時研讀了世上的五種主要宗教：基督教、佛教、伊斯蘭教、猶太教和印度教。我想邏輯性地定義出我的信仰，可是宗教當然沒有邏輯可言。我曾有一度想成為佛教徒，可是在為日常生活奔忙的過程中，我的信仰逐漸跟我學習到的知識交纏在一起。

我進入普林斯頓的醫學預科就讀，並在頭兩年就修完醫學院的必修學分。我發現科學和物理的基本原則其實也是哲學，就像熱力學原理一樣：一切事物會移動直到達成最大熵（maximum entropy），或可以說是最極致的混亂程度，然後需要再仰賴能量來維持秩序。又或者像是牛頓運動定律（Newton's laws of motion）；我最喜歡的是第三運動定律：所有作用力都存在同等的反作用力。又或者像是海森堡的不確定原理（Heisenberg uncertainty principle），我還把這個原理當作第一本書的題詞：所有觀察都會改變你所觀察的對象，你愈是深入研究，你所探尋的對象就變得愈不可知。

不過在這間學校，真正細緻影響了我的價值觀並為我形塑人格的，還是榮譽規章。在進行所有的報告和考試時，普林斯頓的學生都必須寫出榮譽規章誓詞：「謹以我的榮譽起誓，我沒有在這次測驗中違反榮譽規章。」

只要寫下這段誓詞，你不只是對自己的行為作出保證，同時也要確保周遭的人遵守榮譽規章。考卷一旦發下來，教授就會離開教室。因此這段誓詞等於間接暗示，你要在看到有人作弊時如實舉報；如果沒有，你的榮譽就會毀於一旦。你不只得為自己負責，還得為你身邊這個世界的角落負責，而這個角落就是你的影響範圍。

我愛極了這個想法。雖然我很少在大學時想起這段榮譽誓詞，卻可以說已經在身體力行。一直到後來我才意識到，我其實擅自假定所有人都有這樣做：為我們自己身邊的這個世界角落負起責任。我的一些家人和朋友之後會批評我的這項特質，他們認為我太自以為是又菁英主義。我想這種特質確實可能很惱人，確實很有可能。不過對我來說，這種嚴格的榮譽規章讓世界變得簡單多了，此外也能幫助我快速做出許多決定。

那份榮譽規章很早就幫助我清楚定義出自己的價值觀——早在任何道德兩難的困境得以引誘我將自私、糟糕的行徑合理化之前。這也幫助我在之後的人生中避開許多情境倫理的議題。對我來說事情很簡單，總之就是劃出一條線：這邊的你是善良的；另一邊的你是邪惡的。

在普林斯頓時，我發現真正讓我有熱情的是藝術，而非科學。我另外多修了許多課程，就為了盡可能去接觸我有興趣的主題：比較文學、莎士比亞、劇場、表演、劇本寫作、心理學和歷史。這些學科教導我如何應付日常生活的壓力，以及如何去理解我自身的歷史及身分認同。

他們讓我明白，身為局外人的我做了多少事來彌補這份匱缺感，以及我總是為了填補那種缺乏歸屬感的空白而追求完美。因為這些學科的養成，我愈來愈常提問；我想探詢的是我們出現在這個星球上的原因，以及我身處在這個星球上的意義。

其中讓我學到最多的是劇場，就連呼吸這種簡單的事都不例外：躺下、深呼吸、在腦中將空氣與能量在體內外進出的過程具象化，並將注意力全部集中在此刻的自己身上。你要讓你的心靈和身體共同運作，藉此百分之百清楚意識到自己的存在。另一個劇場練習是鏡像練習，其中一個領導者要和一個追隨者一起找出領導、追隨及創造之間的界線。這些練習似乎都很簡單，卻在我人生中最低潮的一些時候非常受用。

也就是在其中一堂劇場課，我點出了一個我認為很不公平的行為，並因此堅定不移地建立起我人生中最重要的一段情誼。

雷絲莉・塔克（Leslie Tucker）是個淺色皮膚的美國黑人，她是我在普林斯頓最先認識的其中一個人。她的模樣跟我完全相反，身材高挑的她長得漂亮又迷人。她說話風趣，天生就很會說故事，平日總是自然成為聚光燈的焦點。她同時也總是直言坦誠，有時甚至因此顯得苛薄，不過不知為何，她這樣做時並不會冒犯到別人，反而會引得大家跟著她一起笑。

每週只要到了劇本寫作課，我們就得交上寫好的劇本場景讓同學點評。雷絲莉總能說出非常犀利的評語，而她最好的朋友是英俊的安德魯・傑爾奇（Andrew Jarecki）。這兩人常常自己笑成一團，而我總想像他們是在拿別人開玩笑。有一段時間，雷絲莉沒做作業，也就是沒交上自己寫的場景，但她還是有參與的點評的環節。有一天我終於受夠了。

「我很抱歉，」我打斷大家。「我們還沒讀到你寫的場景，雷絲莉。」

大家都嚇呆了，沒人說話，包括我。我沒想到自己真的說出口了。

我繼續對全班說：「難道你們不覺得雷絲莉應該交上她寫的場景嗎？」

雷絲莉一臉詫異，她試圖做出回應。「我不確定瑪麗亞這樣說是什麼意思。」

我再次打斷她，我的心臟感覺像是跳到了喉頭。「都已經好幾星期了。這樣真的公平嗎？」

我們的教授因此被迫要處理這個問題，我才感覺正義有稍微獲得伸張。

下課後，雷絲莉問我為什麼要點名她，我們之間因此展開了一連串對話。雷絲莉的自在笑聲以及能夠隨興說出的嚴苛評論，總是令我害怕。可是她犀利又直言的坦誠讓我學到了另一件事：為了看清這個世界，你必須拿最難回答的問題來問自己。雷絲莉的問題總是直擊要害，可是她的見解也啟發了我，讓我開始自我省察。

那天在班上，我不只對她提出同樣直擊要害的問題，還因此明白了另一件事：就算過程並不舒服，但如果你能劃出界線，也就是點出不公平之處並保持誠實，通常代表你將人生又往前推進了一步，同時也是為未來可能結出的甜美果實增添了全新的養分。

就是因為這次挑戰了雷絲莉，並藉此理解她自己對榮譽規章的定義，我人生中最重要的一段友誼因此展開，我的處世風格也因此有了改變。保持沉默或屈從他人無法造就任何改變。開口發聲本身就是一種創造性的行動。

我也在劇本寫作課上學習到如何更有意識地創作，以及如何更自在地面對不確定性，並在此前提下持續探索。我一直有迴避怒氣這類負面情緒的傾向，可是我的表演老師要求我必須讓自己沉浸在情緒中。有一天，我正在課堂上演出某個場景，終於在演到一半時感覺到一種爆炸性的釋放感受，我以前昇華掉的所有怒氣都在那個當下奔騰湧出。接下來的兩週，當時大三的我完全控制不住我的怒氣，而且總在奇怪的狀況下突然爆發。

為了理解這個狀況，我走入了回憶的小徑。我的男友強烈要求我去讀愛麗絲．米勒（Alice Miller）的《幸福童年的祕密》（*The Drama of the Gifted Child: The Search for the True Self*），而我從中發現了關鍵論點：有些成功的人因為自身童年經驗而學會壓抑自己的情緒，反正他們的人生只要充滿各種成就就夠了。「他們表現得很好，甚至超凡卓越，而且幾乎做什麼都順利；他們受人崇拜及忌妒，而且只要想要隨時都能成功，」米勒寫道，「……可是憂鬱的情緒在這一切背後徘徊不去，那是一種空洞、自我疏離的感受，那是一種生命沒有意義的感受。」[1]

然後我因為讀到以下這段，想起在我肩膀上的那個惡魔，那個惡魔總是驅策我去做得更好：「然而，在理解自己童年的情緒世界時，他們的能力有所缺損——這種缺損的特徵是缺乏自尊心、出現想要控制和操弄一切的強迫症傾向，而且非常需要獲得成就肯定。」[2]

之後的我會逐漸明白，我或許是透過壓抑許多童年經驗的記憶——突然離開家鄉、在紐澤西身為局外人的驚恐害怕——來藉此生存下去並獲得成功，甚至因此想成為一個有權力的人。因此對我來說，不去試圖控制一切或濫用那份權力，將是至關重要的事。我希望我的野心能和《聖經》的黃金法則取得平衡：你想要別人怎麼待你，你就要那樣待人。

在那個時期，對我來說很重要的另一個文本是T．S．艾略特（Thomas Stearns Eliot）的文章〈傳統與個人才具〉（Tradition and the Individual Talent）。他提出一個論點，就是你在閱讀威廉．莎士比亞（William Shakespeare）時抱持的觀點會受到當時剛讀完的小說影響，而你對那本小說的看法也會因為你讀了莎士比亞而受到影響。這個概念崩解了時間、空間和傳統，讓過去和現在同時存在，不但能彼此改變還能共創未來。「藝術的情緒非關個人，」他寫道。「詩人若要達到這種非個人的狀態，就必須徹底將自己奉獻給即將要創作的作品。而他若要知道該創作什麼作品，就必須不只是活在現在的當下此刻，而是活在源自過去的當下此刻，而且他要意識到的不是死去事物的存在，而是已經活過並存續下來的事物。」—源自過去的當下此刻啊。

我開始意識到，你所創造出來的藝術品就是你的人生；今日的你就是由過去所有的你創造出來的（比如十歲的你），可是你今日的行動，其實也會改變之前所有不同版本的你。我不需要一直當那個追求成就的孩子，或者那個選擇疏離自我、過去及各種情緒的人。我是個什麼樣的人，其實是一種創造行動；我可以緊抓住過去，然後將我學到的一切轉化成新事物。我可以控制自己是什麼樣的人，以及我想成為什麼樣的人。

身為一個務實的人，我已經意識到了癥結所在，所以決心要用盡可能有建設性的方法來解決：綜合寇克船長和史巴克先生的特性。

我給自己下了一個包含兩個層面的挑戰：如何去理解這個世界以及我在其中的定位，還有如何在得以管控自尊心的前提下建立我的信心。我想要達成一種「空鏡」[3]的狀態，那是我從一本有關佛寺的書中借來的概念：你站在一面鏡子前，但觀看這個世界的視線卻能不受自我鏡像的干擾。我就想認識自己到這個程度，好讓我在探索身邊的世界並做出回應時，可以直接取消「自我」帶來的所有干擾。所謂「思緒清晰」莫過於此——那是一種移除自我和自尊心的能力。

那個時候的我對政治或世界大事毫無興趣。如果在校園中走過一群抗議南非種族隔離的示威學生，我也不會停下來參與他們的聯署活動。[4]我不知道那樣做有什麼意義，而且我趕著去上課。對我來說，菲律賓的存在只是一段模糊又神祕有趣的回憶。

可是在處理大四的議題劇時，我進行了各種研究，然後著手書寫一齣名叫《射手座》（*Sagittarius*）的戲劇，那是我在嘗試處理內心揮之不去的遺憾——這齣戲是個政治寓言，其中針對菲律賓還有我的家族史作出深入的探討。

我都已經正式展開了大學生活，老馬可仕卻還是菲律賓的總統。那時的他也是個會操弄選舉的獨裁者，他會使用軍隊來貫徹他的權力意志，還建立了一個盜賊統治政體，讓他得以從國庫偷走高達一百億美金。他的妻子伊美黛（Imelda）擁有舉世聞名的大量鞋子收藏，購買昂貴的香水時甚至不是以盎司為單位，而是一加侖一加侖地買。他們的鋪張程度駭人到羞辱國民的地步。

一九八三年八月二十一日，遭放逐的反對黨領袖兼老馬可仕的長期反對者小班尼格諾・艾奎諾（Benigno S. Aquino Jr.）回到了菲律賓。他很清楚自己回到馬尼拉必須面對什麼樣的風險，甚至還對媒體表示自己會穿防彈背心。然後就在他從飛機走下來時，遭人射擊頭部的他倒在機場的柏油地上，那位開槍者後來據推測是一名暗地為老馬可仕工作的保安人員。[5]那是菲律賓歷史上最令人震驚的片刻之一。

於是艾奎諾的遺孀柯拉蓉・艾奎諾（Corazon Aquino）成為反對黨領袖，不過她比較為人所知的稱呼是「柯莉」(Cory)。儘管困難重重，這位遺孀仍在一九八六年起身對抗獨裁者。我就是在那年從普林斯頓大學畢業。當時已經在位超過二十年的老馬可仕總統宣布提前選舉，柯莉決定參選，與他競爭。這是大衛對抗歌利亞*的戰爭，是正義與邪惡的對壘。

老馬可仕後來宣布勝選，但艾奎諾和她的支持者拒絕接受，於是數以千計的人民湧上馬尼拉最大的高速公路EDSA，後來甚至出現了上百萬人。這條公路平日車潮洶湧，多線道的路面兩側是茂盛的合歡樹和高樓大廈，警察和軍方的總部則被隔絕在道路兩側。之後抗議者還大批湧入馬拉卡南宮（Malacañang Palace），那裡是老馬可仕住的地方，地位大概等同美國的白宮。許多人都認為軍方會對群眾開槍。不過士兵選擇違抗老馬可仕要他們射殺群眾的命令。

這些抗議行動被總稱為人民力量革命（People Power），在菲律賓人的集體記憶中，那仍然是我們歷史上最英勇、最民主的時刻之一，同時證明了菲律賓人在面對最糟糕的壓迫時所擁有的能耐。

---

* 譯註：在《聖經》的故事中，年輕的牧童大衛只拿著一個彈弓就挺身與巨人歌利亞對戰。

這場和平起義驅逐了一位在位近二十一年的獨裁者[6]，之後還點燃了世界各地的民主運動——包括一九八七年的南韓、一九八八年的緬甸，還有一九八九年的中國和東歐。而就在一九八九年，捷克總統兼前任異議者瓦茨拉夫．哈維爾（Václav Havel）還感謝菲律賓人啟發了在他國家發生的民主革命運動。[7]

在我的劇本中，我想像出一位象徵老馬可仕的奶奶，她跟一個象徵柯莉．艾奎諾的母親對抗，為的是爭奪孩子的愛與監護權，而這個孩子就是菲律賓人民。透過書寫這部劇本，並將追求自身家族真相的心路歷程放入貝克特的戲劇框架中，我找到一個專屬於自己的方式，去解讀人生在我心目中的微觀與巨觀面向。我在書寫中展示的——就算我可能不是有意識地這麼做——更深層意義便在於個人即政治。我對於該效忠劇作中的哪個角色感到掙扎，也對這個政治議題及牽涉其中的不同行動者產生更多的同理情緒。這是我個人面對「遺憾」這個心魔的除魔儀式，也是我用自己的方式去提出那些家人總是盡其所能迴避的問題。

我的家人有來看我在舒適戲院（Theatre Intime）的開幕表演，那是普林斯頓校園內的劇場。戲演完，燈光亮起，我們被叫到台上謝幕，此時我看見我的父母在座位上哭泣。我也在哭。幾個月後，我們把我的劇本帶去了蘇格蘭的愛丁堡國際藝穗節（Edinburgh Festival Fringe）演出。

那次「源自過去的當下此刻」是一段美好的智識探索時光，但即便是在當時，我就明白缺乏情感的智識終究不夠完整——此外，有些最了不起的洞見只有在你願意放棄用知識去掌控時才會浮現，而那是我仍不願去做的事。我內在的史巴克先生幾乎掌控了我人生的早年時光。我一直在學習如何做決定，卻又很怕犯錯，有時也因此花費太多時間做決定。在畢業之前，我總覺得隨便做錯一個決定都有可能毀掉人生。

儘管如此，為了應付迷失或需要快速做出決定的時刻，我開始發展出一個公式：我檢視讓自己感到害怕的事物、放低自尊心，然後遵循黃金法則及榮譽規章來行事。

這個做法總是有用。

所有人都想找到自己的歸屬之地。

我從不覺得自己是個百分之百的美國人。我知道有什麼地方就是不對勁，所以決心要把不對勁的地方找出來。而如果我不是美國人，我心想，那就一定是菲律賓人了吧（真懷念一切可以不用那麼複雜的日子）。畢業的那一年，在做完所有該做的事之後，我把眼前的各種工作機會及申請醫學院或法學院的可能性都放在一旁，反而先申請了傅爾布萊特獎助金（Fulbright fellowship）。為了持續那齣劇本所開啟的追尋之旅，我要回到菲律賓——我要去找我的奶奶、去找我的根源，我要去找我的家。

家。一個安全的地方。一個庇護所。此外這個字還連結到一些更深層的意涵。比如家代表了安全，代表無論我們做了什麼都能獲得家裡的接納。當十歲的我跟母親和新父親坐著車子離開聖舒拉卡學院時，我還記得自己在思考該不該逃跑。我該想辦法自己逃回奶奶家嗎？每次有老師問我家在哪裡時，我總是迴避這個存在主義式的問題，然後給出一個源自左腦的答案：我會說出我住的地址。

家跟情感根源有關，其中包括文化、食物、各種約定俗成的價值觀，還有因為家人彼此熟悉而帶來的溫暖。那地方是你的歸屬之地。其中的各種儀式會為你標記出時光的流動、為其賦予意義。

身為一個不停在窺視身邊世界、渴望歸屬其中，卻仍接受自己觀察者身分的局外人，我終於能坦然擁抱自己的狀態了。我學會去聆聽及學習、去成就並表現卓越，可是一直要到大學畢業後，我才終於找到真正去探索這個世界的勇氣。

第三章

信任的速度

讓自己脆弱

叢林求生訓練，攝於 1980 年代晚期

眼前是一道雙開滑門。我總在想自己可能成為怎樣不同的人？如果我的父母把我留在菲律賓，我又會過著什麼樣的人生？當我走出馬尼拉機場時，撲面而來的是濃烈的濕氣、熱氣和噪音。這是我在睽違十三年後的初次回歸。

我回到昆頌市拜訪奶奶，在我還是孩子的回憶中，她是如此巨大又懾人。在我意識到我們住的地方距離柯莉．艾奎諾在時代街上的住處只隔幾間屋子時，過去和此刻碰撞在了一起，不過在她成為總統後，住處周遭開始環繞著許多保安警力。我在客廳等待，雙眼盯著大理石地板，在我記憶中那片地板寬廣得彷彿沒有邊界，然後我又望向屋外沒有好好打理的院子。現在一切看起來都好小。

我的奶奶走出房間經過走廊上的聖壇，以前我們都會一起在那裡禱告。我動也不動地釘在椅子上，她在我面前坐下。她比我記得的嬌小很多，背有點駝，看起來沒印象中嚇人。她開口說話，口音很重，我心中產生一陣違和感。不知為何她在我的記憶中說的總是美式英語。我看著後院蔓生的雜草，記得那裡曾有一條通往女僕住處的小路。難道那也是我憑空想像出來的嗎？屋子四處都散發著衰敗的氣息，一切都讓我聯想到查爾斯．狄更斯（Charles Dickens）小說《孤星血淚》（*Great Expectations*）中的郝薇香小姐（Miss Havisham）。*

在這個源自過去的當下此刻，我印象中的一切都必須有所調整。

我去那裡的原因之一，是想感謝奶奶帶給我的許多價值觀都在我建立人格的道路上提供了幫助，可是真實人生畢竟棘手多了。而且回憶會騙人。她沒有正面與我對話，而是對我的出身教養進行攻擊，而且仍試圖要讓我討厭我的母親。我一邊聽她說話，一邊在腦中針對這個場面進行如同實況報導的現場解說，不過表面上只是不停點頭表示同意。我覺得迷失，其中一個原因在於我是個徹頭徹尾的美國人，而我奶奶是個徹頭徹尾的菲律賓人。我想我讓她失望的程度不亞於她讓我失望的程度。真不知道我之前怎麼會以為，只要能夠回來，就能立刻針對我的認同問題找出答案。

於是我把注意力放在傅爾布萊特獎助金上。在回到馬尼拉之前，我已經完成了那齣議題劇《射手座》在蘇格蘭愛丁堡國際藝穗節的演出製作。在那齣劇的海報上，我用了《菲律賓自由媒體》（*Philippines Free Press*）最後一期封面，那是在菲律賓的一個英語新聞雜誌。老馬可仕宣布戒嚴的前一天，這期封面頭版的評論漫畫提出了一個問題：「你想生活在獨裁者的統治之下嗎？」我的傅爾布萊特獎金計畫是探討政治劇在推進政治改變上的角色。

所以我加入了已經成立十九年的菲律賓教育劇場協會（Philippine Educational Theater

* 譯註：郝薇香小姐這個角色曾在婚禮上遭到拋棄，所以決定餘生都穿著婚紗。

Association，簡稱 PETA），那是人民鬥爭劇場的大本營，在人民力量革命的發展中也扮演了把人民帶上街扳倒老馬可仕的重要角色。這個國家曾有一度因此感到歡天喜地，所有菲律賓人都以自己的勇氣自豪，而且對可能的未來充滿希望。

我媽跟我說過，一九七三年十一月，她把我們從學校帶走並前往美國的路上，我問了她一個問題，「那小雀呢？」

打從穆瑞兒·「小雀」·馬卡瑞格（Muriel "Twink" Macaraig）四歲和我五歲開始，我們兩人就認識了（菲律賓會一派自然地使用許多奇怪的暱稱，例如會把成年男子稱為「小男孩」，或把政府官員稱為「小丑」）。我還記得小雀是我三年級那班最高的同學，她很愛吵鬧，總是到處亂跑，因此上唇總是浮著一層銀白色的汗。可是自從我在十三年前那天離開那間教室後，我們就沒見過彼此了。不過她透過我的表親聽說我回到菲律賓。後來她跟我說，我們的「綁架案」在一九七三年時造成了很大的騷動，所以她才對我的遭遇這麼好奇。

此時的小雀已經長成一個嬌小、美麗，而且很有自信的女人了。在人民力量革命結束後，她跟許多其他人一起決定去徵選「人民電視四台」（People's Television 4，簡稱 PTV4）的主播工作，那是一個政府電視台。她來自一個律師及記者之家，本身非常熱愛講故事：那些風趣又引人入勝的祕聞軼事都幫助我更了解菲律賓。

她積極和我重新聯繫情感，把我帶進她的世界。某天傍晚，她因為要播報晚間新聞而把我帶到電視台。我們走進新聞編輯部，在一整排播放不同電視台畫面的電視前，我看見許多手動打字機在辦公區叮咚作響，同時每一個電視畫面也在發出刺耳的聲響。編輯部的右邊有台電傳打字機正在「吐出」一頁頁新聞報導。空氣中飄著微弱的香菸氣味。

我跟著小雀穿過走廊進入攝影棚，走廊是一片徹底的陰暗。自從這些建築物被人民力量革命沖刷過後，這些壞掉的磁磚和破掉的燈泡顯然沒獲得什麼整修經費。陳舊的尿騷味瀰漫在陰暗的廊道間，其間還有流浪貓在遊蕩。

可是世間真沒什麼比現場新聞播報更刺激的事了！我真的很愛看到這些工作截然不同的人——從新聞編輯室寫手、腳本傳遞員，到技工到攝影師——全都各司其職，就為了把現場節目帶進每個人家中。有些播報腳本是在開播前才寫好，甚至是在播報途中才開始寫。我真是看得入迷：有時腳本是在主播要播報的前幾秒才從本子撕下遞過去，又有時在導播大吼「播放！」的前幾秒，才有傳遞員拿著 VTR 磁帶——3／4 英寸的磁帶——剛好及時推進 U-matic 播放器的插槽內。

就像我年輕時參加的管弦樂團一樣，這是一群人在想辦法演奏出新聞的樂音，只不過這次是有巨大影響力的一群人在創造出歷史新頁。當然，這個播報系統勢必要為了播報即時新聞而有所改良，背後的團隊有其強項但也不是沒有缺點，可是無論如何，這個系統仍非常強大。

小雀把我介紹給跟她搭檔的主播貝琪・恩瑞格茲（Betsy Enriquez），她是電視台最資深的主播。還有另一位主播是前歌手茱蒂絲・托雷斯（Judith Torres），我後來才知道，她那毫無口音的英文也能轉化為俐落、清晰的文字。我當時不知道，我們往後的人生和事業會交纏在一起。

由於小雀也必須播報夜間新聞，因此在兩場播報空檔吃晚餐，幾乎已成為她的每日固定儀式。晚上十點的新聞導播是個大家都喜歡的灰髮資深員工，可是他總在控制室睡著，而不可思議的是，整個團隊竟然也還能運作下去。就算我從來沒導播過新聞節目，但要表現得比一個睡著的人好想必不難。於是沒過幾週，我就說服了PTV4的經理階層讓我導播夜間新聞。

菲律賓媒體產業的問題，也反映出這個國家的政治及公司文化問題。任何民主政體都是由其中的組織機構定義而來，因此每個民主政體都有類似問題，不過這樣的問題在一個才剛擺脫獨裁統治的民主政體中尤其嚴重，因為這裡的人民才剛開始努力建立所謂的民主文化。大眾媒體的效能、透明度及可信度，跟菲律賓做為一個民主政體的存續緊密相關，因此我很快就意識到投身其中所能擁有的極高回報——相對於其他產業，新聞業或許可以讓我對這個國家的改革及健康體質做出更多貢獻。我們現在已經看不到這種可能性了——社群媒體平台已盡其所能地摧毀了這些過往的普世價值——可是在一九八〇年代的大家都同意一個事實，那同時也是我們得以共享現實的基礎，那個事實就是：如果沒有好的新聞產業、沒有透過健全程序產製給觀眾的事實及資訊，那就不會有民主。新聞業是一項使命。

貪汙是危害菲律賓這個國家最嚴重的問題之一。無論是在政府、媒體業，還是在每個人的日常生活中都能發現。政客和警察有恃無恐地濫用他們的權力、電視頻道為了推展業務而自我審查，而官員也會跟一般人索取小額賄賂。這類發生在媒體業的事情其實也發生在菲律賓的所有其他產業中；比起事實，人們更願意去維護人脈。就連柯莉・艾奎諾總統都在她的處世哲學中指出，菲律賓人應該要優先考慮與老馬可仕年代的人事物和解，而不是試圖報復。不過那樣的態度在當下的時空有其道理：這個國家在擺脫獨裁者之後，需要先療傷止痛。

媒體的問題不只在於長期經歷了老馬可仕的國家管控。這個產業也有自己的貪汙傳統，也就是我們所謂的「信封新聞業」，這裡指的是記者會主辦人會將裝了錢的信封發給來參加的記者。好的記者會拒絕收下這些信封，但也不會去指責或揭露那些收下的人。當時大多數從業記者都是私下表示知道同行間有這種貪汙問題存在，但選擇當作沒有這回事。大家總覺得，畢竟每個人都有家庭要養。所以，跳出來揭露貪汙問題的記者，總是最先遭受攻擊的人。這情況直到現在都沒有改變。

其實，就連ＰＴＶ４位於昆頌市的攝影棚及其中的播送設備，都可說是菲律賓當代史的重要焦點，同時也是菲律賓民主轉型的象徵。這些空間本來是由ABS-CBN新聞台興建於一九六八年，不過這些全新的攝影棚在老馬可仕宣布戒嚴後的一九七二年遭政府停工徵收。跟老馬可仕有裙帶關係的人從原本的業主羅伯茲家族手中接下這些設施，並將此處改為「高貴傳播公司」(Maharlika Broadcasting System，簡稱MBS)。等到人民力量革命把老馬可仕趕走之後，ＭＢＳ才又變成了ＰＴＶ４。

小雀、茱蒂絲和我這些新手，跟保守老鳥之間其實存在一道鴻溝，畢竟那些老鳥打從電視台還是老馬可仕政權底下的ＭＢＳ時期就已在此工作。這些老鳥懂得不要沒事找事做，因為多做不但不會帶來好處，反而常常害自己受罰。

所有在老馬可仕時期的知名主播都無法在這個新世界立足。在老馬可仕政府時期聲名卓著的主播都背負著汙點，被趕出這個產業。小雀、茱蒂絲和其他許多女性都是在人民力量革命運動之後，前來徵選ＰＴＶ４的主播職位。觀眾有幾天時間可以投票選出他們最喜歡的人選，然後再由頻道的管理階層選出代表這個新國家的主播。就跟示威抗議者群起衝入馬拉卡南宮一樣，這個新團隊的公開徵選活動也象徵了菲律賓的脫胎換骨。小雀和茱蒂絲完全不同於刻板印象中的菲律賓女性。她們自主又聰明，而且行事作風大膽；她們敢直言點出各種偽善，並不怕明確指出是非對錯，而且在老馬可仕政權結束後更是如此。

PTV4同意雇用我的原因有幾個：我不支薪，因為我本來就是拿傅爾布萊特獎助金來到菲律賓，此外小雀和茱蒂絲讓我等於已經擁有了一個團隊。沒過幾個月，我們就獲准自己撰寫、編輯、監督、導播，並製作出每日的現場直播新聞——就我們三個。

這就是我運用那筆傅爾布萊特獎助金的方式：實境劇場。我選擇投入新聞業。

我總是在新聞編輯室和攝影棚，從早上七點待到午夜。我很早就學到的教訓是，任何一個自由媒體組織想要永續經營，就必須仰賴好的製播內容。除了製作層面的基本功之外，我進一步創造出更追求卓越的標準及節目編排。新聞部的主管每次聽了總是搖搖頭，他把我當成不需要認真看待的外行人，可是小雀和茱蒂絲是想把新聞做得更好的菲律賓人。而且隨著我們做得愈多，想做的事情也愈多。

我開始理解「工作流程」的概念：那是一個能將新聞報導精準執行出來、且步驟明確的標準化程序，其中每個步驟都需要嚴格的品質控管。在菲律賓的工作文化中，想要指出錯誤或要求他人改善，會讓開口的人付出代價；所謂「順暢的人際關係」(smooth interpersonal relations，簡稱 SIR）始終是大家長久以來的優先考量。所以我們創造出自己的團隊，並將我們對新聞播報應有樣貌的願景灌注其中。

我們希望我們的影片能透過最緊湊的編輯、最合適的編排來陳述一則新聞報導，而不只是鬆散又無意義地使用拖沓的輔助畫面。我們用「現在式」來寫口播稿：使用簡短、緊湊又活潑的陳述句，而非絮絮叨叨的複雜句構，已成為我們的慣例。我要求攝影的運鏡節奏更為緊湊，這代表我們的攝影師——他們都是男人——不能在拍攝現場節目時呆坐在椅子上。

我也開始經由不同方式更加理解「自我審查」的樣貌。受過獨裁政權統治而留下的舊習慣顯然不容易擺脫。比如在主播稿上就很容易發現自我審查的情況，其中的措辭會在此時變得拗口古怪；如果這麼做是為了取悅老闆倒還算小事，最糟的情況是為了避免激怒政權。我第一次指出自我審查的一個狀況，是因為我真的沒搞懂為什麼那段腳本要用這麼迂迴的方式來寫。在政府電視台的新聞編輯室中，替政府卸責似乎已成為根深蒂固的習慣。小雀立刻拿出筆重寫了我質疑的那段播報詞，但也因此被叫進新聞主管辦公室裡解釋這麼做的原因。

不到四個月，我已經提案並開始領導這個電視公司的第一個新聞雜誌節目《四遠見》（*Foursight*）[1]，我的團隊是一群有活力又有創意的年輕人，之後只要我又想嘗試些新東西時，都一定會以當時的團隊做為原點來發想。我們有一股極度強烈的使命感；我們覺得我們在記錄當下的同時也在改寫歷史，因為我們會糾正過去的各種錯誤。在那個年代，記者是公共領域的掌門人，我們嚴肅看待自己所背負的責任。我們會一句句確認節目講稿——第一個確認的是記者、然後是製作人、然後是執行製作，最後是法務部門。我們為這些句子中的每個字負起責任。

我重新開始呼籲要讓PTV獲得更多經費。我問我們能不能清理走廊、更換壞掉的燈泡、趕走那些流浪貓跟揮之不去的臭氣。於是開始有人針對政府經費、預算，以及光是確保一切保持運作就得花費多少心力及金錢等主題，對我長篇大論說教。可是在我心裡，這種心態就是甘於平庸；你只是有什麼做什麼，根本沒試圖去爭取更多。

事後證明，從獨裁過度到民主的過程可說充滿動盪及混亂。我回來的那一年，艾奎諾總統就面對了六次嘗試推翻政府的政變。每當有長期統治軍隊的人被趕走時就會發生這種事，於是在老馬可仕離開後，菲律賓軍隊開始意識到他們可以故技重施。他們認定艾奎諾總統是位軟弱的女性領導人，對她很不滿意，因此之前成功驅逐老馬可仕的士兵——他們自稱是改革暨武裝力量運動軍（Reform the Armed Forces Movement）——也一直試圖趕走艾奎諾。他們前五次的嘗試都在發起前事跡敗露，一切可說相對快速地獲得平息，過程中也沒有太多暴力。

我們難以避免地捲入了幾次嘗試推翻政府的軍事叛變中，因為在軍方試圖掌權的過程中，優先事項之一就是要為了管控資訊，而奪下政府廣播電台或電視台。媒體對於維繫政權而言至關重要；所有獨裁者都必須優先掌控廣播和電視的無線電波。確實，點燃人民力量革命的火星就來自廣播，當時就是天主教馬尼拉總主教辛海棉樞機（Jaime Cardinal Sin）鼓勵人民走上街頭。我正是因此理解了新聞媒體的重要性，新聞媒體的生存與完整性也影響了民主政體的存續。

一九八七年八月二十八日一大早，軍方針對艾奎諾總統發起第六次軍事叛變，這次的暴力規模最為龐大。反叛士兵不只奪下了馬拉卡南宮、維拉莫爾空軍基地（Villamor Air Base）和其他一些重要戰略據點，還掌控了我們用來播送新聞的幾棟建築物。前一天的我花了整晚在我們辦公大樓的地下室編輯新聞，不過一旦意識到發生什麼事後，我就偷溜到附近的卡米洛特飯店（Camelot Hotel），當時遠道來找我的大學男友就住在那裡。我們在飯店裡看電視，看見反叛士兵跟警方短暫交火，之後所有被占領的設施又都回到政府手中。超過五十人在這次未成功的叛變中身亡。因此，媒體和政治之間的關係很早就在我心中烙下深刻的印象，特別是因為在菲律賓，過往的政治幽魂總是糾纏不休，隨時準備再次吞噬掉我們。

大概就是在那個時候，我接到了謝琦・拉扎羅（Cheche Lazaro）的電話，當時的她是在重啟營運的 ABS-CBN 擔任公關部長，同時也是該頻道聲名卓越紀實節目《探查》(*Probe*)的主播。ABS-CBN 曾成為老馬可仕的宣傳喉舌，不過艾奎諾政府仍將原本屬於他們的播送建築設施還給他們，而他們也同意在約定好的時限內與ＰＴＶ４共用這些建築設施。ABS-CBN 的黃金時段新聞節目跟其他使用英文的既存新聞節目不同，他們用的是菲律賓語，收視率也是壓倒性地高。謝琦邀請我加入她的團隊時，我說好，所以除了導播ＰＴＶ４的新聞節目之外，我也和謝琦一起導播、製作，並編輯《探查》這個紀實節目。

此時的我可說忙到不行，我在行使我這個年紀的人根本不該有機會行使的權力，同時也狼吞虎嚥地汲取大量經驗。可是我的傅爾布萊特獎助金計畫已逼近尾聲。此外我的大學男友之所以特地來菲律賓找我，其中一個原因也是要確保我還會回去美國。

然後謝琦決定自己開公司，她邀請我加入。她的願景是做出真正以調查報導為主的新聞雜誌節目，她的這份熱誠也感染了我。我們想證明，菲律賓人值得擁有更好的新聞節目，而且沒有比人民力量革命運動結束後更好的時間點了；因為既然此時的人民希望獲得更好的領導人，那麼這個國家的管理體系也該隨之有所提升。

可是我們遇到了一個問題：我還有極度高昂的就學貸款需要償還，而《探查》支付的薪水甚至無法讓我租下一間公寓來住。謝琦提供了解決辦法：除了為她工作之外，她要我去跟她的家人一起住。我毫不猶豫地答應了。

父母都覺得我瘋了。他們說我在普林斯頓受的教育都白費了。然而在傅爾布萊特獎助金計畫結束後，我沒有回到美國，反而是用謝琦替我買的來回機票先回家跟親友道別，之後又回到馬尼拉。這是一個徹底改變我人生的決定——也是我人生做過最好的決定。

我選擇去做一個不停學習的人，但也不僅止於此——我還學會了信任：我放下了我的防備，並容許自己脆弱。我很少在選擇信任別人時感到失望，而那對我來說就是一種力量，也是我信任人性良善的原因。只要讓自己脆弱，你就會創造出最強大的情感連結，以及各種啟發人心的可能性。

我今日身為記者和領導者的大部分能力，都是我在《探查》節目中事必躬親後慢慢累積出來的：我同時是寫手、導播、製作人、影音編輯，還有執行製作。年紀才二十出頭的我在此學會如何創立、建構一個團隊，並讓這個團隊的整體能力比每個成員各自的能力加總還要強大。《探查》讓我在廣播電視領域經歷了最扎實的訓練——可能比我在美國任何一個電視台能獲得的訓練還要更好。我不只是從做中學，還學習到如何帶領團隊。我們處理的議題和必須配合的時程，都讓我們的工作節奏快到瘋狂，任何年紀比我大的人都不會願意這麼做，不過這就是你讓瘋狂的年輕追夢者去建立一個工作團隊的結果。

我在達斯馬里尼亞斯村落（Dasmariñas Village）地區一個蔥翠的豪華莊園中和謝琦及她的家人住了兩年。那時候的謝琦是個知名記者，也是家喻戶曉的名人，而她的丈夫達爾芬・拉薩羅（Delfin Lazaro）[2]是菲律賓的能源祕書長；換句話說，這裡有兩個記者每天都跟一名政府官員一起用餐。不過我們劃出了新聞界限，自己創立了許多規則，像是「晚餐時不問問題」。無論我如何仔細觀察，都沒有在謝琦和達爾芬身上看到貪汙、貪婪或自私的一面。雖然他們都是公眾人物，生活卻很低調，也極力避免任何鋪張豪奢的行為。

達爾芬和謝琦跟世間各種版本的老馬可仕不同。他們為在菲律賓文中遭到濫用的許多詞彙賦予了新意義，像是 delicadeza，意思是在鞏固權力後做出對的事，另外還有 utang na loob，字面意思是「發自內心的情義」。達爾芬和謝琦用最純粹的形式打造出他們的價值觀：他們的 delicadeza 就是展現出專業、並做出讓自己驕傲的事；至於對 utang na loob 的執行方式，則是絕不讓自己淪落至酬庸或貪汙的處境中。

這些價值觀有一部分源自謝琦的家族。謝琦的爺爺是文森特・林將軍（General Vicente Lim），他是第一位畢業自西點軍校的菲律賓人。她跟我說過，他是如何在二戰期間領導一個地下反抗部隊與日本對抗，並奮戰到遭敵方俘虜並斬首為止。那是一個關於信念、勇氣及激情理念的故事，他支持為自由而戰的人。

在人生的那段期間，我意識到自己有可能過上理想的生活——就算我所選擇的生活方式，跟這個具有強烈階級意識且分層明確的封建菲律賓社會之間存在鴻溝，我仍可以想辦法將這個鴻溝連結起來。謝琦和達爾芬讓我明白，你可以在不妥協理想的情況下獲得成功。但那必須是一個有意識的選擇；所以你必須選擇去讓自己變得更好。

謝琦的活力驅策著我們所有人前進：她總是行事公平、透明，而且只要能趕得上我們那些瘋狂的截稿時間，不管什麼事她都做得出來。她也讓我明白，就算菲律賓充滿缺點，你仍要擁抱菲律賓、去愛菲律賓。就跟大多數菲律賓人一樣，謝琦的人生圍繞著她的家庭，可是她的家族傳統讓她把那份愛轉化為對國家的愛。那份對國家的愛就是《探查》的核心，而且因為我們很年輕，所以真的是為這個節目付出了一切。

隨著學會在理性辯論後針對複雜、尖銳的議題做出判斷，我也總會在做出判斷後，回頭檢視我的黃金法則及一直以來抱持的各種價值觀，並重新思考：我們究竟要如何在善良與邪惡之間劃出界線？

一九八八年，菲律賓熱帶魚類出口協會（Philippine Tropical Fish Exporters Association）針對

《探查》一則氰化物捕魚的報導提起訴訟，他們宣稱這則報導有誹謗的問題。由於當初是我撰寫、導播並製作了這則二十分鐘的新聞，我們的律師立刻把我的名字放入辯方證人名單。那是我第一次必須處理這種事，我嚇壞了。

謝琦立刻表示可以由她去作證。她代替我打了那場仗，而法官也作出了對《探查》有利的判決，認定此節目的報導是基於承襲自美國的菲律賓權利法案（Philippine Bill of Rights）。她當時說的話我記到現在，而且仍影響著我捍衛新聞報導的方式。「我們的操守和信用很容易在這個產業陷入危機，」她說。「所以如果有任何人前來指手畫腳，表示我們不能播放某則新聞或希望事前審閱新聞，那就等於封鎖了我們的媒體自由……而我們永遠、永遠、永遠都不能容許自己受任何人威嚇，無論對方是誰都一樣。」

對我來說，謝琦的那番話愈陳愈香，而在源自過去的當下此刻，這番話更是累積了豐富的意義。我們永遠、永遠、永遠都不能容許自己受任何人威嚇，無論對方是誰都一樣。

雖然我因出身背景同時橫跨東方和西方而感到痛苦，但讓我們得以順利推進《探查》這個節目的，卻是這個兩個世界的相遇。一九八八年，有人為《探查》打了一劑強心針：我們得到和有線電視新聞網（Cable News Network，簡稱ＣＮＮ）的商業合作機會。

蓋瑞・史崔格（Gary Strieker）是CNN位於奈洛比分社的社長，他正在馬尼拉找記者，於是邀請謝琦來進行試鏡及面試。當時的CNN才成立七年，還不是美國的三大新聞網之一，可是已經開始闖出自己的名聲。謝琦要求我跟她一起去，我去了之後，蓋瑞也要我提出應徵申請。我猶豫了，我向他解釋我沒有上鏡頭的經驗，可是謝琦說服我去試鏡，還仔細教導了我所該知道的一切。我應徵上了那份工作。

上鏡頭真是一種必須表現自然的最不自然形式。我仔細思考了該如何執行，最後覺得似乎必須擺出一種自大姿態，而報導新聞所需使用的抑揚頓挫也跟我平常的習慣非常不同。可是若是不表現得自大一點，我的新聞報導就會被視為缺乏活力與權威感。還記得第一次站在鏡頭前報導時，我的老闆從亞特蘭大（Atlanta）打電話來說我看起來太年輕、聲音也太高，而他的解決方案是：穿上套裝、化妝，然後喝白蘭地讓嗓音變低。所以剛開始的幾次現場播報，我想我甚至還沒結束就已經醉了。

剛開始做這份工作的我表現很糟。當時我深信CNN會雇用我，只是我能講標準的美式英文，而且又不用付我太高的薪水。在那個時期，我一邊擔任CNN的接案自由記者，一邊在做《探查》；這對兩個單位來說都有好處，當然也讓我快速累積了大量經驗。

但重點也不只是累積經驗。你所做的選擇會影響你逐漸展現出來的樣貌。若要說是什麼塑造了我的人格——或是我承受各種威脅的能力——那絕對是因為成為了在電視上報導突發新聞的記者。我因此學會在現場直播時沉著以對，有時甚至還真的得在交火過程中進行報導。這成為我的超能力。在報導突發新聞的電視節目上，你一旦慌了就沒辦法有畫面，如果還是現場直播，那當下的一秒鐘會跟一輩子一樣長。在往後的人生中，我也常回頭仰賴這項技能：壓抑情緒、保持冷靜，用三個要點總結出一則報導。就像肌肉記憶一樣，這項技能會在必要時自動運作起來，幫助我撐過一次次的危機。

我在CNN時還學到一件事，就是如果真想把事情做好，堅持理想就會變得更困難。一開始，我從美國收到一批可拍攝六個月的巨大、沉重U-matic錄影帶。可是在去領取包裹時，有名海關官員要收取賄賂才願意給我。我拒絕了。但隨著時間一週週過去，後來又拖了幾個月，不知何時才能真正收到錄影帶的沉重負擔開始嚴重影響我的表現。CNN希望我透過必要手段把錄影帶拿到手，但他們不可能正式准許我去支付那筆賄賂金——美國企業要是賄賂外國官員，會觸犯海外反貪腐法（Foreign Corrupt Practices Act，簡稱FCPA）。我後來才知道，美國企業通常會雇用一名中間人來處理這類問題。

我還是拒絕支付那筆錢。我就是那麼固執。我不想默許這種事；這是原則問題，不是嗎？所以那些錄影帶就一直卡在海關。又過了將近一年半的時間，謝琦才插手讓我們終於不用付錢就拿到那些帶子。那是我第一次想：如果你們都不打算遵守法律，那法律還存在做什麼？如果一個民主政體想免於——如果一個媒體組織想免於——貪汙問題的滲透，那是否代表我們必須每次都得劃清是非對錯的界線，而且抵抗所有可能對新聞真相造成的傷害？

一九八九年十二月，針對艾奎諾總統的第七次政變開始醞釀。之前幾次的政變已經暴露出有哪些可惡的士兵效忠於老馬可仕，另外又有哪些士兵屬於幫助結束老馬可仕政權的一方。然而才沒過幾年，這些身處對立陣營的士兵卻決定聯手叛變，還另外招募了好幾千名戰士參與，其中包括偵查遊騎兵的菁英部隊以及海軍陸戰隊。他們指控艾奎諾總統無能又貪腐——但幾乎全是毫無根據的指控。

那時二十六歲的我已經扎實進行了兩年的報導工作。同時為《探查》和CNN工作讓我成為一個很好的製作人，卻仍是一名糟糕的電視記者。不過這兩份工作讓我有了兩倍的新聞來源，而記者的真功夫就取決於新聞來源的數量。所有取得真相的基礎都在於信任。在社群媒體出現之前，信任的建立必須仰賴你的工作紀錄，以及所屬新聞組織的職業操守。謝琦和《探查》已經在我們的社會確實打下人脈基礎，願意信任我的潛在對象也因此變多，而CNN的全球觸角更幫助我放大許多重要報導的影響力。因此我很早就具備了兼顧在地和全球的獨特視角。

政變開始時，我為了CNN出門進行報導。我感覺到在報導突發新聞及衝突新聞時總會高漲的腎上腺素。任何時代的戰區記者都知道這種感覺會讓人上癮，可是並不會一開始就知道。那種忙亂的處境，會需要記者在每個當下保持清晰的專注力：你必須同時聆聽廣播、接觸（在當時或許就是登門造訪）新聞來源以得知他們的經歷，然後將一切快速傳回位於亞特蘭大的CNN中心，好讓他們把新聞發布出去。而我在這麼做的同時還得到處奔走，想辦法預測接下來的走向，好讓自己奇蹟似地出現在事件發生的現場，並用影像將情況記錄下來。這也是我愛這份工作的原因之一：我得在現場拍攝到影像。

我的攝影師葸內．桑提亞哥（Rene Santiago）是個身高很高，而且沉默寡言的人，他也是我在突發報導領域的老師。他不常說話，但透過重複的示範教會了我一切。我學會在他推擠向人群前方時緊抓住他的腰帶。他從來不在乎會不會激怒別人；他就是要拍到影像。

我們很快就得知反叛軍攻占了洲際飯店（InterContinental Hotel），那是在金融中心區的一棟高樓大廈。在快要破曉前，我們小心翼翼開車駛向無人願意接近的地區。雙方才在前一天在此開槍並以迫擊砲交火，沒有人知道狙擊手會從哪裡射擊，所以大多數記者都躲得遠遠的。可是我想找到負責決策的叛軍首腦。所以我們在車上帶了一條白床單，把床單綁在收音的麥克風長桿上。葸內開車進去時，我們關掉空調、打開車窗。

四周非常安靜，你可以聽見鳥在啾啾鳴叫。我意識到自己屏住了呼吸。我們進入了冷清寬廣的阿亞拉大道（Ayala Avenue），那是金融區內的六線道主要幹道。一九八三年，在這條兩邊排列著高樓大廈的道路上，憤怒的人們抬著小班尼格諾·艾奎諾（小名尼諾）的屍體在此遊行。而在那三年後，人們同樣為了慶祝老馬可仕政權的終結而撒著碎紙花在此遊行。

「我可以坐在窗框上嗎？蒽內？」我問。我想只要揮舞綁上白床單的收音長桿，那些神射手就會知道我不是士兵。

他開始朝四周指出他認為狙擊手所在的高樓。

我起身坐到窗框上，這樣才能揮舞那片面白旗。我們緩慢開了進去。之後的這幾分鐘極度難熬。

我跳下車時真的從未這麼開心過。我把白旗從麥克風的收音桿解下，蒽內和我快速走進洲際飯店大廳。叛軍指揮官拉法·加爾韋茲上校（Colonel Rafael Galvez）同意接受我們的採訪，這是他第一次面對國際觀眾。之後他指派了一名叛軍護衛帶我們開車前往半島酒店和其他位於馬卡蒂地區（Makati）的建築，好讓我們跟一些叛軍士兵以及幾位冒險進入冷清街道的平民聊聊。我們因此有了報導素材。

在一九八九年嘗試推翻政府的那次政變中，蒽內和我建立了強大的信任關係。我們是一個彼此信任的團隊，而這正是做出好新聞的第一步。我們的合作關係後來持續了將近二十年。

那場嘗試推翻政府的政變持續了九天，其結果可說是最血腥的一次：九十九人身亡，其中包括五十名旁觀平民，另外還有五百七十人受傷。柯莉．艾奎諾仍坐在總統的位置上，可是她的政府此後一蹶不振。她嘗試在獨裁統治後塑造出一個民主的領導團隊，可是卻始終無法制止軍隊在人民力量革命時養成的叛變習慣。

到了一九九二年，菲律賓人迎來的新領導人是菲德爾．羅慕斯（Fidel Ramos）總統。他是柯莉．艾奎諾選定的接班人。他曾協助趕走表哥老馬可仕，之後就在她的領導下帶領軍隊。在羅慕斯的領導下，改頭換面的菲律賓繁榮起來，成為周遭地區的理想模範，甚至獲得「亞洲虎」*的稱號。儘管艾奎諾處理軍隊的手法引發頗多爭議，但她也確實為菲律賓建立了可能穩定及繁榮發展的基礎。

我就是在那些年投身工作，並展開自我發現之旅。蠟燭兩頭燒的我不但要處理《探查》的導播及製作工作，同時也是CNN馬尼拉分社的記者兼社長。我常必須先執行拍攝謝琦的導

---

* 譯註：亞洲四小虎指的是一九九〇年代經濟發展迅速的印尼、泰國、馬來西亞和菲律賓。

播工作、等拍完她之後再自己站到鏡頭前報導新聞、接著撰寫並編輯她的二十分鐘新聞稿，最後再為我自己的CNN報導進行撰寫、錄製音軌及編輯工作。我從早上八點開始工作到晚上九點，工作完之後幾乎每天都會出門吃晚餐再到酒吧玩，然後就這樣一路待到至少凌晨兩點。誰需要睡覺呢？我把每天的二十四小時運用到極致。那真是我光輝燦爛的二十到三十歲——我一分一秒也不想浪費。

我懷念劇場和音樂，所以除了現有的工作及生活之外，我還開始執導音樂會。我執導過最盛大的一場活動是在馬尼拉的音樂博物館（Music Museum），與會者包括當時的頂尖歌手：珍妮特・巴斯科（Janet Basco）、荷西・馬利・陳（Jose Mari Chan）和阿瑞爾・里維拉（Ariel Rivera）。大概就是在那個時期，我開始探索我的性向。但即便是這件事，我也得想辦法排進我的緊湊行程才有辦法處理。

在逼近三十歲時，婚姻成為了需要處理的議題；在菲律賓，你要是這個年紀還沒結婚就是老處女了。因為CNN的關係，我可以盡情享受兩個不同的世界，我可以每年放假回美國待上一個月，其中有一週待在位於亞特蘭大的CNN總部。就在返鄉的其中一趟旅程中，我和高中男友重新取得聯繫，兩人再次開始約會。他甚至來馬尼拉跟我一起住了幾個月。可是在他跟我求婚時，我完全不知該如何回應。

我內心隱約知道有什麼不太對勁，可是那場求婚、我的年紀，還有社會對女人的各種期待，都沉沉壓在我身上。直接答應是最簡單的選擇。我的男友已經準備好搬來馬尼拉，我們的關係也很好。可是我意識到我的性和愛是分開的。我知道我沒有愛上他。我甚至不知道「愛」代表什麼意思。

可能是因為直到人生的這個階段，我都在全力避免自己陷入愛情的瘋狂。太多作品描寫過愛情的魔力及其可能帶來的非理性衝擊。我曾目睹朋友深陷其中而失去自我，那種感覺實在太危險、太變化莫測了，所以我迴避這件事，選擇了自己可以掌控的關係，走向愛情似乎註定要讓人失去控制的反方向。可是我知道，我至少需要體驗過愛的感覺；我也知道一旦結了婚，就再也無法去探索我一直鎖在心底那個尚未獲得解答的疑問。

小雀和我總是在我們的工作生涯及人際關係中彼此扶持，而在我的這個人生交叉路口也不例外。

「你愛他嗎？」她問。

「我不知道。」

「這個問題應該不難回答才對，」她回答。「如果這麼難回答，代表你不愛他。別讓任何人逼你去做你不想做的事。」

人一生中最重要的決定就是共度一生的對象。那個人的價值觀和選擇會左右你創造自我樣貌的方式，因此這個選擇也是在決定你想成為什麼樣的人。

所以我拒絕了那次的求婚，結果非常令人痛苦。我在之後多年失去了一個朋友。如果他沒有向我求婚，我們可能會再交往好一陣子，可是那次的求婚是一個觸發點。到了人生的那個階段，我已經跟好幾個男人約會過，可是從未陷入愛情，是直到三十歲跟第一任女友交往時，我才開始有戀愛的感覺。那或許是因為我之前一直拒絕暴露出自己脆弱的一面，又或許只是因為，我就是個同性戀。

終於開始跟女人約會後，我感覺整個世界都為之震動。她是一名性感、美麗的歌手，臉上有著害羞的酒窩，大學時主修電腦科學。我們之前都沒跟女人交往過，可是因為遇見彼此，我們奮不顧身地陷入愛情。

但首先我得面對一些基本的問題：約會時該怎麼穿？西裝還是連身裙配絲襪？牛仔褲配T恤可以嗎？要不要擦口紅？性別角色該怎麼辦？一切簡直像是重回青春期。馬尼拉當時的女同志社群就跟美國的一九五〇年代差不多，大部分人都是圍繞著偏陽剛的「T」和偏陰柔的「P」這兩種性別角色*來發展自我認同。由於我同時認同但也不認同這兩種身分，需要處理的問題就更多了。對我來說，這種T和P的角色分野，似乎只是沿用了異性戀關係中性別及身分認同的刻板印象而已。

由於打從出生就已根深蒂固地習慣了各種性別訊號，要我拋棄這一切實在令人迷惘。這些訊號遠比文化標準更為核心，可說已經鑲嵌在你的自我認同之中，而且影響著你對世界呈現自己的方式——包括你如何打扮、如何說話，以及如何行動。我需要進行根柢上的改變嗎？

我的這些問題在當時並沒有獲得答案，所以我學會保持耐心。我確實有因此遭到信任的人或不認識的人排斥；我可以感受到他們眼中的責備。身為一個成就總是超越平均水平的人，我已經很習慣人們的稱讚，此刻卻得面對全新的體驗。

不過我陷入了愛河。我們交往五年，就算在兩人都搬離菲律賓、想見面還得搭至少十七個小時的飛機之後，我們還是維持了一段時間的遠距離關係。

到了最後，我想我們兩人都無法徹底擺脫社會設下的標準。我們還是一定程度地在意傳統規範。在快分手的那幾個月，她最常說的一句話是：「如果你是男人就好了。」我不是，而我也不希望她變成任何不是她自己的樣子。我朋友都說她是禍水，還說她根本在玩弄我。我的父

* 譯註：這裡的原文是用「butch」和「femme」來形容女同志中偏陽剛和偏陰柔的兩種性別角色，這裡用臺灣相對應的T和P（婆）來翻譯。

母一直祈禱我趕快重回人生正軌。就算你看不見社會的各種觸角，它們但仍然可以像鋼筋一樣把我們捆得動彈不得。

我也在那段時間對「美」有了更多認識：我開始理解我和「美」之間的關係，還有我對「美」有多著迷。在我成長的家庭中，美是重要的概念。對我的母親以及妹妹瑪莉珍和米雪兒而言，美和女人味就內建在她們的自我認同裡，也是她們看待這個世界以及行走其間的準則。美麗的人不論男女，都能在世界上獲得一些優勢。他們可以花費更少的心力、收穫更多，而如果他們還很迷人就更輕鬆了。我們有些人一出生就有這項優勢，而這或許也是我如此努力工作的原因之一。我不想活在一個只靠外貌美醜來論斷一切的世界。

若要說怎麼樣的人比較吸引人，大家總會無可避免地聯想到較白皙的肌膚（我很黑）、煮飯技巧高超（我不會），還要看你夠不夠聽話（啊？）。我反抗這一切。關於性別認同與性向，我們每個人的狀態足以組成一個連續性光譜，其中每個個體的差異也可以極度微小。我深受熱情、智識、活力和同理心等特質的吸引，無論對方是男是女都無所謂。我喜歡跟人有深層的連結，因為這樣才能共享靈感交流的火花。於是人生到了一個階段之後，我不再試圖透過二分法理解自己是異性戀還是同性戀，我就是接受了自己的狀態。

這段關係結束後，我跟一個年紀比較大的男人約會了很短一段時間。之後的下一個對象是個很有權勢的女性，她在當時是一名投資銀行家。我們有很多共通點，包括兩人都在兩個文化中成長，而且擁有相似的價值觀和野心。她對自己身為同性戀毫不感到丟臉，也幫助我理解、接受了這個身分可能代表的意義。

愛情具有魔力且毫不理性，但就算那樣也沒關係。我處理愛情的方式或許就像演奏樂器一樣：練習技巧時認真強悍，但那一切都是為了能在上場時真正放鬆，好讓任由樂音自然流瀉出來。

在我選擇女性做為交往對象後，發生了兩件事：我的父母拒絕讓她跟我一起回家，而且我可以感覺到謝琦——我的恩師、我的朋友，而且在很大程度上打造我成為記者的人——開始跟我保持距離。

我們做出的每個選擇都會伴隨著後果。我和那位跟我求婚的前男友表示自己受到女人吸引時，他大感憤怒，我因此懷疑自己是否該對他那麼誠實。可是我已經逐漸開始明白，若想把人生過好，誠實就是必要的。

所以人究竟怎麼可能活得誠實卻又不摧毀掉一切呢？你在分手時會誠實交代一切原因嗎？面對背地偷情的伴侶時你會表現得多誠實？自己偷情的時候呢？若是得開除掉一個人，你的說法會有多誠實？你會承認你的國家或公司中發生的一切正在危害我們的共同未來嗎？就算你可能也參與了這個墮落的過程，也願意誠實以對嗎？不過在能考慮到這些問題之前，你還得先克服最困難的問題：你願意對自己多誠實？

我們常常會放過自己，拒絕去看關於我們自身那難以面對的醜惡真相。我們會合理化自己的行為，可是這個世界不會幫助我們不受那些謊言傷害。所以：擁抱你的恐懼。學習活得誠實的第一步，就是面對自身的真相：自我評估、提升自我意識，還要對他人付出同理心。你在這世上唯一能掌控的就是你自己。

一年後，我的父母邀請我和女友——我們兩人一起——回家走走。我也跟謝琦談過了，她否認我們曾讓她感到不自在，而且還張開雙臂歡迎我們。

我知道，我不希望別人用性向來定義我，那只是我之所以為我的一部分。此外，我為了替CNN工作而去的幾個國家中有些認定同性戀違法，就算不認定違法的多半也不太能接受。

一九九八年九月，我在馬來西亞參加了一場記者會。首相馬哈地．穆罕默德（Mahathir Mohamad）本來把副首相安華．依布拉欣（Anwar Ibrahim）當成自己的兒子一樣對待，甚至一度想培養他作接班人，但當時卻把他革職了。原因是什麼？原來安華疑似和一個男人發生性關係，對方是他家的司機。有段影片拍攝了馬來西亞情報局長從他家搬出一張有汙跡的床墊，而根據他們的說法，這張床墊上有同性性行為的精液殘跡。

在記者會中，馬哈地表示安華「不適合」當領導人，他說話的樣子像是快哭了。受邀參加記者會的人不多，我之所以在場是因為已經贏得了馬哈地的信任：我來自CNN，而且又是亞裔美國人（是的，這點絕對非常重要）。不過我也同時——私底下——在和一個女人交往。我在記者會上舉手發問時心臟砰砰作響。

「馬哈地首相，你的意思是說，在馬來西亞的人不可以是同性戀嗎？」我問。

他看著我解釋，馬來西亞跟西方不同，這裡抱持的是「傳統價值」。顯然這個問題讓他很不舒服。他的答案也讓我很不舒服。我接著問起馬來西亞的男同志和女同志社群，可是他避而不答，一度還直直看向我身後的CNN攝影機，透過眼神向全球觀眾表達他的立場。馬哈地是馬來西亞一九八一年以來的首相，他跟別人對話時相當具有攻擊性，常出言抨擊西方的「優越感」。安華之後因雞姦及墮落等罪名被送入監獄至少九年，他堅持自己所受的指控是有高層參與共謀的結果。

我沒有在那一刻說我自己是同性戀。我在私人和專業領域之間劃出了一條界線。一開始要這樣做並不難，因為我住在距離CNN公司總部很遠的地球另一端，可是隨著一年年過去，這也成為公開的祕密。我沒有刻意隱瞞，但也沒有大肆宣揚。

我就不是會跟全世界對戰的那種個性。我接受自己的狀態，不為此停步，只是繼續做我該做的事。我更把心力放在說出別人的故事，並藉此持續精進我的報導技巧。

第四章

● ● ●

新聞產業的使命

誠實

這是我們在東帝汶前往採訪東帝汶民族解放游擊隊時，途經的一個偏荒地區。立在電話箱上的是衛星接收盤，而我正在使用衛星導航系統尋找足以傳輸訊號的視距，好讓位於亞特蘭大的總部知道，我們的汽車在渡河時拋錨了。

這樣忙亂的生活過了幾年，之後某次返鄉回到亞特蘭大時，我在CNN的主管伊森・喬登（Eason Jordan）把我叫進他的辦公室。伊森對亞洲知之甚詳；這些亞洲的海外分社就是在他的營運下聘用了亞裔女性擔任分社長，其中的第一位分社長就是我。他說他希望這些在海外負責報導的記者樣貌，能夠反映我們報導的國家。我今日的許多成就都必須歸功於他，其中包括如何成為一名記者，還有他所給予我的許多機會。

可是他在那一天要說的話跟這一切都無關——他對我下了最後通牒：「瑪麗亞，我聽說你必須花很長的時間才能產出新報導，」他說。「我給你六個月的時間，如果情況沒有改善，我們就得重新討論你的聘僱合約了。」

我很震驚。回到馬尼拉之後，我重新整頓了我的生活，把重心從《探查》轉移到CNN。之後不到一年，在跟馬尼拉分社差不多規模的海外分社中，我們成為最多產的分社，而伊森跟我的那段對話正是促成這個結果的原因之一。

我之所以對臉書初期犯的許多錯誤很有耐心，就是因為我剛開始為CNN工作時，這個電視台還被大家戲稱為「雞湯麵新聞」（Chicken Noodle News，簡稱也是CNN），其他資深的新聞前輩都拿我們這個頻道開玩笑。之後也還要再過好幾年，我們才會成為國際突發新聞領域值得信任的世界領導品牌。所以我知道規模快速竄升的組織會遇到什麼狀況；沒有人可以每次都做出周全的決定。如果擁有好的團隊和工作流程，你成功的機率會比出錯的機率高。不過至關重要的是，這個組織需要一個強而有力的領導者，去強調出大家共同追求的使命。

伊森把我們的成功歸功於我們的領導者泰德．透納（Ted Turner）。[1]「泰德的立場向來不是『我們必須盡可能賺更多的錢，』」伊森說。「他真的關心這個世界，而且追求的新聞是可以為這個星球做出長久貢獻的事業。」在泰德心中，世上沒有地方算是「外國」（foreign），所以只要有人說出這個詞，就會被罰一美金。

此外，早年的新聞都必須基於事實，而且主打現場報導，當時的人也都堅信這樣的準則。CNN於一九八〇年開始運作，直到充滿主觀意見的福斯新聞（Fox News）和MSNBC頻道於一九九六年開播之前，CNN的二十四小時新聞頻道完全沒有對手，至於那些報導準則完全不同的頻道更是完全沒得比。CNN就是個嚴肅認真的頻道，這個頻道報導的是全世界。

在我跟伊森那段談話過後大約三週，CNN第一次指派我去進行菲律賓以外的報導工作——新加坡。事後證明，那是一次讓我眼界大開的出差之旅。我熱愛處理那些讓我迫切想找出答案的問題，也熱愛我遇到的每個人、每個不同文化，還有我逐漸搞清楚的各種系統體制。一旦我們的分社開始有出差行程後，我負責的區域也開始遍及馬來西亞、汶萊和印尼。我沒有拒絕過任何一次指派給我的任務。我會在凌晨兩點接到要求我前往新德里的電話，而我們不只得想辦法辦好簽證，還得準備好在一破曉就搭上飛機。只要有重大新聞發生在亞洲，我們的標準程序就是要為整個團隊申請前往巴基斯坦、中國、南韓、日本，或許多其他國家的簽證。

一九九四年時，伊森要我去研究如何在雅加達開設新分社。單純就數字來看，一九九四年人口最多的國家是中國、印度、美國和印尼。「我們到底為什麼在全世界人口最多的穆斯林國家沒有分社呢？」他問。

當時我的人生中已經有兩件事變得很重要：將不同的世界連結起來，並提高西方以外不同文化的能見度。我把自己當成一個從南方國家為西方世界報導新聞的傳導媒介。我希望我的報導能受到不同文化的認可：包括被我報導的對象，以及我的觀眾（兩者之間往往存在巨大的鴻溝）。我的工作不是去評判任何人、事或習俗的是非對錯，畢竟如果那樣就太傲慢了。唯有透過理解整體脈絡，並長時間觀察一個社會或民族的行動，你才可能真正做出評價。

國際媒體長期以來都是由西方觀點占據絕對優勢。至少在當時，只有這些西方國家擁有足夠的資源和人脈網路，將從各處蒐羅到的全球新聞優先推送到大家面前。這代表CNN及BBC這類公司有辦法決定什麼新聞值得報導，而且是透過他們自身的文化濾鏡來判斷。

直到那時候為止，亞洲及許多非西方國家都還沒有運作這類組織的財務資源，因此我們也沒有機會磨練用來凸顯自身想法的技巧。我們之前確實也沒有尋求踏上全球舞台的理由，可是現在一定得這麼做。而我相信，我們必須為此提升我們傳達出的訊息精緻度，同時擴展我們的世界觀。

在我們開設CNN雅加達分社的那段時期，印尼的五間電視台幾乎長期以來都跟獨裁者蘇哈托（Suharto）擁有一定程度的關係。我之所以一直提議要將馬尼拉團隊帶來印尼，其中一個理由正是因為此地的商業電視產業相對來說發展比較落後——意思是技術含量比較低——而我們確實也在一九九五年時這麼做了。我們在雅加達的香格里拉酒店（Shangri-La Jakarta）慶祝印尼分社開始營運，其中出席的有CNN當時的一位大明星彼得．阿奈特（Peter Arnett），他在一九九一年的波灣戰爭（Gulf War）中成為了幾乎可謂家喻戶曉的電視名人，之後又因為一九六二年到一九六五年越戰期間跟美聯社（Associated Press）合作的一系列報導，他在一九九六年獲得普立茲獎的國際報導項目肯定。而就在他被派去越南之前，他所負責報導的區域——也是將他趕出去的地方——就是雅加達。

我帶彼得去我最喜歡的印尼餐廳吃飯，並在用餐期間不停向他問起各種問題。六十歲的他幾乎是我的兩倍年紀。我描述了我眼中的新聞產業在菲律賓及我報導的其他國家中所扮演的角色。

「你必須明白並理解新聞業在我們民主政體中扮演的角色，」他說，「這份工作實在太重要，你會願意為了做出一份報導賭上一切。」

在波灣戰爭期間，CNN是各大新聞網中唯一擁有跨越伊拉克沙漠地面的四線傳輸系統——就是兩對直接傳輸的電話線（每對分別傳往不同方向）。這些傳輸線連結到的是位於約旦安曼省（Amman）內的微波傳輸天線盤，然後這個天線盤會將電話訊號透過衛星直接發送到CNN的亞特蘭大總部，同時也讓製作人可以直接跟在巴格達（Baghdad）直播現場的任何人說話。整個世界因此都跟CNN緊密貼合在一起，彼得跟CNN的關係更是密不可分。

但這也代表，他承受了來自美國政府和軍方的嚴厲攻擊。事件的開端是彼得針對平民傷亡狀況做出了報導，而根據伊拉克人給他的說法，出現傷亡的地點是一間嬰兒奶粉工廠。這件事發生時，CNN已明確指出彼得是在伊拉克政府有參與的「導覽行程」期間做出報導，而且他的報導內容有「經過伊拉克的審查及確認」，希望能藉此讓大家理解新聞報導可能面對的各種限制。

但這些說明沒能阻止當時擔任美國參謀長聯席會議（Joint Chiefs of Staff）會長的柯林·鮑威爾（Colin Powell）將軍反駁表示，所謂的「嬰兒奶粉工廠」只是幌子，那裡其實是用來生產像是毒素、細菌及病毒等生化物質的祕密實驗室，目的是要研發大規模毀滅性武器。白宮的新聞祕書馬林．費茲瓦特（Marlin Fitzwater）開始把彼得稱為「來自伊拉克虛假訊息的傳聲筒」。

掌權者總會試圖操縱主流敘事，尤其是在戰爭期間。這點就算在社群媒體出現之前也是如此。彼得之後還會犯下一些錯誤（有內部人士指出，其中一個錯誤就是「把他的整個團隊推出去送死」），可是他在那天讓我學到的教訓是，記者永遠必須讓掌權者負起應有的責任，就算可能差點毀掉你的事業也一樣。你必須要能劃出是非對錯的界線，這就是身為記者的職責。

在此同時，有一件事正在改變所有記者採集、報導新聞的方式：科技。我在一九八八年設立了CNN馬尼拉分社，當時要把一批錄影帶運送到亞特蘭大得花上兩星期。可是等我們在一九八九年開設了香港分社時，運送時間就只需要一個晚上了。再之後，我收到了一台又大又笨重的手機，這台手機幾乎跟我的行李箱一樣重。我必須把這台手機揹在肩膀上，每次跑步時那台手機還常會撞到地板。

我們的團隊在九〇年代中期搬到雅加達，並在當時成為CNN嘗試新科技的測試中心：第一代的衛星電話讓我們可以跟亞特蘭大總部連線進行只有聲音的即時報導。另外我們也收到了一個巨大的白箱子，這個設備可以將影像進行壓縮，再透過整合服務數位網路（Integrated Services Digital Network，簡稱ISDN，傳輸的是地面數據）的電話線傳輸到攝影棚內的另一個箱子。為了一篇報導，我會花上好幾小時傳輸這種低品質視訊，然後再花更多時間等待音訊傳輸完成。

這就是早年「視訊電話現場轉播」的方式。這樣做很好玩，而且相對簡單便宜。當然，現在的我們在哪裡都能現場直播，就算在世上最偏遠的地方都沒問題。然而這種方式在當時創造出了許多人口中的「CNN效應」[2]——不過，其實全球的二十四小時電視新聞播報單位都會這麼做，而且若要說背後最直接的推手，其實還是衛星新聞採集手法的快速成長及其帶來的效應。

所有這些科技進步都帶來了巨大衝擊，特別是在討論大眾媒體究竟多大程度影響了政府的政策時，人們往往對這個議題爭論不休。新科技讓我們可以將訊息更快速地傳遞給大眾，沒有任何政府擁有這種快速蒐集訊息的能力。這代表政府官員在宣布自身立場前的思考時間變得更短，在根據這些立場執行政策前的考量時間也更短。很快地，所有政府也會開始學習利用這些科技發展的成果，來形塑公眾輿論。

這也代表像我這樣的記者不再有那麼多的餘裕去學習，我們尋找、開發新聞故事的時間也必須愈少愈好。然而，任何更令人興奮、更快速也更簡單的主題，似乎都在削減我們報導的深度；不知為何，科技同時為我們省下時間，卻也偷走了我們的時間。

二十四小時新聞網的大量新聞需求，讓我即使還沒抵達現場，就得開始做準備工作。然而，當我的競爭對手或許還在報導前努力讀完這個國家的相關資料時，我的優勢反而更為顯著：畢竟我已經報導這些國家幾十年了。所以通常在抵達那個國家後，我可以在離開機場不到一小時內就開始現場直播。

對我們的雅加達團隊而言，那是一段屬於新聞的美好、奇妙時光，而印尼也就是在那時候出現了戲劇化的轉變。蘇哈托自從一九六五年以來就一直統治著這個國家，後來也成為印尼在位時間最長的總統。國際透明組織（Transparency International）稱他為現代歷史中最貪腐的領導人，而老馬可仕緊跟在後。為CNN工作不只幫助我理解所謂「領導」這門學問，其中包括如何領導國家或媒體公司，另外也幫助我明白被領導的人民當中可能出現的各種風向。在追求穩定及改變——人們因領導者讓他們抱持期待而希望創造出來的改變——之間尋找平衡這件事，有時必須經過好幾個世代才能看到成果。

我們於一九九五年開設雅加達分社，之後的印尼每年都會發生新事件：一九九六年是雅加達的梅嘉娃蒂（Megawati Sukarnoputri）暴動，觸發點是在政治上挑戰蘇哈托的一名女性；一九九七年是亞洲金融危機以及印尼的森林大火，正是這場大火導致了之後反覆發生的南亞霧霾問題，可說是一個大規模的環境及政治新聞事件。然後到了一九九八年，掌權近三十二年的蘇哈托終於垮台，隨之而來的是大規模的社會變動，我從未見過的一種暴力也因此傾巢而出。

因為採訪過各種領導人，我明白這些人的弱點通常就鑲嵌於他所領導的人民文化中。在CNN工作時，我們記錄了好幾個國家社會是如何擺脫強人統治，並在大聲疾呼後想辦法發展出屬於自己的民主政體——從老馬可仕的菲律賓、李光耀的新加坡、蘇哈托的印尼，再到馬哈地的馬來西亞。

老馬可仕和蘇哈托都在垮台後留下了類似的問題，這些潛藏的問題隨時可能爆發。在菲律賓的是任用親信和酬庸政治的問題，在印尼則被稱為KKN（發音是ka-ka-en）：貪汙（corruption）、密謀勾結（collusion），還有任人唯親（nepotism）。在這種由上往下且充滿壓迫及操弄的政治體系中，付出代價的總是其中的人民。而他們領導者犯下的最大罪狀，就是沒辦法好好教育自己的人民。

我對這兩個國家的勞動人民普遍缺乏進取心和創意的現象感到挫折，可是他們憑什麼該擁護這些價值呢？在老馬可仕及蘇哈托的領導下，若表現得與眾不同，就必須承擔風險，所以最好的作法就是袖手旁觀、隨波逐流。更糟的是，這些國家的文化價值還會強化這種觀點。

跟《探查》團隊一起工作的那些年間，我也在菲律賓大學教書。我想知道學生們在學習些什麼？他們是怎麼學習的？還有他們的價值觀是什麼？而我看到的是，只要尊敬權威就會受到獎賞：你要明白自己的身分、接受填鴨式教育、培養背誦答案並仿造出類似答案的能力，而且要保持整潔和記得準時；最重要的是，你要服從老師和老師的觀點。他們很少有機會去好好陳述內心真正的想法。

在印尼，缺乏創意和獨立思考能力的狀況又更為顯著。要創立CNN分社時，我為了要在印尼雇用員工去了七次，卻沒有任何一個人擁有我需要的技術、經驗和工作倫理。

至於在街頭，人民普遍缺乏教育的狀況在這個國家更多了一層暴力意涵，畢竟amok（瘋狂）這個英文字就是源自這裡。不過我在街頭認識了許多值得敬重的人，所以我還是努力想要理解，在我報導的那些暴力事件以及那些人之間，為何存在著一種無從互通的斷裂。我就是在那時開始意識到，若要理解一大群人的行動，該採用的方式其實跟應付、理解個體時非常不同。

我在印尼學到的是突現行為（emergent behavior）：一個體系行動的方式無法透過你對當中個體的認識來進行預測。事實上，任何一個體系都會對其中的個體施壓，那是透過團體動力來運行的同儕壓力，這種壓力通常會讓人們做出他們覺得自己一個人時做不出來的事。

當這樣的壓力讓一群人變成暴民時——無論是在網路上或真實世界中——突現行為都非常

危險且無從預測。直到那時候為止，在我報導過的國家當中（包括南韓和中國），我都沒見過如此變化莫測的暴力問題。我開始把我見證過的這些暴力問題分門別類，其中不只包括政治暴力，還有經濟暴力、宗教暴力、分離主義帶來的暴力，以及倫理層面的暴力。

一九九〇年代末期，我每星期都會去印尼二十七個省分中的其中一省報導當地的暴民現象。這一切的開端是一九九六年的雅加達，當時發生了印尼二十多年來規模最大的一場暴動。一開始情況似乎不嚴重；我的一個消息來源在破曉前來電警告我，政府打算針對反對勢力領袖梅嘉娃蒂．蘇加諾普特麗（Megawati Sukarnoputri）的支持者採取行動。這位反對派領袖就是印尼第一任總統蘇卡諾的女兒，她領導的印尼民主黨（Indonesian Democratic Party，簡稱PDI）在印尼三個名聲卓著的政黨中規模最小。暴動發生前，政府才剛安排一位名為蘇爾雅迪（Suryadi）的前任將軍接手這個政黨。梅嘉娃蒂和她的支持者拒絕接受他的領導，因此目前正與他進行法律上的攻防。

那是我第一次看到蘇哈托是如何鞏固、維繫自己的掌控權，當然之後也會在其他國家一次次看到同樣的操作手法——他先利用軍隊及準軍事力量滲透並汙染一個民主運動，並在其中挑起各種暴力。

我先打電話給葸內，然後叫醒我的妹妹米雪兒和妮可，她們當時是第一次來雅加達探望我。我答應這週末要帶她們去觀光，所以想說乾脆讓她們參與這次的報導工作。她們不但可以幫忙搬運設備，還能了解新聞採集團隊的運作模式。

我們是第一批趕到印尼民主黨總部的團隊之一，梅嘉娃蒂的支持者正在那裡紮營。我看見有一輛輛卡車停下來，一群高壯的男人在旁邊的小路換上紅色的印尼民主黨T恤。我問他們是誰，他們說自己是蘇爾雅迪的支持者，據他們所說也是印尼民主黨的成員。可是他們腳上穿的明明是軍隊配發的靴子。我如實報導了他們的回答，後續也沒有多做說明或解釋。

我們看見蘇爾雅迪的支持者對著印尼民主黨的招牌丟石頭。在此同時，一台台塞滿卡車前來的警察開始設置路障，不讓更多梅嘉娃蒂的支持者進入衝突區域。大概早上八點時，警方衝進大樓，他們把蘇爾雅迪的支持者一起帶進去，還逮捕了梅嘉娃蒂的一些支持者。到了早上十一點，梅嘉娃蒂的支持者攻破軍方設置的路障，開始和保安警力發生零星的衝突。大概在下午三點過後沒多久，市內一條主要幹道大克拉瑪特路（Jalan Kramat Raya）上開始有建築物起火燃燒。

到了日落時分，已經大約有一萬人在街頭橫衝直撞，還不停對周遭的建築物縱火。我們跑到暴民隊伍前方時，我和兩個妹妹都跟惹內以及負責音效技術兼司機的伊克伯爾（Ikbal）走散了。我把兩個妹妹拉進某人家的後院躲起來，還要她們保證絕不把這件事告訴我們的父母。

1998 年 5 月在雅加達紗麗泛太平洋酒店（Sari Pan Pacific）屋頂為 CNN 進行現場報導。當時我們不分晝夜地進行報導工作，每天晚上最多只睡三到四個小時。

我不認為她們有真正意識到情勢變得多危險。雖然這些事件讓她們目瞪口呆，但她們也覺得大姊的工作內容很刺激。

當時針對這些暴力行為的分析總是歸因於政治上的壓迫，認定人民是在發洩壓抑已久的怒氣。那個週六有五人死亡，一百四十九人受傷，還有一百三十六人遭到逮捕。這是我第一次真正明白蘇哈托為何會被稱為「戲偶操縱師」（印尼文是dalang），這個職業的人會在印尼的戲偶表演中操弄戲偶投影在螢幕上的影子，因此公眾看到的只有那些影子。只要有人挑戰當權者，當權者就會試圖透過控制媒體，形塑出他們想要的主流敘事。

等蘇哈托在一九九八年五月下台時，已經有一千四百人死在雅加達的暴動中，而且暴力情勢在他辭職後只是繼續升高，似乎完全超出軍方的掌控。至於受攻擊的目標就跟一九六〇年代一樣是華人，因為亞洲金融危機導致大家必須努力求生，而制度性的種族歧視隨之擴大。在雅加達以及印尼的其他地方，暴民的暴力行為已成常態。鄰里之間的敵對態勢轉變為城市巷戰：拿著大刀的男人在雅加達街頭彼此互砍。我所目睹的無意義殺戮和砍頭場面讓我明白，蘇哈托的壓迫是如何造就了類似壓力鍋的環境，以及報導這些暴力又為何只會衍生出更多暴力。

在西加里曼丹省，馬都拉（Madura）和達雅（Dayak）部落之間的族群暴力問題導致了數百人身亡。達雅人曾以婆羅洲的獵頭族聞名。他們相信只要砍掉人頭並吃掉對方肝臟就能接收他的力量。這種老舊、傳統，如同動物般的信仰直到現在還很盛行——可是從未被真正提起。因為在蘇哈托的統治下，討論有關種族、宗教或族群的話題都是被禁止的。當權者認定這類話題太「挑動情緒」，也太有爭議性，而且在一個大多由軍隊維持秩序的社會中，針對這些爭議話題討論或辯論「沒有必要」，只可能讓情況變得更糟。

在某個週末，我看見八個人被一群群又是叫囂又是狂歡的男人砍頭，這些男人頭上戴著多彩頭帶，這種頭帶是用來標示出他們所屬的族群。又有一次，我在一片空地上看見一群男孩子正在踢足球。他們看起來好愉快。然後我突然意識到他們到處踢的球是一個老人的頭。

在穆斯林和基督教同時存在的安汶（Ambon），宗教暴力導致超過四千人在大約一年多的期間內死亡。到了二〇〇二年，死亡人數已超過一萬人。我記得自己有一次問那些早已因戰鬥而精疲力竭的人們，在這樣一片被穆斯林或基督教檢查哨分隔開來且與外界隔絕的領土中，這些暴力行為到底是如何開始的？我希望的是找出問題的根源，因為說不定能藉此阻止這種暴力衝突。但我得到的答案永遠都一樣：「都是外來者挑起的，不是我們。」

每當暴力事件爆發時，大家的答案總是如此。暴民的群體力量摧毀了個體的自我掌控力，讓人們得以自由表現出最糟的一面。我在印尼目睹的場面也曾在菲律賓見過，之後隨著虛假訊息開始對那些往往教育程度較低、或對網路較不熟悉的人造成影響，不但蹂躪他們的心靈還改變他們行為後，我也開始在世上的許多其他國家看到同樣場面。教育程度決定了整個國家治理體系的品質，然而針對教育的投資必須要花上好幾個世代才能開花結果。同樣地，若是不把教育當一回事，那也要經過一個世代後才能感受到衝擊。教育可以影響人民的生產力、勞動力品質、做出的投資，最終也會影響他們的國內生產毛額（Gross domestic product，簡稱 GDP）。一個國家對教育支出的預算就是在投資自己的人民。

無論新聞產業或是民主制度，擁有分析及質疑的能力至關重要，而這些能力也必須透過教育而來。記者和新聞機構其實是反映出人們要求掌權者負起責任的面向。意思是，說到頭來，你可以藉由觀察一個國家的記者品質來判斷這個民主政體的品質高低。

我的新聞產業經驗跟我那個世代的記者都差不多，因為我經歷的是這個產業的黃金年代，當時的新聞機構能給予員工足夠的資源和保護。

我熱愛報導工作。從二十到四十歲這段期間，記者的身分讓我在追求人生意義的道路上過著腎上腺素爆表的生活，就彷彿讀過一間認識世界的學校，而且學習過程中充滿永無止盡的截稿期限。我何其有幸地經歷並記錄下許多人生命中最易感的時刻，其中包括各種赤裸裸的悲劇及喜悅。只要我在經歷那些片刻時懂得心懷感激，這一切就能在我跟這個世界之間創造出各種真實的連結。每次只要面對一個新局面，我都會隨時準備好去仔細聆聽、去認真學習；我要保持開放的心胸；我要容許自己表現脆弱——因為好的報導必須以信任為開端。首先你的受訪對象必須要能信任你，這樣隨著時間過去，你的報導也一定能建立起觀眾對你的信任。

我覺得在許多方面受到了考驗：身體狀況、知識素養、社會連結，還有精神層面。就知識素養方面，我長時間追蹤不同新聞故事，並在不同議題間來回穿梭，其中包括從政治、經濟、政府治理、國家安全、氣候變化、永續發展，以及許多其他主題，希望藉此來提升我的專業素養。

社會連結方面，我打造出一個獲取消息來源的人脈網路，好讓我可以針對各個決策是如何、為何做出的過程拿到內線消息。畢竟，記者的好壞就取決於他或她的消息來源，這也是參加記者會和進行獨立調查之間的區別。老實說，若要培養出更多提供消息給你的人，你就要有辦法清楚描繪出事件的樣貌，並在將消息公諸於世前事先獲得他們的首肯。如果要報導的是一篇比較可能觸動敏感神經的故事，我都會事先知會所有消息來源，好讓他們可以保護自己不受人挾怨報復或遭到獨裁領袖的打壓。而當你在建立起自己的消息來源網路、並想辦法提升報導細緻度的同時，你也是在建立大眾對你的信任。於是隨著時間過去，你和你的消息來源會理解彼此的價值觀，甚至有可能一起為了正直及正義而戰。

不過，這樣的工作環境和密集的截稿節奏，也將我的體力耗損到極限。如果執行的是戰區和災難報導，記者一定要事先做好詳盡規畫，執行時則需要穩定的心理素質。因為你可能需要為了報導工作，連續好幾週只能吃泡麵和罐頭食物（如果我有辦法多弄來一台車子並將裡頭塞滿食物的話），而且可能連續好幾週都只能抓緊瑣碎時間小睡；若是碰到需要連續長時間報導突發新聞的狀況，每天最多可能只能睡上兩、三小時。你還可能需要忍受極端的炎熱、寒冷、飢餓和口渴，並且必須直面恐懼，比如在黑漆漆的屋子內動也不動地待著，或整個人藏在床底下，因為外頭正有武裝民兵在追殺我的新聞團隊。

我曾在一九九一年花了彷彿天荒地老的時間，才終於驅車抵達菲律賓萊特島（Leyte）的奧爾莫克（Ormoc）。在前一天的半夜，那座城市的部分區域被突然來襲的洪水捲入海中。這次的新聞報導將會聚焦於森林濫墾、氣候變遷、地方政府的災害應變能力，以及人們破壞環境所帶來的後果。死亡人數則大約是四千到一萬人之間（官方估計的死亡人數之所以會有這麼大的解讀空間，是為了顧及那些希望死亡人數不要太高的既得利益者）。就在我們進入城市時，死亡的臭氣席捲而來。我們跨過一座橋後進入小鎮，把車停下來，拍攝破敗的天際線。我下車時半睡半醒，腳踩到一個濕濕軟軟的東西，低頭仔細看後差點吐出來，因為那是一隻人類的手。

一旦目睹到這些毫無意義的死亡、暴力和殘酷場面，你就被迫面對上帝是否存在的問題。我在奧爾莫克看見超過六百具屍體被埋葬在集體墓地，我的耳中聽著他們家人的哭嚎，身邊全是腐爛肉體的臭氣。

我就是在那時候選擇相信上帝。對於突發洪水可以捲走這麼多沉睡中的人們，我心中確實有個角落感到憤怒——上帝有可能允許這種事發生嗎？但在此同時，我心中的另一個角落想起了上帝的諾亞方舟，那個致命的事件為人類上了一課。我相信我們的肉體不可能只是一些可以輕易遭到廢棄的組織。於是我暫時放下自我，開始為了他們的靈魂禱告。我需要知道世間不僅止於此。類似這樣的時刻讓我理解所謂信仰——無論那個神是佛祖、阿拉、雅威*、耶和華或

＊　譯註：雅威（Yahweh）是以色列人在《聖經》中對造物主的稱呼，也是猶太教和基督宗教的造物者，這個名字是由希伯來語中的四字神名加上母音而成，另一發音為耶和華。

伊勒沙代＊——代表的意義早已超越宗教。

記者的身分教會了我：要對自己還有我們共享的人性抱持信仰。

到了二〇〇〇年，我已經是CNN在東南亞地區的一個知名面孔。我在那年七月回到菲律賓，目的是去馬尼拉扶輪社針對教育、新聞及民主的議題進行一場演講。那是我第一次詳述了我對新聞產業未來的看法。

我沒有講戰爭的故事，而是談起更概念性的主題：有關「客觀記者」的迷思。我把這個概念跟新聞報導的原則區分開來。所謂的新聞原則，是透過既有制衡機制的組織化系統，將客觀性這個目標內建在報導工作的流程中，但其中並沒有所謂「客觀記者」的存在；若任何人表示有「客觀記者」，就必然是在說謊。

首先重要的是，我們必須定義何謂人們口中的「客觀性」，因為那往往是在認定記者不夠誠實或言詞偏頗時用來攻擊他們的詞彙。這也是為什麼我對這個詞彙如此敏感。在描述一個記者時，我使用的詞彙總是「優秀」而非「客觀」。

一個優秀的記者不會尋求平衡報導——例如有個世界級領袖犯下了戰爭罪、又或者明目張膽地對人民說謊時，記者就不可能這樣做——因為這樣做只可能創造出一種假平等。每當記者挑戰掌權者時，用「平衡」的方式來寫當然比較簡單、安全，但那是懦夫逃避問題的方式。若是一個優秀的記者，舉例來說，在面對否認氣候變遷存在的知名人士及研究氣候變遷的科學家時，就不可能給他們同等的報導空間。

優秀記者仰賴的是證據，是無庸置疑的事實。

所謂優秀的新聞報導，是靠整個新聞編輯室在恪守各種規範及倫理原則之下，進而運作出來的一種專業紀律及判斷能力。這代表就算有可能被當權者找麻煩，你還是會有勇氣去把找到的證據報導出來。去脈絡化地使用「中立」和「平衡」這類詞彙是危險的，因為既得利益者常為了自己的利益綁架這些詞彙。

現在回顧那個年代，總會讓我的心中盈滿渴慕之情。就算是在二〇〇〇年代初期，新聞媒體都還是資訊的守門人，當時的觀眾都還看重記者的技術及新聞媒體組織的過往紀錄，新聞編輯團隊中的每個專業人士也都會依據同樣的守則去作判斷。新聞的使命是去保護公共領域；我們的價值觀及原則會在無數次開會中歷經千錘百鍊，才能成為觀眾所看到的結果。比如根據其中一項原則，記者要先聽取一個議題的各種面向，再將一切統合起來，為的是幫助大眾在獲得

* 譯註：伊勒沙代（El Shaddai）這個希伯來文的意思是全能的神，指的是猶太教和基督宗教中的上帝。

足夠資訊後做出決定。這樣為公眾奉獻的誓約感覺很神聖。

當時的新聞產業也在追求市場利益及問責當權者之間取得平衡。所有記者和新聞機構都必須對發表、播出的內容負起法律責任——其中包括新聞產製的過程，另外最關鍵的還有新聞傳播出去的方式：同一篇報導會被觀眾看到幾次？頭條新聞下的標題是什麼？字體和影像看起來煽動性多強？我們使用的語言是否夠公正並不受到偏見影響？當時的業務負責人和記者之間存在一道不可跨越的牆，為的就是避免新聞機構內的既得財務利益者試圖影響新聞內容。

當時只要是你看到的，就是我們看到的。所有人都閱讀同樣的文章、看同樣的新聞報導。我們對事實有共識。就算影音媒材比紙本更能煽動情緒，基於新聞倫理也不能無限上綱，但現在社群媒體的設計及演算法卻完全不是這麼一回事。

新聞的目標不在於贏得一場辯論或受到主流社會肯定。新聞的重點在於創造出更能獲得充分資訊的公民社會，因為民主體制必須仰賴這樣的公民才能運作。記者跟民主文化一樣，都必須去聆聽、辯論，並做出妥協。除卻法律上的問責，新聞產業還背負著一種道德責任感——我們要協助大家創造一個更好的未來。

當時的我們對權力運作方式的理解似乎也更具體。我們知道所有政府都嘗試吸收說真話的人，也會試圖掌控主流敘事。在大多數民主政體中，記者屬於第四階級（the Fourth Estate），其權力源自人民的意志，反映出他們為了對生活、國家和領導人提出意見而想要獲得知識的渴望。為了得知人民的心聲與想法，國家將這份權力交到記者手上。最好的情況下，雙方關係會是一個彼此制衡的系統，但情況最不好時，人民的心聲是否能傳達，取決於記者說的是不是政府想聽的話。

在大多數新聞集團內部，負責業務和獨立編輯的兩個集團總在不停對戰，前者必須跟掌權者站在同一邊，後者卻必須對人民負責。這兩者之間也存在另一種制衡關係。

然而這一切已不復存在。各大科技公司取代了新聞集團，其中大多已揚棄了守護事實、真相以及信任的這個資訊守門人角色。這些公司樂於跟能確保他們進入市場並提高市占率的掌權者結盟，畢竟這些公司建立的激勵系統都是以權力及金錢為核心。過去我們獲得的資訊能不受既得利益者的影響，就部分大型媒體公司的案例而言，他們的資訊也只是稍微受既得利益者影響。然而到了現在，在科技公司的管理下，你獲得的資訊是直接取決於公司追求獲益的需求。

二〇〇一年一月二十日，在美國受教育的經濟學家葛洛麗雅．馬嘉柏皋—艾羅育（Gloria Macapagal Arroyo）宣誓就職菲律賓第十四任總統。菲律賓的每任總統之所以出線，都是人民在對上一任的缺點或不足做出回應：獨裁者老馬可仕的後繼者是身為英雄遺孀的家庭主婦柯莉．

艾奎諾，而她的下一任總統菲德爾．羅慕斯是趕走老馬可仕的前將軍，還曾以艾奎諾手下的參謀總長及後來的國防部長身分協助她平安度過那些未成功的政變。至於羅慕斯的下一任總統約瑟夫．艾斯特拉達（Joseph Estrada）則是一位電影明星。

當艾斯特拉達面臨貪汙指控時，菲律賓人民上街疾呼要他下台，有人說這是第二次的人民力量革命。可是艾斯特拉達不像老馬可仕是個獨裁者。他是透過民主程序選出來的總統，而且在歷經彈劾程序後仍成功保住總統身分。那麼這些抗議者有犯法嗎？群眾智慧跟暴民統治之間的界線在哪裡？

此時的菲律賓軍隊已是足以擁護「國王」上位的政治勢力了，他們拋棄了艾斯特拉達，決定支持他的副總統葛洛麗雅．艾羅育成為總統。於是這些抗議行動迅速將艾羅育推上總統大位，然而過程中充滿問題與爭議，這些事件也開始改變人民力量革命延續下來的意義。在某次的直播報導中，我將這種狀況形容為「人民力量革命的劣化版本」。艾羅育做完了艾斯特拉達剩下的任期，接著又在下一次選舉時勝選，總共當了近十年的總統，可是最後因持續的貪汙指控離開這個國家。人民知道，這個國家的老問題始終沒有真正獲得解決。

八個月之後，九一一事件震驚了全世界。就在那一天，奠基於冷戰原則的全球安全模式被暴露出了所有弱點，同時這也顯示，在全球恐怖主義組織發起的不對稱戰爭中，所有的冷戰原則已不再具有意義。民族國家的勢力已受到不同種類的強大運動所取代，這些運動因為激情及使命感發展得更為壯大。我開始沉迷於挖掘蓋達組織（al-Qaeda）與各種人事物之間的關聯。這個過程也讓我警覺到一個新現象：一個惡毒的意識形態可以將許多組織網路極端化，並形塑出我當時已經非常了解的一個現象：突現行為。

二〇〇一年九月十一日，我們集體建造出的「後冷戰和平」虛假謊言終於遭到扯破，露出了底下的真面目。[3]

當時很多人沒意識到的是——我當時就打算要更完整地報導這件事——東南亞其實是孕育出蓋達組織的初期溫床。[4] 截至九月十一日那天，該組織已在此區域運作了好一段時間。穆罕默德・賈馬爾・哈利法（Mohammed Jamal Khalifa）是奧薩瑪・賓・拉登（Osama bin Laden）的姊／妹夫，他早在一九八八年就來到菲律賓創立了一些伊斯蘭慈善組織，並藉此散播瓦哈比主義思想（Wahhabism）和其他激進思想。從一九九一到一九九四年，菲律賓的恐怖行動數字增加了近百分之一百五十。[5]

九月十一日當天，我從雅加達的健身房趕回家，挖出我蒐集的各種檔案和情報文件（當時的記者只能藉此追蹤記錄各種事件及其間的關係），並從中抽出了菲律賓情報局在一九九五年針對阿卜杜勒．哈基姆．穆拉德（Abdal Hakim Murad）做出的審問報告，他在美國的飛行學校受訓後取得商用駕駛執照。他有可能是蓋達組織吸收的第一位飛行員。他在一九九五年於馬尼拉遭到逮捕，之後被移交到美國，九一一攻擊事件發生時，他正在科羅拉多州（Colorado）佛羅倫斯市（Florence）的超級監獄。[6]

一讀完穆拉德的審問報告，我就要求亞特蘭大把我派去菲律賓，好讓我針對這位蓋達飛行員的案子去採訪一九九五年的馬尼拉警察局長。一開始由我在菲律賓報導中提及的兩個人名，現在都已廣為人知。[7] 拉姆齊．尤瑟夫（Ramzi Yousef）和哈立德．謝赫．穆罕默德（Khalid Sheikh Mohammed）都曾在一九九五年來過菲律賓，當時他們策劃暗殺教宗聖若望保祿二世（Pope John Paul II）和美國總統比爾．柯林頓（Bill Clinton）。[8] 我們將那次的計畫報導為「波金卡計畫（Oplan Bojinka）」，內容是對從亞洲起飛的美國飛機進行炸彈攻擊。當時我們沒注意到的是——因為感覺起來實在太荒唐了——另一個打算劫持商用飛機撞進大樓的計畫：其中包括紐約的世貿中心（World Trade Center）、五角大廈（Pentagon）、芝加哥的西爾斯大樓（Sears Tower），還有舊金山的泛美金字塔（Transamerica Pyramid）。[9] 我做出的相關報導愈多，就愈能看出蓋達組織從一九九三年到二〇〇三年的重大計畫都跟菲律賓這個美國前殖民地[10] 有或多或少的關聯，其中包括一九九三年對世貿中心的攻擊、一九九八年對東非各個美國大使館的炸彈攻擊，還有二〇〇三年的雅加達針對ＪＷ萬豪酒店（JW Marriott Hotel）的攻擊。

這代表了，我記者生涯中最重大的兩個新聞故事都跟菲律賓有關，而其中危及美國和全球的二十一世紀兩大威脅，都把菲律賓當成發動前的測試場地：伊斯蘭恐怖主義及社群媒體上的資訊戰。

九一一事件發生後，我開始沉迷於追蹤全球恐怖主義的網路連結，就為了辨識出恐怖主義組織成員之間的關連，當然也希望能發現其他類似的計畫。[11]我去找長時間合作的熟人幫忙——那些在菲律賓、印尼、新加坡和馬來西亞的情報調查人員現在都已晉升高位，而且全在驚惶地運用手上的資源搜集情報。他們非常樂意分享過去有關蓋達組織人物的情報資料，希望能交換到針對這些資料潛在意涵的各種分析。在當時，我擁有的資訊比他們還多，因為東南亞沒有任何統一管理的資料庫或任何官方的情報共享計畫。我開始把他們跟我分享的機密情報報告做成屬於自己的資料庫。[12]為了繞過麻煩的官僚體系，這些情報調查員通常會直接打電話給我，就為了知道我是否聽過某個新發現的人名，或跟我一起討論某條新資訊可能代表的意義。於是在九一一發生後的十年間，我總是能毫無預警地為ＣＮＮ寫出一條條獨家新聞。

由於開始研究恐怖主義者及推崇暴力的惡毒意識形態傳播途徑，我開始檢視人們在加入團體後發生的改變——我在印尼就親眼目睹過這個概念的樣貌。為了研究這個激進化的過程，我從團體迷思開始著手，其中包括心理學家所羅門・阿希（Solomon Asch）在一九五〇年代進行的實驗，在這個實驗的十二個關鍵測試中，有百分之七十五的受試者會在面對簡單提問時屈服於團體壓力，無法堅持自己原本的結論。[13]

他的實驗顯示出同儕壓力的威力，以及身處團體對我們每個人可能造成的改變。為了理解恐怖主義者面對權威時的反應，我轉而參考史丹利・米爾格蘭（Stanley Milgram，還記得「六度分隔」＊還有菲利普・津巴多（Philip Zimbardo）的監獄實驗。米爾格蘭發現就算人們被要求對他人實施可能致命的電擊，大多數人還是會遵從指示。[14] 津巴多的研究一直遭受許多質疑，可是他仍堅持自己的發現結果：人們會選擇放棄自己的個體性，轉而展現出自己被賦予的角色特質。[15] 換句話說，權威可以讓我們自由展現出最糟的一面。在社群媒體的議題中，這些實驗也再次浮現於我的腦海：要煽動一群暴民去攻擊某個目標，是多麼容易啊。

之後我也會發現，極端主義和激進化的過程是如何像病毒一樣，透過社交網路傳播開來。社會網路理論（Social network theory）中有一個三度影響準則（Three Degrees of Influence Rule），此理論一開始是由尼古拉斯・克里斯塔基斯（Nicholas A. Christakis）和詹姆斯・福勒（James H. Fowler）於二〇〇七年時提出。[16] 根據他們的研究顯示，我們的發言和作為都會透過社交網路一層層擴散出去，並對我們的朋友（一度）、我們的朋友的朋友（二度），還有甚至是我們的朋友的朋友的朋友（三度）造成衝擊。[17] 舉例來說，如果你覺得寂寞（你可能會覺得這種情緒是最不可能傳染給別人了），你的朋友有百分之五十四的機率也會感到寂寞，你朋友的朋友會有百分之二十五的機率感到寂寞，而你朋友的朋友的朋友也會有百分之十五的機率感到寂寞。[18] 快樂和希望這類情緒就跟抽菸、性病甚至肥胖一樣，可以透過社交網路追溯來源並傳播出去。[19]

我一開始[20] 是在加州（California）蒙特雷市（Monterey）的美國海軍研究所（Naval Postgraduate School）CORE 實驗室（CORE Lab）學習如何打磨我們的技術，再藉此製作出社交網路的圖譜。[21] 我們在追蹤恐怖主義者的行跡時發現，蓋達組織和伊斯蘭祈禱團（Jemaah Islamiyah）在東南亞和澳洲的運作方式就跟之後的虛假訊息網路一樣：他們收編各種不同性質的團體、提供他們訓練及資金，然後將聖戰主義的意識形態灌輸給他們，讓他們把攻擊目標設定為「近敵」和「遠敵」，前者是他們自己國家的政府，後者則是美國。

在九一一事件之後數年間，伊斯蘭祈禱團和蓋達組織都見識到自己原本擁有明確指揮中心的集團結構逐漸分崩離析。可是原本的組織網路仍在持續散播聖戰主義病毒，這些細胞在沒有

* 譯註：six degrees of separation，認為世間任何兩個陌生人之間最多只會相隔六個人。）理論嗎？

中央領導人的情況下持續執行攻擊。另外那些訓練聖戰士的營地規模則是變得比較小，也更常以臨時營地的模式在運作。

這樣的威脅變得更分散，也更難追蹤。

此後我總會用不同方式反覆重複以上這句話。只要談及或書寫針對恐怖主義組織網路的反恐運動，我都會在討論反恐運動所受的衝擊時重提一次。22

二十年後，同樣的問題轉化為網路的政治激進化：那些臉書的網路安全及情報專家（其中包括美國國家安全會議的前雇員）在討論透過臉書傳播的線上虛假訊息組織網路時，他們談到這些組織網路是如何在受到多年的追擊後一次次起死回生，並在最後獲得同樣結論：「這樣的威脅變得更分散，也更難追蹤。」23

到了二〇〇三年，我已經擔任記者長達十七年，我的學習曲線也因此進入停頓的高原期。現在的我就算閉著眼睛也能播報突發新聞，而且開始發現報導的每個故事中都存在一些熟悉的主題。我的雅加達團隊擁有極致優化的工作流程，我們製播的新聞量比其他同規模的ＣＮＮ分社還要多。可是我的學習停滯了。我不想要僅止於此。

我都快四十歲了，卻還過著如同學生的生活，對於如何維持工作與生活的平衡毫無概念。

我的工作就是我的生活，而我的生活也就是我的工作。我很清楚自己犧牲了什麼：每當有重大新聞發生時，我所身處的浪漫關係就會無從避免地走向終結；我因為必須在衝突區播報突發新聞，而錯過了弟弟的婚禮；此外，在經過幾個月的考慮後，我決定新聞事業終究比生小孩更重要。我盡可能有意識地去做出這些決定，希望能藉此活出一段沒有遺憾的人生，就算此刻經歷的一切並不盡如人意，我還是很高興自己選擇了這樣的人生。

大概就在那時候，曾被老馬可仕關進監獄的 ABS-CBN 老闆兼主席歐亨尼奧・洛佩茲三世（Eugenio Lopez III）——大家都稱他「蓋比」——再次邀請我去接掌菲律賓這間規模最大的新聞媒體公司。我知道自己總有一天會想在菲律賓退休。不知該如何解釋這種心情，但在我內心深處，這個國家儘管不完美又充滿缺陷，卻早已經成為我的家。所以距離我的下一個決定只差一步了：如果我打算在馬尼拉退休，為什麼不努力去把這裡變成一個更適合居住的地方呢？我的年紀夠老，所以擁有足夠的實戰經驗，但也還沒老到不願為了一份理想努力工作，也還擁有足夠的體力。此外，我的記者生涯總是在寫別人做過的事，包括政府和大公司所建立的各種組織體制。我想把從中學到的一切付諸實踐，這樣的過程也是我想擁有的經驗。

最後推了我一把的，是蓋比對我下的挑戰：「你有辦法把 ABS-CBN 變成世界級的新聞組織嗎？」此外我也看到二〇〇四年五月大選後的一項調查數據，其中提到將近百分之九十的菲律賓人都是透過電視吸收資訊，不像以前都是看報紙。電視是此刻菲律賓最強大的傳播媒介，同時也是建立一個國家的極佳工具。

我實在無法拒絕。

我收拾了位於雅加達的公寓，去亞特蘭大和所有教導過我的恩人道別，然後在二〇〇四年十二月初回到馬尼拉——這是我的第二次返鄉，也是最後一次。我預計在二〇〇五年一月一日到 ABS-CBN 上任。

當時的馬尼拉已經是一個不停擴張的富裕城市了。我在伯尼法喬國際城（Bonifacio Global City）的達義市（Taguig）定居下來，那是一個建築在舊軍事基地上的新社區——閃亮亮的新公寓大樓非常乾淨，附近的街道也相對安靜——並就此展開了我的新生活。ABS-CBN 同樣位於昆頌市的媒體園區，距離我住的地方約一個半小時車程，不過在馬尼拉，交通總是能讓情況變得複雜。

我內心有種不太安穩的感覺：我的自我認知已有很大一部分跟 CNN 綁在一起。所以離開了 CNN 的我會變成什麼樣的人呢？離開 CNN 的我還算是個人物嗎？現在的我即將成為這個國家媒體系統的一部分，其中的一切缺失我再清楚不過，而我可以在 ABS-CBN 的內部政治鬥爭中生還嗎？畢竟這個組織還在努力處理貪汙、自我審查和酬庸文化等問題，另外還得解決後獨裁時期的員工在公司、政治及社會生活中養成的各種缺點。我真有辦法建立出一個更強健的體制嗎？我要求公司讓我在前六個月先以訓練顧問的身分參與，好讓我和我即將管理的人們可以先在權力結構之外，稍微熟悉彼此。

此時我已經明白，無論接下來怎麼做，最重要的仍是那個我不停在反覆面對的挑戰：學習如何說出最殘酷的真相。我要盡量避免善意的謊言或將錯誤合理化。我的言行要公開透明，我要誠實。

突發新聞的工作對我的個性造成了決定性影響，我因此成為那種無論如何都會先採取行動的人，但我也還有其他目標。我之所以在二〇〇五年離開CNN，原因之一是身為記者的我在政策或組織目標的推動過程中幾乎扮演不了任何角色。特別是在一個仍在從獨裁逐漸轉為民主政體的國家中，所有組織、團體和個人所採取的行動都至關重要。我已經準備好要去實驗我所信仰的理念。

我想實踐我對新聞產業的遠見，也就是在菲律賓打造出一個全心為真相奉獻的新聞組織，而且這個新聞組織要強大到無論由誰掌權，都不可能妄想插手。

第二部

臉書、拉普勒新聞網，還有網路上的黑洞

2005-2017

第五章

●●●

網路效應

到達臨界點

2010 年 5 月拍攝於 ABS-CBN

在接掌ABS-CBN新聞網時，我獲得一些做出新改變的空間，而我主要是希望藉此思考，這個國內的最大新聞網可以如何幫助建設這個國家。此刻的我相信，我們在二十一世紀初為了改變ABS-CBN的價值觀、文化及內容所採取的措施，都能幫助全世界的人對媒體如何幫助重建民主政體一事提供參考。新聞跟大眾之間是彼此影響的關係，所有像ABS-CBN一樣曾受到國家管控的新聞組織一定都非常清楚。

二〇〇五年時，ABS-CBN是菲律賓規模最大的新聞集團，光是新聞部門就有大約一千位員工。我們的主要總部位於首都馬尼拉，可是另外還有十九個地方分站以及六個海外據點：其中兩個位於北美，一個位於中東，然後在歐洲、澳洲和日本各有一個。我們透過廣播、電視和網路播送新聞內容。另外我也負責管理菲律賓唯一一個二十四小時播放的英文有線新聞網ANC，其全名是ABS-CBN新聞頻道(ABS-CBN News Channel)，這個頻道也在全球各地播送。

我的第一個挑戰是要改變ABS-CBN的工作文化。媒體工作也是一種縮影，其中反映的是我們國家領袖必須處理的各種問題，而當時的問題是你和你的家人朋友是否能獲得回報，基本上是由情境倫理（situational ethics）和酬庸政治來決定。我已經在CNN習慣了特定的行為標準，比如不能任由你對組織或人的愚忠踐踏你對是非曲直的判斷，而拿不出成果的團體也該面對應有的後果。

我正式進入ABS-CBN後立刻著手的任務，就是提升記者的技能。我相信，只要他們可以熟習記者技藝，就能帶來更高的收視率。所以我找了自己在CNN的第二個馬尼拉團隊來幫忙[1]，並在二〇〇五年一月展開了員工訓練計畫。我邀請我的前團隊一起來跟我進行這個改變公司文化的實驗。

訓練計畫的一開始，我們就確立了做為體制內行事原則的三個概念，我覺得這三個概念不只對ABS-CBN而言很重要，對我們的國家也很重要。我向我們的團隊保證我會遵循公開透明、對事不對人，而且標準一致的原則，因為我想創立一個無論其中有什麼樣的人都能運作的系統。就像政府一樣，我們需要將整個系統體制化，使其就算沒有——或者就算有——任何人脈關係都能順利運轉。這就是為什麼當時這三個概念對我來說如此重要，而且直至今日都仍是如此。若要建立一個可以正常運作的民主政體，並對抗如同邪教一般的獨裁勢力，這三個概念可說非常關鍵。

毫不意外，我們最強大的力量，也正是我們最大的弱點。菲律賓人是出了名的親切、有愛心又忠誠。對人忠誠這個重要的價值觀被神聖地以「utang na loob」這個菲律賓說法展現出來，字面意思是「內裡的債」，而支撐著我們過去封建社會的也正是這個特質。無論是在政府、職場還是家中，源自我們封建過往的酬庸系統仍無所不在。若想創造出追求優秀及專業表現的環境，就勢必得正面迎戰這個文化。不過一旦能在我們的公司挑戰成功，那或許就能將影響力擴及公司以外的領域。

我就是在那時開始使用「殘忍的善意」這個說法。當時有些經理級主管始終沒有如實評價下屬的表現，因為他們想當好人，也想避免衝突。我們之所以必須付出「殘忍的善意」有三個原因：因為我們要追求頂尖、因為我們要成為世界級的媒體，還因為做為負責報導國家事務真相的媒體組織，我們在這個社會扮演的角色特別重大。

這代表我們必須實行一些嚴厲的手段，比如在前六個月針對原本充滿冗員的新聞組織進行縮編。我開除了新聞團隊中三分之一的人，不過為了降低衝擊，我提供他們年資乘以三個月薪資的遣散費。這個過程非常痛苦，我本人也出席了許多裁員現場。在身為領袖做的每一個決策當下，不可或缺的就是同理心。當然，看見員工臉上那種驚訝、憤怒還有焦慮的情緒並不好受，但他們聽到我解釋為何公司必須這麼做之後，臉上通常也會出現理解和接受的表情。這段過程更讓我堅信，最困難的決定在於你必須先跟自己好好溝通。如果你沒有勇氣把消息傳達給受你決定影響的人，那你就再想想。

終於，我們一點一滴改變了強調忠誠比表現重要、所有人都該盲目服從、習慣性壓抑進取心，還有認定忠誠於所屬團體比公益更為要緊的文化。這些都是奪下權力的政黨或適應力強的威權國家會出現的共同特徵，而且跟任何新聞組織的核心價值都背道而馳。一個新聞組織的成功，仰賴的是集體智慧、個人進取心，還有能在彼此協調後立即採取行動的能力。

我總要求公司中的每個人問自己這個問題：我**為什麼**決定這麼做？這個答案會帶領我們檢視自己的核心價值。我們要求公司的所有人去定義出自己的價值觀，如果可以的話，也請他們把個人跟組織的價值觀結合在一起。我們最後把我們的工作哲學限縮為一句話，那就是我們的座右銘：「傑出的新聞報導可以讓世界變得更好。」然後我們寫出一百一十六頁的規範及倫理守則，其中特別強調出反貪汙這個主題。我們以此做為我們的行事準則，如果要將人停職或跟其終止合約，也都是基於這些準則。

到了二〇〇七年中，ABS-CBN已經在跟世界上其他頂尖的新聞組織競爭了。有些選擇讓我們付出了很大的代價，包括公司和我都不例外。另外有些針對我們的攻擊其實是對人不對事，而且通常還會訴諸法律。

我在CNN工作了將近二十年，期間做過數百則調查報導，但從來沒有人試圖把我告上法庭。可是在我帶領ABS-CBN新聞的第一年，我每個月都得面對一場法律訴訟，而且全是來自公司內部。我們曾碰過因貪污行為被解雇的某人採取法律途徑，試圖把我驅逐出境——對方完全沒意識到我就是菲律賓公民。而且公司內部每隔幾週就會有人為了報復，而做出抹黑我的骯髒事，只因為這些人不喜歡我大刀闊斧的改變風格。

如果你想嘗試改變一個文化，這個文化就一定會反抗。你必須有辦法勇敢堅定地面對一切。不只如此，種種跡象都顯示這些憤怒、怨恨的情緒將會隨著網路不停發酵、擴散到我們國家及全球各地。這是我決心要打擊的文化，也決心要在我的影響範圍內做出改變。

在那段期間，政府受到各方圍攻的狀況愈演愈烈。在我抵達 ABS-CBN 沒多久，我們就接到消息指出，葛洛麗雅．艾羅育可能會插手操弄二〇〇四年的總統大選。這項指控有個實質的證據背書，那是一段流出的手機對話內容，其中聽起來像是艾羅育的人向負責選舉的官員表示自己還需要一百萬張選票。[2]這些被揭露出來的資訊後來引發了三次失敗的彈劾程序，以及大規模的抗議行動。[3]

艾羅育決定主動出擊。她在二〇〇六年二月二十四日簽署了「一〇一七四公告」[4]，宣布進入「國家緊急狀態」[5]，而那天還正好是一九八六年人民力量革命的二十週年。她宣稱，包括一些極右和極左派人士的在野政治人物正打算和「國家媒體中的特定部門」一起聯手進行推翻政府的政變。她說的其實沒錯，而 ABS-CBN 也很清楚有這件事。

艾羅育的公告嚴重削減了媒體自由。政府先是突擊搜索了一間報社辦公室、在沒有搜索令的情況下進行逮捕、威脅要讓一些新聞機構關門，還在 ABS-CBN 門外部署了裝甲運兵車。在那段期間，他們嘗試透過各種威嚇手段和毀謗訴訟來掌控記者。一些人相信有國家安全部隊的成員參與了針對記者和左派領袖的法外處決行動。政府害怕媒體的力量，因為這個國家曾透過媒體呼籲抗議者上街，並藉此和平驅逐了兩任總統。

艾羅育是應該害怕 ABS-CBN。事實上，ABS-CBN 是有可能成為搞垮她政府的導火線。有些士兵是真的在等待媒體——精確來說就是 ABS-CBN——來帶領他們正式展開行動。我們派一位記者去採訪菁英特種部隊時，他們就告訴我們，只要我們一在電視上進行直播報導，他們就會立刻上街。但我透過我們的記者告訴他們，我們必須要等他們上街**之後**才會進行直播報導。我心中仍把持著清楚的底線：必須先由他們採取行動。

我們最後始終沒有進行直播報導，因為他們始終沒有真正上街。但若我們答應這些士兵的要求，就等於是直接挑起這場政變。ABS-CBN 就是擁有這種能耐。

艾羅育平安渡過了那次悲慘的事件，可是那不是她最後一次攻擊媒體自由。菲律賓媒體面對的最嚴重挑戰發生在二〇〇七年十一月二十九日，那天有五十一位記者遭到逮捕，當時他們正在金融區報導軍隊內部的叛兵——又是源自軍隊內部——占領馬尼拉半島酒店（The Peninsula Manila）一日的行動，而被捕的記者中有十二位來自我們的新聞網。政府警告所有新聞單位在政府派部隊進去之前撤離，但我們選擇繼續待在旅館，因為要是配合政府的要求，事件最後只會剩下政府的說法。為什麼我們該自願放棄報導一場正在進行中的政變呢？

透過將衝突現場變成「犯罪現場」——在此所有人都可以被逮捕——政府重新利用了現存法律來箝制媒體自由，而這種作法顯然違反菲律賓憲法。這也是菲律賓政府首次嘗試別的策略：利用國家警力做為政治衝突現場的主導機關。在此之前的二十一年來，每場政變或「被動撤銷支持」的行動，都是由國防部和軍隊來處理的。

而這正是我們今日所經歷的苦難開端。杜特蒂政府所展開的攻擊，正是基於艾羅育的各種嘗試再調整修正而來。確實，她的許多忠實支持者和內閣成員後來都進入杜特蒂政府服務，包括他的國家安全顧問哈摩金斯・埃斯皮倫（Hermogenes Esperon）。[6] 杜特蒂顛覆憲法的作為早在艾羅育任內就已撒下種子，但由於一開始造成的傷害實在太微小、太幽微，大眾幾乎沒有注意到，但我們應該更早提高警覺才對。而這正是為何我們今日需要 **#堅守陣線（#HoldTheLine）** 的原因之一。

在艾羅育執政下的 ABS-CBN 工作期間，我還學到另一件事，而在面對獨裁者選擇攻擊媒體公司及記者必須面對牢獄之災的此時此刻，這件事也幫助我做好準備：學會如何危機處理。

在每次的危機中，都有所謂的「黃金處理時間」，你可以在這段時間內主動形塑、講出屬於你的故事版本，不讓別人有機會搶先以他的故事版本造成你的危機。你必須清楚知道，你要透過什麼樣的傳遞網路（電話、電郵或其他管道）傳達出什麼訊息——這都還是在社群媒體出現之前的做法。這裡的重點在於先說出你的故事，這樣做不只能掌控主流敘事，還能保護可能因為這場危機受害的人。如果你能處理好，剩下的一切幾乎是水到渠成。任何組織都需要藉此撐過針對自身及其組織成員信譽所進行的攻擊。

某天一大早，我們在ABS-CBN面臨了一場史上最艱困的危機，我接到來自ABS-CBN主播兼好友賽絲．吉爾龍（Ces Drilon）的電話，跟我說她和兩名攝影師被綁架了，而綁架他們並要求贖金的綁匪來自阿布沙耶夫組織（Abu Sayyaf Group）。那是一個菲律賓國內自行發展起來的恐怖組織，他們跟早已肆虐菲律賓數十年的蓋達組織也有來往。

賽絲那通嚇人的電話，讓我們展開了十天的協商、隨機應變及各種高風險的操作，我真心希望此生不用再經歷一樣的事。畢竟，為你的部屬做出可能攸關生死的決定，比什麼都困難。

我要求——也獲准——由我全權負責處理這場危機。我請我們的人力資源部長麗比．帕斯郭爾（Libby Pascual）去把遭綁架員工的直系親屬找來，然後所有人進駐公司附近旅館內整整兩層樓的所有房間。我們安排了保安人員在旅館四周保護，然後花了十天，沒日沒夜地跟對方協商釋放我們團隊成員的事宜。事件剛開始沒多久，我就希望能讓被綁架的人明白，我們會盡其所能把他們安全救出來。我們絕對會一直跟他們站在一起，而他們也要相信我們。我們是在彼此信任的狀態下展開救援工作。每當你不知道接下來會發生什麼事時，示弱並敞開心胸是讓所有人凝聚在一起的第一步。

我們的小團隊必須快速做出許多決定，這些決定大多時候也有經過家屬同意。我基本上會跟他們解釋我做的所有決定。現在的情勢很清楚，一旦我做出錯誤判斷就得全權負責，而我的公司可以徹底脫身；但也因為如此，我可以為了把人帶回來，而自由嘗試任何我認為正確的決定。這可是攸關生死的大事。一個月前才有幾個工人遭到綁架，而我們都很清楚拒絕協商的下場是什麼：他們公司後來收到了那些工人被砍掉的頭。

ABS-CBN 能讓記者處理這這次危機，可說是最好的選擇。我在警方及反恐組織內部，都有可以提供消息的友人；我才剛募來帶領我們二十四小時有線新聞頻道的主管葛蘭達．葛羅莉亞（Glenda Gloria），則擁有很多在軍隊內部可以提供消息的線人。

我們在十天內救出了賽絲和她的團隊。

處理那次危機的經歷讓葛蘭達、麗比和我之間建立起深刻的情誼，以這份情誼為基礎，我們逐漸為《拉普勒》建立起在杜特蒂年代得以應對各種危機的能力。

儘管經歷了各種動盪，能夠帶領這個國家最大的新聞組織，並利用其資源和廣大的視聽群眾來強化公民參與社會的程度，對我來說仍是一段美好的時光。也就是在那段期間，我開始接觸並利用不同的科技和社交網路。我所遇到的挑戰，是如何把我們擁有的傳統播送管道優勢與新媒體和手機科技結合起來，而且這樣做不只是為了新聞報導，也是希望促成社會改變。我們想鼓勵人們用自己的手機來跟我們一起報導新聞。我在那些年看到的，是新聞足以改變社會及強化民主政體的威力。

在那六年期間，我們做出許多獲獎項肯定的節目，這些節目也在我們的社會中造就出可量化的實質結果——甚至成為民主發展中觸發重要改變的引爆點。我們把大眾媒體當成呼籲大家作出行動的擴音器，並利用網路及手機創造出一種參與式文化，幫助我們的公民和年輕人更主動與社會互動。

隨著這些改變一個又一個地疊加上去，我們改變了新聞採集和製播的工作流程，將重心轉移到提升內容品質，以及強化行事規範及倫理守則。我們在新聞編輯室中討論的新聞內容不再像世界上許多其他國家那般，為了提高收視率（當然收益也能隨之提高）追求煽動內容和犯罪；另外根據我的說法，我們還要把「蔬菜加進糖裡」。因此，我們把深夜新聞節目重新包裝定位後取名為「Bandila」，意思是「旗幟」，我們希望讓愛國感覺起來是一件夠「酷」的事。[7]為了吸引年輕人，我們決定採取比較大膽的風格設計，而其中主導一切的是貝絲・弗朗多索（Beth Frondoso），後來她也成為《拉普勒》的創辦人之一。到這時候為止，所有的改變都是在公司的組織內部進行。《旗幟》只是這些改變的其中一小部分。

我們想施展影響力的其中一個領域就是菲律賓的大選，此外我們也想鼓勵更多公民去投票。我們非常聰明地將所有新聞報導的焦點都指向二〇一〇年的總統大選，為此我採用由美國寫作者普及化的兩個概念：引爆點（the tipping point）和群眾外包（crowdsourcing）。[8]「引爆點」是源自流行病學的概念，這個概念原本指的是病毒在偵測不到的情況下不停增長，但在數量超過某個臨界點後就足以改變整個體系。「群眾外包」則認為只要一個團體的成員擁有多元想法、彼此獨立、整體組織去中心化，還擁有將彼此的批判轉化為集體決定的機制，他們就能比任何獨來獨往的天才做出更聰明的決定。因此，以上四種元素可以創造出絕非暴民統治的「群眾智慧」。

我們在進行「出門投票」的選舉宣傳活動時，採用的是一種仔細研究過的漸進式引爆手法。為了嘗試建立一個社群，我們在二十一個省分舉辦了十一天全日播送的跨平台選民登記活動。我們讓菲律賓人不只為了投票而現身，也藉此讓他們成為ABS-CBN的公民記者。「公民記者」

的菲律賓文是「boto patrollers」。

為了吸引他們參與，我們在全國舉辦了超過五十場演說和座談，其中包括年輕社運者的演講、音樂會，以及許多由我帶領的工作坊。僅僅過了四個月，選舉委員會（Commission on Elections）就要求我們放慢腳步，因為政府的系統應付不了如潮水般湧進的大量選民註冊申請。

我把我們的資源投注在兩大目標上：盡可能為更多人培力，並讓他們懷抱希望；另外則是培養辯論及參與的習慣。

我之所以會訂出第一個目標，是基於之前在印尼研究恐怖主義及暴民暴力時學到的教訓。我仰賴的是社會網路理論還有心理學家所羅門．阿希、史丹利．米爾格蘭和菲利普．津巴多的實驗結果，另外還有三度影響準則，最後這個準則顯示我們的言行會影響到我們的朋友、我們朋友的朋友，還有我們朋友的朋友的朋友。我們在我們建立的組織網路中進行焦點團體討論，結果顯示菲律賓年輕人對我們國家的政治進程感到不滿及幻滅。我們決定利用群體動力學及社會網路的力量來做出正面影響：散播希望。

我們用了一個簡單的標語（或口號）：「Ako ang Simula」，意思是「從我開始」。[9] 就精神而言，這句話代表「改變從我開始」。我們選擇借用一些早已普世化的概念。比如這個標語的靈感，就來自一個大家通常認定出自聖雄甘地的想法——「成為你想看到的改變」——但其實可以再往前溯源到古希臘時期：普魯塔克（Plutarch）就曾說過，「你的內在成就會改變外在現實」。[10]

我們決定透過培力群眾來散播希望。我們呼籲大家行動。[11]

我們確保這個想法持續運作的方式，就是以政治及社會關懷為主題，建立起一個群眾外包式的公民記者計畫。一開始我們在不同平台每週發布三次新聞，然後在接近選舉的最後一個月，這個計畫產出的新聞開始出現在我們每天晚上的黃金時段新聞中。我們使用的就是引爆點策略，希望藉由每次不停重複的行動及其累積起來的效應來幫助公民理解，只要他們一看見有壞事或好事發生，總之都可以拿出手機記錄下來。大選前三個月，我們舉辦了一場有十五個樂團表演的演唱會，到場聆聽的有我們超過兩萬名的公民記者。[12]

然後，在馬吉丹奧大屠殺（Maguindanao massacre）事件中，我們的公民記者計畫達到了引爆點。

二〇〇九年十一月二十三日，五十八個人在馬吉丹奧省的大白天慘遭殺害，其中包括二十二名記者。這項行動是有人為了攻擊政敵而策劃的預謀行動，也是菲律賓史上跟選舉相關的最嚴重暴力事件。美國的保護記者委員會（The Committee to Protect Journalists）稱此為「全世界導致記者死亡數最高的單一攻擊事件」以及「在保護記者委員會史上針對媒體的最致命攻擊」。[13]而我們有一位公民記者揭露了事件當時的真實狀況。

當天下午三點四十七分，距離軍隊確認有人在馬吉丹奧省的遙遠山區慘遭殺害還有四十五分鐘的時間，此時ABS-CBN收到了一條訊息，其中表示計劃參選競爭省長一職的艾斯梅爾．「托托」．曼古達圖（Esmael"Toto"Mangudadatu）的親屬、同事，以及當天前去報導的記者都被綁架了。這條訊息還指出國家警力沒有及時出動，因為他們都受到當時的馬吉丹奧省長小安達爾．安帕圖安（Andal Ampatuan Jr.）操控。根據我們的公民記者表示，軍方同樣「在早已有大量情報表示有人要對『托托』．曼古達圖不利時，仍持續裝傻並對一切視而不見。」

這個消息來源描述了事件的經過、誰該負責，還有執法單位沒有行動的原因。

然後他的第二條訊息緊接著在十一分鐘後傳來：

> 我們懇求有人關注這個事件，也希望有人可以進行深入調查並做出公正報導。安帕圖安家族的暴行在馬吉丹奧省是人盡皆知的祕密。大家都因為害怕喪命而不敢行動。這些人在這個地方根本自以為上帝。[14]

我們的消息來源在這兩條訊息中跟我們說了事件經過、地點、參與者——還說明了自己的情緒。當時所有人都很怕安帕圖安家族，所以發送訊息給我們的人是冒了極大的風險。我們猜對方很有可能是一名士兵。

一個半小時後，菲律賓軍方的發言人證實了這場綁架以及相關人員遭殺害的消息。死亡人數在接下來幾小時內不停升高。

那天晚上，我們的公民記者傳來第三條訊息，同時也是他的最後一條訊息，其中出現了屠殺現場的第一張恐怖照片——三具四肢攤開的屍體就像垃圾一樣被丟到草地上——然而我們無法在收到當下確認照片的真實性。所有記者都跑去報導這個事件了，我們的記者也不例外，但目前大家都被扣留在市中心的一間旅館。

一等我們確認照片中的白色豐田 HiAce 廂型車是馬吉丹奧省的官方座車，而且那些屍體也確實都是被綁架的人之後，我們立刻公開了這張照片。我們猜得沒錯：確實有個士兵到場後對眼前所見大感驚駭，才把照片透過電郵寄給我們，因為當時只有軍方可以進入現場。我相信那位士兵之所以選擇成為公民記者，為的就是不讓人有機會掩蓋這些罪行。

馬吉丹奧大屠殺是我們公民記者計畫的里程碑，另外也證明了在社群及機構中安插公民記者可能帶來的無窮潛力。這也讓我意識到，在一個像菲律賓這樣的國家，公民記者計畫的核心在於每一個追求正直的個人戰役：在面對你認為錯誤或邪惡的事件時，你願意為了糾正這一切做到什麼程度？

到了二〇一〇年五月十日的選舉日當天，我們已經有將近九萬名提交登記的公民記者。我們臉書頁面的互動頻率是一般新聞網站的四倍。[15] 我們就是這樣達成我們一開始希望為了選舉促成社會改變，而設下的第一個目標：我們播下培力與希望的種子，而當公民記者回應我們希望他們做出行動的呼籲時，我們也盡力去把這項報導完成。

在馬吉丹奧大屠殺的前後期間，有許多公民記者針對賄賂、貪汙、選舉暴力、威嚇及許多其他問題做了內部吹哨的糾舉。他們的行動都間接促成了日後的改變，讓選舉人和他們的支持者更難公開違反選舉規範。畢竟，任何有手機的人都可能拍到他們的行動、提出舉報，然後透過 ABS-CBN 的力量全面報導出來。

我當時看到的是參與式媒體可能擁有的威力：所有使用手機的公民都可以追求正義，並要求該負責的人負起責任。我看見科技可以用來追求大眾利益，其中包括為公民培力、擴大投票及民主的參與程度，還能追求正直及真相。這就是為什麼我仍相信菲律賓並不是命中注定要成為杜特蒂統治下的模樣，而且總有一天，只要菲律賓的一般公民擁有可以求助的自由媒體，他們就不會再容忍獨裁者的壓迫。

我想推動社會改變的另一個目標，就是培養辯論及參與的習慣。我想看到人們針對重要議題進行毫無保留的真實辯論，但菲律賓的政治人物直到今天都還迴避在公開場合這麼做。二〇〇九年初那場選舉的候選人甚至不願同台面對彼此。他們只回答記者的問題，但不想受到競爭對手質疑。我們想改變這點。

所以我們用十二個月的時間舉辦了十二場不同的候選人辯論會，而且每個月都讓不同的媒體平台參與辯論會。就在距離選舉日整整一年前，我們在某個有學生觀眾的直播現場聚集了所有總統候選人，還在活動中加入了網路參與環節，特別是利用了當時相對來說還算新潮的臉書，然後我們加入推特（Twitter）和 Multiply——Multiply 這個平台在菲律賓非常受歡迎，在臉書出現前可說是在菲律賓獨占鰲頭——另外還為每個候選人安排了現場發文的部落客，在我們自己的新聞網站上也有直播聊天室。這個試行方案進行到第四個月的時候，所有公民已經可以透過四種方式參與這些活動：他們可以在電視螢幕上觀看辯論、在手機上投票，還能在臉書和推特上發表評論。菲律賓從來沒有其他電視新聞網發展出這種多面向的手法。

二〇一〇年三月，我們舉辦了副總統候選人辯論，會中六名候選人彼此對壘，每次會有兩個講台旋轉以讓候選人面對彼此。每個候選人都可以針對任一候選人發問，而對方也會有一定長度的時間進行回覆。我們請每位候選人帶一位現場發文的部落客來回答觀眾和讀者的線上提問。

我們也在推特、臉書和其他網路平台上向我們的觀眾提出一個簡單的問題：「你們相信他／她說的話嗎？」

我們的觀眾有很多他加祿語的選項可以選擇，而在選項光譜兩極的分別是 naniniwala（相信）和 hindi naniniwala（不相信）。

我們把結果即時發送到螢幕上，同時發現人們不只對候選人說的話有反應，也會評論其他人對那些話作出的反應，並因此在臉書、推特和其他網站上的聊天室內延伸出更多的對話、參與及互動。在這些辯論會上，候選人可以比一般記者問出更深入、更尖銳的問題，因為他們在對話的同時也必須評估、操縱他們所即時看到的輿論反應。

那天晚上的我不只有平常播報突發新聞時那種腎上腺素狂飆的感受，還感覺到科技所帶來的生理衝擊。我知道，我體內的多巴胺和催產素一定都在增加，前者會讓人上癮，後者則會讓人與人產生更強烈的「連結」感受（催產素也被稱為「愛情荷爾蒙」）。[16] 我透過另外三個螢幕參與我所製播的電視節目：推特、臉書和其他線上聊天室，而所有的參與都能透過我們定期宣布的觀眾精選回饋而獲得回應，之後這些回饋還能引發更多人的回饋——這是一個善的循環網路，我是這麼認為的。

我們盡可能選擇能夠幫助大家衡量候選人是否誠實的辯論主題，也盡可能去量化那些通常讓你決定是否相信一個人的直覺。我們很清楚哪些政治操作手段有用、哪些又沒用，但總之我們對所有手段一視同仁。

這就是創新和參與，也是將你的權力分享給你的社群，而且這麼做還是一門好生意。就在我們於二〇〇七年引進了「Boto Mo, iPatrol Mo（公民記者）」計畫之後，我們的毛利率是上次總統選舉的四倍。這股上升趨勢一直持續到我在二〇一〇年離開這個電視網為止。其中的英文電視台ANC更在營運十年後第一次擺脫赤字，由紅轉黑。

在接下來數年間，我們持續監控這些實驗帶來的影響。二〇一〇年七月，有個具有公信力的民調組織「脈動亞洲（Pulse Asia）」針對我們「Ako ang Simula（從我開始）」運動帶來的全面性影響進行研究，其中指出：自從「脈動亞洲」於一九九九年進行研究開始，全國菲律賓人的樂觀程度達到史無前例的高峰，其中有百分之五十三的人感到樂觀，悲觀的人只有百分之十一，而後者也是史上最低的數字。這項研究也證實我們的做法提高了ABS-CBN的可信度，讓這個電視台成為菲律賓最受信賴的新聞網單位。

我們的計畫成功了。

在舊有的網路效應（The Network Effect）——這個國家最大媒體組織的威力——被比網路效應更強大的網路科技本身所徹底顛覆掉之前，我們確實成功了。

ABS-CBN 讓我清楚認識到菲律賓文化中最棒及最糟的面向——他們親切又忠誠，但又有著酬庸文化的習氣——而我從中學到的教訓，也幫助我打好了如今營運《拉普勒》的基礎。在ABS-CBN「新聞與時事」(News and Current Affairs）部門的六年期間，我們徹頭徹尾的改變了。我們的營運在前三年就已趨於穩定，另外也建立起嚴格遵守勞動規章的全新規範及倫理守則。而如同我所預期的，一旦整個體系及其中的領導者們保持公開透明的態度，整個團體會更有正義感，也因此更懂得對事不對人，並維持標準一致的工作態度。因為我們只會基於員工的優點及表現來獎勵他們。

我在二〇〇五年帶到 ANC 團隊中的其中一人是小雀。大概過了一年多，她被診斷出乳癌。她把這件事告訴我們當中的少數幾個人後獨自應戰：她切掉部分乳房並做了三十次放射治療，而且接受治療期間都還在工作。她會進公司、編輯新聞，還主持我們的節目。她曾誇張地吹噓自己「腋下裝著一個粉紅色的血清袋到處走，但由於神態過於自若，陌生人看了還以為那是一種新型態的能量飲料。」她最終打敗了癌症。

我在那段時間很少有機會看到她，不過她的主播辦公桌就距離我的辦公室幾步之遙，所以她時不時就會順路來找我。她常說我這個人太過是非分明、樹立太多敵人，而且總是一次試圖處理太多問題。小雀希望我慎選戰場，謝琦則要我堅守陣線。

但想要權力的人總會盡其所能去獲取權力。到了最後，在計劃做出各種重大改變之後，我所遇到的最大阻力不是來自新聞團隊的記者、製作人或編輯，而是ABS-CBN公司內部的一個小型權力核心，他們試圖打擊我們新聞部門的團結及使命感。畢竟新聞要是對貪汙採取零容忍的態度——舉例來說，ABS-CBN的所有部門都不該為了讓自家明星搏取版面而塞錢給娛樂記者——那些仰賴貪汙才能獲得成功的人又該怎麼辦？

於是慢慢地，這個小團體中的人透過八卦耳語及小家子氣的紛爭，讓我的副手和盟友一個個跟我反目成仇，並因此摧毀我擁有數十年的友誼及信任關係。由於公司內部有人威脅要對我不利，我的老闆蓋比還有一度必須替我安排私人保鑣。

我在二〇二二年所經歷的大多數事件——法律訴訟、抹黑宣傳、恐同耳語、惡毒的個人攻擊——其實在當時都經歷過了，只是規模小很多。雖然過程很痛苦，但確實也是很好的訓練。我在書寫這段時露出微笑，因為這段經歷讓我變得更堅強，也幫助我更能面對今日的各種戰役。

畢竟如果你試圖改變整個體系，體系就會反撲。

二〇一〇年十月的某一天，蓋比把我叫進他的辦公室。那是馬尼拉一日當中極為美好的時刻，太陽正要下山，來自太平洋的光線變成粉色和紫色，空氣的酷熱程度正到達顛峰。這是我一天最喜歡的時刻。我在蓋比要求我幫兩人各倒一杯馬丁尼時露出微笑。

他要我談談諾利．德．卡斯特羅（Noli de Castro），他曾是黃金時段的節目主播，我已經阻止他回來工作將近一年了。德．卡斯特羅是菲律賓最受歡迎的主播之一，而且最近才剛從葛洛麗雅．艾羅育的副總統一職卸任——菲律賓媒體和政治之間的關係就是這麼緊密！德．卡斯特羅希望重回黃金時段新聞節目第一主播的職位，蓋比也很怕他最後會跑去敵對陣營工作。我覺得我們應該透過合宜的程序讓他回歸原職，過程也必須公開透明：畢竟在他身為副總統時也面臨過好幾次貪汙指控。

我不確定我打算在那場會面中怎麼做，可是只要你的底線清楚，你就會明白自己有哪些著力點。如果公司老闆想做一些你不想做的事，你不是接受就是走人。等會面結束時，我已遞上辭呈，並幫助選好我的繼任者[17]，還排定好交接時間表。

之後我寫了一封短信，感謝團隊陪我走過這美好的六年。[18]我們為了想辦法重新定義出新聞業和我們國家的未來，共同承擔了許多風險；我們堅守立場，我們拒絕貪汙；我們擁抱逐漸成長茁壯的社群媒體；我們也和公民記者攜手守護我們的選舉，以及這個國家的正直精神。我要他們珍惜、保護他們的編輯室獨立精神。我祝福他們思緒清晰、精力無限，還要擁有為正確之事奮戰的勇氣。我提醒他們要小心避免甘於平庸。

我在ABS-CBN工作的時光中擁有三個重要的女性戰友，她們的專業和價值觀讓我們成為一輩子的盟友。我們總是一起慢慢思考新聞業的未來，以及新聞業在民主政體中扮演的角色。我們開始夢想如何讓這樣的未來成真。在某次和柴・霍菲萊娜（Chay Hofileña）、葛蘭達・葛羅莉亞，還有貝絲・弗朗多索一起吃晚餐時，我舉起酒杯。「好吧，麻煩可真是夠多了，」我說。「但我們活下來了！」

我們都笑了。在之後的許多年間，我們的敵人說我們是一群女巫。

而我們就是因此創辦了之後的公司——《拉普勒》。

第六章

●●●

創造出改變的波瀾

到達臨界點

《拉普勒》的創辦人（從左到右）：我、柴・霍菲萊娜、貝絲・弗朗多索，還有葛蘭達・葛羅莉亞。二〇一七年三月七日在馬尼拉市國會大廈區（Capitol Commons）的埃斯坦西亞購物中心（Estancia Mall）外自拍。

《拉普勒》的所有人都把我們四個共同創辦人稱為「*manangs*」，這個菲律賓單字的大概翻譯是「老大姐」。我們也是用這種態度面對我們的團隊。我們這群人的個性及工作習慣都非常古怪，就連政治立場都不同，可是那不是我們最在意的事。為了追求良好的新聞產業、真相，還有比政治更重要的正義，我們總是全心投身奉獻。

我把葛蘭達．葛羅莉亞招募來帶領ＡＮＣ時，我已經在ABS-CBN待了將近兩年的時間。由於切身經歷過老馬可仕統治下的生活，她很清楚封建主義和酬庸政治是如何可以困住一個省分或國家。她可能是我一起工作過最頂尖的新聞編輯室主任，之後也成為我創立《拉普勒》的夥伴，並在我扮白臉時負責扮黑臉，她是那個負責讓紀律嚴明的人。她會明確列出希望大家達成的目標，而任何讓她失望的人可都會倒大楣。

柴．霍菲萊娜曾跟葛蘭達．葛羅莉亞一起在《菲律賓每日詢問者報》（*Philippine Daily Inquirer*）一起工作，這間公司後來成為菲律賓規模最大的報刊公司，不過當時正是她們兩人在仍未發展起來的公司內創立了工會——她們打造出的每條政策都反映出兩人長期以來堅守的勞動原則。柴．霍菲萊娜針對政治及媒體等相關主題寫過好幾本書，她為菲律賓寫出了媒體倫理及貪汙主題相關領域的「聖經」，也幫助我們的職員詳盡理解我們為ABS-CBN寫的規範及倫理守則。柴是我們的老師，也是《拉普勒》團隊每個成員成長如此快速的原因之一。她協助大家培養出一種文化，而那種文化並不存在於許多競爭激烈又暗潮洶湧的大型新聞組織。

《拉普勒》的最後一位創辦人貝絲．弗朗多索是個在 ABS-CBN 工作十一年的資深員工，她在這個組織內無論正式或非正式的領導角色，都幫助我渡過了許多波濤洶湧的政治暗流。她的努力讓她一路往上晉升，這代表她也很明白政治和內鬥如何可能造成組織內效能不彰的問題。她負責處理新聞組織內最大筆的預算，通常也要針對每日的新聞採集工作做出最後的調度決定，也必須決定每天播出新聞的形式與主旨。她負責讓我們取得平衡——我們要擁有足夠的嚴肅新聞，但也得讓收視率增長，而她就必須找出這個神奇的平衡點。貝絲相信我們應該花錢去做野心勃勃的大報導，因為這是我們設定的新聞議題之一。

至於我呢？嗯，我知道一旦幾杯咖啡下肚，我就可以活力四射，這是好事也是壞事。《拉普勒》的其他人說我衝勁十足，總是有各種新點子，可是往往設定一些不可能達成的目標。我們第一批的十二位員工中有一位名叫娜塔希亞．古鐵雷斯（Natashya Gutierrez），她說我看似純真無害，但其實跟武器一樣危險：「她腦中的齒輪總是不停在運作、在激烈轉動，從沒有停下來的時候。她通常態度民主，但隨著情況不同，有時也會不管大家的共識一意孤行。」

在二〇一一年，我們這群「老大姐」有五個共通點。第一，驅策我們的不是金錢。自從離開 ABS-CBN 之後，我們就很清楚勢必得放棄以往月薪的百分之三十到九十。我們都有管理新聞組織的經驗，也至少在一間挑戰主流媒體風氣的獨立組織工作過。我們都相信新聞的力量——我們對新聞的使命、規範及倫理都抱持信念。我們都很努力工作，每天工作十四到十六小時，也已經習慣每天深陷在製作新聞的前線壕溝中。而且我們都想創造出比我們經歷過更好的事物。[1]

我們彼此互補的個性，讓我們可以在壓力下憑直覺快速做出決定。我通常是最激進的人，葛蘭達的態度最審慎，而柴總是能找到一個中間點，至於貝絲則會從策略及哲學層面的角度切入。我們會這樣一起找到完美的行動點。我們當中有兩個天秤座和兩個獅子座，四人一起發揮出的力量超越我們原有力量的總和，並藉由專業及勇氣，將新聞的使命帶入了二十一世紀。我們要創造的是一種全新的事物，而且不只在菲律賓，是在全世界都沒見過的事物。

我們都是女性，我們做的決定不只基於事實，也基於情感和價值觀。但我們同時也有非常講人情及感性的一面。有時候我們無法好好面對批評。我們對彼此深刻的忠誠情感有時會影響我們的決策，這是我們一直努力防範的弱點。可是我們都知道到頭來，我們的工作是基於我們的友誼，是基於我們在新聞前線壕溝中建立的信任——因為即便在杜特蒂的時代到來之前，我們的攜手合作就已讓我們無所畏懼。

我們在二〇一一年七月將我們的公司正式公司化。當時的計畫是二〇一二年一月讓新聞網站上線，並在五年內達到收支平衡，這個時程是傳統新聞組織的一半。

做出這些決定時，我們這群老大姐聚在我位於達義市的公寓，光線從公寓兩邊的窗玻璃流淌進來。我們還決定了新公司的名字：「拉普勒」(rappler)，這是一個源自「交談」(rap) 的混成詞——這是我們這個世代在一九八〇年代的復古用法——另外也是源自「盪起波瀾」(ripple) 的混成詞。

這是一場規模宏大的實驗：我們想把電視新聞裝進觀眾口袋內的手機；這件事在二〇一〇年時還只是個夢想。可是在 ABS-CBN 獲取的成功讓我知道，我們可以透過群眾外包創造出參與式新聞，並協助由下往上打造這個國家的體制。比起我們報導了數十年的由上往下治理體系，這種做法讓我們擁有更多希望。我們相信只要讓人民參與進來，政府一定會表現得更好。

我們不只是想做出報導而已。我們相信優秀的新聞製作可以改變世界；我們有一個關於改變的理論。我們以文氏圖（Venn diagram）為基礎想像出三個彼此緊密交疊的圓圈——調查報導、科技和社群——而《拉普勒》就位於這三個圓圈的交會處。我試圖快速讓他人理解我們的說詞是這樣的：「《拉普勒》是在建立能夠採取行動的社群，而我們餵給這些社群的養分就是新聞。」

我們的所有相關討論都奠基於一個基礎，也就是《拉普勒》的新聞將在編輯層面同時擁有獨立性和營利能力，這代表所有跟錢有關的事都與記者無關。我們會諮詢董事會和股東的意見，可是做出最終決定的會是我們。[2]在ABS-CBN和其他媒體公司的經驗已經讓我們明白，若是沒有營利事務的決策權，編輯室的獨立性也不那麼有價值。我們也知道必須賺夠錢才能付給員工像樣的薪水，因為這樣才能保有我們的獨立性。我們的主要目標就是創造出一個可永續發展的商業模式。

我們的另一個與眾不同之處，在於使用網路的策略。傳統媒體將網路視為附加工具，我們則以推動一個本土的行銷模式為核心，建立起一個名為「拉普品牌」（BrandRap）的行銷團隊。為此，我們建立了一支專門生產廣告贊助文章的獨立團隊，這些文章在我們網站上都會有清楚的標示，這在當時的菲律賓是沒有人做過的事。從董事會到記者，我們都融入了許多創新的實驗手法。領導《拉普勒》這個事業的四個老大姐都有著豐厚的新聞田野經驗。我們的創始董事會成員也對我們的使命擁有非常深刻的理解。我們不只是在翻玩新科技的千禧世代；我們是在真正營運過舊世界的大型組織，才決定投身來理解這個新世界。

我們的第一個創新實驗就是在臉書上進行的。我們從二〇〇八年在ABS-CBN工作時就已明白，臉書在動員方面是個無可否認的強力工具。我們開始把我們的實驗發布在臉書頁面上，其中一個就是「行動菲律賓」（Move.PH）。[3] 其實，要是臉書的搜尋功能更好的話，或許我們永遠不需要架設自己的網站。一開始的時候，光是想到臉書及其創辦人馬克．祖克伯可能對菲律賓這樣的國家及我們的民主未來造成多了不起的影響，我們就抱持著非常興奮、樂觀的態度。

然後，我們在社群媒體上發起了第一個公開活動：我們在馬尼拉舉辦了一場四小時的工作坊，但參與者是菲律賓大學在北部酷寒的碧瑤市（Baguio）分校內的五百位學生，那裡距離馬尼拉的車程大約是四小時。這個活動的想法是要訓練這些學生利用社群媒體來追求大眾利益；我們把焦點放在當地的環境議題，以及他們如何可以透過社群媒體來討論這些問題。我的簡報標題是「用社群媒體來推動社會改變」。

我們為這個活動架設舞台，並現場直播了這場活動。[4] 那是二〇一一年，當時還沒有任何現場直播平台，但我們就已經想將對電視產業的理解運用在我們勇敢投身的網路新世界。就在這時，菲律賓的社群媒體使用量已經獨步全球：全國的手機滲透率已達到百分之九十四；網路使用者的平均年齡已低於二十三歲；而網路的每週使用時數正剛剛超越電視。[5] 電視仍是獲益最高的媒體，可是我們深信網路才是未來。

在工作坊中，我談及自己在網路上看見的可能性：這些發展都劇烈改變了我們思考及行動的方式。[6]當時的我只看見這一切可能對民主帶來的正向影響。

透過簡報，我把這些學生帶到了中東和北非——埃及、突尼西亞、巴林和利比亞——這些地方才剛在那年經歷了阿拉伯之春。在西方，人們針對臉書和推特是否醞釀、推動了這些革命展開辯論。[7]然而不管學界從何種角度切入這個議題，網路（更精確地說是社群媒體）顯然是點燃長期積怨、拆解人民恐懼，並提升他們勇氣的關鍵元素，另外也是網路快速集結了本來可能要花上數月或數年才能組織起來的抗議行動。這些行動的結果是獨裁者的倒台。

我告訴這些學生，承載訊息的媒介也形塑、定義了訊息本身，並引用媒體理論家馬素・麥克魯漢（Marshall McLuhan）具開創性的研究結果「媒介即訊息」（The Medium Is the Message）。[8]社群媒體具即時性的特質，確實加快革命可能發生的速度。威權政府無法追蹤或控管這些訊息，因為那些抗議行動是以社會網路的形式為模板：鬆散、無上下階層之分，也沒有領導者。獨裁者不知該逮捕誰，他的眼前也沒有可擊潰的政黨或可瓦解的地下反叛組織。這裡有的只有人民，而任何跟人民對抗的政府終究會垮台。

現在的我光是回想起那次的簡報內容都覺得尷尬。因為我在二〇一一年歡喜迎來的那些發展，很快就會基於平台商業模式而逐漸變質，再加上國家力量的影響，這些科技最後反而會開始對抗人民、培育數位獨裁者興起、導致真相死亡，而且以幽微的方式開始操弄大眾。這一切都是我們今日正在面對的現實。

倒也不是說我們當時完全沒看到網路的缺點；我也有強調網路對我們每個人生理活動所造成的衝擊。那群觀眾中的五百位年輕人正在經歷重大的生理改變。其中超過百分之七十五的人有臉書帳號，使用推特的人也只稍微少一點。參與這些平台的活動會透過增加觀者腦內的多巴胺濃度來挑動我們的情緒。[9]由於我們的情緒受到增強，我們對事物的期待以及對這些期待的反應也會出現變動。而且也不只社群媒體，所有現代世界的科技干擾都會制約我們，導致我們比起客觀內容更想追求煽動的內容。[10]那天望向那群觀眾時，我警告他們別成為無法專注的一代。[11]

但我還是很快略過社群媒體的缺點不看，因為我認為優點的部分實在太讓人興奮了。「我們參與這個世界的程度變深了，」我在那天告訴那些學生。「我們跟社會的連結變得更強。我們可以隨時決定——以最低限度的成本——一起行動。」那場工作坊的最終目的是要讓那些學生知道，他們可以利用社群媒體來做出對社會有益的事。

那幾週的成果就是「行動菲律賓」，這是《拉普勒》的一支公民參與部隊。我們的新聞核心團隊不會擴張，但會將有關真相及政策的問題交給我們的公民參與團隊及伙伴；這些人會吸

2013 年，《拉普勒》的多媒體記者娜塔希亞・古鐵雷斯舉著他們帶來的設備：我們自己打造出來的金屬外殼、三腳架和燈光。

收、消化我們所做的報導，然後將這個世界變得更好。

當然，沒有什麼事情會是完美的。因為在我們舉辦的數千場工作坊當中，有些人後來成了杜特蒂和老馬可仕陣營中負責宣傳工作的關鍵人士。

我們也開始嘗試不同的形式，比如在網路上使用多媒體和影像功能。因為我們的電視產業背景，早在社群平台讓大家可以輕鬆使用直播功能前，我們就已經開始透過手機現場直播。我們為 iPhone 打造出金屬外殼，讓我們的記者用這個設備來充當報導時的主要攝影機（如果搭配三腳架的話還能讓記者現場直播）。等到我們在二〇一二年開始營運時，每個《拉普勒》的記者都是帶著這樣一組設備獨立作業。跟傳統電視製作的標準團隊不同，他們一個人就能負責報導、在社群媒體直播，無論現場直播或錄影都是自己來。

在新聞現場時，有些來自其他新聞網的人會嘲笑我們這些站在手機前直播的記者。可是一旦《拉普勒》開始很快或幾近即時地發出影片後——我們不需要花費回公司的車程以及編輯影片的時間，我們發布突發新聞的時間比其他電視台早上幾小時——其他競爭者很快開始採用我們的方法，並在約莫一年之後抹消了我們的優勢。

我們又針對之前電視現場傳輸訊號的方法進行改良，並運用到網路上。電視台用來傳輸訊號的是外景車（outdoor broadcasting van），這台車連同裡面的設備總共要價一百萬美金。《拉普勒》則打造出一台ＩＰ衛星車，這台車是運用網路傳輸訊號。我們是用五十鈴（Isuzu）的車身底盤來進行改裝，那台車總共只花了我們十萬美金。此後我們可以開車到菲律賓的任何地方進行現場直播。特別是在發生天然災難的時候，這台車讓我們的記者可以將蒐集到的故事建檔、進行群眾外包、上傳發文詢問我們正開車經過的地方是否還有手機訊號，並藉此做出有關電力和手機訊號服務現況的即時地圖。我們這台自製車發揮關鍵作用的一役是在二〇一三年十一月來襲的超級颱風海燕（Haiyan），在菲律賓我們稱為尤蘭達颱風（Yolanda）。《拉普勒》和政府其他非政府團體正是因此有辦法將災區的訊息傳遞到外面。不過，就跟我們的手機金屬外殼在更輕型的塑膠版本出現後就失去用處一樣，在臉書於二〇一六年開始提供直播功能，我們的ＩＰ衛星車也就遭到淘汰。12

《拉普勒》創立後的頭幾年可說費盡心力快速做出各種改變，不過我們真正想要實驗的是：在解決國家的治理問題時，若使用全社會一體的手段（whole-of-society approach）會有什麼結果？此外，我們打算根據實驗結果修改我們的工作流程——而在進行這一切的同時，我們的調查記者也一直努力在向當權者問責。

在剛起步的一年半內，《拉普勒》就成為菲律賓排名前三的新聞網站。[13]在我們創立的前三年內，我們的觸及數及收益就從百分之百成長到百分之三百。這些成功背後有一些關鍵因素。其中一個因素是，在其他媒體開始改變之前，我們的調查報導就開始以影像為主要焦點，當時距離臉書和 Youtube 讓影片變得隨處可見的年代還有好長一段時間。另一個關鍵因素是，我們利用社會網路分析來理解訊息是如何從《拉普勒》網站流動到大眾眼前，另外當然也包括反向流動的過程。最後，我們透過情緒來聯繫大家的參與熱度，這讓我們可以看見一篇報導是如何透過情緒從我們的社會中擴散出去。事實上，在臉書引進表情符號（emoji）的將近四年前，我們就已經推出情緒儀表（mood meter）和情緒風向標（mood navigator）的功能。[14]

社會地圖學（social cartography）分析社會網路對人類行為所造成的衝擊。透過這樣的概念，在這樣一個快速變動的資訊生態系中，我們開始用社群媒體來預測可能出現的突現行為。我很確定我們無論做什麼，都可以用上這項資訊：無論是推動我們網站的發展、幫助打擊政治上的貪汙，還是透過由下往上的模式打造更多以公民為基礎的建制。

新科技讓記者擁有新力量。我們不害怕新聞產業要面對的巨大變動，反而決定嘗試利用這個變動來解決一些長年的問題；一旦解決了，我們就有辦法不只是進行單純的新聞報導，而是進行群眾外包及社群建立的工作。媒體擁有很大的威力，但我們能否利用新科技，來精確測試這個威力的強度？在菲律賓這樣的國家，各種機構的建制都體質不良，貪汙更是國內大肆流行的病灶，我們用情緒儀表捕捉到這個社會感到無比挫敗的時代精神。所以，我們可不可以用某種方式來使用這些正確的報導及資訊，促使人們在真實世界採取行動？比如去投票、幫助一個慘遭洪水肆虐的村莊，抑或是舉報出貪汙的惡行？有研究指出[15]，我們有百分之八十到九十五的決定都不是基於理性的想法，而是感性的感受。[16]

我把這種情況想像成一座冰山：浮在海面上的冰山頂部是你可以讀到、看到的報導（有可以測量的績效度量），可是每篇報導都乘載著情緒，而這些情緒會在社會網路中傳遞——如今，這股情緒力量在社群媒體上傳遞的強度已是實體世界的四倍。隨著時間過去，我們的理論也持續獲得驗證：理性和感性的綜合結果可以改變人類的行為。如果我們可以把這些網路的流動方式記錄下來，就能大致理解伴隨報導而來的情緒在社會中傳遞並改變人類行為的方式及原因。

至於報導是如何挑起讀者情緒，以及這些情緒在社會中如何傳遞，我們用來評測的工具就是情緒儀表。要讓人們針對報導表達感受的最立即、最簡單的方法，就是讓他們選按自己的情緒。如果我們在每篇報導內建一個讓讀者可以選按的情緒儀表，再加總所有讀者針對情緒的投票數，就能透過情緒風向標去計算，並排列出網站上的前十大新聞，另外還會顯示出當天讀者反映出的整體情緒為何。隨著時間過去，讀者的狀態會呈現出明顯趨勢，我們也能更深入理解我們的受眾。而且我們理解的不只是他們的感受，還包括他們最在意的議題種類。

我們針對冰山頂部去測量三個數值——不重複使用者、單頁點閱率，還有在網站上花費的時間——不過我在處理這些資訊時非常小心，絕對不會讓我們的記者看到所有數據。畢竟要是他們看到了，會不會因此不再做那些重要的報導，反而只去做流量高的題材呢？這種情況會

導致記者不再想做有品質的新聞，反而只想追著點閱率跑。我們也希望可以培養出一種彼此合作的文化，而追逐線上流量可能會導致惡性競爭。

可是我們確實還是會針對情緒儀表做出年度報導：「各種情緒交織的一年」(The Year in Moods)。[17] 我們就是因此得知，在大宣傳戰於二〇一六年開始之前，「快樂」在我們的使用者之中連續五年壓倒性地成為大家普遍擁有的情緒。[18] 然而隨著時間過去，虛假訊息網路開始利用臉書和Youtube的貪婪，而我們會即時看見人們的行為如何產生改變，其中許多資訊作戰攻擊靠著人工操作強制拉高「憤怒」的票數，並藉此創造出一個新常態。

每日的情緒風向標也幫助我們理解，社會

2013 年 5 月的各種情緒

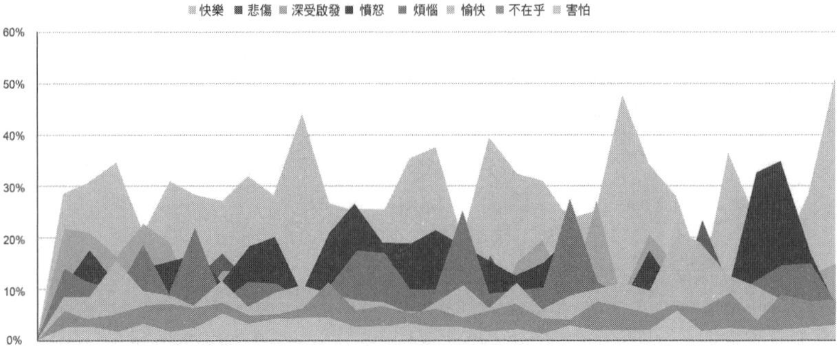

是如何過濾我們每日做出的新聞報導。情緒風向標也會揭露這個國家的既得利益，比如有些政治人物或公司會不停重複選按同一種心情。我們會追蹤這些試圖操弄輿論的紀錄，有時還公諸於世。總之我們開始追蹤網站上的各種趨勢，而且一追蹤就是好幾個月。

《拉普勒》進行的第一次選舉報導是二〇一三年五月十三日的期中選舉。如果檢視網站在那個月的心情紀錄，你會發現主要的情緒從「快樂」變成「憤怒」和「煩惱」——不過那次是因為我們在民調封關後的報導選舉結果過程中出現一些小疏失。而在那個月底出現的憤怒高峰則是因為敵對電視網公司的藝人針對一位記者開了有關強暴的笑話，還對那個記者進行了肥胖羞辱。[19]

不過有趣的是，在這則新聞出現時，讀者針對「快樂」和「憤怒」做出的反應都增加了。

我們不只是為了我們的記者揭露出這樣的生態體系，也是為了政府和我們在公民社會的夥伴以及廣告商。同樣地，計算出成長及分布模式對各方來說都有用，因為我們必須理解人們想要、在乎些什麼。因此，《拉普勒》始終公開透明，我們什麼都開誠布公。

到了二〇一四年，我們野心勃勃的目標大多可以開始看到成效。《拉普勒》因為議題取向的系列報導衍生出四個運動，而這四個運動將社群媒體的群眾外包轉為公民參與。

第一個運動是 **#預算監督（#BudgetWatch）**[20]，這是我們的第一個反貪汙運動。我們知道唯一能阻止政府貪汙的作法，就是讓納稅人知道自己的錢被花去了哪裡。所以我們透過容易消化的視覺性圖表，來呈現預算相關數據——就像「滑動與梯子」[21]那款遊戲一樣。此外，除了說明預算通過的過程，我們還設計了一個互動式遊戲[22]，好讓大眾在上傳自己的提案後，觀察政府各部門可能隨之受到的影響。

我們的第二個運動是 **#流動計畫（#ProjectAgos）**[23]，那是我們針對氣候變遷以及降低災難風險而發起的運動——也是在我們剛開始運作的前五年間最成功的運動。這次的成功可說是合情合理，因為菲律賓平均每年得遭遇二十個颱風，二〇一二年時還在全球易發災害國家中排名第三。而一旦有災難，就代表必須動員所有人來幫忙。

此外我們還跟將近四十個團體合作，其中包括菲律賓氣候改變委員會（Philippine Climate

Change Commission）、民防局（Office of Civil Defense）、私部門的許多合作單位、澳洲國際開發署（Australian Agency for International Development，又簡稱 AusAID），另外之後還有聯合國開發計劃署（United Nations Development Programme，又簡稱 UNDP）。在合作過程中，為了持續存在的氣候相關災難，《拉普勒》首先建立出一站式的線上平台。[24] 其中包括一個風險相關知識的資料庫[25]，以及像是「危害分布圖」以及「合規性追蹤器」這類互動工具，好幫助政府官員能針對暴風雨的襲擊做好準備，另外還有各種在重大天氣擾動發生之前、之際還有之後所必須知道的相關知識。舉例來說，在颱風發生時，若能有一份標記出求救電話撥出地點的群眾外包地圖，就能讓急救人員立刻看見並做出回應，同時也能讓其他想幫忙的人更了解整體情況。從二〇一三到二〇一六年，這項計畫讓因為天氣相關擾動的死亡率從三位數降到二位數。這個倡議活動的標籤是 **#零傷亡（#ZeroCasualty）**。[26] 不過最後杜特蒂政府放棄了這個計畫，而死亡數也很快再次升高到了三位數。

我們的第三個運動是 **#飢餓計畫（#HungerProject）**[27]，這個計畫的創立結合了世界糧食計劃署（World Food Programme）和菲律賓社會福利及發展部門（Philippine Department of Social Welfare and Development）。我們會做這個運動，是因為即便菲律賓的國內生產毛額持續提高，卻仍是亞洲飢餓問題最嚴重的國家。發育遲緩（或說各年齡的平均身高過低）的問題都是營養不良的結果，這在菲律賓是一個特別嚴重的問題。藉由在《拉普勒》上累積相關訊息，我們就有辦法把援手伸進社會特別脆弱的角落；於是較為貧困的社群開始懂得尋找正確種類的食物[28]，而不是只懂得去多要一杯米。

我們的第四個運動是**#甩掉困境（#WhipIt）**[29]，那是一個跟潘婷（Pantene）的商業合作，主要聚焦於性別刻板印象和女性權利。當時《拉普勒》委託其他公司進行了一項調查[30]，想知道菲律賓社會是如何看待女性[31]，並透過組織女性論壇來進行一場創新的行銷活動。當臉書的營運長雪柔・桑德伯格（Sheryl Sandberg）[32]也發文談及這個運動時，這個活動在線上擺盪出的效應於是傳遞到全球，促使製造潘婷商品的公司寶僑（Procter & Gamble）宣布會將這個源自菲律賓的運動帶到西方。

我們創立《拉普勒》的時間點，正是大數據開始改變這個世界的時候。我們因此有了先驅者的優勢，因為在社群媒體平台和其他單位不讓大家接觸到這些大數據之前，我們就在使用大數據的結構化及非結構化資料了。就跟我在ABS-CBN工作的那些年一樣，其中一個關鍵的相關議題就是選舉。

在二〇一三年五月的選舉中，《拉普勒》搶先其他西方同業與菲律賓選舉委員會簽下協議，因此得以在友善使用者的介面上發布選舉結果的所有自動化數據。這是全球第一次有人民可以即時獲知有關選舉結果的詳盡細節。

我們創建出一個即時報導的模板，其中細緻呈現了所有的選舉結果，包括在極其大量的九萬兩千五百零九個選區中每個選區候選人各自的票數，在當時堪稱是史上規模最大、速度最快的電子開票系統。[33]於是，人們不再需要待在電視機前面，等主播公布他們想知道的選舉結果。他們可以直接搜尋——然後趕快回去做自己的事。這也讓新聞報導變得更公開透明，同時制衡了過往人們常指控選舉結果報導疑似出現偏誤或「帶風向」的種種質疑。

到了二〇一三年，我們也會看見反貪汙運動在社群媒體開始發展。[34]說到底，那是社群媒體培力公民以要求政府做出改革的黃金年代。至於第一批在臉書上發文要求政府提升治理手段的人是誰呢？是二〇一一年紐約「占領華爾街」運動的抗議者。

在當時，柯莉．艾奎諾的兒子貝尼格諾．艾奎諾三世（Benigno Aquino III）已被選為總統。但老馬可仕時代的貪腐問題仍沒有解決，其中包括眾議院裡的政治分贓及挪用公款來進行地方建設等狀況。知名商人珍妮特．利姆—納波勒斯（Janet Lim-Napoles）就曾被控與十幾位眾議員合作，非法挪用本來應該用在農夫身上的兩億三千兩百萬公共基金，導致大眾對艾奎諾政府的怒氣立刻爆發。

於是，有位名叫碧姬・羅倫佐－布列塔納（Peachy Rallonzo-Bretaña）的廣告專員出現了；她從未帶領過任何一場抗議，可是她和她的朋友對這個貪汙事件實在太過憤怒，因此發文大力抨擊，於是引發了菲律賓第一場源自社群媒體的組織性群眾抗議。[35]

看著一個活動從虛擬世界發展起來的過程十分驚人。首先，這個抗議的想法在網路上從八月十七日到二十五日醞釀了七天，最後終於在推特上累積出一萬則討論。然後在抗議的前一天，相關討論的數量更是呈現指數性增長。

二〇一三年八月二十六日早上十一點，抗議者開始陸續抵達馬尼拉中央的黎剎公園（Luneta Park）。到了那時，我們已經可以在推特上記錄到每秒五則的相關發文。[36] 由於沒有中心領導組織，前來抗議的民眾不太知道該做什麼：活動場地的中央沒有舞台，當然也沒有任何節目。人們一群群抵達後到處遊走。有些家族就地開始野餐。碧姬・羅倫佐－布列塔納的臉書發文最後讓八萬到十萬左右的人走上街頭。當時他們使用的標籤是**＃百萬人民遊行（#MillionPeopleMarch）**。[37]

那次對《拉普勒》來說也是一個里程碑，當時是第一次有不屬於任何組織單位的個人認出我們這個組織。人們會來向我們的現場報導團隊人員打招呼。當然，這些抗議者都是我們的觀眾；這是一個在數位內容推波助瀾下要求政府作出改善的社會改變行動。我們詳盡記錄了社群

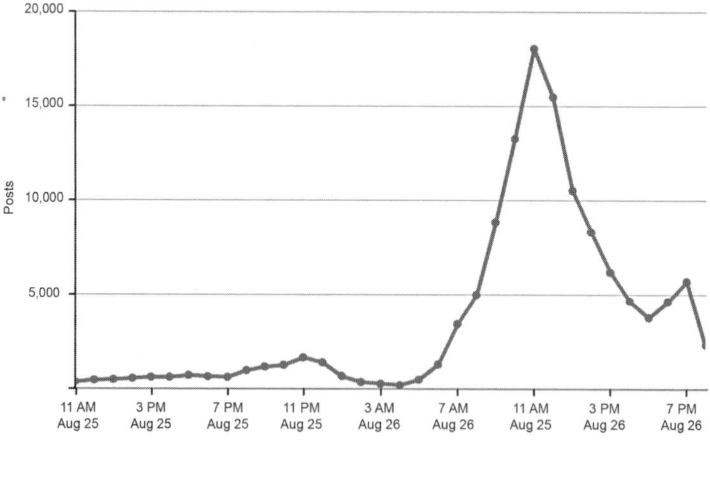
20,000
15,000
10,000
5,000
Posts
11 AM
Aug 25
3 PM
Aug 25
7 PM
Aug 25
11 PM
Aug 25
3 AM
Aug 26
7 AM
Aug 26
11 AM
Aug 25
3 PM
Aug 26
7 PM
Aug 26

媒體上的活動，為的是尋找人們集結的中心及交會點，另外也藉此尋找可能帶領抗議的人。這個快速變動的社群地圖反映出了真實世界的活動狀態。

我們的最後一次反貪汙的群眾外包行動發生在二〇一六年八月十日，這個活動稱為**#有我監督就不行（#NotOnMyWatch）**。[38]《拉普勒》的「行動菲律賓」跟兩個政府機關合作，分別是行政機關委員會（Civil Service Commission）和監察使公署（Office of the Ombudsman）。根據他們的說法，每二十個菲律賓家族中就有一個會在必要時進行賄賂，而這些賄賂的人當中只有百分之五會遭到舉報。所以我們決定要讓舉報貪汙變得更容易，而方法就是利用線上表格及臉書的聊天訊息。我們年輕團隊想到的其中一個活動標語是「跟我的手談吧！」*他們希望藉此表達對任何貪汙行徑的零容忍態度。

我們在二〇一六年九月二十四日發起這項活動，兩天內就有超過兩百萬個帳號加入[39]、四千人表明願意參與，而且我們至少收到三十條舉報。[40]這次的實驗之所以獨特的原因之一，在於我們提供舉辦賄賂的公民一個可以獲得即時回饋的流程，其中包括在他們要求時讓他們保

* 譯註：意思是有什麼話就跟我的手說，那當然說了也是白說，也就是「門都沒有」。

持匿名，而我們的政府夥伴也會利用這些舉報資訊去究責。這是我們和政府最後一次進行這種類型的合作。

就在這項活動的三個月前，二〇一六年六月三十日，羅德里戈·杜特蒂當選菲律賓總統，他是律師、檢察官，以及達沃市（Davao City）長年以來的市長。他在馬拉卡南宮和許多媒體進行了首次的一對一訪談，《拉普勒》也是其中之一，就在訪談結束後，他同意幫忙公益推廣**#有我監督就不行**的活動。他甚至為了支持這個活動，好相處地伸出一隻巨大的手——就是「跟我的手談吧！」的樣子。[41]

「我對人民許下的誓言之一，就是阻絕政府內部的貪汙，」他說。「我無法獨自成功。你必須在我推動這項工作時成為其中的一分子，你必須幫我。你光是堅定主張自己的權利，就是在幫忙了。」

一九八〇年代末期還在為ＣＮＮ工作時，我做了一篇報導，內容是一位支持私刑的市長如何掃蕩了自己的城市。他覺得司法系統動作太慢，所以默許底下的人私刑處死罪犯。那不是一篇討人喜歡的報導，當時也是我第一次和羅德里戈·杜特蒂見面。將近三十年後我們再次見面，已是總統候選人的他態度和善地問起之前那次採訪的事。至少我以為他的態度是和善的。

他用強而有力的口氣說，如果他當選總統，有三件事會發生。他伸出一隻手的三根指頭數給我們看：「我會阻止貪汙、阻止犯罪，還會改善政府的各種問題。」

不過與眾不同的地方是，他反覆強調自己願意為了達成這些目的而殺人。[42]「我說我會阻止犯罪，我就會阻止犯罪，」這位菲律賓史上任職時間最長的市長說。「如果我必須殺掉你，我就會殺掉你。而且親自動手。」[43]

我盯著他的雙眼，想確認他是不是認真的。他是認真的。

二〇一六年，杜特蒂在總統大選時，跟來自老派政治家族的候選人競爭。他總是有話直說，而且經常說一些冒犯人的下流笑話，偶爾還透露出殘暴的一面，此外還會發表一些擁護民族主義或民粹主義式的粗率言論。他自比為阿道夫．希特勒（Adolf Hitler）[44]，還曾開玩笑地表示可惜沒機會一起強暴在菲律賓遭到輪姦及殺害的澳洲傳教士。[45]只要一被批評，他就會咒罵當時的美國總統巴拉克．歐巴馬（Barack Obama）以及教宗方濟各（Pope Francis），稱他們為「婊子養的」。

他也是第一個成功利用臉書贏得我們國家總統大位的人，並從此改變了菲律賓的政治。

就在進行選前最後造勢的那天，杜特蒂說「別管什麼人權法了吧。如果我進入總統府，我會幹跟我當市長時一樣的事。你們這些毒梟、持槍搶劫犯，還有一事無成的傢伙啊，最好全給我滾出去。不然我就殺掉你們。我會把你們全都丟進馬尼拉灣，把那邊的魚都餵得很肥。」[46]

杜特蒂以百分之三十九的得票率勝選。而在他就任不到幾小時內，距離他立誓要保護憲法的地點不遠處就發生了第一場殺戮。我們當時還不知道情況會變得多糟。

第七章

如何透過朋友的朋友摧毀民主

到達臨界點

2016 年 7 月 28 日，馬尼拉湯都區（Tondo）發現了一具屍體，警方正在從屍體身上蒐集情報。這具屍體的臉被覆蓋住，身上有個牌子寫著「我是毒品販子」。(《拉普勒》)

新加坡港的風景多美啊，這可是世界上最繁忙的地方！我從亞洲最南端一棟燦亮大樓的頂樓落地窗往外凝望。這裡是臉書的辦公室。

當時是二〇一六年八月。杜特蒂政府剛上任掌權，連帶上任的還有六千名他指定的政府官員，杜特蒂還驕傲地公開表示，他就是因為這些人效忠自己才選擇他們。杜特蒂擔任達沃市長期間的地方官員、當地的執法人員和軍方人士，都來到首都接下高官位置。一開始，我以為這些人的問題在於能力不足，之後要是無法把工作做好也必須被究責。

但更令人擔心的是每日的死亡人數：人們開始在貧窮地區的街上發現許多屍體，私下還有目擊者表示晚上會有殺手出現在一般人家裡。杜特蒂的反毒戰爭把馬尼拉變成了現實世界的高譚市，但這裡沒有一位披著斗篷的社會運動鬥士。*

《拉普勒》指派一名記者和一個製作團隊負責輪值大夜班。他們很快就必須每晚報導高達八具屍體，這些屍體都被丟在街邊，流出的血在人行道上匯聚成血泊。殺手的手法非常恐怖：有些屍體的手腳被綁住、頭上纏了寬膠帶，身上還有張紙板寫著「毒販，huwag tularan（別變得跟我一樣）」。

身處新加坡讓我鬆了口氣，這是個遠離暴力的世界。踏入頂樓有著燦美海灣景觀的餐廳時，我試圖計算這些補助免費食物的津貼會花掉公司多少錢。為了讓《拉普勒》擁有穩定的團隊成員，我們考慮提供員工免費的營養午餐；我們知道他們會喜歡這樣的福利，此外我們也能因此減稅。儘管如此，在我眼前的食物簡直沒有盡頭，可說觸目所及都是食物——印度美食、中國美食，還有美國美食——這是我們這種小型新創公司完全不可能想像的財富規模。

我來這一趟的目的，是要警告我們在臉書亞洲據點的合作夥伴，我和這些人因為《拉普勒》進行過很多合作案。其中一位是肯恩．鄭（Ken Teh 的音譯），他負責的業務包括從臉書的新加坡辦公室處理菲律賓的線上新聞群組；克蕾兒．威爾靈（Clare Wareing）是亞太政策溝通部門（Asia-Pacific Policy Communications）的主管；伊莉莎白．赫南德茲（Elizabeth Hernandez）則負責處理亞太地區的公共政策。我一開始認識伊莉莎白時，她在惠普公司（Hewlett-Packard）工作。我本來以為有個菲律賓人在臉書公司位居要職對菲律賓是件好事，可結果並不然。

《拉普勒》剛開始和臉書建立關係時，感覺前景可期。肯恩．鄭在二〇一五年初聯絡我，主要是為了和我一起在菲律賓合作建立新聞群組。《拉普勒》對他們來說是個合理的選擇，因為我們主要就是運用社會網路理論處理線上新聞。[1] 等臉書在南亞招募到足夠員工後，聯合國世界信息峰會大獎（World Summit Awards）已把《拉普勒》選為「最佳暨最創新之數位改革」

* 譯註：意指蝙蝠俠。

的四十個得獎人之一。[2] 二〇一六年在舊金山舉辦的年度開發者會議F8中，臉書甚至特別推薦了《拉普勒》這個媒體。[3]

臉書就是在那一年於菲律賓開設第一間辦公室，當時他們發表了驚人的數據：菲律賓人花在臉書和Instagram上的時間是看電視的一點七倍。此外，菲律賓人的臉書好友比全球平均數據多了百分之六十，而他們收發的臉書訊息量也比全球平均數據多了百分之三十。在每天使用臉書的菲律賓人當中，有百分之六十五的人使用臉書手機應用程式的時間高達百分之九十。菲律賓人每五分鐘就有一分鐘在使用網路，每四分鐘就有一分鐘在使用手機。「菲律賓是一個手機優先、且高度參與網路世界的國家，」當時的臉書亞太區副總裁這麼說，「其中的人們都很有創意，而且擁有創業家思維和強大的社群意識。」[4]

《拉普勒》的表現之所以能如此快速地超越傳統新聞組織，其中一個原因就是我們使用了臉書。我們很早就開始使用這個平台，而且比臉書本身更清楚這個平台在菲律賓的運作狀態，透過每日的資料監控數據，我們的發現常讓臉書的高層主管非常吃驚。我甚至曾私下想過真的去為臉書工作的可能性。因為我意識到，就跟我那個世代的CNN一樣，臉書決定了我們這個世代的資訊流動方式。

我總是引頸期待臉書的下一步。二〇一五年，臉書啟用了一個名叫「Internet.org」的應用程式暨網站，目的是要讓開發中國家的人們得以輕鬆透過免費網路來使用各種網頁服務，其中也包括臉書，而他們把菲律賓當成主要的測試案例。馬克．祖克伯的論點是，這項後來成為「Free Basics」[5]的服務不只對一般民眾有好處，也對跟臉書合作的電信公司夥伴有好處，畢竟這些電信公司才是真正要支付網路帳單費用的人。臉書先是跟環球電信（Globe）[6]合作，當時環球電信在菲律賓的兩大電信公司中規模較小；《拉普勒》跟兩大電信公司都有合作，其中一個原因是為了我們的群眾外包計畫。不到十五個月，環球電信就超越了他的對手：能夠免費使用臉書實在太吸引人了。[7]

當臉書希望菲律賓的新聞組織嘗試他們的新產品「即時文章」（Instant Articles）時，他們詢問了這個國家的四大新聞組織，其中包括電視新聞網 ABS-CBN 和 GMA-7、《菲律賓每日詢問者報》，以及《拉普勒》。相對於其他三個組織，《拉普勒》立刻表示全力支持，因此決定將我們的所有報導放上他們的「即時文章」，而且為了可以獲得前後對比的明確數據，我們沒把這些文章放上《拉普勒》網站。可是「即時新聞」的計畫慘淡收場，我們也很快中止這項合作。臉書意識到自己在與新聞公司合作前還有許多事需要學習。他們那種「快速行動、打破常規」的心態，意味著許多公司和人員都還沒想清楚，就會被要求加入他們的新計畫。

關於「Internet.org」的發想，以及理應為開發中國家帶來的好處，馬克使用的是直到今天仍在沿用的策略：斷章取義可能左右輿論、而且本該獨立於一切影響之外的研究內容。「勤業眾信會計事務所（Deloitte）前陣子有項研究結果出爐了，」他在二〇一四年二月於巴塞隆納舉辦的一場行動通訊產業研討會中這麼說，「研究表示，如果你們可以將新興市場裡的所有人連結起來，就能創造超過一億個工作機會，而且讓很多人脫離貧窮。」這聽起來是個好故事，但他沒說的是，勤業眾信這項研究背後的委託人就是臉書，而且該研究使用的還是臉書提供的數據。[8]

可當時的我仍在飲鴆止渴。雖然我來到新加坡時內心充滿憂慮，但仍深信可以獲得一個好的結果。此時的我仍相信那一直以來的座右銘：在證明對方不值得信任之前選擇相信對方。我才剛開始意識到，臉書這間公司的營運方式是如此支離破碎。就某些方面而言，臉書的做法非常合理；這是一個不停擴張的全球性新創公司，所以本來就是一邊成長一邊調整。不過這也代表那個特別推薦了《拉普勒》短影片的「Internet.org」（後來變成「Free Basics」）[9] 團隊跟這個新加坡團隊完全無關，而新加坡團隊也跟後來負責調查各種違規、位於臉書總部門洛帕克（Menlo Park）的「誠信小組」不是同一回事。

這也代表沒有人真正了解這間公司的整體狀況。

在豪奢的自助餐選項中選好午餐後，我跟著肯恩、克蕾兒還有伊莉莎白走向一條長桌坐下來吃。「我們的發現非常令人憂心，」我開始告訴他們。「我沒看過這種狀況，但這顯然可能帶來很大的危害。」

我想表達的內容背後有一段漫長的歷史淵源。做為美國的前殖民地，菲律賓有近一億一千三百萬的人口[10]一直對自己的英語能力感到驕傲，這些通常擁有大學學歷的勞動人口對西方文化非常熟悉；而長期以來，這也是我們國家成為西方廉價勞動力來源的原因之一。二〇一〇年，菲律賓超越印度成為全世界提供電話客服、業務流程外包（Business Process Outsourcing，簡稱 BPO）及共享服務的中心。[11]更值得注意的是，我們成為網路詐騙的最主要源頭，而且從 Hotmail 及電子郵件詐騙的時代就開始了。許多遊走灰色地帶實驗商業模式的外國公司都會跑來菲律賓，因為這裡幾乎沒有管束網路的法規可言，少數存在的法規也沒在執行。[12]菲律賓的部分地區開始因為某種服務而出名，這類服務被委婉地稱為「網路系統服務」（onlining），而其內容就是對全世界的電子郵件地址進行詐騙。[13]

我們的國家也是仇恨工廠「8chan」（後來改名為 8kun）的主要據點。這個論壇不只以充滿暴力極端主義者聞名，後來也跟「匿名者 Q」（QAnon）這個右派陰謀論體系互通聲息，至於那對被懷疑創立了 QAnon 的美國人父子，之前也一直住在馬尼拉南側的一個養豬農場。[14]

這一切在二〇一〇到二〇一二年間的全球打擊行動下出現了很大的改變。在那段期間，網路安全研究者和執法機關瓦解了垃圾郵件機器人以及控制這些機器人的相關科技。因此，這些參與詐騙的本土產業需要尋找新的商業機會，他們便開始把目光望向社群媒體。[15]早在二〇一六年的總統選舉之前，我們國內就有三股潮流逐漸匯聚，為了幫助政府鞏固自身權力的無恥行徑搭建好舞台：點擊／帳號農場、資訊作戰，還有在廣告產業灰色地帶興起的政治網路紅人。

早在二〇一五年就有報告指出，許多來自菲律賓的帳號農場會生產出通過手機認證的社群媒體帳號，這些帳號又被稱為ＰＶＡ。[16]這也確實在後來成為一種全球現象。同樣也在那一年，有份報告指出川普臉書頁面上大多數按「讚」的帳號都來自美國境外，而且他的每二十七個[17]追蹤者中就有一個來自菲律賓。隨著影響力經濟（influence economy）逐漸起飛，有些販賣推特按讚數及追蹤者人數的地下公司開始在菲律賓設置辦公室。[18]到了這個階段，行銷已經進化成「組織網路化的虛假訊息（networked disinformation）」。菲律賓的政治人物開始拿社群媒體做實驗，其中許多人會將這份工作外包給行銷和公關操盤手，他們會準備一系列極為相似卻又微妙不同的內容，以及負責發布這些內容的帳號，這些帳號可能屬於數位網路紅人或社群假帳號的操作者。上述作法詳盡呈現出已然在菲律賓的法律及倫理灰色地帶中運作的各種迴異元素。[19] 畢竟有需求才有供給，虛假訊息因而成為一門大生意。

菲律賓也是一個詐騙中心。截至二〇一九年為止，這裡發出的網路攻擊數量領先全球其他國家[20]，無論是機器人發動的自動攻擊或人工攻擊都排名第一，遙遙領先排名在後的美國、俄羅斯、英國和印尼。當時有一份報告指出三個原因：「精良的工具、廉價的手工勞動業，以及網路詐騙這行提供的絕佳經濟誘因。」（其中有百分之四十三是由人工進行，也就是沒有使用機器人程式。）菲律賓的未授權軟體安裝數量也高於全球平均值[21]，這也導致惡意軟體大量入侵桌上型電腦，再把這些電腦變成自動發動攻擊的殭屍網路平台（botnet platform）。

菲律賓的廣告行銷社群開始要面對一個尷尬的問題，而全世界的其他國家很快也得面對同一個問題：有多少廣告行銷商是在剛剛提到的灰色地帶中「自由接案」？他們當中又有多少是在和全世界「網路紅人」合作，而且還是在「假帳號及讚數操盤手」這樣一個如今廣為人知的新興市場中遊走？跟跨國客戶合作時，他們要怎麼界定「影響」和「詐騙」之間的區別？社群媒體平台的設計鼓勵了以上所有行為，導致科技平台對我們的年輕世代造成侵蝕性的影響，而那些被勸誘進入這個產業的人們更是如此。

而且，要是一個政治人物背叛了自己對公眾的承諾，選擇本應屬於行銷工具的公關策略，還無恥又不知不覺地操弄那些他們本該服務的對象，那又該怎麼辦？

這一切都跟權力和金錢有關。

菲律賓的這個進化過程已經在二〇一四年展開，當時開始有網路上的狂熱粉絲使用社群媒體來支持他們熱愛的明星，許多政治操盤手便因此注意到這種網路參與能量的潛力。

某天我們邀請了十幾名數位足跡驚人的孩子來到我們辦公室，他們沒有一個人的年紀超過十五歲，但因為展現出強大威力，推特必須特別把他們標記出來。因為，正是他們創造出了人們熟知的 AlDub 現象。[22] AlDub 是某齣電視劇中兩位菲律賓演員的人名縮寫，分別是艾登・理查德斯（Alden Richards）和梅因・「雅雅・德柏」・曼多沙（Maine "Yaya Dub" Mendoza）。他們在一齣非常受歡迎的下午電視劇中演出一對始終無法真正見到對方的戀人。他們的狂熱粉絲不停在網上施壓，希望他們最後可以見到面，最後這些人帶來的社群媒體熱度打破了推特上單一主題推文數的紀錄。根據 BBC 表示，之前的紀錄保持者是二〇一四年七月的世界盃足球賽決賽，當時是德國打敗了巴西。

這些年輕粉絲有的是時間，可以在無數次實驗後找出破解潛藏規則的密碼。於是，這些建立粉絲社團的行為，也協助創造出臉書稱為「CIB」——「協同性造假行為」（coordinated inauthentic behavior）的無害前身。他們會組織人力，讓某些標籤成為排名更高的趨勢話題，偶爾還會挾持其他正成為趨勢的標籤。這群年輕人告訴我們，若想讓一個標籤成為趨勢話題，你只需要組織一群人，讓他們「每分鐘發七千則推文」。這些社團後來發展得又大又成功，因此有公司的行銷部門學走他們的策略也是遲早的事。

於是，粉絲的追星行為開始轉化為政治行動。

有個我姑且稱他為「山姆」的年輕人，讓我用他的經歷來告訴你，這個轉變過程有多麼容易。他在二十出頭時為我的一個朋友工作，有一次他穿著牛仔褲和緊身上衣來到《拉普勒》，一頭抓得尖尖的髮絲中有些藍色的挑染。他說，他就是想辦法讓全國開始注意杜特蒂反毒戰爭的那個人，並在選舉期間讓這個全國最在意的八大議題之一成為排名第一的話題。他說，他幫助一個候選人贏得了總統選舉。

「操控別人讓我覺得開心，」他告訴我們。「現在有人說這樣做很邪惡，可是想像一下，我就跟上帝一樣。我可以讓他們對我言聽計從。」

他精力無窮地向我們描述過程。他說自己還是學生時，就開始建立一些社團專頁，一開始那只是專門討論愛情的匿名社團。為了展開話題，他先是問大家有過的最火辣約會經驗，或最糟糕的分手故事。他所經營的其中一個社群擁有超過三百萬名追蹤者。他開始發展這些社團時才十五歲，每次都是從他認為菲律賓人會有興趣的話題開始切入，比如其中一個社團的主題是尋找快樂、另一個是討論心理韌性。大概一年後，開始有公司請他在這些社團裡提起自家產品。等到二十歲時，他宣稱在好幾個平台總共擁有至少一千五百萬名追蹤者。

就是在這時，他開始從廣告行銷轉而投入政治：進入杜特蒂的競選團隊工作。他宣稱已經在不同城市、用不同方言建立了一系列臉書社團。這些社團的頁面上一開始都是些看來沒什麼特別的旅遊景點文章和地方新聞。然後，他偶爾會丟上幾篇犯罪報導。接著在每天人流最多的尖峰時段，他會在這些社團中分享報導，然後和他的朋友在文章下方留言，而內容都是把犯罪跟毒品連結在一起。杜特蒂的「反毒戰爭」之所以被視為菲律賓生活中不可或缺的一部分，這名年輕人的作為就是背後的其中一個原因。

這是臉書當時並未認真關注的手法。現在我們稱此為「偽草根行銷（astroturfing）」——一種假的從眾效應——而且這種作法非常有效。

只要把山姆的故事再複製幾次，你就能看出杜特蒂競選組織運作的進化過程。現在的山姆已經在經營自己的數位公司。原本打扮得像樂團男孩的他，也開始改穿大老闆西裝，開始對政治候選人及商業公司提供他的服務。

二〇一六年，《拉普勒》開始追蹤那些跟山姆一樣轉換跑道的人，以及所有相關的虛假訊息網路。我們的研究部門想要理解這個現象。我們是世上少數這麼做的媒體組織之一，而這也是我著急地想把我們的發現告訴臉書新加坡團隊的另一個原因。

我給他們看《拉普勒》記錄到的結果，其中呈現出菲律賓網路資訊生態系及政治生活的三個沉淪階段。第一階段是二〇一四和二〇一五年，人們在那個階段進行初期實驗，並開始嘗試建立宣傳機制。第二階段是一個全新的線上「黑色行動」（black ops）*產業商業化。第三階段則是站在國家最高位的人為了鞏固權力，開始在全國煽動「政治極化」（political polarization）。

如果你生活在民主國家，那很可能已經看到了類似現象。這些階段之所以能成立，背後是由來自距離菲律賓很遠的各種全球性決定和現實處境所推動；這可說是所謂「在地即全球、全球即在地」最貼切的例證了。

一開始其實很難搞清楚發生了什麼事。不過，《拉普勒》和我的生活基本上就奠基於社群媒體，所以我們在還沒理解之前，就已經感覺到各種變動。

在二〇一六年的選舉活動前期，我們開始在社群媒體上看見親杜特蒂陣營的全新傳播訊息技巧。例如他的支持者創立了一個粉絲專頁，而該專頁的目的就是希望處死一位針對杜特蒂

* 譯註：原本指的是政府祕密進行的軍事行動，通常都是非法行動，現在則常是指不一定是由政府主導的非法祕密行動。

提出尖銳問題的學生。[23]這種全新型態的煽動行為催生出我們針對此主題的第一篇社論，篇名是〈#活力盡失：網路暴民創造出社群媒體荒原〉（#AnimatED: Online Mob Creates Social Media Wasteland.）。[24]當我們為此致電選舉團隊時，他們要求支持者表現「文明、理性、正派，而且具有同情心。」[25]那是一切才剛開始的事。

同樣在那場選舉中，老馬可仕的兒子小馬可仕（Ferdinand "Bongbong" Marcos, Jr.）以副總統候選人的身分參選。[26]我們明確在社群媒體上發現有股力量正在改寫他的家族史，希望重新定義並漂白馬可仕家族的紀錄。我們目睹了一種強烈的「敵我分明」世界觀，這種世界觀會引發憤怒和仇恨的情緒，讓選民的組成更為極化。

第二階段的沉淪跟一種全新黑色行動產業的商業化有關，這種產業透過早在法律灰色地帶運作已久的地下數位經濟來營利。早在二〇一四年，機器人和假帳號在全世界（特別是在烏克蘭）變得惡名昭彰之前，《拉普勒》就已經發現出沒在我們國家電信公司競爭過程中的資訊作戰痕跡。在一篇我們命名為〈#斯馬特的免費網路：剖析推特上的黑色行動宣傳〉（#SmartFREEInternet: Anatomy of a Black Ops Campaign on Twitter）[27]的文章中，我們說明一間公司是如何使用三種帳號來影響公眾認知。

菲律賓的長途電話公司及行動通訊業者「斯馬特」（Smart）跟「全球電信」及其行動子公

司互相爭取用戶。斯馬特在推特和臉書上使用標籤 **# 斯馬特的免費網路**（#SmartFreeInternet）來從事宣傳活動。但《拉普勒》卻記錄到，有種結合了機器人和假帳號的攻擊，突然殲滅了整個行銷活動：因為只要一有人使用這個標籤，就會有機器人或假帳號自動傳送負面訊息給這個人。

這是利用一九九〇年代在美國電腦產業很風行的一種舊手法——像ＩＢＭ或微軟（Microsoft）這類電腦公司在針對競爭者時會這麼做——也就是後來為人所知的「恐懼、不確定性和疑慮」(fear, uncertainty, and doubt，簡稱ＦＵＤ）手段。虛假訊息宣傳會透過散播負面訊息及謊言來煽動恐懼。我們在網路上記錄到的對話，讓人聯想到共產黨的「從鄉村包圍城市」：這種作法可以有效阻斷斯馬特的推特帳號去接觸到他們意圖鎖定的千禧世代受眾。「有些公司、利益團體和政府動員了必要規模的虛構社群媒體資源，就為了阻擾這些平台上的正規使用者，」我們在文章中如此寫道。「若是放任不管，這類行動可能讓推特這類平台變成荒原，不但降低人們參與的意願，也會限縮群眾為大眾追求利益的潛在力量。」

確實，才僅僅兩年前，我們就看到ＦＵＤ這種手段轉移到政治及宣傳領域。然而這種情況不該讓我們感到驚訝，因為在二〇一四年進行過相關實驗的人——像是山姆——後來有許多人決定轉而投身政治領域，並在二〇一六年為杜特蒂使出了他們的絕活。

我對肯恩、克萊兒及伊莉莎白展示了相關數據，說明我們一開始是如何發現這種手段已轉移到政治領域：我們調查了一個攻擊《拉普勒》和ABS-CBN的組織網路。

首先，柴和她的團隊鉅細靡遺地用一個電子表格記錄下那些攻擊者的臉書帳號、他們的「好友」帳號，以及這些帳號所隸屬的不同社團。其中一個圖表匯集了二十六個帳號以及他們的「自我介紹」內容：他們工作的地方、他們就讀的學校、他們的工作，還有他們住的地方。我們把表格上每個欄位的內容分配給個別記者，讓他們去確認這些資訊的真實性。結果每條資訊都是假的。

這二十六個帳號的行動跟大多數使用者不同：他們隸屬的臉書社團比他們真正的好友數還多。其中一個例子是穆查．波提斯塔（Murya Bautista），她聲稱自己是一名在ABS-CBN工作的「軟體分析師」。波提斯塔的公開好友名單顯示她只有十七個好友，可是卻總共參加了超過一百個社團，其中包括那些為小馬可仕競選宣傳的海外菲律賓社群，另外還有一些買賣物品的社團。這些社團的成員都有數萬到數十萬的規模。[28]

我們的團隊至少花了三個月，才手動算出這些個別訊息在公開社團中的觸及數。根據他們的列表計算，每個臉書上的假帳號可觸及到三至四百萬個帳號[29]，並因此證實一個謊言可擁有指數性增長的觸及數。我相信《拉普勒》是首先將這一切量化的單位。

我也向新加坡的臉書團隊說明，這些黑色行動玩家是如何有系統地把社群媒體變成武器，而且會根據不同的人口組成來決定採用的策略，其中包括菲律賓極少數的上層階級、中產階級，還有大量底層人民。[30] 他們創造出內容，再透過傳遞網路擴散出去。臉書確實是這個傳遞網路的關鍵媒介，不過事實上，所有社群媒體平台都捲入其中。

我們所看到的是在網路上的一種不對稱戰事，只不過這次是歌利亞採用了大衛的戰略。那些平台跟擁有更大權力的人使用了反叛團體的伎倆。只要有人起身反抗親杜特蒂及小馬可仕的虛假訊息網路散播謊言，就會遭受到許多讓他被迫自我懷疑的攻擊，不然就是會有人說他瘋了。即便是壞人做出的事，這些人也會把責任推到好人身上。

同樣的過程也發生在世界上的其他民主國家。臉書已經開始意識到這個問題，卻只是進退失據。在美國的臉書平台上，極右派及另類右派社團內散布的謊言特別多，臉書也有可以證明這些問題的數據，卻沒有採取任何作為（獨立研究者還要很久之後才會揭露被他們掩蓋的這些問題），因為擔心這麼做會搞壞臉書與共和黨的關係。這也代表，身為臉書使用者的大眾——這些資訊作戰所針對的對象——非常容易受到攻陷，因為他們在面對看似正常流通的各種混亂訊息時，幾乎沒有足以自保的手段。於是唐納·川普明目張膽又喜孜孜地在總統選舉期間一路說謊，就連選上總統後也沒有停止，而他的所有謊言都是透過像菲律賓那樣由下往上的社群媒體操作而來。川普和杜特蒂改變了他們國民的思考及行為方式。

我們開始在《拉普勒》思考如何創造一個資料庫，來監控我們的資訊生態系——類似打擊虛假訊息網路的國際警察組織。我們必須打造出得以理解當前科技的技術。於是，我們開始將資料的蒐集自動化，為的是追蹤哪些種類的內容正在到處傳播，以及傳播這些內容的組織網路又是哪些。記錄訊息流通狀況的能力已經內建在《拉普勒》的DNA中。一開始，我們嘗試回答的是一個比較正向的提問：一個想法是如何透過社群傳播之後觸發公民行動？舉例來說，透過研究線上社群的形成過程，我們試圖分析菲律賓是否擁有基於意識形態差異而出現的真正政黨。而現在我們已有答案：沒有。我們沒有基於意識形態差異的真正政黨；我們只有以特定「名人」為主要驅動力的政黨。[31]就算之前的記者都能觀察到這個傾向，但有資料佐證畢竟是不同的事。

這就是我們稱為「鯊魚缸」(Sharktank）這個資料庫的起源。[32]我們透過事實查核來辨識謊言，然後監控究竟是哪些組織網路反覆分享這些謊言。我們學習組織性地使用這些資料，才有辦法監控所有公開訊息在我們國家逐步傳遞的過程。而且，我們將這些相關資訊開放給大眾取用。

接下來的幾年，在我起身對抗那些攻擊我們的高官時，人們總問我是如何找到勇氣。

「很簡單啊，」我通常會這麼回答。「事實站在我這邊。」

我在吃午餐時向肯恩、克蕾兒和伊莉莎白分享了這些發現，並要求他們提供更多資料來核對我們的發現。我問他們覺得情勢會走往什麼方向。

「你們得採取行動，」我記得自己大聲說，「不然川普可能會勝選。」[33]

我們都笑了，因為即便是在二〇一六年八月的那個當下，這種事也感覺根本不可能發生。

那天會面結束後，他們三人看來心煩意亂。我猜這是因為他們首次得處理這種問題，所以一時也不知該作何感想。老實說，《拉普勒》對網路和資料的理解比他們還深入。不過再怎麼說，我都認為臉書至少會針對我們的發現做出一些說明。身為臉書營運初期的合夥人，我希望臉書能阻止我們看見的那些幽微潛伏的操弄手段，我也才能將這些情況報導出來，其中包括這間公司決定採取什麼行動去阻止情況惡化。我當時對這個情況太憂心了，我認為解決這個問題比做出報導還重要。

可是在那次見面之後，我沒再聽見肯恩、克蕾兒和伊莉莎白針對這個問題做出任何回覆。那個八月剩下的日子和整個九月，我都在等待。

二〇一六年九月二日星期五晚上十點，杜特蒂的故鄉達沃市某個夜市發生爆炸。這次的炸彈攻擊害死了十多個人[34]，另外還有好幾十人受傷。不幸的是，這種暴力問題在菲律賓並不少見。可是新政府的反應導致整個國家進入嚴刑峻法的狀態。

爆炸發生的隔天早上，杜特蒂宣布全國進入「無法律狀態（state of lawlessness）」[35]，而且為了合理化這個陳述，杜特蒂又提出他老愛拿出來昭告天下的擔憂：非法藥物。你問我聽了有什麼想法？根本荒謬至極。「我們面對的是特別時期，」杜特蒂說。「……這個國家有個跟藥物及法外處決有關的危機，而且似乎造就了一個視法律為無物的環境，其中滿是目無法紀的暴力。」

他差一點就要宣布戒嚴或全國宵禁。雖然沒有真的這樣做，但他還是讓大量士兵出現在全國各處。政府也因此設置了更多檢查哨。在網路上，杜特蒂的支持者開始將他的說詞合理化。大眾的支持確實有其必要，因為在過去，很少有人針對炸彈攻擊作出如此強硬的措施。

那個週六的早上，我才剛坐下吃早餐，打開電腦看見的景象卻讓我警覺起來。我立刻打電話給我們的社群媒體部主任史黛西・德・耶穌斯（Stacy de Jesus）和研究部主任傑瑪・曼多沙（Gemma Mendoza）。之後不到一小時內，我又打電話提醒了《拉普勒》的其他創辦人。這真是我以前沒見過的事。

Boy Hugot
19 hrs ·
Buti nga sa kanya.
Man with bomb nabbed at Davao checkpoint
The suspect claims he carried the improvised explosive device in his backpack upon orders of the New People's Army
WWW.RAPPLER.COM

《拉普勒》於 2016 年發現的第一場資訊作戰中，就是這個臉書帳號首先將這篇舊文章發上推特。

某篇快六個月前的舊文章出現在 Google 分析網站的即時排行榜第一名。[36]這篇文章的發布時間是二〇一六年三月二十六日，爆炸案發生的五個多月前，但在我看到時，那篇文章卻成為趨勢話題的第一名超過二十四小時。事後計算，這篇文章留在排行榜前十名的時間總共超過四十八小時。

那是我們第一次明確意識到這種試圖操縱輿論的即時資訊作戰手法，但執行方式非常粗糙。這些人利用匿名假帳號、迷因專頁、杜特蒂的粉絲專頁，還有一些主題曖昧不明的網站[37]，想盡辦法讓我們這篇三月發布的「帶炸彈的男人」文章看起來像是最新的突發報導，並希望藉此合理化杜特蒂宣布菲律賓進入「無法律狀態」的說詞。所有受騙的菲律賓人也開始分享這個謊言。

這就是這個國家的「協同性造假行為」——臉書遲了很久才為這個行為正式命名——在菲律賓展開序幕的方式。

相對於之後為了摧毀大眾對獨立媒體的信任而展開的戰事——特別是針對《拉普勒》——這個事件可說只是開演前的喝采。

這篇舊文原本只有三十二個瀏覽次數（大多是由 Google 搜尋導入），可是在資訊作戰展開的隔天，這篇報導的瀏覽次數累積超過十萬五千次——指數性增長了三千兩百八十一倍！

要是背後的操盤者沒有粗心地驚動我們，或許這項行動的成效還能更好。有些使用者選擇直接分享文章連結，而重貼這篇舊文內容的網站也有放上導回《拉普勒》的原文連結。這代表這些人曾是記者或編輯，因為這種人早已習慣引用就要附上連結。不過一旦《拉普勒》將我們發現的這些操作手法報導出來，引用連結的作法就不再出現了。

有三個關鍵網站使用了《拉普勒》的整篇文章，卻在沒有獲得我們的允許下直接去脈絡地重新發布：菲律賓新聞趨勢（News Trend PH，News Trend PH）、SocialNewsph.com，還有菲律賓論壇（pinoytribune.com），這些全是在杜特蒂宣誓就職總統後沒幾天創立的網站。在我們揭露出這次的資訊作戰後，這三個網站也都把文章撤下了。

有些臉書專頁是直接分享《拉普勒》的報導，但另外有些支持杜特蒂的專頁——其中包括杜特蒂戰士（@dutertewarrior）、二〇一六總統杜特蒂（@DigongDuterte2016），還有杜特蒂飛行（Byaheng Duterte）——都相繼在幾分鐘內分享了重貼這篇過時舊文內容的網頁連結，還加上危言聳聽的圖說。這三個頁面都收穫了好幾百則留言，和好幾千次的分享及讚數。

這些操盤手會手動更改他們的發文日期和時間，顯然是為了讓這些文章看起來像是在九月一日週四發布的文章，也就是炸彈爆炸案發生的前一天。

為了警告大眾這篇舊文已被利用來誤導大眾的認知，我們決定在《拉普勒》的臉書頁面上發布一篇警示報導。「《拉普勒》要求我們的社群確認消息來源，不要再分享那篇很久以前的文章，」我們在二〇一六年九月四日星期日晚上六點十八分於臉書上發文表示，「如果你在動態消息上看到這篇文章，請讓其他人知道這是二〇一六年三月二十五日發生的事。」我們也為《拉普勒》網站上的這篇文章加上簡短的編輯室說明，讀者只要一點進來就會看見「這篇報導發布於二〇一六年三月二十六日。」

不過，我們決定不針對這個有關《拉普勒》的資訊作戰進行全面性的報導，因為我們不想

President Duterte 2016
September 1 ·

Man with high quality of bomb nabbed at Davao checkpoint..
Grabe saan na nmn kaya nla ito planong pasabugin?? Ano dapat gawin sa taong ito mga ka DDS?? Please Share and Lets all Pray for Davao..

Man with high quality of bomb nabbed at Davao checkpoint | Pinoy Tribune

PINOYTRIBUNE.COM | BY STAFF

Byaheng Duterte
September 1 ·

Man with high quality of bomb nabbed at Davao checkpoint..
Grabe saan na nmn kaya nla ito planong pasabugin?? Ano dapat gawin sa taong ito mga ka DDS?? Please Share and Lets all Pray for Davao..

LOOK: Man with high quality of bomb nabbed at Davao checkpoint | Social News PH

LOOK: Man with high quality of bomb nabbed at Davao checkpoint 0 Local News 6:36:00 AM A+ A- Print Email DAVAO CITY, Philippines – A man carrying an...

SOCIALNEWSPH.COM | BY SNP - SOCIAL NEWS PHILIPPINES

Duterte Warriors
September 1 ·

Man with high quality of bomb nabbed at Davao checkpoint..
Grabe saan na nmn kaya nla ito planong pasabugin?? Ano dapat gawin sa taong ito mga ka DDS?? Please Share and Lets all Pray for Davao..

Breaking News: Man with high quality of bomb nabbed at Davao checkpoint

Man with high quality of bomb nabbed at Davao checkpoint 0 Local, Trending 8:53:00 PM A+ A- Print Email DAVAO CITY, Philippines – A man carrying an...

NEWSTRENDPH.COM

繼續擴大這則虛假訊息的效應。總的來說，我們很早就開始面對一個困境：要如何讓訊息受到操弄的事實傳遞出去、糾正錯誤訊息（misinformation），但同時還要限縮虛假訊息的觸擊率。在接下來幾年，我們變得更懂得如何處理這類問題。我們決定走極度公開透明的路線，其中包括發表參與虛假訊息網路的所有帳號紀錄，就算這些紀錄顯得過於深入又無聊也無妨：總之，就是為那些追求細節的讀者盡可能提供詳盡的資訊。

後來我們持續調查這個案子好幾年。[38]我們發現，散布「帶炸彈的男人」文章的那群線上組織網路的人力，都來自杜特蒂競選團隊。二〇二一年八月，我發現那三個散播虛假訊息的關鍵網站當中，有一個網站從原本的網址 newstrendph.com 消失了，取而代之的是一個中國的線上投注網站，而這個網站也跟杜特蒂一個具有爭議性的計畫有關：菲律賓離岸賭博營運計畫（Philippine Offshore Gaming Operation，簡稱 POGO）。[39]這同時代表那三個支持杜特蒂的網站可能跟中國的資訊作戰組織有關。「帶炸彈的男人」報導帶我們找到杜特蒂政府和中國這個新盟友之間的連結。

我也把這些資訊跟肯恩、克蕾兒及伊莉莎白分享。但顯然臉書不只是沒有準備好應付這類資訊作戰，就算眼前明擺著資料和事實細節，這些管理者還是不完全理解他們的平台發生了什麼事。毫無疑問地，我相信他們一定有拿我們提出的案例去「測測風向」討論一下，但在最初那段時期他們什麼都沒做。本來要是他們及時行動，還有可能讓臉書的生態維持在一個彼此信任的狀態，而不是任由這個平台遭到濫用；若是他們早一點行動，就有可能在未來那些年間避免那些助長、獎勵資訊作戰的無法無天亂象。

幾個月後，我們那篇警告追蹤者有人嘗試誤導大眾的發文，被臉書下架了。我們的社群媒體主管史黛西把臉書刪除文章的理由傳給我：「這篇訊息遭到移除，是因為其中包含了一個違反我們社群守則的連結。」[40]

我們向臉書提出申訴，臉書也復原了那篇文章，可是幾個月之後，我發現那篇文章又被下架了。所以我們再次提出申訴，這次沒有獲得回應。

到了二〇二一年八月一日，這篇文章的連結也失效了。就彷彿臉書不想讓使用者知道發生過這件事。

臉書本來為《拉普勒》開啟了各種令人興奮的可能性，但此時的我已開始對這間公司感到幻滅。到了現在，我的感受已不是幻滅兩字足以形容。我相信，臉書就是這個世界對民主政體的最嚴重威脅，而我覺得不可思議的是，我們竟任由我們的自由被一間追求成長及收益的貪婪公司奪走。他們的科技奪走我們的私密體驗及資料，透過人工智慧重新組織後再用來操弄我們，後續創造出的行為甚至足以誘發出人性最糟糕的一面。哈佛商學院名譽教授肖莎娜・祖博夫稱這種剝削性的商業模式為「監控資本主義（surveillance capitalism）」。[41]而我們所有人就任由這一切發生。[42]

現在的臉書比起公眾安全更在意賺錢。這間公司還努力遊說政府配合他們，好讓他們得以扭曲或打破他們自己制定的鬆散規則。為平台上近三十億用戶的安全把關並不是他們的優先要務。在此同時，這個平台二〇二〇年的收益高達八百五十九億美金。二〇二一年的收益更高達一千兩百零一億八千萬美金，成長幅度為百分之四十。

馬克・祖克伯在二〇〇八年雇用雪柔・桑德伯格[43]擔任副手，之後就是她把監控資本主義[44]——把個人資料當成可在市場上交換或交易的商品[45]——從 Google 帶到臉書來。桑德伯格重新創造並精細調整了臉書的商業模式，此外她也負責營運臉書的政策與誠信小組。正常來說，當一個媒體組織需要發布一些危害公司利益的內容時，會發生什麼事呢？由於新聞編輯部和商業部之間的固有利益衝突，兩者之間總是存在一道隱形的牆，不過最後編輯部主管總是不免得跟商業部主管吵上一架，而這就是老派媒體想辦法應付衝突、但仍生存下來的方式。可是在臉書這間公司，雪柔讓這兩個部門的功能混雜在一起，這也代表他們的每個決定都是政治決定，而且都跟追求獲利以及保護臉書的利益有關。

二〇一一年，雪柔雇用了她以前在哈佛讀書時的同學喬爾．卡普蘭（Joel Kaplan），讓他負責遊說、討好保守派和美國右派人士。到了二〇一四年，他已經是臉書全球公共政策部門的副總裁，負責經營政府關係，並在華盛頓特區進行政策遊說工作，另外還負責決定這間公司在全世界的內容審核政策（content moderation policy）。其實包括 Google 和推特的其他公司在內，在創立負責公共政策及遊說的部門時，都會讓這些部門跟負責創立及執行內容審核規則的團隊分開。之前也有臉書的前員工要求臉書將這些團隊分開，可是這件事直到今日仍未發生。有份臉書內部的備忘錄〈內容政策受到的政治影響〉（Political Influences on Content Policy）曾指出，卡普蘭的團隊「經常性地保護那些有權勢的利益相關人，」而這一切的開端就是二〇一五年時還是總統候選人的唐納．川普。[46]

這是這間公司總是允許政治人物說謊的其中一個原因。他們也是因此才會在有關俄國的虛假訊息和資訊作戰議題上先是隱藏真相，接著又突兀地宣布這個問題其實存在。另外也是因為如此，他們才會允許極端主義團體成長並散布元敘事，最終導致那場足以敲響醒鐘的事件：二〇二一年一月六日國會山莊發生的暴力事件，當時在川普的鼓勵與煽動下，數千名美國人為他的敗選前去攻擊美國國會大廈。此時矽谷造的孽終於報應在自己國家身上。[47] 近期的研究也顯示，有高達百分之四十的美國人仍相信川普勝選了，其中包括百分之十的民主黨員。[48]

臉書的所有言行都暗藏三個預設：第一，愈多資訊愈好；第二，資訊傳遞愈快愈好；第三、為了服務臉書的更遠大目標，一切邪惡都該被容忍，這些邪惡包括謊言、仇恨言論、陰謀論、虛假訊息、目標式攻擊和資訊作戰。這三個預設概念對臉書來說好處多多，因為能讓這間公司賺到更多錢，可是其中沒有任何一個對使用者及公共領域有好處。

這種追求「更多」和「更快」的危險，已經將我們帶入反烏托邦的世界：我們的心智被垃圾塞滿、窒息，並因此失去清晰的思緒及注意力；此外，所有個體更覺得可以略過集體思維，而憑一己之力判斷行事。但其實，在需要做出複雜決定前，主管和領導人之所以要聽取執行摘要，是有原因的：孤立訊息往往幫不上什麼忙。更糟的是，若這些孤立訊息中乘載了過量情緒，那麼終將摧毀一個人做出理性決策的能力。

在這個網路生態系中，不停反覆出現的謊言就會成為事實。身為一名記者，我知道我們的優秀與否，只能透過每篇報導來決定，出了錯也必須負起責任、修正錯誤，並清楚向公眾說明白。我們只報導事實，因為唯有事實可以創造出我們共享的現實。可是，臉書讓每個人看到了不同的動態消息。從這個概念開始，我們的生活就已經碎裂成數十億個「楚門的世界」（The Truman Show）：你在動態消息上看到的「新聞」跟我看到的不一樣，若是讀到一個跟自己有關的謊言，你還能直接讓對方「噤聲」——這個概念同樣有利於臉書公司賺錢，但其中潛藏著可能的社會衝擊。現實是，沒有經過查證的謊言會創造出那些地平說信奉者、匿名者Q、停止竊選運動，以及激進的反疫苗運動，更別說還有那些有害至極的陰謀論。

馬克．祖克伯的決定都是把公司的利益置於國家之上[49]，他追求成長優先於其他一切，重視謊言勝過事實，因此時至今日，他可說已經摧毀了原本催生出臉書的整個訊息／信任生態系。一旦他接受在他的網站上有百分之一的虛假訊息，那就像是在說，整個人口組成中有百分之一不受控管的病毒在流竄也沒關係。[50]然而，這些虛假訊息或病毒要是沒被根除，就能百分之百占據所有地盤，而且最終帶來死亡。

我嘗試去理解祖克伯怎麼能做出那些決定，而我能想到最善意的解讀方式，就是這些決定已然內建於軟體開發時的反覆迭代過程（iterative process）中。在打造科技產品時有所謂的優先判斷程序。就像建造一棟屋子時，你必須先將過程分解成不同元素——釘子、水泥、工具、木頭——然後才開始分階段建造，也就是科技業所謂的「敏捷式開發（Agile Development）」。這種開發方式會將過程分割成許多待執行的任務事項，開發者可以根據每個當下已完成的進度快速做出各種變動。

所以，要怎麼決定優先打造哪一部分呢？正如你在《拉普勒》身上看到的，你做出選擇的優先順序，會反映出你的價值觀及目標。

就臉書的案例而言，馬克在很早期做出的選擇就反映了他的狀態；那是個年輕人可能出現的想法，卻不是個經驗豐富又負責任的公司主管會做的事：他讓每個臉書工程師都能毫無限制地獲取用戶資料。在這樣一個是非顛倒錯亂的世界，這個做法成為臉書用來召募人才的利器；他提供工程師一個不用應付官僚體制的工作環境，所有工程師都能拿用戶資料來進行測試及開發工作，不像真實世界的其他公司會因為種種疑慮而設下各種限制。

等到二〇一五年九月，有人[51]認真檢視這個做法可能帶來的後果，並讓馬克注意到這個問題時，已經有一萬六千七百四十四位臉書員工[52]取用過我們的個人資料——包括我們的貼文、臉書廣告演算法將我們分群的方式（比如基於政治傾向）、我們傳送的訊息，甚至包括我們任何時刻的精確位置（就許多人的狀況而言，這很可能造成安全上的疑慮）。有些臉書工程師甚至能藉此追蹤他們的約會對象及心儀對象。[53]

另一個所有其他社群媒體平台也同樣做出的有害決定，是透過演算法推薦「朋友的朋友的發文」來拓展他們的業務。公司的業務主管意識到這是最有效的手段，因為這種作法其實就是「A／B測試」。他們可以藉此在網路上測試任兩篇貼文對使用者所造成的影響，並藉此對真實存在的人類進行即時實驗，簡直就是把我們當成巴夫洛夫的狗。每當我們被推薦了朋友的朋友的發文時，我們的點擊會進一步拓展我們的個人社交網路，平台的規模網路也隨之擴展。

於是到了二〇一六年，在羅德里戈·杜特蒂使用臉書幫助自己勝選後，這種「朋友的朋友」演算法再搭配上他涇渭分明的敵我論述，都進一步讓菲律賓人變得激進化。如果你支持杜特蒂，在臉書把朋友的朋友的發文推薦給你之後，你會變得愈來愈右派；而若你反杜特蒂，則會變得愈來愈左派。隨著時間過去，兩派之間的鴻溝逐漸加深。這現在已經是一個全球性議題；只要把杜特蒂換成印度的納倫德拉·莫迪（Narendra Modi）、巴西的雅伊爾·波索納洛（Jair Bolsonaro）或美國的唐納·川普，你就會懂我的意思。

演算法所提供的，是將我們激進化的內容。舉例來說，如果你點擊了一個遊走在灰色地帶的陰謀論文章，平台推薦給你的下一篇文章就會更激進，因為這樣你才會繼續滑下去看。[54]「匿名者Q」這類組織就是這樣從網路的最陰暗角落一路傳播到推特和臉書上（而這些組織都跟菲律賓有一定程度的關聯），最後直到他們被停權或禁止發文才停止[55]，但他們是過了好些年才被禁止發文。那麼在這段期間已經因為受到影響、而開始相信陰謀論的人呢？他們的認知偏誤又該怎麼辦？那樣的認知偏誤可能會讓他們相信，這類組織遭到禁止發文的決定，背後一定還存在其他陰謀論。

這些科技層面的決定，壯大了這個監控資本主義模型：一方面透過「朋友的朋友」推薦系統來讓公司成長，另一方面提供給你更多有情緒渲染力、激進，而且帶有極端主義傾向的內容，來增加你花在平台上的時間。這個模型略過我們進行理性、邏輯思考的心智，也就是丹尼爾・康納曼（Daniel Kahneman）口中負責「慢想」的部分[56]，反而是利用了我們負責「快思」的大腦區域：位於杏仁核內那個做出快速的、本能的，而且大多是無意識情緒反應的部分。已故的生物學家E・O・威爾遜（E. O. Wilson）說，這是我們的「舊石器時代情緒」。如果看到一些讓你變得情緒激動且想要分享或採取行動的內容，先緩緩。想慢一點，別貪快。

不過，我們讓自己慢下來的能力仍是有限的，因為隨著時間過去，臉書會故意創造出災難性且極端有害的回饋循環：你花在臉書上的時間愈多，這間公司就能獲得更多資訊，並利用這些資訊引誘你在臉書上花費更多時間。你受到像是多巴胺這類荷爾蒙及神經傳導物質所引發的情緒因此高昂起來；你覺得自己好像有做些什麼，但最後臉書只是吸乾了你的時間，把你可以在真實世界採取行動並有所成就的能量全數榨乾。想想《駭客任務》（*The Matrix*）中用人體電池運作的母體（matrix）吧。我們到底在做什麼呢？我們只不過是在「楚門的世界」中獨自演出給自己看罷了。

這還只是大數據公司演算法所衍生出的眾多副作用之一。這些演算法的建立過程，通常是奠基於編寫者的偏見——其中大多是白人男性——以及他們被動接收到的資料集。這對美國的教育、金融、犯罪報告及民主政體，都造成了有害的效應；而像臉書還有Youtube這些美國平台，甚至還將這些偏見散播到世上其他地方。

臉書正在改變我們的行為，而且還把全球用戶的資料庫當成一個可即時進行的實驗室在使用。臉書改變了個人及社會，正如之前那些針對群體動力學進行的社會學實驗所顯示的結果一樣。就較廣泛的規模而言，這類大型團體出現的行為改變是突現行為，而且沒有人可以從個體角度預測到這種有機性的改變。我在研究恐怖主義的激進意識形態如何散播時，就曾看過這種情況在真實世界的印尼緩慢發展的過程。時至今日，到了網路上，這種情況更像是服用了類固醇，以全球性的規模在摧毀人們對彼此的信任，甚至讓所有社會陷入癱瘓。

相較於二十世紀的大型煙草公司將所有謊言及手段徹底合理化的作法，臉書及因臉書獲益的政治人物非常清楚他們對大眾造成了什麼危害。臉書是世界上最大的新聞傳播平台，然而許多研究都顯示，社群媒體上帶有憤怒及仇恨的謊言傳播得比事實還更快、更廣泛。[57] 現在，這些傳遞新聞給你的平台本身就帶著與事實不符的偏見，同時也對記者抱持著偏見。這些平台的根本設計就是在分化我們、將我們變得激進——因為憤怒與仇恨才能讓臉書賺更多錢。

在美國，極端主義的興起已成為無可忽視的重大危機。英國和歐洲也因為英國脫歐、敘利亞難民危機，還有右翼民族主義的興起而深受衝擊。類似經驗也同樣出現在巴西，那裡以Youtube 為主的社群媒體把雅伊爾．波索納洛吉他的支持者推上主流。在匈牙利，極右翼的奧班・維克多（Viktor Orbán）精明推動的反移民鐵腕政策讓選民狂喜不已。在印度，這個世界上最大的民主國家已淪為納倫德拉・莫迪帶領的印度人民黨（Bharatiya Janata Party，簡稱BJP）手中骯髒操弄的玩物。無論在世界的哪個角落，都有社會因為在網路上穩定攝取暴力內容而在真實世界中出現暴力現象。不同版本的「白人取代理論」（White replacement theory）從挪威、紐西蘭到美國各地都引發了大規模槍擊事件，驅策出「敵我分明」意識的興起，簡單來說就是法西斯主義。

於是憤怒和仇恨結合為道德義憤，接著又轉化為暴民統治。

二〇一六年，《拉普勒》發起了**#讓仇恨無處容身**（#NoPlaceForHate）運動[58]，希望藉由引入更強力的留言審核標準，來提醒並保護我們所服務的大眾。「我們對咒罵、痛斥、貶低、羞辱和威嚇的留言採取零容忍態度，」我們在《拉普勒》的網站及社群媒體帳號上如此寫道。「……言論自由不代表可以不負責任地抹黑他人的名聲或摧毀他人的信用……言論自由是肯認每個人都擁有說出心聲的權利，但在表達反對意見時也不該讓人不快。我們要重新捍衛我們的空間……任何人都不該因為講出自己的想法而感到害怕。」[59]

臉書也擁有這麼做的權力，他們也應該去執行這樣的權力。如果馬克・祖克伯不是為了自身利益，堅持以自己的方式無知地詮釋美國最高法院大法官路易斯・布蘭迪斯（Louis D. Brandeis）的名言「制衡仇恨言論的方法就是更多言論」，這個世界現在會是個很不一樣的地方。[60] 布蘭迪斯的這番話發表於一九二七年，當時還不是一個如此眾聲喧譁的時代，臉書也還要很久之後才會出現，而現在透過臉書，一個謊言被傳播的速度可以是之前的一百萬倍不止。他的想法若要成立，也必須要有一個對各方而言公平的競技場，而不是像臉書透過演算法所創造出來的這種環境。臉書的各種作法等於是幫仇恨言論、虛假訊息及陰謀論裝上擴音器——因為那些都是能讓你留在臉書上繼續往下滑看的煽動性內容，並藉此為平台帶來更多收益。如果臉書可以認真擔負起守門人的工作，跟那些被他們搶走守門人工作的記者一樣認真，今天這個世界會是個更好的地方。

我們在《拉普勒》也曾面對需要做出類似決定的時刻，在碰到設計來合理化反毒戰爭、並試圖透過仇恨將世界分裂成「敵我分明」陣營的資訊作戰，我們很快就採取了行動。若想保護我們的使用者、公共領域和民主的辯論空間，我們要採取什麼樣的行動方針其實很簡單。

我們看到留言區是如何被杜特蒂的支持者所操控，他們到處散播仇恨，並攻擊所有質疑反毒戰爭的人。有些使用者會試圖反擊，但隨著時間過去，大部分真實帳號都選擇保持沉默，這些攻擊也就因此獲得成功。於是，隨著杜特蒂提出合理化自己殺人作為的論述，而這個敘事也在網路攻防戰上獲勝之後，人們就算每晚看見那些被丟在路邊的屍體，也不再有太大的反應。這個敘事也創造出將更多殺戮行徑合理化的從眾效應。至於壓垮我的最後一根稻草，是某次警方的掃毒行動時，目標男性的五歲孫女達妮卡・梅伊・賈西亞（Danica May Garcia）從廁所走出來時慘遭射殺身亡。[61]

菲律賓人會原諒、甚至支持殺害毒蟲和毒梟的態度，讓我非常震驚，因為菲律賓是簽署聯合國世界人權宣言（Universal Declaration of Human Rights）的第一批國家之一。我不覺得我們的價值觀有改變到這個地步。

菲律賓人死亡或遭受折磨的畫面開始被全世界關注。對居住在這個國家的我們來說，恐怖的氛圍似乎一天天變得濃重。於是《拉普勒》決定發表一個系列報導，用三個部分來討論網路的武器化。我負責其中的兩個部分[62]，柴負責第三部分。[63]不過，就跟發現「帶炸彈的男人」成為資訊作戰的工具一樣，這對我們來說也是全新的領域。我們可以看到眼前的局勢、想辦法連結起零碎的資訊，但還不知道確切原因。我們必須盡可能去描述我們所經歷的一切。

我寄了最後一封電子郵件給伊莉莎白、克蕾兒和肯恩，希望他們能代表臉書在這篇報導中給出一個說法。

在我們把這一系列報導發布出去之前，我和葛蘭達先讓董事會看過內容，並完全獲得他們的支持。我們從二〇一六年十月三日開始推出系列報導。我不知道揭露網路武器化的議題對我和《拉普勒》代表了什麼意義；當時沒有人想到，這個開創性的系列報導，會讓我們所有人面臨刑事訴訟。

但我不後悔。就算重來一次，我也還是會這麼做。

第八章

法治如何從內部崩壞

沉默就是共犯

2017 年 4 月 19 日在加州聖荷西 F8 會議上旁聽會議的馬克和我。
（照片感謝臉書提供）

二〇一六年十月三日，我生日的隔天，臉書沒給我任何回應。但無論如何，我們已經決心要在那天發布網路武器化系列的第一篇報導。

那天早上，我還在為文章進行最後的確認修改。[1] 我先檢查過所有數據資料，文章開頭是我們對「帶炸彈的男人」報導的詳盡調查，然後我加入了當時在網路上瘋傳的一張死亡女孩照片。或許是為了說明這就是毒販都該被殺掉的原因，杜特蒂的競選發言人彼得・邱・拉維那（Peter Tiu Laviña）也分享了這張照片。他甚至暗示死掉的女孩是菲律賓人，但那張照片其實來自巴西——又是一個試圖煽動人民情緒的謊言。

我最後一次確認我為該系列報導寫的引言。在這篇文章中，我說明政府其實是透過「凌遲致死」的策略在反民主，也就是使用網路力量並濫用社群媒體演算法，目的是在人民心中播下迷惘及懷疑的種子。該系列報導是希望拆解以下這個新現象：社群媒體遭到收費宣傳內容接管、易被濫用的全新資訊生態系充滿各種弱點，以及這一切對人類行為造成的影響。我們也詳盡介紹最終影響了至少三百萬個帳號的二十六個臉書假帳號集團。

我們的辦公室是開放空間，中央有個像是駕駛台的地方——那是仿照《星艦迷航記》所建造的環形指揮台——專門給正在值班的新聞編輯使用。至於這些編輯的下屬辦公桌則像太陽的光芒一樣，從駕駛台區逐漸往外擴散擺開。許多大型電視一批批掛在四周的牆面上，而在這個如同閣樓般的工業風空間中，占據了剩下區域的是透過玻璃牆隔開的許多會議室及辦公室，玻璃牆上通常貼滿《拉普勒》員工在進行腦力激盪時潦草寫下的多色筆記、留言、圖表，還有數據。其中一個角落放著「老大姐」們和各部門經理的辦公桌，而我的辦公室則在最後面。我的辦公室一面是窗戶，另外三面是玻璃牆，這些玻璃牆上也同樣寫滿了各種數字和日期。坐在這面玻璃牆另一邊的是葛蘭達和柴。貝絲則坐在新聞編輯室的另一側，從那裡可以俯瞰我們的攝影棚和中控室。這個新聞編輯室一如往常地活力充沛，而且我才剛喝完三瓶零卡可樂。

我走向柴的辦公桌，越過她的肩頭跟她一起讀那篇文章。她讀完，望向我。這樣的確認工作我們已經至少做過三次了。

「沒問題，」她說，然後把游標移到最後確認發表的按鈕上。「準備好了嗎？」

「來吧！」我說。她點擊那個按鈕，文章發出去了。

當時是晚上七點。我跑向那個像是駕駛台的區域，我們的社群媒體主管正在工作，另外還有正在值班的編輯。「史黛西，文章發出去了。分享一下？」

「好，」她說，她點開新發表文章的列表，從頭到尾滑了一遍，然後把文章發布在我們的內部臉書頁面及通訊軟體 Slack 上，藉此提醒其他的《拉普勒》員工。

「我們會狂分享！」她一邊說，一邊用手指快速敲打出提醒其他員工注意的訊息，同時準備把這篇報導分享在我們的社群媒體動態上。自從二〇一二年開始，「狂分享」就是我們的行動代號，當時《拉普勒》的傳播率還只能仰賴我們原本十二個員工所組成的社群網路。

我注意到史黛西今天盛裝打扮。「嘿，你今天很漂亮！有什麼特別活動嗎？」我問。

「我心情沮喪，所以盛裝打扮，」她笑著回答。

「是因為那些網路攻擊嗎？」我問。史黛西正在處理我們的**#讓仇恨無處容身**運動。由於我們的頁面受到許多攻擊，這個活動正是為了阻止這些攻擊導致的寒蟬效應，結果卻打開了一個我們沒預料到的潘朵拉盒子：我們遭到更猛烈的攻擊。我們理解網路上的有機分享（organic sharing）現象有其既定的內在節奏，畢竟我們基本上跟定居在臉書上沒兩樣，可是這次的情況完全不同。

「他們動作好快，瑪麗亞，」她回答。她快速點擊了幾個不同頁面，讓我看她是如何在審核我們的臉書留言。「不管我們發布什麼，他們都可以幾秒內就跑來留言——但都是一些簡短、重複的內容。」她讓我看了好幾則貼文以及杜特蒂支持者的密集留言攻擊，都是在《拉普勒》發文後的幾秒內就出現。

「你覺得他們是用機器人在留言嗎？」我說。「說不定他們有設定機器人提示？第一篇留言也可能是寫好的程式？」這個推論聽起來很合理：每次只要有文章內容提到杜特蒂，他們就可以設定一些自動回應的內容，然後那些「鍵盤戰士」再隨後跟上。[2]「但這比他們之前的做法細緻多了。」

我回想起一個月前，《拉普勒》在總統府對即將卸任的總統貝尼格諾．艾奎諾[3]進行了最後一次訪談。訪談結束後，艾奎諾把我拉到一旁。「這些網路攻擊，」他沉靜而小聲地問，「真的出現很快。他們都是真人嗎？」

「我想是的，總統先生。他們都是真人。」我這樣回答。

事實上，杜特蒂的社群媒體宣傳負責人尼克．葛本納達（Nic Gabunada）之後向我們表示，他一開始是以五百位志願者組成網軍，並根據地理位置分成四個群體：其中包括菲律賓的主要島嶼呂宋島（Luzon）、維薩亞斯群島（Visayas）和民答那峨島（Mindanao），另外還有總數一千萬到一千兩百萬的海外菲律賓勞工（overseas Filipino workers，簡稱 OFW）。[4]這位曾擔任媒體及廣告業務高階主管的尼克，之後成為世上第一位遭臉書揭露並抨擊有「協同性造假行為」的非官方個人。[5]

我一開始沒把艾奎諾有關網路攻擊速度很快的發言當一回事。不過現在，當同樣的情況發生在我們身上時，我開始理解他想說的是什麼；除非親身遭受攻擊，不然你不會真正理解那樣的規模有多龐大，隨之帶來的衝擊又有多可怕。

就跟大數據和 Excel 試算表之間的差別一樣，對我們來說，這次的攻擊就數量或頻率而言都是全新的體驗，因此身為目標的我們只能看出一種固定模式，而且在一開始時也只能靠直覺去分析。這些攻擊一開始帶來的是心理衝擊，而且是只有目標才能感受到的不安及恐懼。接下來則會對其他旁觀者留下特定印象，也就是「山姆」在杜特蒂競選期間為他的「反毒戰爭」所做的「偽草根行銷」，那種假的從眾效應足以改變大眾對一個議題或問題的認知。事實上，這些手法每天都在與時俱進。

在發布系列報導的第二和第三部分之前，我們想看政府和大眾對第一篇報導的反應。到了這一週的週末，我們發布了第二部分的文章，〈臉書的演算法如何對民主產生衝擊〉（How Facebook Algorithms Impact Democracy）[6]，其中強調杜特蒂競選支持者莫奇．尤森（Mocha Uson）的案例，至於第三部分的文章則名為〈社群媒體上的假帳號及製造出來的現實〉（Fake Accounts, Manufactured Reality on Social Media）。[7]

這是世上第一次（包括美國）有媒體如此這般，將資料及軼事證據整理起來，以呈現出臉書對民主政體造成的侵蝕效應。

我不認為政府官員有準備好回應這篇文章。一般來說，他們會花一段時間思考該如何回應，就跟「帶炸彈的男人」事件發生時一樣。或許天真吧，總之我們就跟杜特蒂政府時代之前一樣，準備好迎接政府對我們做出的回應。畢竟事實及資料就擺在眼前，我想他們也只能啞口無言。我認定政府會承認自己在其中扮演的角色，並開始約束自己的網軍，或他們口中所謂的「部落客」。

我不知道的是，政府已針對事實及記者揭露真相的行徑發展出全新策略，因為關於政府這場罪惡的反毒戰爭，菲律賓新聞媒體的描述早已揭露出這場戰爭的本質：系統化的謀殺。

自二〇一六年六月選舉過後，每天晚上平均有三十三具屍體在街頭及馬尼拉的貧窮地區被發現。[8]有些新聞組織開始發布受害者名單。全國銷量第一的報紙《菲律賓每日詢問者報》開始放上一頁名為「殺戮名單」的標題[9]；這個專題的第一期就出現在杜特蒂宣示就職的幾小時後。ABS-CBN 也發布了一個關於這些殺戮事件的互動式地圖。[10]《拉普勒》是首先深入介紹遭殺害民眾的媒體之一：〈逍遙法外系列〉（The Impunity Series）[11]這篇文章讓這些死亡數字有了姓名和臉孔，其中還詳述警方參與殺戮的過程。這些死者通常來自馬尼拉最落後的地區，而且大多是青少年和孩童。我們仔細追蹤逐漸增加的死亡人數，以及警方試圖修改數字的作法。我們把這場反毒戰爭——事實上，應該說是對抗窮人的戰爭[12]——當成我們優先報導的焦點。

這三個新聞媒體會在接下來幾個月成為杜特蒂總統本人攻擊的目標。自從上任後，他就指派了近六千名政府雇員，而根據他自己的說法，選擇基準就是對方是否效忠於自己而非能力。他們成了他這場反毒戰爭的兵卒，因此更讓整體氛圍增添一種就算殺了人也能逍遙法外的氣氛。杜特蒂手下的男男女女很清楚，他們大可犯下金融或法律層面的貪汙罪行、對他人進行肢體虐待，甚至殺人也無妨，反正最後都有辦法逃脫罪責。杜特蒂能保證他們脫罪。「羅德里戈·杜特蒂犯下多起謀殺罪，而他的赦免令，」他有一次這麼說，「就由羅德里戈·杜特蒂來簽署。」13

在杜特蒂還是達沃市長時，他就是靠個人的獨特魅力來管理那座城市，而他的魅力之一，就是會在每週的廣播及電視節目上給出一些狀似隨意的指令。他在來到馬尼拉之後也同樣複製這個作案模式。事實上，大眾傳播在他的領導風格中占據著關鍵地位，而且他很愛使用會引發恐慌及暴力的論述：「希特勒殺掉了三百萬猶太人，」他有一次說。「現在我們有三百萬個毒蟲，而我很樂意把他們殺光。」他所說的內容一點也不正確（希特勒其實是殺掉了六百萬猶太人，而在菲律賓國內有三百萬毒蟲實在是不太可能的數字）又充滿煽動性，可是這番話仍在臉書和社群媒體上獲得大量關注。

在杜特蒂就任後的關鍵過渡期，一位名叫莫奇·尤森的藝人成為政府發動攻勢的中心人物。尤森的臉書專頁非常受歡迎，一開始的內容大多是她和女子樂團「莫奇女孩」（Mocha Girls）的其他團員一起給讀者一些性生活建議，有時還會聊一些閨房情趣。不過沒過多久，這個專頁就開始惡毒且激烈地攻擊記者，以及所有質疑杜特蒂政府的人。她每天都在談有人意圖發動政變的陰謀論，不然就是美國的中央情報局（CIA）正在密謀對杜特蒂不利。杜特蒂的宣傳團隊立刻決定利用她在社群媒體上的強大力量，之後甚至任命她為政府官員。

從尤森粉絲專頁經歷的爆炸性成長，以及她自性感舞者進化為政治部落客、宣傳手和政府官員的過程，都可以做為一個很好的例子，來說明即便是坐擁國家資源而手握大權的政府，還是可以透過臉書的演算法進一步濫用權力。

二〇一六年八月，尤森使用了一個迷因圖，圖上有個詞彙是「妓者」（presstitute）[14]——這是一個源自記者和妓女的混成詞——目的是描述主流媒體帶來的「負能量」。她的敘事非常清楚：記者都是收錢的貪污垃圾，只要有人付錢，就願意為出資者寫任何內容——也就是那些想把杜特蒂扯下台的人。這種散播到一般大眾之間的國家敘事，讓情勢變得「敵我分明」，但有那麼一段時間，記者對於這種轉變一無所知。隨著這些開枝散葉的「元敘事」不停傳播，媒體變成了對抗杜特蒂的「偏頗」[15]存在；而在這樣的敘事下，杜特蒂經常被描繪成在「帝國馬尼拉」挑戰菁英跟寡頭政治集團成員的被害者。正如美國在二〇一六年選舉期間，源自社群媒體的攻擊鎖定了美國社會長期以來的裂痕，特別是有關性別、種族和身分認同的問題，在菲律賓出現的攻擊也鎖定了最基本的議題：貧富、城鄉，以及菁英和平凡人之間的矛盾。

根據我們內部資料庫「鯊魚缸」的資料製圖結果顯示，自二〇一六年到二〇一八年三月，這段期間某些詞彙的使用量明顯激增，比如 bayaran，意思是貪汙，dilawan 指的則是代表艾奎諾家族的「黃色」，也用來象徵一種帶有菁英氣息且跟平凡菲律賓人脫節的意味；另外還有「偏頗」或「偏見」。情勢最激烈的時候，在尤森和其他人在網路上重複使用且毫無新意的話語中，就曾出現一天內的三萬篇留言都使用了「偏頗」這個詞。

《拉普勒》已經因為我們的 **#讓仇恨無處容身**運動而成了攻擊目標，可是就網路武器化這系列報導的反應看來，我發現我們的資訊生態系已經從根柢上腐化了。我就是從這時候開始意識到，記者已經不再是事實和資訊的守門人了。而身為新一代守門人的這些科技平台所設置的規則，卻等於是將核武交到這些數位民粹主義者和威權者的手上，並任由這些人將我們的社會及民主——我是指全世界的社會和民主——搞得天翻地覆。

在我們發布網路武器化的系列報導後，針對《拉普勒》的攻擊可說是鋪天蓋地。二〇一六年十月四日這天剛出現的攻擊是涓涓細流，接著一波波出現，然後在十月八日化為海嘯襲來。

這天，經營臉書專頁「思考菲律賓」（Thinking Pinoy）的部落客R・J・涅托（RJ Nieto）開始呼籲杜特蒂的支持者**#解除追蹤拉普勒**（#UnfollowRappler）。

隔天的十月九日星期日大約晚上九點，莫奇・尤森也加入這個行列，她發布了長達一小時的臉書直播影片，其中充滿對杜特蒂政府前一百天政績的宣傳內容，還談到杜特蒂的「敵人們是如此日夜不休」地想把杜特蒂拉下台。她的發文標題是「回應《拉普勒》對我提出的指控」，可是最後卻發展成對「主流媒體」怒氣沖沖的叫嚷。她表示《拉普勒》和我本人都滿嘴謊言、扭曲事實，言詞間充滿惡意影射。我無法確定這是她有意為之的演出，還是單純的無知，又或者以上兩者皆是。

「我們在默默工作的時候，」尤森用菲律賓語說，「那些傢伙卻在攻擊我們。我再也不看那些主流媒體了。」

在此同時，她臉書頁面上的留言數激增，其中一部分是假帳號在推波助瀾（臉書在兩年後移除了那些帳號）。那天晚上，杜特蒂的社群媒體攻勢達成了宣傳機器設計者最想描繪出的畫面：尤森和杜特蒂獲得壓倒性的支持，而這些支持力量也像機關槍一樣瞄準了我和《拉普勒》。

五年後，當美國公民衝進國會山莊之後，這類行為總算有了標準化的稱呼，因為針對這類「大規模網軍操控」（brigading）或「協同性濫用網路行為」（coordinated abusive online behavior），臉書終於推出相關的處理政策。這些攻擊分成好幾個領域。有那種像是「襪子玩偶」的假帳號負責攻擊或讚美；「大規模舉報」則是針對特定目標帳號組織一場造成負面影響的行動；「偽草根行銷」則是刻意表現出像是支持草根人民或其利益的發文或謊言。

「他們想把杜特蒂除掉，」尤森在臉書上如此聲稱。「我們只要求新聞可以公平報導。他們用一堆負面消息掩蓋掉真正重要的議題……要我說，如果記者有把自己的工作做好，我們大可不用整個國家都跑到社群媒體上。他們就是不懂得欣賞杜特蒂做過的好事。」[16]

「《拉普勒》，我們說你們是一群『妓者』，你們會受傷嗎？」尤森問。「為什麼要那麼敏感呢？或許你們不該糾結這件事——不過當然，除非你們真的就是一群妓者囉。」她經常像這樣莫名奇妙做出邏輯跳躍的錯誤結論——還再次使用了網路上的厭女手法——不過這種過度簡化的論述正中她的群眾下懷。她把那系列三篇文章中的資料和質問提煉成一個句子，試圖藉此挑動那些群眾的自尊心，其中包括在看直播的人，以及那些一起擴散陰謀論的人。

「瑪麗亞．瑞薩說我們是機器人、酸民、假帳號……你們這些傢伙都是假的嗎？」她對她的線上觀眾提問「……她說我們是『親杜特蒂的宣傳手』——現在民族主義者說的話都是宣傳啦！只要你愛國就是酸民囉。杜特蒂難道不是總統嗎？我們不該敬重他嗎？」

她透過這種狗哨政治*的作法，動員支持者對抗我和《拉普勒》。她反覆引用「思考菲律賓」專頁上攻擊我的說法，經營這個專頁的托涅每天會發布高達五篇有關《拉普勒》的謊言——而臉書更放大了他的攻擊力道。臉書可以讓一篇個人貼文或一段藝人影片獲得曾專屬於電視台的高傳播效率。《拉普勒》和我無力招架。杜特蒂的宣傳機器充分利用了臉書演算法的殘暴設計。

莫奇．尤森在二〇一八年三月十二日的貼文寫道，「瑪麗亞．瑞薩和《拉普勒》，你們的新聞不該只是八卦。」在這篇貼文中，她把自己的臉書專頁、「思考菲律賓」和《拉普勒》放在一起比較，其中特別用紅字的他加祿語寫道，「因為沒人相信你們，你們就說其他專頁的追蹤者是『假帳號』。別見不得別人好了，也別把你們的低互動率怪到臉書身上。」

像尤森這類從事資訊作戰的人，往往會吹噓自己的流量是如何打敗了主流媒體；他們甚至會貼出自己的單頁閱覽數，並透過這樣的過程摧毀記者和新聞組織的信用。菲律賓語有個描述這種行動的說法 talangkaan，意思是一群螃蟹為了爭頂不停爬到彼此頭上。杜特蒂的爪牙就這樣在光天化日下改變了我們的資訊生態系。這樣的情況在臉書採取行動之前又持續了好幾年。

* 譯註：Dog-whistle politics，指的是政治人物將訊息藏在自己的發言中，而支持者能精準接受到那些訊息，並做出政治人物希望他們做出的相應行動。

這就是資訊作戰在世間所有地方運作的方式。謊言會以指數性增長的速率不停重複，因此改變大眾對某個議題的認知，其實，世界各大強權一直知道宣傳戰就是這麼一回事，但同樣的情況在社群媒體時代展現出了全新的意義及更高的強度。隨著臉書在全球的用戶超過三十億，許多世界領袖都在想辦法透過單一社群媒體用戶來操弄權力政治。

其實二〇一六年發生在菲律賓的情況，就是全世界民主國家內部每場資訊作戰的縮影。這些機器人、假帳號還有內容創作者（像莫奇．尤森這樣的真人）像病毒一樣感染了其他真實的人，而且通常是一些對此毫無戒心、甚至連自己受感染都不知道的人。由此刻回顧過去，我們可以看出一場悲劇事件的元敘事，早在多年前就已經透過有害的網路敘事播下種子。以我的案例而言，早在我第一次遭到逮捕之前，尤森和涅托就播下了「記者就是罪犯」還有「逮捕瑪麗亞．瑞薩」的種子；因此，當這些指控在日後成為真實的法律案件時，大眾並不特別覺得這是難以理解的事情。

莫奇．尤森攻擊我和《拉普勒》的直播影片中完美融合了互動性、辛辣發言、「敵我分明」意識，以及參與門檻不高的特性——這些正是臉書演算法所獎勵的特質。將近五年後，那段攻擊影片仍留在臉書上，而且有超過三千一百次的分享數、一萬兩千則留言，還有四十九萬七千次的觀看數。

她的留言區出現許多針對我的個人攻擊，其中最出言不遜的都是男人，不然就是那些假裝是男人的帳號。這種行為模式已經在全世界有臉書運作的每個角落現形；這個平台就是實實在在地獎勵著全球女性和其他弱勢群體幾十年來一直在反抗的那些行為。關於這一切現象，我們很早就提醒臉書注意，因為我們在留言區已經看到很多「偽草根行銷」的現象。不過一般來說，馬克．祖克伯不覺得有必要在意留言，因為根據他的宣稱，臉書上的虛假訊息比例只占了百分之一。

在我個人臉書頁面上的攻擊數量也增加了。我試圖回應，可是我的動態消息頁面已被各種攻擊淹沒。尤森攻擊我的現場直播進行到一半時，我開始計算那些攻擊的數量。到了午夜，我收到的仇恨訊息每小時平均有九十條。我很憤怒，我的心跳得很大聲。我起身在公寓內不停走動，試圖理解現在是什麼情況，同時內心來回思索著究竟該如何回擊。

我無法回應這組「三位一體」的內容創作者，他們是莫奇．尤森、R．J．涅托，還有莎絲．薩索特（Sass Sasot），最後這位住在荷蘭的跨性別學生曾寫過一篇部落格文章〈為了母國〉（For the Motherland）。因為，要是我做出回應，只會讓他們為了討好客群而叫囂的那些話具有正當性，而且即便是在那個當下，我也很清楚他們的觀眾沒辦法把我的話聽進去。可是，我親眼見到一些真實的人被他們說服，並因此對我漫長的記者生涯紀錄改變看法，導致我努力過的一切彷彿再也沒有意義。那種感覺就像是一群喝醉酒的兄弟會學生聚在一起鬧騰，而我花了一輩子建立起來的信用就在這陣鬧騰中崩毀殆盡。我親眼看到這一切在我眼前發生。

所以，我採用我在戰區學到的作法：連續做了五次深呼吸，把情緒先壓到體內深處，然後開始決定行動方針。有些人直接在臉書上傳訊辱罵我，而我決定把這些只有我能看見的內容公開發布給所有人看。[17]

我要把這些攻擊記錄下來。

那天晚上，尤森和這夥人針對《拉普勒》臉書頁面發起的運動立即有了成效：總共有兩萬個帳號解除對《拉普勒》的追蹤，那可是單日的最高紀錄，而我們的損失也還在之後幾日持續著。於是在一個月內，我們的每週觸及數損失了百分之四十四，總追蹤人數也少了百分之一，大約是五萬多個帳號。就本質上來說，那是政府利用臉書演算法進行審查的一種全新狡猾形式。我們在臉書上的單頁瀏覽率消失了百分之二十五。我過去三十年藉由一篇篇報導建立起來的信用受到詆毀，就算大眾仍願意信任《拉普勒》，我們這間剛起步沒多久的公司仍遭受到嚴重考驗。

為了在我們國家的資訊生態系中占上風，那些所謂「部落客」做出了一些只要是有尊嚴的

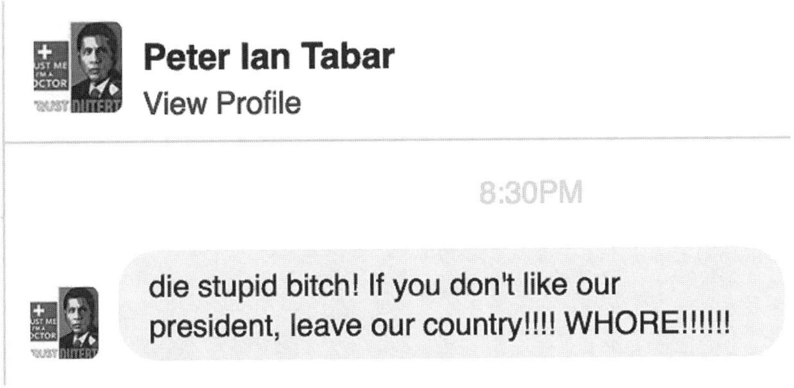
Peter Ian Tabar
View Profile
8:30PM
die stupid bitch! If you don't like our president, leave our country!!!! WHORE!!!!!!

這是在發表宣傳戰系列文章幾天後，我收到的其中一則攻擊私訊。2016 年 10 月 10 日，我把這則私訊和其他「創意攻擊」的內容都一起貼出來。彼得・伊恩・塔巴爾（Peter Ian Tabar）是一名醫生，他表示自己曾相信過我，但現在「痛恨」我。

記者都做不出來的事。這也代表在剛開始的時候，大多數像我這樣的記者，都不會去回應這些彷彿幼稚園兒童的惡搞及霸凌舉動。可是隨著惡意開始蔓延，之後還出現了來自政府的攻擊。唯有事後回想，我才發現這是一個清楚的惡性循環。我們遵循一套規範和倫理守則、高舉言論自由，還使用舊世界的各種範式在新世界作戰，甚至天真地以為只要把新聞報導好就夠了。

我們沒有理解到的是，其實臉書這個仍有數百萬人相信可以培養社群及促進連結的網站，正在撻除傳統媒體。我們沒有意識到的是，這些「內容創作者」只要可以發表一些粗糙（甚至有時顯得粗俗下流）的操弄性發文，現在就已經可以被當作政治名嘴，甚至是報導「真相」的記者。那些帳號就是宣傳機器的核心動能，他們會霸凌、騷擾特定的目標，並讓追隨者做出暴力行動。同樣的情況出現在美國的停止竊選運動、印度的反穆斯林暴動、俄羅斯入侵烏克蘭，還有全世界的其他各種事件中。臉書不只提供一個平台讓那些宣傳手發表言論，或讓他們有活動的空間而已；事實上，臉書更偏好這些人的行為，因為憤怒是幫助臉書這台營利機器運轉的傳染性貨幣。唯有憤怒、凌辱和恐懼可以讓每天使用臉書的人數增加。暴力讓臉書變得富有。

一直到二〇一八年，也就是經歷了「劍橋分析」醜聞*、脫歐公投、二〇一六年的唐納．川普和羅德里戈．杜特蒂勝選以及其他種種事件，臉書才開始大張旗鼓地在菲律賓還有全世界下架部分文章，其中包括限制莫奇．尤森粉絲專頁的觸及數，進而瓦解了由杜特蒂的社群媒體活動負責人所打造出的宣傳網路。

但當然，這時已經太遲了。

對《拉普勒》來說，本來我們在二〇一六年的目標是追求收支平衡——跟傳統新聞組織相比，花的時間大約只有一半——而我們也正在邁向目標的道路上——直到我們發表了那篇網路武器化及杜特蒂宣傳機器的系列文章，一切就開始分崩離析。

有長達兩年的時間，就因為我們是在菲律賓而非美國，臉書基本上無視我們提交過去的數據。而就在那些年間，各種資訊作戰可以不受任何罰則約束地在全世界流竄，這些資訊作戰的特徵是系統化、大規模操作被扭曲的事實、改變公共敘事，並摧毀大眾對彼此的信任。

就在杜特蒂於菲律賓掌權的六個月內，政府的三權——行政、立法和司法——制衡原則就因為酬庸、盲目忠誠，以及我開始稱為「三C」的系統崩壞了。這「三C」就是貪汙（corrupt）、脅迫（coerce）和收編（co-opt）。[18]只要有人拒絕配合政府或政府提供的好處（這些交易大多是在私下進行，而且通常跟生意機會有關），他們就會遭到攻擊。

這樣的過程只需要兩天。一開始是由無差別的反覆網路攻擊製造出寒蟬效應，藉此限縮網路對話及言論空間。線上的虛擬世界因此充滿恐懼，跟反毒戰爭在真實世界中創造出的暴力及恐懼可說如出一轍。接著，政府當局會開始攻擊在特定領域的高知名度人士：商業、政治或媒體領域都有可能。每次只要有人挑戰杜特蒂的權力，他就得確保自己做出殺雞儆猴的示範。

商業圈的第一個警世故事主角是羅伯托・王彬（Roberto Ongpin）[19]，杜特蒂總統不只針對他公開使出各種毀滅性攻擊，還在二〇一六年八月對他提出違反證券法的控訴。在《富士比》

* 譯註：在二〇一〇年代，有一間英國顧問諮詢公司「劍橋分析」（Cambridge Analytica）未經臉書用戶同意就取得了數百萬用戶資訊，並將這些數據主要使用於政治宣傳廣告。據稱這些數據使用影響了唐納・川普的選舉，似乎對脫歐公投及俄羅斯入侵烏克蘭等事件也造成了潛在影響。

（*Forbes*）雜誌的排名中，王彬是菲律賓二〇一五年的前五十大首富，當時他的資產淨值總額為九億美金。因此政府選擇的是一種迎合民粹主義情懷的敘事：由杜特蒂帶領的人民要群起對抗高高在上的「寡頭統治集團成員」。在之後的幾年間，政府也會重複使用類似的敘事，來逼迫商業界配合政府的所有需求。而這樣的宣傳手段也確實有效。因為杜特蒂的公開聲明足以撼動市場：在他上任的第一年，王彬的上市公司菲網（PhilWeb）股價就下跌了百分之四十六點三。

然而在此同時，杜特蒂這種「震懾與威嚇」的手段也促成了「新大亨」的興起，例如來自達沃市的丹尼斯．烏伊（Dennis Uy），他也是杜特蒂長期以來的好友及支持者。[20] 二〇一六年在股市表現最好的就是烏伊的鳳凰石油公司（Phoenix Petroleum），其股價直接上漲了百分之九十二。儘管烏伊的商業帝國高度舉債[21]，在杜特蒂的執政時期的擴張度仍是顯而易見。

若要說杜特蒂在政治圈的影響力有多大，這裡舉出的警示故事主角就是參議員萊拉．德．利馬（Leila de Lima）。身為前司法部長及前人權理事會（Commission on Human Rights）會長，她曾針對杜特蒂在達沃市的法外處決行動做過調查。

萊拉成為參議員後就發起了參議院調查；大眾因此從可信的證人口中聽見許多爆炸性證詞，據稱那些證人都是執行杜特蒂殺人指令的手下。身為當時最敢發聲的杜特蒂批評者，萊拉可說一無所懼。她在二〇一六年八月發表了一篇演說，其中大肆批評在這場殘暴反毒戰爭中的法外處決現象。後來在二〇二一年的國際法庭上，當時她提出的一些證據都成為人權團體起訴杜特蒂的內容。

但就在她開始執行公開調查的一週前，杜特蒂針對她的私生活發起惡劣下流的攻擊。他指控她的「司機兼情人」收了從「文珍俞巴市（Muntinlupa）」來的錢，這個地名指的是座落在馬尼拉文珍俞巴市的新比利比德監獄（New Bilibid Prison），給錢的人則是監獄內的毒梟。「這個道德淪喪的女人……竟然收錢來給她的情人蓋房子，」杜特蒂在一場電視轉播的演說中這麼說。「用的還是靠毒品賺來的輕鬆錢。」在這段充滿各種矛盾的演說中，他說他無法證明萊拉真的有跟毒梟拿錢，但仍表示「她看起來就是有（拿那些錢）。」他還說他手上有一部萊拉的性愛影片。22

就跟之後他針對所謂「疑似政變發動者」提出的指控一樣，這個故事就是個瀰天大謊。可是政府的官僚體系竟然還是想辦法把這個謊言化為現實。杜特蒂就像個黑手黨老大一樣試圖公開恐嚇萊拉，他威脅要公布一部他的盟友之後宣稱是性愛影片的內容，希望藉此讓她噤聲——但這部影片根本不存在。杜特蒂的手下總是宣稱他們手上有一些其實沒有的證據，但又不真正拿出來給大家看。那場總統演講又是一次狗哨政治的展演，同樣也是他一發出訊號，網路支持者就群起攻擊。各種迷因圖和照片就像接收到指示一樣，在社群媒體上現形；隨著杜特蒂公開攻擊萊拉、宣示要打倒她，宣傳機器更是全力對她展開各種公開的醜化及羞辱行動。他們宣稱在二〇一二年拍攝的那段影片內容，是萊拉跟她的前任司機兼保鑣羅尼・達洋（Ronnie Dayan）之間的性行為。萊拉將這段影片的存在斥為「無稽之談」。司法部長維塔利亞諾・阿吉雷二世（Vitaliano Aguirre II）卻呼應杜特蒂針對萊拉私生活的下流攻擊，反覆指控她因為這段韻事利慾薰心。最後網路上開始有假影片瘋傳——街上甚至出現這段性愛影片的實體DVD。

對於該如何報導這些厭女攻擊及其餘波，《拉普勒》感到進退維谷。為了不想讓厭女效應更加發酵，我們選擇不做某些報導，但即便如此也無法阻止相關內容的傳播，甚至可能進一步讓萊拉陷入孤絕的處境。萊拉可以在網路上看到那些意圖擊垮她意志的所有攻擊，但很少有其他人真正理解她的處境。這導致大眾不明白為何她常表現得很情緒化。

在被迫採取防禦姿態後，萊拉承認自己確實曾跟這位司機有過一段關係[23]，可是沒有為他的房子出錢，更別說是用跟毒品有關的錢去資助他。根據萊拉的說法，達洋現在是受到脅迫才配合政府的說法。[24]她否認那段影片中的人是她，而《拉普勒》的調查結果也證實了她的說法。

然而，杜特蒂在參議院的盟友將萊拉從委員會主席的位置拉下，而接任主席一職的參議員李察德・高爾登（Richard Gordon）立刻關閉針對杜特蒂反毒戰爭以及他多年前在達沃疑似殺人的調查。[25]為了進一步報復，關於萊拉在文珍俞巴市國家監獄內非法毒品交易中的角色，由杜特蒂盟友控制的眾議院決定發起調查；他們指控萊拉收受毒品保護費。那是一個荒唐的指控。

在其中一場公開的國會聽證會中，大多數關鍵線人都是已定罪的毒梟。此外這些國會議員還借題發揮，拿萊拉和司機有染的下流故事大肆取樂，像是在更衣室裡不停嘲笑又揶揄人的小男生。[26] 這根本是現實生活版的厭女圍攻大會。

「你什麼時候高潮啊？」有一名國會議員在電視直播的公聽會中這樣問。[27] 另外還有一名被叫上證人席的囚犯聲稱，萊拉應該曾為另一名囚犯「跳鋼管舞」。[28] 所有新聞組織都很謹慎，大家報導這些細節時都表示一切尚未獲得證實。此外或許更重要的是，這些媒體也強調這些證詞出自判刑定讞的囚犯，畢竟這項資訊暗示他們有可能輕易遭受政府利用。可是這些指控卻在「偽新聞」*網站上如野火般瘋狂蔓延。

萊拉・德・利馬在隔年就因為毒品相關罪名遭到起訴。她已經在監獄裡待了六年。[29] 國際特赦組織（Amnesty International）稱她為良心犯。人權觀察（Human Rights Watch）、歐盟（European Union）、聯合國和美國的國會議員都反覆呼籲應該立即釋放她。

---

* 譯註：pseudo news，意指有預先準備好要放出的廣告或公關報導。

過去每當政府傾注如此多的資源在一件事情上時，我都會盡量以不存偏見的開放心態去追蹤，畢竟無風不起浪，事出必有因。我總以為任何故事要是沒有一定程度的真實性，就未免太瘋狂了。我會這麼想的其中一個原因是，在過去的菲律賓，儘管我們的體制充滿各種弱點，但這種明目張膽的強權打壓和殘酷的卑鄙行徑卻很少出現。在我們看來，二〇一六和二〇一七年發生在萊拉·德·利馬身上的事沒有一件是正常的。

目睹一個人受千刀萬剮而死的現場，實在很難受。現在回頭看來，我們這個國家的民主制衡機制已然崩壞，應該是顯而易見的事實。畢竟我們的總統在面對反對自己並努力要揭露自身罪行的政治人物時，能夠成功將對方送入監獄，而且本來應該制衡他的人民和體制也都支持他。杜特蒂就跟臉書一樣，兩者都因為他們所摧毀的信任體系而獲益。網路武器化已然進化為法律武器化。

因此，政府盯上我們只是遲早的事。在萊拉遭到逮捕前，《拉普勒》就接到一條線報：檢察總長荷西·卡里達（Jose Calida）正在敦促行政院底下的證券交易委員會（Securities and Exchange Commission，簡稱 SEC）調查我們的公司。儘管前幾個月已發生過那麼多瘋狂事，我還是很難認真看待這個莫名其妙的消息。多年來在我的國家目睹過這麼多貪汙行徑後，政府卻還敢利用這種調查貪汙的手段來報復媒體，實在是古怪至極、難以置信。

到了二〇一六年，《拉普勒》已按計畫達到收支平衡的目標，無論觸及數或收益，都走在預期的成長道路上。我從美國雇了三個非常重要的人才來到菲律賓，他們負責當時菲律賓仍未開始發展的領域：一位矽谷的首席技術官（Chief Technology Officer，簡稱 CTO）、一位使用者體驗／使用者介面設計師（user experience and user interface，簡稱 UX/UI 設計師），還有一位數據分析師（data analyst）。我們一年前才在雅加達開設了一個小分部，另外也已經從投資者那裡募到更多錢。

我們目前的菲律賓股東想要更多股份，可是我希望《拉普勒》獲得來自全球社群的認證加持，而且還要吸引兩個領域的投資領袖：能夠促進公民參與的新聞及科技產業。二〇一五年，由曾經帶領新聞編輯室的許多風雲人物所建立的北基媒體（North Base Media）宣布要投資《拉普勒》[30]，這些厲害的人物中包括馬可斯・布勞奇利（Marcus Brauchli），他曾是《華爾街日報》（*Wall Street Journal*）和《華盛頓郵報》（*Washington Post*）的執行主編。在新聞產業發生巨變的這個時期，我相信這項投資能強化我們的專業智囊團，也能延伸我們的全球觸角。沒過多久，由 eBay 創辦人皮埃爾・奧米迪亞（Pierre Omidyar）打造的奧米迪亞網路（Omidyar Network）也宣布投資。[31] 無論是北基媒體或奧米迪亞網路都表示，《拉普勒》無論在新聞報導及讀者參與模式方面，都具有開拓者的地位。

然而不到一年後，我就親眼見到我的名聲——還有《拉普勒》的名聲——在網路上被扯成碎片。我們選擇用任何負責任的記者會採取的方式來回應這些攻擊：面對這些針對我們杜特蒂報導所做出的攻擊，我們會去檢視其中是否有偏離事實的地方。二〇一七年，我們主動接受GMT媒體所進行的外部獨立審計，負責帶領這次審計工作的是BBC國際頻道的前任總監傑瑞·堤明斯（Jerry Timmins），這份審計報告將《拉普勒》與菲律賓的重要新聞機構放在一起比較，也用全球的新聞標準去審視。結果顯示，我們確實有公正對待政府。換句話說：我們把工作做得很好。

然而，在應付那些毫無衰退跡象的網路攻擊時，我還是覺得很無力。我的怒氣不停累積，只好將怒氣灌注於更多的調查、整理出更多數據。我跟所有願意聆聽的人訴說我們究竟是如何遭到操弄，並強調就算受到威嚇也不會退縮，還是會繼續用報導強力抨擊新政府。

我們沒有收手，杜特蒂和他的網軍也沒有。二〇一七年五月，我們發布了杜特蒂和美國總統唐納·川普的電話紀錄，其中杜特蒂把北韓領導人稱為「狂人」，這自然讓杜特蒂政府臉上無光。為了反擊，R·J·涅托發布了一段影片，說我是讓菲律賓成為北韓潛在攻擊目標的「叛徒」。到了二〇一七年十一月，這段影片已經有八萬三千次點閱率，而因為這段影片的推波助瀾，人們開始寫下「**#逮捕瑪麗亞瑞薩**（#ArrestMariaRessa）」和「正式宣告《拉普勒》和瑪麗亞・瑞薩為菲律賓公敵」等留言。

我遵從寧靜禱文（Serenity Prayer）的指示：去接受我不能改變的事，也讓我有勇氣去改變我能改變的事，並賜我智慧分辨兩者的差別。[32]就算是在肚子因為恐懼而翻攪的時刻，我還是學會擁抱我的恐懼，並去改變我能改變的事。我們蒐集數據、監控各種網軍手段的演化，也觀察虛假訊息網路的成長，以及傳遞訊息的方式。然後我們發布各種報導，這些報導都預示了之後在其他民主國家會發生的狀況。[33]

我們知道，我們正在讓自己身陷險境。當時的情勢已經清楚顯示了，網路暴力會引發現實暴力[34]：早就有一些報告詳細指出，社群媒體上的一些團體是如何進一步煽動了美國白人至上主義者的怒火[35]，所以我們為最糟的結果做好心理準備，並加強保安措施。到了二〇一八年，我們的保安人力增加了六倍。

然而，我們還是擔心這些惡毒攻擊對我們年輕團隊造成的影響。雖然不是刻意為之，可是《拉普勒》的員工有百分之六十三都是女性，而他們的年齡中位數是二十三歲。我們鼓勵員工跟我們討論他們在網路上的遭遇，同時也為需要幫助的成員提供諮商資源。只要我們不怕，他們就不會害怕；一開始他們是從我們身上獲得勇氣，但我們疲倦時又能從他們身上獲得勇氣。

馬拉卡南宮的內部人士告訴《拉普勒》，從二〇一六年九月起，就有「團體」獲得資金負責維持杜特蒂的網路支持度[36]，所以我們知道那些攻擊只會變得更激烈。我們的社群媒體團隊設計了一個線上系統，讓任何遭到針對性攻擊的人都能獲得團隊其他成員的保護。

二〇一七年初，很早就開始擔任杜特蒂爪牙的R・J・涅托用臉書專頁「思考菲律賓」提出一個想法，表示政府應該對《拉普勒》新擴編的董事會採取法律行動。涅托發文貼出《拉普勒》從二〇一一到二〇一五年的財務申報文件，但其中漏掉我們收支平衡的二〇一六年，因為那年的財務狀況不符合他試圖建立的元敘事：《拉普勒》不只在商業上不成功，還沒有支付投資菲律賓存託憑證（Philippine Depositary Receipts，簡稱PDR，是一種證券）的稅金，所以這間公司還欠政府一億三千三百萬菲律賓披索。涅托預測《拉普勒》會在二〇一八年關門大吉。

四月時，我搭機前往加州的聖荷西參加F8會議，那是臉書的年度開發者大會。臉書之所以會邀請我去參加，一方面是要我跟他們的長官及合作夥伴見面，另一方面是希望我談談我們在《拉普勒》做的工作。

就在一年前，臉書特別推薦了《拉普勒》這個媒體，還在那一年的F8會議上強調我們在災難期間運用群眾外包的力量。[37]臉書首次發布「Free Basics」這個可以在手機上免費使用的低頻寬應用程式時，我們為颱風跟其他災難建立的 **#流動計畫**平台也出現在其中。

可是我對這間公司的感受，已經在這一年間改變了。去年八月，我對新加坡臉書合作夥伴提出警告，卻全然遭到忽視。所以等到杜特蒂對《拉普勒》、羅伯托・王彬和萊拉・德・利馬發動攻擊後，來到聖荷西的我已經把警報拉得更響了。

在F8會議上，我受邀和馬克・祖克伯共同參加一個小型的創業者會議，目的是讓他理解我們在全球不同地區使用臉書的狀況。我是在場唯一的記者。就在我準備打開電腦做筆記時，我身旁的一個臉書員工把我要打開的電腦壓了回去。

輪到我發言時，我先邀請馬克來菲律賓走走。

「啊，真感謝你的邀請，」他回答，「不過正如你所見，我正意識到我對自己的國家有多不了解，所以這是我今年打算做的事。」

他指的是唐納・川普在十一月當選的事。為了回應這個事件，祖克伯計劃在二〇一七年前往美國的每一個州，因為他想要「走出去跟更多人聊聊他們的生活、工作，以及對未來的想法。」

《財富雜誌》（*Fortune*）最近才將祖克伯選為年度商界人士。他才剛要滿三十三歲。我突然意識到這個年輕人掌握了多大的權力。

「我可能得再過一段時間才有辦法去菲律賓，」他繼續說，「尤其是我們才剛發現我的妻子懷上第二個女兒！」

「恭喜，」我回答，「可是你一定不明白臉書在菲律賓的影響力有多強大。」

根據計算，菲律賓人是連續第二年蟬聯全球在網路及社群媒體上花費時間最多的國民（到了二〇二一年已經是連續第六年）。此外，雖然網速不快，但自二〇一三年起，菲律賓直到二〇一七年都是從 Youtube 下載及上傳影片數量最大的國家。

身為菲律賓人以及現場唯一的記者，我想警告大家，社群媒體已經根本上改變了新聞產業，以及我們的資訊生態系。

「網路上百分之九十七的菲律賓人都在用臉書，馬克！」我高聲說，內心有一小部分希望這種花絮可以引發他前來造訪的興趣。而要是他來了，或許也就能更理解我們已經開始看見的問題：新聞記者飽受攻擊，而且政府正在僱用社群媒體的「網紅」來代替他們發動宣傳戰。

馬克安靜了一陣子。或許是因為我太咄咄逼人了。「等等，瑪麗亞，」他說，他的眼神直直盯著我，「剩下那百分之三的人去哪了？」

我不是唯一點出這個問題的人。有許多人都開始對臉書提出警告，其中包括世界各地的總統、公民社會和記者，大家都對臉書蹂躪我們民主的現況感到憂心。如果臉書當時就採取行動，許多對當權者說出真相的人就能免於迫害，其中包括記者、人權運動者，以及政治人物。

那些陰謀論也只會在原本應該存在的地方流竄——社會的邊緣地帶——而不是像我們今日看見的那樣，進入主流政治領域。

杜特蒂政府針對的下一個對象是反對黨領袖，也就是杜特蒂的副總統，萊妮．羅布雷多（雖然總統和副總統通常一起組隊競選，可是兩者由人民分開選出，所以正式上任的總統和副總統可能分屬不同政黨）。此時杜特蒂的攻擊手段進入一個新階段：利用國家資源來進行打擊反對黨最高領袖的資訊作戰。

萊妮是一名律師，她冷靜、務實、誠實，而且總是樂於積極採取行動，同時也是她丈夫傑西．羅布雷多（Jesse Robredo）政治生涯背後的重要推手。[38] 傑西．羅布雷多是艾奎諾政府的閣員之一，他在二〇一二年死於一場墜機事件。然後就跟一九八六年的柯莉．艾奎諾一樣，萊妮繼承了丈夫的政治遺產，在二〇一六年的副總統選戰中以僅僅二十萬票之差打敗了小馬克仕。

針對萊妮的資訊作戰在二〇一七年一月展開。同樣的三名內容創作者帶頭對她展開攻擊：莎絲．薩索特、R．J．涅托，還有莫奇．尤森。到了這個階段，這三人已經會出現在馬拉卡南宮的聚會照片中了；莫奇現在已經是一名政府官員，她為杜特蒂政府的不同單位工作，其中

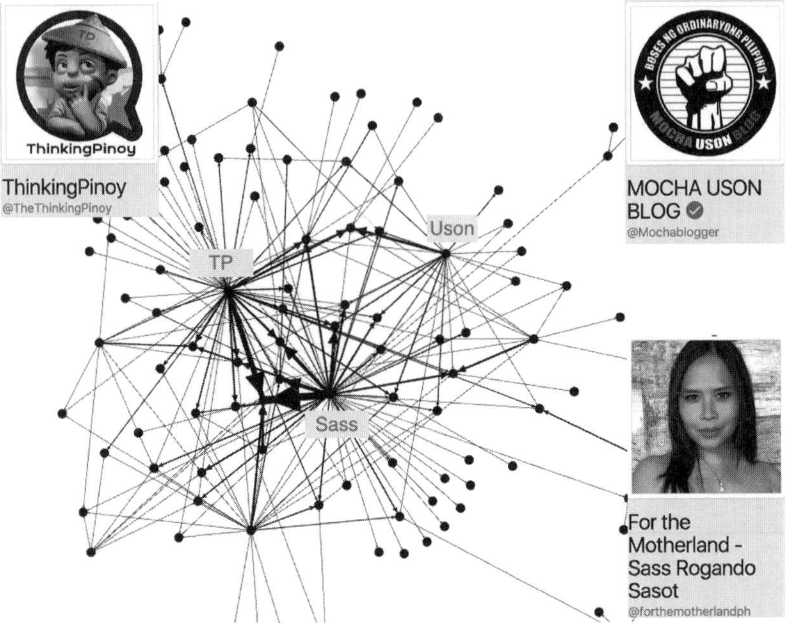

2017 年 1 月 **# 萊妮洩密**資訊作戰的攻擊向量（attack vector）。萊妮・羅布雷多可說是宣傳機器的最愛，她幾乎每天都遭到攻擊，這也直接影響到她的聲望調查數據排名。這跟攻擊我、其他記者還有那些頂尖新聞組織的都是同樣的組織網路。

包括通訊辦公室，而R・J・涅托則是外交部顧問。他們指控萊妮為了把杜特蒂驅逐下台而跟美國團體合作[39]，而臉書卻任由這種瘋狂的發言到處流竄。再一次地，臉書選擇讓這種事發生。

二〇一八年，種種數據及我們的研究工作都顯示，那些攻擊來自政府官員以及親杜特蒂的團體，證明這一切都是政府資助的仇恨行動。[40]三年後的二〇二一年，審計委員會（Commission on Audit）將會發現政府機關確實在散播仇恨攻擊（針對羅布雷多的攻擊主要是以 **# 萊妮洩密**〔#LeniLeaks〕的標籤在進行），而且是僱用了三百七十五名約聘工來執行[41]，這個數量是正規員工的兩百六十倍，而且總共耗資一百四十萬美金。

可是在二〇一六和二〇一七年，我們還搞不清楚這一切；我們只知道有些情況不太對勁。一開始的情勢感覺是這樣：基於臉書的演算法設計及傳播，有些在一般情況下誰都不認識的部落客不但贏過了傳統媒體組織和記者，還打得他們措手不及。但我們還沒搞清楚這一切跟政府之間的全面性連結——包括網路宣傳流程的全新運作方式。

我們當時應該更積極地向大眾提出警示才對，可是即便在萊拉·德·利馬遭到攻擊之後，我們仍不理解這些科技平台其實已經從根本上扭轉了守門人的規則，而且比起事實反而更傾向於獎勵謊言。此外，《拉普勒》和我本來一直都非常擅長在社群媒體上呼風喚雨，這股強大的網路力量本來也壯大了我們的公司，但現在卻被用來對付我們和其他人。這樣的發展實在令人感到錯亂。

我想我也是過於天真。畢竟我面對的，是數十年新聞生涯中從未想像過的處境。一直以來我學到的教訓都是少說話，直接讓工作成果（也就是《拉普勒》的工作成果）來證明我的能力。所以，儘管這些攻擊席捲而來，我卻沒有公開回應，只是決心繼續往前走。身為《拉普勒》的領導者，我有一種必須總是表現堅強的壓力，可是內心又有個角落很無助。

label	Group Name	weighted indegree	weighted outdegree	weighted degree
294969194202067	Sass Rogando Sasot	17	143	160
567419693405138	Thinking Pinoy	5	118	123
969295043116670	Lapu-Lapu	47	13	60
319779186521	MOCHA USON BLOG	9	39	48
1145212948834290	VOVph	12	34	46
110296245691141	Showbiz Government	19	4	23
1444892222391240	CRUELTY OF NOYNOY "ABNOY" AQUINO AND HIS GOVERNMENT	20	0	20
1031317600238250	Kasama Ng Pangulo sa Pagbabago - National Chapter	0	19	19
240711942975412	President Rody Duterte Facebook Army	19	0	19
156249678052611	Maharlika	3	14	17
1376086699270700	BongBong Marcos United	15	0	15
1632962006934810	Freedom Society (Original)	15	0	15
192588367599737	Crabbler	7	7	14
408328902693628	OFW4DU30 Global Movement	13	0	13
288218004888308	REAL PHILIPPINE HISTORY	12	0	12

網路圖（network map）的數據顯示在 **# 萊妮洩密**資訊作戰中依加權度排名前十五名的宣傳手。加權入度（weighted in degree）是從其他管道分享進來的文章數量；加權出度（weighted out degree）則是其他人從這個管道將文章分享出去的數量。你可以看出，有些頁面顯然屬於網紅（加權入度為零，加權出度卻非常高），而比較接近底下的那些頁面主要負責散布內容。這張圖顯示了攻擊萊妮・羅布雷多背後的內容創作者及傳播網路樣貌，可謂針對這場資訊作戰的深度剖析。

直到去了南非的德本市（Durban），我參加了那場命中注定的晚餐會。

「我覺得自己像個沙包，」我說。

當時是二〇一七年六月，我正在德本的一場會議上跟茱莉・普賽提（Julie Posetti）一起用餐，她是牛津大學（University of Oxford）「新聞創新計畫」（Journalism Innovation Project）的主導人。她曾是一名記者、學者，也是一名研究者，而且很理解網路上每日新聞的節奏與各種問題。跟茱莉相處的我終於覺得進入一個安全的空間，我不用再擔心自己說的話會造成什麼影響。

「那些都是謊言，」我指的是那些每天都在攻擊我的人。「但要是我們回應，就等於給他們更大的舞台，最後他們還會藉此利用我們。可是如果我們不回應，所有人都會認為他們到處說的話是真的。」

「瑪麗亞，」茱莉說，「你必須考慮公開說明你所經歷的一切。」她研究過新聞產業中的性別問題，對於那些攻擊記者的方式也有更細緻的理解。[42]「我現在正在進行一項研究，我認為你應該參與。」

到了這時候，我是直接點出我們面對的威脅為何的第一批記者之一：我們面對的威脅就是那些平台本身。我們當中還有太多人是基於過往的範式在運作。可是我不確定，我是否願意為了讓更多人研究而敞開自己。茱莉正在進行一項聯合國教科文組織（United Nations Educational, Scientific, and Cultural Organization，簡稱 UNESCO）有關言論自由的研究，她告訴我，網路上針對女性記者的攻擊通常是男性記者遭受的三倍。[43]她希望為了這個研究訪問我。

「告訴我大概會是什麼情況，茱莉，」我對她說。

「你得分享自己有過的最糟經驗，而我可以向你保證，你不是唯一經歷過這種事的人，」

她說。

我跟她說，我的名聲在我面前毀於一旦。可是我的直覺告訴我，如果我回應並試圖正面迎戰，情況可能變得更糟。

「但就算你不這麼做，情況也會變得更糟，」她說。

茱莉是個相信採取行動總比什麼都不做好的人。相較之下，我或許已經因為這些攻擊，出現了習得性無助的症狀。我需要一個也曾在媒體產業奮戰過的局外人觀點來幫助我，而且對方必須清楚明白，我們這些記者明知如今面對的新世界已在根本上與我們經歷過的不同、卻還必須每天想辦法去實踐的，究竟是什麼。

我決定參加聯合國教科文組織的那項研究。[44] 這個組織最終出版並在一場聯合國大會上發表的研究專書標題為《對一個人的攻擊就是對所有人的攻擊》(*An Attack on One Is an Attack on All*)，其中呈現出記者所面對的各種風險，並提出解決這些問題的創意作法。

這是我選擇去信任他人的關鍵時刻之一，我很高興我選擇了信任茱莉。透過跟一個幾乎是陌生人的對象分享我的恐懼，並因此獲得局外人觀點的協助，我得以超越自己的侷限，看到整體局勢中更重要的關鍵。我因此明白我的經歷在全球情勢中所占據的位置，這也進一步幫助我去接納自己的恐懼。

這也提醒了我，世上還是有好人的。就像我小時候那場睡衣派對一樣，我打開車門走出去，大家並沒有嘲笑我，反而前來幫助我。我和茱莉及其他許多人培養出的友情，都源自我們的工作：我們相信新聞產業，我們相信在面對當權者時要說出真相，我們抱持著同樣的價值觀。

之後的幾年間，茱莉持續關注我們如何在《拉普勒》應對那些攻擊。在應對攻擊的作法上，她的提問與回饋都幫助我進一步理解我們跟西方新聞組織間的異同之處。在新聞產業所面對的問題及解方這條路上，《拉普勒》因為出於必要，已稍微領先其他同行。她是少數意識到這件事的人，同時也不停在書寫我們的故事。接下來的數年間，茱莉找到來自英國的電腦科學家幫忙分析攻擊我的近半數社群媒體發文。在攻擊開始近五年後，史無前例的大數據分析[45]將針對這個現象的原因及過程提出解釋：百分之六十的攻擊目標在於摧毀我的信用，而另外百分之四十的攻擊是非常個人且惡毒的攻擊，目的是摧毀我繼續做這份工作的意志。看到《拉普勒》以外的數據分析非常有幫助：有時你需要局外人來證實你所面對的現實真的存在。

她和她的同事[46]也是首先開始質疑科技平台基本預設的少數人，畢竟他們親眼看見菲律賓、南非和印度的新聞編輯室想盡辦法做出改變，就為了迎戰日趨嚴重的威脅及「信任已死」的氛圍。接著，她和她的團隊以南方國家的三大新聞組織為對象，深入探討他們是如何因為新型態攻擊而發展出全新的運作模式。[47]她在南非的《獨行日報》（*Daily Maverick*）、印度的《五度音》（*Quint*）新聞網站，還有《拉普勒》的新聞編輯室，都各自待了至少一星期。

如果她在《拉普勒》的新聞編輯室多待一天，就會親臨我第一次遭到逮捕的現場。

二〇一七年七月，杜特蒂總統在他的第二次年度國情諮文中攻擊《拉普勒》，宣稱《拉普勒》因外資擁有權而違反憲法規定——這是很容易挑起民族主義仇恨的手法。本來從社群媒體由下往上散播的謊言，現在開始由上往下出現。「《拉普勒》，你要是嘗試去檢查他們的組成，就會發現都是美國資本，」他在演講中花了大概三十分鐘攻擊我們，過程中交雜著英語和菲律賓語。「如果你們是一間報社，你們就該百分之百是菲律賓公司，但只要檢查一下你們的組成，就會知道根本全部都是美國資本。」[48]

杜特蒂總統告訴這個國家的內容全都不是真的，但其實也沒差。就在那個月稍早，他威脅要揭發《菲律賓每日詢問者報》老闆家族的稅務問題，那可是菲律賓最大的報社[49]；兩週後，那個家族直接宣布要賣掉自己在報社的股份。二〇一七年四月，杜特蒂還威脅要阻擋我的老東家ABS-CBN的特許經營權續約案，而ABS-CBN當時也還是菲律賓最大的新聞廣播公司。[50]二〇二〇年五月，國會委員會決議讓ABS-CBN停止營業，這可是在老馬可仕近半世紀前宣布戒嚴後第一次又發生這種事。

杜特蒂針對媒體的威脅不只在菲律賓造就言論自由的寒蟬效應，更讓這裡成為酷寒的西伯利亞。

杜特蒂在國情諮文的演講中攻擊我們時，《拉普勒》正在臉書、Youtube和我們自己的網站上進行直播活動。我是負責採訪報導的主播，另外還有三位分析師跟我一起圍坐在辦公室的桌旁。那天我們沒有人害怕。就算杜特蒂那場演講正在直播，我們也只是讓自己的背脊挺得更直。51

我立刻寫了我想在推特上公開回覆的內容，然後傳到老大姐們在Signal的群組。當時我們都還在聽杜特蒂的演說。我看著身旁的這些共同創辦《拉普勒》的人，她們都點點頭。於是不到幾分鐘後，我發出推文，「杜特蒂總統，你錯了。@rapplerdotcom 背後百分之百是菲律賓資本。任何領導人都該仔細檢查自己手頭上的資訊。」52

讓我再跟你說一件那年發生的事。我跟一個名叫卡蜜兒．弗蘭斯瓦（Camille François）的女人見了面，她是Google 智庫 Jigsaw 的首席研究員。《拉普勒》和世界上其他十幾個團體一起加入卡蜜兒的研究計畫。卡蜜兒在公共政策及科技（她之前是法國首席技術長的特別顧問）、性別研究及人權等議題上擁有扎實的背景。這個研究計畫最後產出的論文標題為〈愛國酸民的引戰：國家資助線上仇恨暴民的興起〉(Patriotic Trolling: The Rise of StateSponsored Online Hate Mobs)，這篇論文對愛國酸民的引戰行為作出更全面的觀察：「使用針對性的、國家資助的網路仇恨及騷擾手段，希望藉此讓其他個體噤聲或感到害怕。」[53] 其中羅列出超過十五項個案研究，在這些個案中，政府都使出了不同程度的網路仇恨攻擊，來讓說出真相的人應接不暇或不知所措，同時也藉此改變公共敘事。跟當時的其他研究相比，這份報告更精確地捕捉到全球虛假訊息危機的規模。這份報告本來預計在二〇一七年八月發表，可是卻不停遭到推遲。

到了十月，卡蜜兒和我在紐約的雀爾喜市場（Chelsea Market）一起吃午餐，Jigsaw 的辦公室就在這個市場的樓上。我們當時已經合作超過一年，但那是我們第一次見面。卡蜜兒點了沙拉，她的態度非常友善，說話時的英文帶著一點法國口音；我則點了漢堡和洋蔥圈。她說她有事要告訴我。「我很抱歉，瑪麗亞，」她說，「但我想這篇研究是無法發表了。」

她本來正用叉子撈眼前的沙拉，說完卻把叉子放在一旁。我們八月時就已交上最後定稿。現在距離當時已經過了將近兩個月。

「這篇研究的發表非常重要啊，」我說。

「很遺憾，我真的無能為力，」她說。

Google不允許這份報告發表。

如果當時有發表，後續一定會產生漣漪效應，而我確信這些效應可以防止我們今日的許多最糟糕問題發生。我希望卡蜜兒去爭取，可是也注意到她表現得非常官腔。幾個月之後，卡蜜兒宣布離開Jigsaw，我並不感到驚訝。

直到今日，我還是不知道Google為何決定扼殺那份報告。可是我再次清楚地學到一個教訓：沉默就是共犯。

別人妥協，不代表你就得妥協。別人沉默，不代表你就得保持沉默。

杜特蒂在全國面前攻擊我們之後過了超過一週，我們收到第一張傳票。針對《拉普勒》的多項調查就此展開。我們被指控的犯罪行為分為三大項目：受到外資控制、逃稅，另外還有網路誹謗罪。

我們必須雇用律師，而決定接下我們案子的律師都知道，這個決定可能帶來對他們不利的後果。之後不到六個月，我們有大約三分之一的營業費用被不停增加的法律費用抽乾。針對我們的十四場調查就此展開序幕。

若要說唯一的好處，就是杜特蒂對我們的無恥攻擊開始引起全世界的關注。十月，《彭博新聞》（*Bloomberg News*）的調查記者羅倫・埃特兒（Lauren Etter）[54] 來到菲律賓跟我們待了一陣子。十二月，《彭博商業周刊》（*Bloomberg Businessweek*）將她的報導放上封面故事，標題是〈羅德里戈・杜特蒂如何將臉書變成武器——甚至不太需要臉書的幫忙〉（How Rodrigo Duterte Turned Facebook into a Weapon—with a Little Help from Facebook）。為了保護我（也讓你們知道當時的情況充滿多大的不確定性），他們還把線上文章的標題改成〈當政府把臉書當作武器時會發生什麼事？〉（What Happens When the Government Uses Facebook as a Weapon?）。[55]

就是從這時開始，國際世界的關注開始一波波投注在菲律賓、《拉普勒》，還有我的身上。

第三部

● ● ●

政府追擊

逮捕、選舉，還有為我們的未來奮戰

2018 年到現在

第九章

從千刀萬剮中活下來

相信善良

2018 年 1 月 15 日的《拉普勒》辦公室內。當時的我們才剛收到證券交易委員會要求《拉普勒》停止營運的決議。（Leanne Jazul ／《拉普勒》）。

我們知道從二〇一六年開始，檢察總長荷西．卡里達就已經指示證券交易委員會處理《拉普勒》一案並提起訴訟調查，指控內容是我們受到外資控制。[1] 在接下來的幾個月，我們的消息來源偶爾會為我們更新政府的調查進度，可是我們仍不清楚最後會發生什麼事。在心底深處，我仍不太相信政府這些莫名其妙的行為會招來什麼真正的後果。不過一切揣測到了二〇一八年一月都不再有必要，因為證券交易委員會撤銷了我們的營業執照。[2]

我只好問我們的律師：這究竟代表什麼意思。

答案很簡單：政府想讓《拉普勒》關門大吉。「證券交易委員會吊銷《拉普勒》營業執照的追殺令，是史無前例的事——無論對證交委員會或菲律賓媒體而言都是第一次，」我們在回應這項決議的聲明中如此說道。「對你們和我們而言，這代表證券交易委員會在喝令我們拉下鐵門、停止報導、不再對當權者說出真相，並放棄我們和你們打從二〇一二年以來所建立——以及創造——的所有一切。」[3]

我們當然不打算忍氣吞聲。我們知道我們的應有權利。我們感到恐懼，但我們想辦法撐了過來。

老大姐們全都團結起來。葛蘭達本來正在哈佛進行助學金研究計畫，此時也立刻想辦法從波士頓飛回菲律賓。貝絲、柴和我則在處理問題及進行電聯工作時儘可能待在離彼此不太遠的地方。就算在地理上分隔各地，我們四人仍走在平行的道路上，每個人都有必須完成的任務並定時回報進度，以確認我們都能跟上整體局勢的走向。

我們大約在早上十點左右召開一場公司會議，我們將這種會議稱為「大集會」，然後告訴大家，我們會在這場訴訟中做出反擊。站在辦公室中央那座模仿《星艦迷航記》建造的環形指揮台上，我向大家保證，我們一定會撐過這場危機——就算當時我也還在試圖搞懂政府這項史無前例的動作。無論如何，我們的團隊士氣高昂，在會後拍攝的照片中，我們臉上都掛著大大的笑容[4]。我們知道，我們必須採取行動。

等證券交易委員會正式宣布這項決議、記者也紛紛前來要求訪問後，我們決定召開一場記者會。我們沒有任何見不得人的地方。我們的律師反對這樣做，他說他必須在我們公開發言前，花點時間研究這項決議。哎呀，來不及了，我們已經發布了聲明[5]，而且當時才意識到忘記先給律師看過內容。幸好老大姐們處理過類似情況，這次才沒出太大差錯：我們有經驗，也知道有些底線是不能跨越的。我們知道政府的這個動作有多麼離譜，所以絕不能保持沉默，因為沉默就代表同意。

正如我在新聞生涯中學習到的：別讓任何人在報導的黃金時間搶走你的新聞。柴和我打算在開場先各說一段貝絲安排了在晚間六點半黃金時段現場直播的新聞記者會。

話後，再接受提問。我們並沒有事先做準備，只是快速比對了我們各自作的筆記後就直接上場。

「真的很謝謝你們來這裡，」我先開口。我對著現場的記者微笑。「我們沒打算關門！我想最要緊的，就是先把這件事說清楚。這件事發生的速度實在太快，再考量所有媒體經歷過的各種攻擊，在在說明這個決議的本質是政治的。我們會在法庭上提出異議。」[6]

我描述了證券交易委員會這個決議的本質。那就是個荒謬的決議。那個小小的行政機關宣稱，我們由外國投資者擁有的菲律賓存託憑證（也就是一種證券），就能代表我們受到外資控制並因此違反憲法。我告訴媒體，根據憲法，菲律賓存託憑證是合法的證券，而且我們早在二〇一五年就已把相關文件交給證券交易委員會。

根據網路上的各種攻擊，我知道我需要把法律措辭簡化。不然政府宣傳手就能輕易地誤導大家並散播謊言，正如他們現在已經在做的那樣。

「用錢購入菲律賓存託憑證，就像是有人在賭賽馬，」我解釋。「那不代表你能決定馬吃什麼，也不能決定馬的騎師是誰。你沒辦法掌控任何細節，但你可以賭一匹馬贏。如果馬贏了，那很好，你能獲得一些好處。如果馬沒贏，你什麼都得不到。」

我也提出警告，證券交易委員會的這個決議不只對菲律賓造成影響，也會影響其他在菲律賓進行投資的外國公司：就這個案例而言，是指奧米迪亞網路和北基媒體。證券交易委員會的這個行動，是暗示有外國公司在控制《拉普勒》。可是，奧米迪亞網路和北基媒體持有的菲律賓存託憑證比例低於百分之十，而且這類衍生金融工具在設計上就沒有要讓他們獲得掌控權。他們甚至不擁有我們的股份。

「真正掌控發言權、且得以決定《拉普勒》前進方向的，就是記者，」我說。「也就是我們。」對商業圈這樣出手，其實必須承擔很大的風險，政府願意做到這個地步實在讓我很震驚。就商業及法治層面來說，這樣的高調決議令人憂心——所有記者都很清楚，而政府顯然也不是不知道，只是傲慢到不覺得這有什麼了不起。

接著換柴發言。曾身為電視記者的她聲音深沉且悅耳動聽，語調更是不疾不徐。「我們今天會一如往常地工作，」她說。「不會有任何改變。我們對記者的命令也一樣，就是繼續追蹤新聞、書寫報導，並採取他們早已習慣的犀利態度——就跟你們所有人一樣、跟你們這些媒體平常習慣的一樣。無論發生什麼事，我們都會繼續讓當權者負起應有的責任，而且會繼續說出真相。」

「我們自從去年就開始承受一波波的騷擾，」她繼續說。「我們已經預期證券交易委員會可能會做出這樣的決定，而這件事也終於發生了。現在就是公開對戰。我們知道該如何應對。」

我們跟國家之間本來一直維持著低強度的衝突，而現在轉為公開對戰後，我們反而奇怪地鬆了一口氣。

「我們仍會假設這個國家還有法治可言，」柴繼續說，「所以也會繼續走法律流程……甚至會上訴到最高法院，因為這個案子顯然與憲法有關……這是一個有關言論自由的案子。」[7]

證券交易委員會甚至沒有遵從法律程序。正常來說，行政機關在發現潛在問題時必須先提醒對方注意，假設真有什麼不對的地方，遭到提醒的公司應該要有一年的時間來修正這個問題。舉例來說，菲律賓最大的電信供應商菲律賓長途電話公司（Philippine Long Distance Telephone Company）就曾有過一名外籍總裁，在證券交易委員會的允許下，他們獲得一年的時間來安排接任的菲律賓籍總裁，最後也確實做到了。可是在我們的案例中，證券交易委員會根本沒有走應有的程序：他們直接發出要我們停止營運的命令，完全不讓我們有機會去回應這個特別專門小組的決議。他們只是基於一個曖昧不明的技術性詮釋，就宣稱《拉普勒》把營運掌控權交給外國人，但那根本就是不存在的空想。

這是法律的武器化，而且就在我們眼前實實在在的發生，當然我們也不是唯一的受害者。參議員萊拉．德．利馬還因為根本不該上法庭的指控困在監獄中，而這個國家最近也才動用極為離譜的法律程序，將最高法院的首席大法官瑪麗亞．盧爾德．塞雷諾（Maria Lourdes

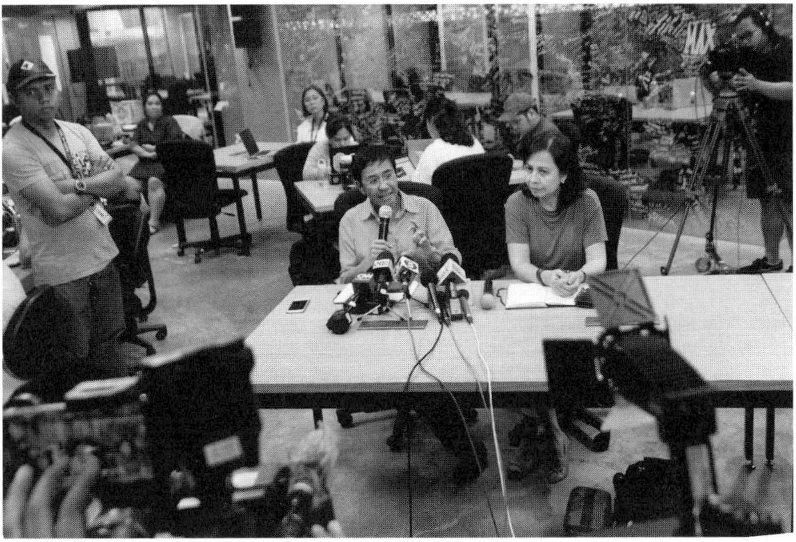

2018 年 1 月 15 日，本書作者和《拉普勒》的共同創辦人柴．霍菲萊娜在《拉普勒》的新聞編輯室舉辦臨時記者會。（Leanne Jazul ／《拉普勒》）

Sereno）趕下台。[8]

政府試圖撤銷我們的營業執照後不到一個月，在《拉普勒》負責報導杜特蒂和行政機關的琵雅．拉納答（Pia Ranada）就被禁止進入馬拉卡南宮。[9]於是她依照我們幾天前的演練，拿出手機在臉書和推特上直播，並在直播中要求值班士兵說明她不能進入總統府的原因。她很害怕，但態度堅定。她的手在發抖，而發抖的其中一個原因是憤怒。「我不想讓他們覺得可以為所欲為，」她說。

根據我們獲得的消息，這是心懷怨恨的杜特蒂做出的決定[10]，其中一個原因是要報復我們揭發杜特蒂助理克里斯多福．吳（Christopher Bong Go）因購買軍艦而涉入的貪腐問題，這個報導對他們造成很大的打擊。[11]不能進入馬拉卡南宮的禁令對象也包括我，不過後來我不只總統府進不去，總之不管杜特蒂去了世上哪個地方都不能靠近。[12]

我們後來連同超過四十位記者、運動人士和學者，在最高法庭上針對這些專橫的舉動提出異議，這種事前限制的作法顯然違憲。[13]可是對我們千刀萬剮的凌遲還在持續，別無選擇的我們只能承受。

你會在這種時候意識到自己是多麼無力。當時每天都有新挑戰，而且每天都能讓你陷入更深的低潮。

在那段期間，馬克·祖克伯宣布臉書要針對動態消息這個功能進行大改造。[14]在大眾對臉書任由虛假訊息四處蔓延而表達強烈抗議之後，這是臉書做出的一項微小改變。現在的動態訊息會優先出現親友分享的內容[15]，而不是報刊新聞發行商或品牌的內容（但其實光是把新聞和廣告混在一起的作法，在根本上就是有瑕疵的分類）。其實，這反而進一步弱化了記者和新聞組織，大幅降低這些單位的流量[16]，世界各地規模較小的新聞組織[17]面臨的下降幅度甚至高達百分之二十到六十。這代表事實能觸及到的人更少。而如果我們沒有足以制衡謊言的事實，這些來自資訊作戰的謊言就能順利傳遞給我們的親友，而虛假訊息更會指數性增長。

臉書決定將新聞出現在動態消息上的優先順位降低[18]，這在處理「假新聞」(fake news）議題上是一個荒謬的作法。臉書宣稱他們要靠留言和討論來帶動使用者的參與，而不是透過分享和按讚。這就跟他們提供個人化的動態消息、並在不移除貼文的前提下提供用戶「噤聲」他人及阻止他人在自家頁面發文的功能一樣，臉書表示現在所謂的「有意義互動」應該要來自家人和朋友。研究顯示，我們大多數人本來就更傾向於分享親友告訴我們的內容。因此，設計出這種壓制新聞的演算法，會出現什麼可預期的結果？[19] 結果就是更多的仇恨、有害資訊，以及「假新聞」。[20]

而現在發生的情況就是這樣。

三個月之後，「劍橋分析」醜聞爆發。許多好記者一看見這樣一條線索，便開始沿線追蹤。卡洛爾．卡德瓦拉德（Carole Cadwalladr）是獲得普立茲獎提名的記者，她是《觀察家報》（*Observer*）的專題記者，而《觀察家報》是《衛報》（*Guardian*）的姊妹刊物。她和《紐約時報》（*New York Times*）合作揭露了政治顧問公司「劍橋分析」是如何不正當地從數百萬個臉書帳號蒐集數據，好讓他們可以更精準地對選民進行政治宣傳工作，並因此影響了英國脫歐和唐納．川普在二〇一六年的成功勝選。[21] 其中受害帳號數量最多的國家是美國。第二大呢？菲律賓。[22]

我們後來也會發現，「劍橋分析」也在英國脫歐公投期間及菲律賓的選舉活動中做了同樣的事。[23]而導致這些過程公正性遭到破壞的源頭，就是臉書。

美國國會最後終於要求馬克前來聽證會作證，卡洛爾的毅力想必也幫忙促成了這個結果。聯邦貿易委員會（Federal Trade Commission）之後對臉書做出五十億的裁罰，這是針對一間公司裁定過的最高罰金數字。卡洛爾卻認為這個金額遠遠不夠。對於發生在二〇一六年選舉期間的事，就算我們知道得愈來愈多，卻仍無法讓任何人負起責任。

到了這時候，像是政府和新聞組織這些「舊力量」都還不知道的是，曾至少一定程度維繫了世界秩序及穩定的既有建構，其實已遭到「新力量」——科技平台——的大幅度侵蝕。

我是在六月時震驚地意識到這件事。當時美國的大西洋理事會（Atlantic Council）把我們十五個人聚集到柏林，目的是研究虛假訊息及其對政權和不同勢力的影響。其他的參與者包括美國前國務卿馬德琳．歐布萊特（Madeleine Albright）；瑞典前首相卡爾．畢爾德（Carl Bildt）；美國前國家安全顧問史蒂芬．哈德利（Stephen John Hadley）；另外還有來自臉書和微軟的代表。

舊力量和新力量之間努力想找出足以將兩者間巨大鴻溝連結起來的語言，但兩者有一個根本上的衝突：政府官員採取行動的速度如同冰川移動般緩慢，他們的緩慢節奏是為了凝結共識、想辦法詳細列出各種可能缺點，甚至想在決策過程中納入公眾討論。科技公司的行動速度卻很快，他們通常會直接移除掉任何預防措施，對於他們不理解或不在意的事物遭到破壞，也不會有任何不安。

我在那個星期從馬德琳・歐布萊特身上學到很多，她最近才出版著作《法西斯主義：警訊來襲》（*Fascism: A Warning*），內容是有關全世界的威權主義興起。

我之前從沒想過可以使用「法西斯主義」來描述這個狀況，但此後那個詞在我腦中縈繞不去。我開始重新檢視我們所經歷的一切。我們記者確實可以精準找出問題，但很少能找到解方，可是我在這場戰鬥中的角色逐漸開始改變：為了不讓未來變成一個反烏托邦的世界，我嘗試想像我們可以做些什麼。

九月時，我到巴黎參加訊息與民主委員會（Information and Democracy Commission），這個團體試圖建立一些規範網路活動的原則與價值觀。[24]於是再一次地，面對我們在菲律賓所經歷的苦難，我觀看的視野變得更寬廣。這類海外行程讓我能把自身的經驗放進更大的脈絡：有其他人經歷了跟我們一樣的事嗎？根本的原因是什麼？我們該如何強化我們的民主結構？

隨著這個委員會正式開幕運作，我感覺自己的角色也在擴張。我現在是記者、是被攻擊的目標，也是研究者。同時，我也在報導這個委員會時參與其中。

「如今言論自由已經被用來扼殺言論自由了，」我告訴聽眾。

我們在巴黎的工作是起草國際訊息及民主宣言（International Declaration on Information and Democracy），這將成為政府、私部門公司，還有公民社會為了保護民主而合作的基礎。兩年後，這個團體公布了我跟別人共同主持的一項報告結果，其中提出十幾個結構性的解決方案，此外為了對抗我們所謂的「資訊疫情」（infodemic），報告中有超過兩百五十個策略性步驟。[25]

不過在九月的那一週期間，我印象最深刻的，還是站在法國總統官邸愛麗舍宮（Élysée Palace）外時看見的燦爛陽光。在我身邊的還有伊朗的諾貝爾和平獎得主希林・伊巴迪（Shirin Ebadi）及土耳其記者詹・丁達爾（Can Dündar），我們正跟法國總統艾曼紐・馬克宏（Emmanuel Macron）一起等待聽眾的到來。

那是我第一次意識到，我的世界可能出現翻天覆地的改變。

二〇〇三年，希林成為第一位獲得諾貝爾和平獎的穆斯林女性及伊朗人，她一直以來都在為民主及人權奮戰，特別是為了伊朗的女性及孩童奮戰。詹是《共和國報》（*Cumhuriyet*）的前任主編，那是土耳其的一份反對派報紙，他在報導土耳其運輸武器給敘利亞反叛軍的新聞後就被以諜報罪定罪，之後只好流亡到德國。

希林和詹現在都流亡海外，被迫遠離他們自己的家鄉與家人。希林自從二〇〇九年之後就住在英國，而她的家人都還在伊朗。詹住在柏林，他的妻子則因為被土耳其政府扣留護照無法出國。

「你住在哪裡？」希林問我。「馬尼拉嗎？」

「馬尼拉，」我回答。

我們聊起和家人分隔兩地是什麼感覺。我沒有深入這個話題，只說我的家人散居在美國和菲律賓各處。我想我還在試圖說服自己情況不會那麼嚴重。「我不想流亡，」我告訴他們。

我告訴我自己：菲律賓畢竟不是土耳其；那個國家曾一度關押了超過七萬人啊。菲律賓也不是伊朗；伊朗可是一直以來都在壓迫記者、運動者，還有政治反對者的地方啊。

我已經選擇在菲律賓建立我的生活，無論未來可能面臨什麼後果，我都想繼續待在這裡。才在不久前，關於我可能入獄這件事，《拉普勒》的其他創辦人還開玩笑地和我約定每個人各自要負責帶什麼給我（食物、床單、一台電扇和書）。

此時國際世界開始更關注杜特蒂的作為：各種暴力手段、逐漸獨裁的傾向，以及將法律武器化。而針對《拉普勒》正在進行的調查已高達十四項，其中一項荒謬至極的指控是「網路毀謗」。政府真是無所不用其極地想讓我們閉嘴。

在此同時，《拉普勒》開始受到全球的認可。其中一個重大的事件發生在十一月，在華盛頓特區一個塞滿五百人的宴會廳裡，我們獲頒國際新聞工作者中心（International Center for Journalists）的奈特國際新聞獎（Knight International Journalism Award）。

「我們在對抗菲律賓政府和臉書的有恃無恐，」我告訴他們。「他們正在散播足以毒害我們民主的暴力、恐懼還有謊言的種子。這些在社群媒體上的謊言，構成政府對我們提起法律訴訟的基礎。」[26]

我知道，我需要讓這些對美國政府有影響力的觀眾真正關心菲律賓這個遙遠的國家，畢竟那些之後即將用來操弄他們的技術，就是在菲律賓進行測試。[27]

「你們為何要在意這種事呢？」我問。「因為，我們的問題很快就會變成你們的問題。」[28]

二〇一八年發生的種種事件讓我持續意識到，儘管我不停學習並精進我的技藝，也確實獲得一些足以施加影響的權力，卻還是有很多事情確實超越我的掌控。一個國家的法治可以變得虛幻，甚至可能瞬間消失——年輕時在印尼當記者的我就已首次學到這個教訓。當天晚上在那個宴會廳，我呼籲其他記者同行繼續要求政府和科技業的五巨頭負起責任，因為他們正在追求更多金錢和權力的道路上侵蝕我們的民主。我的演說結尾後來成為我們在全球號召大家一起奮戰的口號：「我們是《拉普勒》，我們會堅守陣線。」

那就是**#堅守陣線**這個口號誕生的時刻：那條線是在國家憲法中定義出我們應有權利的底線。掌權者會試圖利用恐懼及暴力來逼我們卻步，逼我們放棄自己的權利，但在我的想像中，只要每次有人嘗試跨越那條線，我們就會手臂勾著手臂，排成一排守護那條線。無論面對多少危險，我們永遠都不會主動放棄我們的權利。

隨著累人的一年即將到達尾聲，我沮喪地意識到，無論我在私下或公開場合說了多少話，我做出的行動卻仍遠遠不夠。

國際社會對我們的認可，顯然更加深了杜特蒂和我們之間的敵對關係。那一年的年底，當我在紐約獲頒保護記者協會（Committee to Protect Journalist）的獎項時，菲律賓司法部發出新聞稿表示要起訴我和《拉普勒》[29]，但卻沒有寄來任何應該有的法律文件。[30]這就是我去領取這些獎項並說出我的心聲所換來的結果。

我隔天搭機返回馬尼拉。由於針對我的起訴尚未確認，我在ACCRALAW（Angara Abello Concepcion Regala and Cruz Law Offices，菲律賓最頂尖律師事務所之一）的律師們擔心我的逮捕令可能已經發出，為了應付可能出現的逮捕行動，他們派出律師來機場接我。我們的記者派特諾・艾斯馬貴爾二世（Paterno Esmaquel II）在我一下飛機後就前來會合，而在我成功入境後，貝絲也在領行李的地方加入我們。不過幸好什麼事都沒發生。

光是為了回馬尼拉待上幾天，就得這樣勞師動眾。明明我這次回來只打算在家休息一個週末，並參加幾場會議而已。我忍不住開始想，擔心遭到逮捕的恐懼會對我們造成多大的心理拖磨——還會花掉我們多少錢。

所以我繼續做該做的事。我想盡量維持過往的生活狀態。我先去了倫敦，然後是巴黎，但當我在巴黎的旅館打包行李準備回馬尼拉時，聽見外面有抗議者的聲音。那是「黃夾克」或所謂的「黃背心」運動，原因是法國為了應對氣候變遷採取的手段導致能源價格上漲。

我想都沒想就立刻拿起外套、三腳架和相機走上街頭。那天又冷又下雨，可是再次成為一位記者的感覺真好——我可以在街上跟大家交談，還為《拉普勒》做了一段走訪街頭的連續多人訪談。[31] 對馬克宏來說，這場抗議是他目前為止面臨過最強大、最激烈的挑戰，因為法國的左派跟右派在這個不受歡迎的措施上達成了共識。

根據法國警方表示，那天大約有十三萬六千名抗議者走上街頭，其中兩百六十八人遭到逮捕。這波抗議的每場行動都不太一樣，因為整個組織是去中心化的：他們都是因為社群媒體而來——根據我的訪談大多是透過臉書——而臉書上的虛假訊息不但誤導人，還會重新煽動人們一些積怨已久的情緒，雖然那些情緒不無道理，可是卻在此刻遭到過度放大或甚至鼓勵大家行使暴力。在我出發前往機場時，我還能聽見有水砲在發射。到處都是淒厲的警笛聲響。

我在一支手機上觀看巴黎街頭燃燒的車輛，同時用另一支手機和其他老大姐及我們的律師來回傳訊，他們說我的逮捕令已經簽發下來——這次顯然是跟證券及逃稅問題有關。我瞬間感到心裡一沉，可是立刻把情緒消化掉，決定把注意力集中在接下來要做的事。在以前報導戰爭的那些日子裡，我已經接受過面對這種危機的訓練。無論那些情緒有多難承受，我都不會任由自己在恐懼或焦慮中自怨自艾。

我從巴黎出發的班機預計在十二月二日週日晚間九點四十分抵達馬尼拉。我的家人不希望我回馬尼拉。但我別無選擇；我有一個公司要運作，而且還有相信我會把我的工作做好的一群人。我心中的怒火不停增長，我氣政府愈發肆無忌憚的不公作為，也氣他們不停在重新定義法治規則、甚至打破法治規則。我打算在這場衝突中堅守陣地，而且一定要讓政府負起應有的責任。

我們的其中一名律師問我要不要延後搭機返回菲律賓的時間。我確實考慮過，但這樣做太麻煩又花太多錢。我寧願直接面對衝突，因為這樣才有可能找出解決方案。我不打算為了政府這些威嚇人的伎倆做出大費周章的安排。

我在抵達戴高樂機場時已經做好面對最壞結果的心理準備，其中包括在監牢裡過夜。我打開我的行李箱，取出睡衣、牙刷和一套換洗衣物後收進隨身行李廂。然後我走進機場、報到，搭上飛機。我實在太累了，所以二十小時的航程中幾乎都在睡。

許多人參與了我的這趟返鄉，其中包括來自ACCRALAW的六位律師和來自《拉普勒》團隊的至少六位成員。這是我們第二次這麼做了。你們可以想像我們的工作和生活已經受到多嚴重的干擾。我不知道該感到憤怒還是害怕。但應該兩者皆有吧，我想。

在飛機落地的幾小時前，ACCRALAW的弗朗西斯·林（Francis Lim）發出一條聲明，他是菲律賓證券交易所的前主席和我們的首席顧問，他在聲明中表示：「強烈希望瑪麗亞·瑞薩不會今晚一抵達馬尼拉就遭到逮捕。在週日晚間執行逮捕令是很少見的情況。這麼做只會讓我們更有充分的理由相信，我們的政府之所以針對《拉普勒》的高層過度快速地推進此案進度，正是因為這個機構無所畏懼地報導出菲律賓的真實狀況。」

在經過將近二十小時的航程後，飛機降落在馬尼拉。我才打開手機，一大堆訊息就瞬間湧入。老大姐們向我簡單說明之前發生的狀況，以及我之後可能面對的處境。我的妹妹米雪兒傳訊表示，她為了阻止媽媽和我的阿姨跑去機場而忙得不可開交。我在腦中告訴自己，或許我的父母該回美國；雖然他們才剛在我的慫恿下打算定居馬尼拉，但我的處境已變得大不相同。

我在 2018 年 12 月 2 日星期日抵達馬尼拉的尼諾伊・艾奎諾國際機場（Ninoy Aquino International Airport）。（照片來源：《拉普勒》）

我一走出飛機跑道，就看見正在等我的機場警察。

緊跟在他們身後的是我們的兩名律師，還有我們家的記者派特諾・艾斯馬貴爾。就在我們走向入境處時，那兩位警察解釋他們只是想幫助我儘速入關。我鬆了一口氣。他們看起來一點也不像負責逮捕行動的探員。就在我們走進入境大廳時，眼前已有一整排的電視攝影機和記者在等待。光線朝我迎面打來，記者們快速丟出問題。

「我不知道之後會面對什麼處境，」我在感謝過機場保安人員後這麼說。「我們目前掌握的訊息是這樣：我們知道有一道逮捕令簽發了。但我並不真正清楚這代表什麼意思，是吧？我是說，想像一下，如果換作是

2018 年 12 月 2 日週日深夜，在馬尼拉尼諾伊・艾奎諾國際機場的臨時記者會。（《拉普勒》）

你呢？總之我會盡我所能處理這個狀況。」[32]

「你知道這些案子接下來會怎麼發展嗎？」另一個記者問。這個問題指的是那些逃稅的案子。

「我沒辦法給你答案，」我回答。「我只知道我們提出重新審議的動議，可是我們還沒有獲得重新審議，這些案子就立案了，所以我打算針對程序提出異議，而且也要針對這些指控提出異議。這些指控將《拉普勒》重新分類為——這裡是直接引用他們的說法——『證券交易商』。但我們顯然不是一間股票經紀所，是吧？我是記者。我一直都是記者。所以放馬過來吧——我會迎戰。」

「你對可能被逮捕有什麼感覺？」有個記者問。

「嗯，首先，我要讓這個公開把我稱為罪犯的政府負起應有的責任，」我回答。「再來，你們應該很能想像，這種事會讓你感到脆弱。」我驚恐地意識到自己的聲音有點哽咽。[33]「不過這就是他們的目的，是吧？政府就是想讓你確切感受到他們的力量，讓你知道他們可以為所欲為。」[34]

我隔天就針對逮捕令預先支付保釋金，然後再隔天，我們提起駁回那些起訴的動議，因為就算其他的事先不說，發出逮捕令的法庭根本沒有這個案子的管轄權。[35]整件事感覺起來就是場鬧劇。

我在幾天後又回到法庭，這次法官接受我們提出的動議，並延後傳訊我的時間。[36]

我們是爭取到了一些時間，可是每天面對的可能最壞結果都不一樣。光是把我的工作做好就夠難了，因為科技生態的改變直接對新聞媒體造成衝擊，包括我們傳播訊息的方法，以及投放廣告的商業模式。政府的攻擊代表我還得額外進行危機管理工作，因為我就是他們攻擊的目標。我們必須把錢花在訴訟費用上，還得把時間浪費在跟律師無休無止的開會。曾經有幾個星期，我有百分之九十的時間都在跟不同律師見面。我記得有時到了週日，我還得跟七八位律師一起在桌邊坐上好幾小時。我對他們和我都感到抱歉。就因為一些荒謬至極的原因，我們的生活竟然要變成這個樣子。

十二月的某個早上，我一大早起床去稅務申訴法院（Court of Tax Appeals）再次支付保釋金——這次是因為另外四項逃稅指控。

之後我前往辦公室，到中午時已筋疲力盡。傍晚六點半，我在辦公室樓下用餐，努力想甩脫白天時的陰沉情緒，此時我在推特上看見我被提名為《時代》（*Time*）雜誌的年度人物之一。我還打電話請我們的社群媒體主管確認這個消息是不是真的，然後我的手機開始響起。是CNN打來，要我對《時代》雜誌的封面報導給出回應。[37]

我感覺肚子開始翻攪。腦中的第一個念頭是：這樣的曝光，只會讓我受到更多攻擊。現在回想起來，那或許是創傷後壓力症候群的反應。事實上，這項榮耀反而為《拉普勒》創造出一層保護罩。

「你有什麼看法？」CNN黃金時段的亞洲主播魯可蒂（Kristie Lu Stout）這麼問我。

「憂喜參半，」我回答。我當下講得結巴，發言也顯得破碎。之後我在CNN的影片裡看見我的表情疲倦，臉上的皺紋也好深。「我們知道，在這個時代當記者很困難。可是，我想讓我們變得更強大的原因是，或許也不會有比現在更適合當記者的時代了，因為我們就是要在這種時候活出我們的價值觀、活出我們應有的使命。」[38]

「明天就是兩位路透社（Reuters）記者在緬甸遭到定罪及拘留的一週年了，」魯可蒂說。

瓦龍（Wa Lone）和吳覺梭（Kyaw Soe Oo）因為報導緬甸若開邦（Rakhine）穆斯林人遭屠殺的事件而被逮捕。美國主播很可能永遠不會問我這個問題，因為對他們、美國觀眾或美國的利益而言，緬甸記者的命運很可能不是一件特別要緊的事。「對那兩位路透社記者以及他們期待正義獲得聲張的家屬，你有什麼話要說嗎？」

「我們必須繼續奮鬥，」我回答。「我們需要堅守自己的原則。只要世上有任何政府當局開始倒行逆施，我們每次都還是得去挑戰他們。我認為緬甸也出現了像是菲律賓的狀況：社群媒體帶來巨大衝擊，而且可以被用來誘發仇恨，甚至摧毀全世界各地記者的信用。」[39]

新年前一天的我在紐約市。那是漫長的一年——在這一年我深刻意識到，我們是多麼把自己的自由及權利視為理所當然的存在。我本來不確定法庭會允許我出國，所以能和妹妹瑪莉珍一起在紐約市漫步，實在是一種難以想像的幸福。

為了推崇記者的工作，時代廣場遊客中心（Times Square Alliance）邀請了十多位記者來一起迎接二〇一九年的彩球落下。我在我們被叫上台時看著手機，此時已跟家人待在一起的妹妹瑪莉珍正在手機上問我，他們現在應該轉到哪一台看倒數。我在洛杉磯的妹妹妮可傳訊來說她已經在看了，而我在馬尼拉的父母和米雪兒則傳訊表示正在《拉普勒》上看現場轉播。

我們開始往台上走，但此時大雨開始落下，所以我把連帽衣的帽子拉起來戴好。我希望可以把能量及盼望傳遞給像我一樣的所有記者，就是那些必須尋找希望和力量來撐過每個艱困時刻的記者。此刻的我只能對眼下擁有的一切心存感激。

主持人介紹流行歌手碧碧・蕾克莎（Bebe Rexha）上台表演約翰・藍儂（John Lennon）的〈想像〉（Imagine）。她先在開演前沉默了一陣子，接著用強而有力的嗓音帶出大家熟悉的那首歌曲，她的歌聲因此縈繞在時代廣場以及全世界許多人的家。在此找一個有著阿爾巴尼亞背景的美國歌手來唱約翰・藍儂的歌詞，是很合適的選擇；這樣的組合為這些文字賦予了新的脈絡及意義，也讓我們再次開始想像一個更好的世界。

那又是個屬於T・S・艾略特的時刻：這個當下改變了我第一次聽約翰・藍儂唱那首歌的時刻，反之亦然。我們開始跟著熟悉的歌詞唱起來：「你可以說我愛作夢，但我不是唯一如此期待的人，我希望有天你能加入我們……這樣世界就能不分你我。」

我擦掉眼眶的淚水。「新年快樂，各位！」碧碧大喊。群眾發出一陣興奮的歡呼。一分鐘的倒數開始了。

我們全在最後十秒高聲大叫。二〇一八年結束了。

第十章

●●●

別在對抗怪物時成為怪物

擁抱你的恐懼

遭到逮捕及拘留一晚後，我在 2019 年 2 月 14 日抵達法庭支付保證金。（Alecs Ongcal／《拉普勒》）

那是二〇一九年的二月十三日。陽光透過辦公室的窗戶流瀉進來，而我就跟平時一樣站在窗前，讚嘆著日落在馬尼拉天際線上鋪排開的色彩。我正要去跟臉書來自新加坡的新團隊見面，那是個負責追蹤資訊作戰狀況的團隊。這次換他們主動來找我們了。

那是他們第一次來菲律賓。就跟馬克・祖克伯一樣，我很驚訝他們的年紀都很輕。不過我已經開始信任他們的主管，這位潔瑪・曼多沙（Gemma Mendoza）之前是美國聯邦調查局探員，她負責主導我們的虛假訊息研究計畫，這次也跟我一起帶領這個臉書團隊，去認識我們的發現：那些攻擊組織網路的技巧，以及他們採取的一整套方法。

那是我那天的倒數第二場工作，隔天早上六點我還要搭機到馬來西亞採訪首相馬哈地・穆罕默德（Mahathir Mohamad）。我真想把腦中的想法快速下載到眼前這些人腦中、把這個團隊交還給潔瑪處理，然後在前往菲律賓大學演講前跟馬哈地再次確認我們的採訪行程，接著回家打包。

在玻璃會議室內，我背對著新聞編輯室展開我的報告，但貝絲在我講到一半時突然走進來。我有點驚訝，但還是停下來跟臉書團隊介紹她。「嘿，貝絲，來見見臉書負責處理虛假訊息組織網路的新團隊，」我說。「各位，這是我們《拉普勒》的共同創辦人之一，她是貝絲・弗朗多索。」

「瑪麗亞，別回頭，」貝絲簡短地說，她的口氣僵硬。「他們來逮捕你了。」

當然我立刻就回頭了。我一轉頭就瞥見葛蘭達在講手機，柴則在跟一群看起來像是便衣探員的人說話。其他人散落在新聞編輯室內各處。然後我低頭望向我剛剛關靜音的手機，看見一大串來自其他記者的訊息，其中包括《紐約時報》的亞歷山卓．史蒂文森（Alexandra Stevenson）。

「我們的記者正在網路上直播，瑪麗亞，」貝絲繼續說，她的表情緊張。

「葛蘭達在打電話給我們的律師。柴在想辦法拖延時間。」

「好，」我努力把心中的情緒壓下去。「各位，看著我。」

坐在桌子對面的兩張年輕臉龐緊繃起來。

「潔瑪，想辦法把這些人帶出去，安靜出去就好，」我轉向我們的臉書夥伴並給出指示。

「要是情況變得更糟，你們可不會想待在這裡。哎呀，現在你知道這份工作會讓我們的日子多難過了，所以拜託幫幫我們吧。」我試圖讓語氣輕快一點。他們開始收拾自己的東西。「我們之後回頭再聊，」我繼續說。「說不定我還能到你們的旅館一起吃晚餐，只是不確定交保得花上多少時間。總之你們要趕快離開這裡。」

就在這些事發生時，我們的其中一位記者正在臉書上直播所有過程，她是二十四歲的艾卡・雷伊（Aika Rey），而且就算遭到菲律賓國家調查局（National Bureau of Investigation，地位等同美國的聯邦調查局）的便衣探員恐嚇也不退縮。[1] 那名探員對她說的是：「安靜，不然下一個倒楣的就是你。」

艾卡仍堅守她的工作。她其實嚇壞了，兩隻手也在發抖，可是她記得我們團隊演練過的內容，也知道繼續在網路上直播的重要性。

另一名資深探員也開口了，他的口氣平穩但強硬。「可以請你停止現在正在做的事嗎？」他對艾卡說。「可以嗎？也跟你的同事們說：要是我們的臉出現在網路上，你們會後悔的。你們會後悔。因為我們不會放過你們。」

艾卡忽視他，她繼續在網路上直播。他於是拿出手機拍攝正在直播的她。你可以在《拉普勒》的臉書直播影片上聽見整段對話內容，也可以看見至少還有另外兩位便衣探員正在用手機拍攝《拉普勒》的辦公室，而我們的其他職員此時都在進行自己的工作。跟艾卡差不多時間進入《拉普勒》的蘇菲亞・托馬克魯茲（Sofia Tomacruz）也在拍攝那位試圖嚇退艾卡的探員。

艾卡和蘇菲亞是我們的第三代記者。才在一年前，我們的第二代記者琵雅・拉納答才拿出手機拍攝試圖禁止她進入馬拉卡南宮的那些守衛。無論政府對我或《拉普勒》幹出什麼好事，我們這裡總會出現下一批記者。這些記者充滿專屬於這個時代的使命感，並擁有全世界好記者總是需要擁有的關鍵特質：勇氣。

來自菲律賓國家調查局的十多名探員一直等待到我們的律師抵達。當其中一位要逮捕我的探員念出我的「米蘭達權利」（Miranda rights）時，我人還在玻璃會議室裡。所謂「米蘭達權利」就是我有權保持沉默，而且有權獲得律師協助。我其實還是有點無法相信這件事真的發生了。然後他們把我帶出去。

我們一走出去，就被許多記者和攝影機團團包圍住。我不知道可以說什麼，只表示我會應這些逮捕探員的要求前往國家調查局總部。我不想說出什麼可能讓他們奪走我更多權利的話。

這次的逮捕至少有兩個不正常的狀況發生：他們在法院快關門時才出現，帶來的逮捕令竟然還沒寫上應有的保釋金額。不過我早已考慮過最糟的可能性，我知道有間晚上九點才關門的夜間法庭，也確認過這間法庭可以受理我們的案子。即便到了那時，我都還認為自己可以在隔天早上搭機前往馬來西亞。

我的手機因為來自許多記者的提問而不停震動。現在回想起來，我應該在這段過程中不停對媒體發言才對。為什麼要在國家做出如此離譜的事時自願噤聲呢？但我就是這麼做了，其中一個理由是我不想讓那些探員拿走我的手機。

我在葛蘭達、貝絲還有我們的律師陪伴下抵達國家調查局總部，然後他們要我們在一間會議室中等待。二十分鐘後，我看著時鐘，意識到這些人在嘗試拖延時間，因為只要拖到夜間法庭關門就可以把我拘留整晚。所以我們決定忽視門上「請勿進入」的標示闖入他們的辦公室，然後發現那些逮捕我的探員們正在吃晚餐。

我就是在那時幾乎要怒氣沖沖地大吼出聲。他們知道他們在做什麼。可是無論我們如何抗議，他們還是不停拖延時間，等時間到了晚上八點半，我顯然已經確定無法交保。他們的計畫成功了。這個政府想要我在牢裡過夜，希望藉此來騷擾我、威嚇我。這些經驗讓我意識到他們有多麼心胸狹窄，而且可以做得多過分，但也只是更堅定了我要**#堅守陣線**的決心。

逮捕我的探員表示，我必須在做完逮捕登記後進行體檢，此時我的怒氣又開始上升。《拉普勒》已對整個逮捕登記程序做好準備，還備好了照片，以便讓我跳過拍攝嫌犯大頭照的流程，因為我們知道政府會讓這張照片流到那些擔任宣傳手的部落客手上。葛蘭達和我讓律師去跟他們交涉，然後我們回頭準備走回會議室。

在走回會議室的路上，氣喘吁吁的茱恩．帕嘉多安－羅培茲醫生（Dr. June Pagaduan-Lopez）攔住了我，她是我在「為國家服務的傑出女性」（The Outstanding Women in the Nation's Service，簡稱 TOWNS）頒獎現場認識的人，這是由一群成就出眾的女性所創立的獎項，當時我們兩人都是獲獎者。她一聽說我被逮捕就跑來國家調查局辦公室，因為她不想讓我獨自面對體檢，畢竟被迫脫下衣服會是一個人最脆弱的時刻。她知道我可以指定自己的醫生，所以要求我指定她，而我確實這麼做了。[2]

我因為這樣的善意而大受感動——因為無論事前做了多少準備，你也無法面面俱到。我的眼眶濕潤起來：茱恩的專業知識讓她知道這種情況中可能出錯的地方，並因此對我付出我所需要的關懷。在接下來的幾年，反覆出現的陌生人善意，讓我愈來愈堅定地相信人性的善良。

我們可以聽見外面有人在不停吶喊：「釋放瑪麗亞．瑞薩！」我不敢相信我的耳朵。原來是來自阿克巴彥公民行動黨（Akbayan Citizens' Action Party）、菲律賓千禧世代（Millennials PH）及其他團體的年輕領袖因為我的逮捕而前來抗議。

然後貝絲開始為我們更新菲律賓大學那場年度大會的現場情況，我當晚本來是要去那場活動演講。[3]代替我去的是派翠西亞．伊凡傑利斯塔（Patricia Evangelista），她就是針對反毒戰爭做出〈逍遙法外系列〉[4]報導的記者。她對現場的數千名學生說明狀況，並讀出我們的聲明：

如果這次也是要試圖威嚇我們，那是不會成功的，他們這次會跟之前一樣再次失敗。瑪麗亞．瑞薩和《拉普勒》會繼續做我們身為記者的工作。我們會繼續說出真相、報導我們的所見所聞。我們是記者，這比什麼都重要。我們是說出真相的人。[5]

貝絲給我們看現場影片。有那麼一個時刻，那片開闊的場地被眼前所見盡是的數千盞燈光[6]淹沒，學生們舉起他們的手機手電筒大喊，「捍衛、捍衛、捍衛媒體自由！」

那是我在不到兩年內收到十次逮捕令後第一次遭到逮捕，而那天的體驗改變了我。情況再明顯不過了，政府打壓媒體自由及我的行動已經進入新的階段。我甚至可以聽見一位探員用手機跟總統府裡面的某人通話，匯報他們所執行的每個行動。

葛蘭達和貝絲那天晚上一直跟我待在一起，這確實緩解了我的一部分壓力。我們努力想在椅子上睡覺，可是大多數時候仍在工作（至少我們還可以使用我們的筆記型電腦）。隔天一大早，關於交保的協商程序就開始了。這是我在大約兩個月內的第六次交保。這次的金額是目前為止最高的十萬披索，大約是兩千美金。不過在離開法庭對媒體滔滔不絕講述所有細節時，我的臉上卻帶著微笑。

我在微笑是因為我實在太氣了。要等到某位記者說司法部長梅納多．格瓦拉（Menardo Guevarra）針對我的逮捕表示一切都是《拉普勒》的錯，並要求我做出回應時，你才能看見我透露出一絲怒火。

「讓我轉個身，」我吐了一口口水，花了一點時間控制自己的情緒。「我本來還以為司法部長格瓦拉是一位專業人士呢，而這竟然就是你做出的行動。你的行動能讓我們在社會上感受到後續的漣漪效應，可見你完全沒打算以司法部長的身分自居。我也有權讓你負起應有的責任。我是這個國家的公民，你不能侵害我的權利。」

那天晚上，我的政府奪走我的自由，基本上是直接把壓迫的手伸到我的身上。我的權利在那一刻受到侵害，而當時的我不再是一名記者，只是一位公民。我這樣一位記者其實擁有一定程度的權力，但如果他們在鎂光燈的照射下都能對我這樣做，那些真的被丟棄在黑暗角落的脆弱公民又該怎麼辦？在暗巷中的窮人又有什麼求助的方法？

「對我來說，這件事有兩個面向：權力的濫用和法律的武器化，」我對集結在我面前的記者們說。那是我第一次在公開場合措辭如此嚴厲。每次只要政府採取一些更嚴苛的手段，我就會變得更激進。「這不只跟我有關，也不只跟《拉普勒》有關。政府要傳達的訊息很清楚，昨晚甚至有人告訴我們的記者：『安靜，不然下一個倒楣的就是你。』所以我懇求你們**別**保持沉默，就算——或者說正是因為——下一個倒楣的會是你！」

媒體自由不只跟記者有關，也不只跟《拉普勒》有關。這不只是我一個人的事。媒體自由是每個菲律賓人得以獲取真相的權利基礎。沉默就是共犯，因為沉默就代表同意。

「我們目睹的是我們的民主正在遭到千刀萬剮而死，」我繼續說。「我呼籲你們加入我……

我總是說等十年後回顧此刻，我想確定……」

我的聲音又開始哽咽，所以我又重新說了一次。「我想確定我已經盡力而為。我們不會閃避。我們不會躲藏。我們會堅守陣線。」7

不令人驚訝的是——逮捕我並不會奇蹟似地讓我閉嘴，也不能迫使《拉普勒》停止報導貪腐和濫用權力的問題。所以菲律賓政府在一個多月後又逮捕了我。我忍不住懷疑，每個月被逮捕是否會成為我的新日常？如果是，那我就接受這個日常。

當時的我已經加強保安工作，如果收到我的安全可能遭受威脅的線報，我們還會另外找一台車跟在我身後。同時進行的還有加強《拉普勒》公司周遭的保安，當然也包括公司內那些處境脆弱的員工。這一切都改變了我們的生活。曾經有段時間，光是讓我待在馬尼拉的開銷就已經高到幾乎難以承受。

所以我開始接受更多國際演講邀約。畢竟我在哪裡都能工作，時差也只會讓我擁有更多工作時間。此外，海外演說可以有效地提高全球社群的警戒心：如果這件事發生在我們身上，就也會發生在你們身上，就算不是今天也不會再過太久。

隨著針對我發出的逮捕令及指控案件數量增加，需要同意我出國的開庭次數也隨之增加。

從二〇一八年十二月到二〇二〇年三月，我總共獲准出國三十六次。

二〇一九年三月二十七日晚上十點多，我在舊金山國際機場剛報到完成，準備搭十三小時的直飛班機回馬尼拉。

我的手機又開始出現大量警告訊息，此時我的內心感受到一股如今已經熟悉的恐慌。我看著其他老大姐和我們在 ACCRALAW 的律師之間的群組聊天內容。政府現在也對這些律師施壓，希望他們別再受理我們的案件。在對話中，律師們表示我很快又要面對一道逮捕令——第七次了。其中一位律師列出最糟的可能性。以下就是這些訊息的內容，我原文抄錄：

一、執法人員會在飛機乘客還沒下機前上機逮捕瑪麗亞；
二、逮捕之後，瑪麗亞不會入境，而是直接帶離機場抵達拘留所；
三、逮捕人員會沒收她的手機，她不會有辦法跟我們任何人聯繫；
四、瑪麗亞會遭到無限期拘留，而且不再有得以接觸我們的管道。

讀完那些訊息後，我必須讓自己停下來、背靠著牆深呼吸。又一次地，政府透過他們的小手段加大壓迫力道。菲律賓現在變成北韓了嗎？

其他老大姐都各自被分派了一些任務，而她們現在正在向我更新這些任務的進度：葛蘭達正準備上車去法庭支付保釋金。貝絲一方面應付媒體和保安工作，同時也正對律師提出一些問題，好讓她可以跟我們的司機及警衛簡報目前狀況。柴正在蒐羅所有必要的文件，好開始規劃之後要放在《拉普勒》上面的報導內容。

我呢？我得處理我的恐懼。

我在過去的幾個月裡已經開始習慣為最糟的可能性做準備。我的皮包裡總是準備好可能需要支付的保釋金，車子裡也有萬一再被逮捕時需要的「隨身旅行包」，其中包括衣物、一條毛巾、一支牙刷，甚至還有一個枕頭套。我想像過自己在正要離開馬尼拉的一間機場內遭逮捕的場面，而且還特別準備了第二台電腦，這台電腦裡的文件比較少，為的是以防我的電子裝置遭到沒收。

不過這一次我沒有做好準備。我在機場東奔西跑地尋找所有還在營業的店面，因為要是我真的一回去就遭到逮捕監禁，我需要買一套換洗衣物。最重要的是，我必須理清我的思緒。我最後去了機場休息室，坐在角落的一張椅子上，拿出我的筆電刪掉大多數敏感文件。

如果看到老鼠放棄正在下沉的船逃亡，就代表情況不妙了。

記得之前在 ABS-CBN 和阿布沙耶夫這個恐怖組織協商，並負責帶頭要求對方釋放我們的記者時，我就有過類似的感受。大公司的內部政治會讓人們選擇迴避個人風險的作法。而在最關鍵的時刻，這些掌權者往往會想辦法推卸責任，並在你最需要的時候放棄對你的支援。

雖然這次的情況絕對沒有那麼嚴重，但政府在二〇一九年針對《拉普勒》董事會提起的刑事訴訟也造成了類似效果。

我們的董事都是各自領域的頂尖人士，同時也是我的朋友，而此刻他們面對的刑事訴訟——以及逮捕令——都是因為相信我和《拉普勒》的結果。雖然令人沮喪，但這些商業圈的成功人士最後選擇和我們記者保持距離，其實也不太令人意外。

而當我在舊金山的機場等待時，葛蘭達透過手機跟我描述的就是這樣的局面。她正和我們的律師在法院附近的餐廳商討策略，而我們的三名董事卻在隔壁桌和他們的律師討論自己的案子，並拒絕我們要一起討論辯護策略的提議。雖然我們以前都是站在同一陣線，但每個人面對法律攻擊的反應各有不同。我們的其中一名董事從未支付保釋金，而是直接決定再也不回菲律賓，這對他來說是很大的犧牲，畢竟他的家人都還在這裡。另一位身為前任 IBM 菲律賓分公司總裁的董事則選擇在那天支付保釋金。

「我很擔心他們的分化打擊策略會奏效，葛蘭達，」我說。

「就算這樣你也無能為力，瑪麗亞，」葛蘭達說。

「我可以打電話給他們，」我說。「政府能提供他們什麼條件？你覺得我們有必要擔心嗎？」

政府散播不信任種子的能力是非常驚人的。我當然不天真，畢竟我的記者生涯都在觀察這個國家的各種幕後交易。不過我總是迴避任何涉入這類不正當行為的可能性。而現在我的朋友們——這些成功、正直的公民——被迫面對這些針對他們的個人攻擊，就連他們做的生意也受到威脅。我對於讓他們陷入這樣的危機感到很愧疚。

到了這時候，我們四個老大姐面對政府威嚇的反應已經很熟練了。每當有危機襲來，我們總會比我們的攻擊者搶先一步，我們四人會快速做出符合我們價值觀的決定，同時也將過往的經驗融入其中。我們在四方通話中為彼此打氣，葛蘭達也向我們更新律師帶來的資訊，包括起訴的罪名、保釋金額。柴則為了即將發表的報導提出許多問題。

我向她們提出在我內心翻攪已久的問題：關於那個我們律師提出的最壞可能性，她們有什麼想法？我甚至提起我此時無法克制聯想到的一個事件：一九八三年尼諾伊·艾奎諾遭人暗殺時，他就是被人從飛機上帶出來後射殺，最後死在機外的柏油地上。

她們笑了，我的緊張情緒突然獲得釋放。她們都在仔細思考後，審慎有度地回答了我的問題。沒有人會教你該如何面對這種恐懼：畢竟你是最主要的攻擊目標，你大可無止盡地想像各種最糟的可能性，所以你會需要在關鍵時刻把自己拉回現實，而不只是沉浸在恐懼的想像中。《拉普勒》的大家庭總會在這種時候彼此支持。

機場廣播打斷了我們的四方通話。該是登機的時候了。我向她們道別，收拾好東西，走向登機門。在飛機上坐好後，我把隨身包包收妥，跟空服員要了一杯柳橙汁。

此時的馬尼拉已超過下午四點，法院再不到一小時就要關門，而且目前仍未簽發我的逮捕令。說不定我們想像中的最糟結果只會存在於我們的想像中。我一邊啜飲果汁，一邊感覺好多了。

機艙門關上時，我又收到一條簡訊，這條簡訊讓我在接下來的十三小時航程中幾乎沒睡：

「法官簽發了逮捕令。準備接受逮捕。」

我在飛機落地時感到腎上腺素飆升，但幸好最後飛機沒有停在跑道上。我收拾好東西，一步步跟著我的行動計畫走，我把兩支手機設定好，這樣我只要按一個鍵就能在《拉普勒》的臉書頁面上直播。我把這個意念灌注到我的肌肉記憶裡。

機艙門打開後，我是第一個站起來的人。我一走出去就打開手機上的臉書直播，另一支手機也早已在褲子後方的口袋中準備好。我才走出空橋就有一群警官走向我，帶頭的是兩名女性，其中一人把我拉到一旁後開始唸出我的米蘭達權利。附近至少有六名警官在遊蕩，其中包括一個男性看起來像是他們的長官。

他們要我把大衣披在我的雙手上。我問為什麼？根據規章他們必須替我上銬，但他們一定是因為某些理由而覺得這樣做很奇怪或有困難。我在他們試圖找出折衷方案時等著。於是，就在這群人意見不合的微妙場面中，我看見就算是一個逐漸往獨裁傾斜的國家，每個個體也不會在一夜之間失去個人能動性；他們每天都在為了是否服從獨裁政體的要求而做出選擇。我跟他們說我不會假裝自己有上銬，而就在我開始提高音量時，有一名ACCRALAW的律師介入處理。終於在一陣簡短的討論後，這群人帶著我走過入境處及行李提領區，而我的雙手始終沒有被銬住。

他們的廂型車中有六名穿戴特種警察裝備的警官在等著，每個人都全副武裝。我猜對一個說謊的政府而言，記者就是恐怖主義者，因為他們會點燃爆破他們謊言的炸彈。

其中一名女警官在我進入廂型車時壓下我的頭，而我用力頂了回去。不知為何，我覺得那隻壓在我後腦杓的手象徵的是所有我承擔的冤屈。

然後我回神過來：要振作。你要壓抑你的情緒。你要重新讓思緒清晰起來。

這次我又支付了保釋金。日子還是繼續過下去。

被捕後的那個月，我去紐約市參加「審判觀察」（TrialWatch）的正式發表會，那是一個觀察全世界法庭審判的系統，開發單位是克隆尼正義基金會（Clooney Foundation for Justice）。8 這次菲律賓政府也還願意讓我離開國家，可是同樣地，為了在每次出國前獲得法院允許，我得要一次次經歷那些艱鉅又惱人的程序。光是提出必要的相關文件就需要花費大量的時間和金錢，然而每次必須在不確定感中等待很久後再支付保證金的程序，仍在在讓我更想主張自己權利。

不過我也真的是筋疲力盡。我的皮膚每次只要在我睡眠不足時就會出狀況。我有異位性皮膚炎（或說是濕疹），因此極度乾燥的皮膚時不時會「爆開」——就是真的在我壓力太大時直接裂開。在應付這些困境多年後，我意識到我的心靈及情緒扮演的角色就跟皮膚科醫生開的藥一樣重要。可是我已經忽視我的上一次皮膚病爆發好幾週——之後又過去好幾個月的時間。因此，情況糟到有個跟我一起搭機的朋友一下飛機就把我拉去看醫生。

「審判觀察」系統的發表會當天寒冷又多風。這場發表會舉辦在哥倫比亞法學院（Columbia Law School）。我走到大講堂的最後一排，設置好我的三腳架和相機，打算在《拉普勒》上直播這場活動。當我上台時，我往下看見許多有名的人權運動者、律師、科技人，還有記者。喬治和艾瑪・克隆尼（George and Amal Clooney）就坐在前排。

這次的專題討論主題是法律的武器化如何被用來對抗全世界的記者，以及設置國際法庭觀察員之所以重要的原因。沒有比我們台上這三人更好的例子了：在我右邊的是加拿大裔埃及記者莫哈米德・法赫米（Mohamed Fahmy），他在埃及被政府囚禁了四百三十七天[9]；在我左邊的則是伊朗裔美國記者傑森・雷扎（Jason Rezaian），他在伊朗被政府囚禁了五百四十四天。[10]

聽著他們的分享，我意識到兩件事：首先，除了政府為了嚇唬我而把我送入監獄一晚之外，我還未曾真正入獄過，所以情況還可能更糟；再來，菲律賓裔美國人的雙重身分可能會在情勢惡化時對我有幫助。

專題討論結束後，我小聲問法赫米，「所以你會給我什麼建議？」

「讓艾瑪成為你的律師，」他說。

專題討論結束後，我被帶到樓上的一間辦公室。沒過多久，艾瑪和喬治也走了進來。門關上後，艾瑪在辦公桌後方坐下。「我一直在想，最重要的是，」她開口，「關於我參與的方式，你應該要可以自己選擇。」

然後她開始快速說明可能發生在我身上的狀況，提出她在不同國家處理不同記者案例的經驗。我拿出筆記本開始瘋狂抄寫。

艾瑪提出她可以參與的兩種方式：其一是做為「審判觀察」的主席，她可以派觀察員去參與我的庭審，在這種情況下她會對我的案件採取較審慎保守的姿態；又或者她可以成為我的代表律師，這樣的話她會成為積極擁護我的角色。

嗯，聽起來似乎沒什麼好選的。她總結了她從許多工作案件中學到的教訓，還引用她從亞塞拜然到埃及等許多國家的工作經驗作為佐證，另外她還提到，為了讓在緬甸入獄的路透社記者瓦龍和吳覺梭獲得釋放，她正在進行交涉。她預期他們會在接下來的兩週內獲得總統特赦。

「緬甸昨晚不是才針對這個議題擺出強硬的姿態嗎？」我問。

「你必須給政府一些保全面子的空間，瑪麗亞，」她回答。

「有些事發生在公開場合，但有些事只會在幕後發生。我的工作內容有很多是永遠無法公開談論的。」

然後她開始問起我的案件細節：除了杜特蒂之外還有誰能影響我的案子？我和《拉普勒》有獲得公平審判的機會嗎？我告訴她，截至目前為止，這些荒唐的案子中沒有任何一個決定是對我們有利的。

一旦一個國家政府對你提起刑事訴訟，人們看待你的眼光就不同了——我之前就見過萊拉・德・利馬的慘況。那種時候不會是「你在被證明有罪前都是無辜的」，而是「你得證明你的無辜」。然而，我們還是直覺相信政府不會用如此荒謬的報復姿態來行使他的權力——也就是說，在證據變得難以辯駁之前，我們還是會選擇相信政府。就算艾瑪說她得先研究一下我們的案子，我仍對她心存感激，因為當時就連願意這麼做的人都不多——我是指在你被證明有罪前相信你的無辜。

她問我為什麼不乾脆留在美國，畢竟我有雙重國籍，而且也有家人在美國。我很常被問到這個問題，而我的回答也總是一樣：我經營《拉普勒》，我必須為這間公司負責。如果我因為害怕而離開，誰要來承受這些攻擊？這樣做會背叛所有選擇相信《拉普勒》的人，也會背叛那些支持我們的人。

不過和艾瑪的談話讓我意識到，即便我們想像過很多最糟的可能性，但我們就連面對其中最好的狀況都沒辦法做好充足的準備，因為我對國際法、聯合國相關程序，和我之後可能面對的處境所知甚少。

我痛恨沒有準備好的感覺，因為我會在這種時候感到害怕。而我確實害怕。

時間又過了近兩週，原本被控違反緬甸國家保密法（Burma Official Secrets Act）而獲判七年徒刑的瓦龍和吳覺梭在被監禁超過五百天後走出監獄。這次總統特赦了包括他們的六千六百二十名囚犯。一切就跟艾瑪預測的一樣。

這則新聞讓我再次痛苦地意識到：我無法把艾瑪的預測告訴我們的新聞編輯團隊。現在的我無法再為這類突發新聞提供我的觀察，因為我的主要工作是爭取自身的權利。這對記者來說實在很諷刺：隨著你知道的愈多，能說的卻愈少。

艾瑪同意擔任我的法律顧問並協助《拉普勒》。在我們一起工作的過程中，我開始意識到她實在是個獨一無二的人[11]：她對細節極為關注，而且擁有善於謀劃的頭腦，而擁有這種頭腦的人總是會為最壞的情況做準備，而我也有這種傾向。她對公共訊息的關注反映出她因為記者母親受到的影響。我總會開玩笑地說如果我是發光手電筒，艾瑪就是攝影棚那種巨大的電弧燈。雖然一開始她關注的是人權議題，但人們又可以在之後的幾年間看見她為記者及獨立媒體而戰。她奮戰的場所包括實務現場、微觀層面，還有全球舞台上的權力殿堂。

艾瑪組建了一個傑出的國際法律團隊，他們所有人都很清楚記者可能面對的危險。其中一位成員是高爾菲歐恩·蓋勒（Caoilfhionn Gallagher），當這個團隊在為遭謀殺的馬爾他記者達芙妮·卡魯阿娜·加利西亞（Daphne Caruana Galizia）的家人打官司時，她就是負責帶領國際法律顧問團的律師，此外她也處理過許多全球記者身陷險境的案子。[12]

光是聆聽他們的工作方式及內容，就讓我獲益良多。最重要的是，我開始意識到國際法需要進行大幅度翻修，而其最根本的原因是我們的資訊生態系已經改變。畢竟說到底，「事實」才是法治得以運作的核心。

「我在處理像你這樣的案子時確實會感到壓力，」艾瑪告訴我。「你的案子多少會讓我睡不太好，想必你更是……畢竟你的敵人是你們國家最有權力的人。」[13] 有時我會開玩笑地說，我還真得感謝杜特蒂總統這樣攻擊我們，不然我還不會需要這麼多人的幫助：我的律師、為我們貢獻訴訟費用的數千人，還有每一個幫助我們堅守陣線的人。

二〇二〇年二月，我正在倫敦進行三天半的緊湊行程。我們當時都還不知道，再過不到一個月，有一種病毒會讓全世界陷入封鎖。

在馬尼拉，每天都有人在 ABS-CBN 的公司門外抗議，要求恢復這間公司的營運權；但在此同時，菲律賓又在準備人民力量革命的三十四週年慶，因此整個國家瀰漫著一股不確定的氛圍。

我試圖把一些工作做完，可是房間實在熱得讓人難以呼吸。我已經至少做了一小時的工作，但身體不太對勁，總之跟平常的感覺不一樣。我感到疲倦而且思考遲滯，皮膚也癢痛難受。一切跡象都在告訴我該睡了。

艾瑪希望我這次來倫敦一定要去她家吃晚餐。她說我們需要談談她打從一開始就有的一些疑慮，以及我可能面對的各種風險——這種對話內容只能當面談。

每個人都會遇到這種必須做出重大抉擇的時刻。就像以前進入戰區報導前，我都會試圖預先思考所有可能出錯的地方。而現在我也開始思考，如果我選擇一條安全的道路，就直接待在國外不回馬尼拉呢？但那是個我不能認真考慮的選項。我必須擁抱我的恐懼。事後證明，這些和律師討論的過程，讓我對眼前的道路產生極為巨大的信心危機。

那天晚上在艾瑪家，她談起達芙妮·卡魯阿娜·加利西亞的案子。高爾菲歐恩·蓋勒跟我談過很多達芙妮的事，包括讓我看一些網路上針對她的惡意攻擊，比如將她的頭畫在動物的身體上。我也給高爾菲歐恩看過一些用來對付我的非人化迷因。

我跟艾瑪說，達芙妮的兩個兒子有跟我聊過。「馬修和保羅強調他們很擔心我。馬修帶我去吃午餐時曾說，『你正步上我母親的後塵。』那讓我一時說不出話來，艾瑪。因為當汽車炸彈炸死他母親時，他人正在廚房裡。」

達芙妮的家人曾引用我跟他們的私下談話段落，發表一篇聲明：

多年來，我們看著馬爾他的前首相約瑟夫·慕斯凱特（Joseph Muscat）和他的親信愈來愈喪心病狂地攻擊達芙妮……

令人心寒的是，這種針對性騷擾就跟瑪麗亞．瑞薩面對的困境極為類似，而且正是這些騷擾創造出達芙妮遭人謀殺的環境。

菲律賓政府正在創造出所有人對能瑪麗亞及其他記者進行暴力攻擊的可能性。這種針對瑪麗亞．瑞薩的法律騷擾，為的是一次次讓杜特蒂的官員及支持者明白她的敵人身分，並藉此間接允許他們做出更多攻擊。[14]

「情勢一觸即發，瑪麗亞，」艾瑪說，「你回去只能任由他們擺布。」

我努力去聽艾瑪說的話，也盡量對她的想法保持開放心態。我知道我需要把她的話聽進去。不過在晚餐過後，我有兩天感到極度疑慮不安，而且不停自我懷疑。我開始害怕。那是我長久以來第一次感到孤獨。所以我開始想像一些不同的未來，並試圖在腦中演練那些可能的人生路線。

隔天一大早，我和老大姐們取得聯繫。當時葛蘭達、貝絲還有柴剛結束在 ABS-CBN 外的抗議活動，於是當我說出內心的疑慮時，她們就湊在停車場裡聽。有沒有可能我們現在只是見樹不見林？我們現在的情況算是遭到溫水煮青蛙嗎？受政府壓迫及追殺的被害者怎麼知道何時該離開？我還提醒她們，《華盛頓郵報》的記者傑森．雷扎和他的妻子耶加內（Yeganeh）才剛延後離開伊朗的時間，就在今天被送入了伊朗監獄。

結果證明那是一場很難進行的對話，因為在這些提問中，我們的個人及專業利益少見地交疊在一起。她們知道我在害怕，但要是我選擇回應那份恐懼，她們就得承受我們節節敗退的後果。此時你們應該已經知道我有多愛這些老大姐：她們是人性善良的最佳示範，我們一起對抗最糟的惡魔，也為了公眾利益走上正確的道路。我不想當那隻棄船逃跑的老鼠，畢竟後續引發的逃竄效應，會讓整艘船真的沉沒。

所以我的共同創辦夥伴提醒我，面對危機時一定要先退開一步、客觀分析，然後再審慎調校我們打算做出的反應。「看看歷史吧，」葛蘭達說。「我們知道會有什麼結果。我們也一直都知道我們在做什麼，而這一切目前都沒有改變。」她和貝絲指出，政府目前採取的攻擊，本質上都是檢察總長荷西．卡里達配合總統發動的法律攻擊；所以至少對現在的我們來說，杜特蒂政府選擇的武器都還只跟法律有關。

「我們確實必須持續追蹤，確認這種情況有沒有改變，」貝絲提醒我們。「我們也確實有在追蹤。我們有足夠的消息來源，要是情況有變我們會知道。」

可是，隨著政府、執法機關及軍隊內部的一次次清洗，那些有能力、履歷扎實且可以讓我們當成訊息來源的專業人士逐漸遭到淘汰——他們不是選擇退休，就是在杜特蒂派來的三流長官手下選擇噤聲。這是由無能、傲慢跟有恃無恐共同醞釀而成的災難性後果。

「瑪麗亞，要是不回來，你就是棄保潛逃了，」柴提醒我。

「我知道，我可不能讓他們為此感到得意，」我回答。

就算政府把法治弄成一場鬧劇，我還是選擇遵從法律原則。可是要是我被非法起訴，我的不配合算是犯法嗎？這是艾瑪不停在強調的一個論點。那些提出指控的人表面上是在維護法治，但其實是藉此在扭曲、破壞法治，而這就是此刻正在發生的滑坡效應。

隔天早上，也就是我應該搭機返回馬尼拉那天，我和高爾菲歐恩一起見面吃了早餐。她開始跟我說明接下來要做的事，而且就跟前一晚的艾瑪一樣，她非常擔心我回去必須面對的風險。她非常投入這些幫助記者及人權運動者的法律及倡議工作，而且往往是在全世界一些處境最艱難的地方工作。她有勇氣前往其他律師都避之唯恐不及的地方。我也信任她。

但這次，我的心情已經變得跟之前一樣篤定。我陪她走到旅館門口，我們擁抱。

「你會搭上回去的班機，是吧？」高爾菲歐恩問。

「是，我會，」我說。「我得待在那裡，這是我該做的事。」

自從二〇一九年起，就不停有記者問我為什麼選擇回到菲律賓，而我的回答都很簡單：這是我唯一能做出的選擇。

隨著時間過去，你開始習慣恐懼。你接受壞事有可能發生，而且就算真的發生又怎麼樣呢？我已經可以幾乎像是執行外科手術一樣剖析那些最糟的可能性。我知道我可以撐過去。而且就算是最糟的處境中也會有好事。比如要是我入獄了，我至少睡得著，這就算好事。

在二〇一九年的最後幾個月，尤其是到了二〇二〇年三月各地開始因冠狀病毒疫情封城之際，我已經疲倦到開始崩潰。將近四年來，杜特蒂的宣傳機器不只用性別歧視及厭女的惡毒貼文來攻擊我，還為了替政府未來對付我的行徑架好舞台，開始針對我所謂的「罪狀」編織起元敘事。隨著指控我的案子愈來愈多，我每次離開菲律賓就必須獲得法院允許，而他們直到那時候為止也一直允許我出國。或許政府希望我出國後棄保潛逃。可是正如同老大姐所說的，一旦我棄保潛逃，他們的謊言就會成為現實。選擇棄保潛逃代表我選擇犯法。我會因此成為罪犯。

事情在我看來很清楚：沒有人可以逼你做你不想做的事。政府所採取的所有這些行動——網路攻擊、來自總統的威脅、針對我提出的法律訴訟——目的都是要嚇唬我，好讓我原本抱持的價值觀遭到恐懼摧毀。政府裡的那些人想要我變得跟他們一樣。

只可惜：我、跟、他、們、不、一、樣。

所謂的**煤氣燈操縱法**（gaslighting）——施虐者會為了逃脫責任，而宣稱受虐者精神失常，或指控受虐者做出施虐者的行為——在社群媒體時代出現了全新的意義。這種虐待行徑不但可以在社群媒體上指數性增長，還能創造出從眾效應。所以，就算這些不停重複的謊言真有可能讓一些人相信我是罪犯，卻也讓我更加堅信這個政府果然願意為了鞏固權力而屢次犯法。我擁有親身經驗。這些都是證據。

這也讓我深刻地理解到兩件事，一件事跟他們有關，另一件跟我有關。

讓我們先從政治操弄者以及其他缺乏道德感的人開始講起，這些人願意為了懲罰記者而操弄法律和政府機關。這些阿諛上位者不停犯法，然後再用手上的權力讓自己脫身。杜特蒂政府的言行舉止中暗藏的價值觀[15]就跟黑手黨無異：為了自己的利益使用權力，並想盡辦法不為此付出代價。這在一個以酬庸為核心的封建政治體制中非常有效，也有利於建立一個盜賊統治的體系。

當然這些都是掉書袋的詞彙。總之，這些社會問題的根源，就是我們投票選出的人在行使權力時，往往牽涉到各種得以快速收割的金錢收益（一般人通常會說是貪汙所得）。這些人也必須隨時間過去想辦法維繫手中的權力，因為一旦政權輪替，他們為了貪污做過的事就會被揭露出來。

隨著即將在二〇二二年五月舉行的下屆總統選舉逐漸逼近，杜特蒂的盟友們更迫切地想保住手中的權力。他們開始採取愈來愈大膽的手段，從修憲、煽動暴力氛圍、阻止他人競選總統大位，到透過增加津貼及退休金來賄賂軍警。杜特蒂自己都承認：他是用暴力和恐懼在領導這個國家。16

這就是為什麼我要一直回去，同時也是我留在這裡奮戰到最後的原因：我相信，我想要的反擊方式就是繼續關注政府對待我、《拉普勒》、其他記者、人權運動者，還有菲律賓公民的種種手段，並揭露出過程中每個濫用權力的地方。

作家娥蘇拉．勒瑰恩（Ursula K. Le Guin）寫過一段很棒的話（她的這段原文寫的是「男孩」和「男人」，但我會改成「女孩」和「女人」）：「還是個小女孩時，你以為巫師無所不能。我也曾經是這樣想的。我們全都這樣想過。而事實是，隨著一個女人真正的力量開始增長、知識見聞也變得寬廣，她眼前的道路也就變得愈來愈窄：直到最後她不再做出任何選擇，而只是全心全意去做她**非做不可**的事。」

就在社群媒體敲打社會的裂痕、玩弄我們的不安全感之時，在我們眼前的道路其實也很簡單：我們必須過濾掉所有雜音。

你永遠可以選擇做你自己。我選擇——一如既往地——遵照我一直以來的價值觀繼續生活。我不會成為對抗罪犯的罪犯。我不會成為對抗怪物的怪物。

當生命受到死亡威脅時，你會特別珍惜生命。這時為了尋找人生的意義，你的每走一步都是在奮戰，真的是無時無刻。這是我們人生中最重要的課題之一，而為我上了這一課的人是小雀。

當時她的第一段婚姻已宣告無效，但她總算在找到此生摯愛後，生下一個名叫璜周（Juancho）的兒子，我則是這個孩子老是沒機會相處的「教母」，用菲律賓文說是「ninang」。在我們創辦《拉普勒》後，她成為彭博電視菲律賓頻道的負責人、《菲律賓星報》（*The Philippine Star*）的專欄作家，還有TV5電視台的主播。但交情很好的我們還是常會一起在晚餐約會或清晨時分花很長的時間敘舊，這些長達好幾小時的難忘漫談連結起我們生活的不同世界。

時間回到二〇一六年，小雀本來已經緩解的癌症氣勢洶洶地捲土重來[17]，而且這次復發還轉移到她的下背部，並在檢查後確認為第四期。大家都知道癌症可沒有第五期。

「你要怎麼贏過一個不用公平手段跟你對打的疾病呢？」在得知消息後，小雀在她的癌症支持團體中這麼問。「如果奮戰根本沒用，那為何要奮戰？如果奮戰不能治好你，落敗也無從避免，那唯一的理由難道只有『別不戰而降』嗎？」

他們告訴她：無論我們是癌症倖存者、病患，還是百分之百健康的個體，其實我們每天都在一點點死去。你活過的每一天都無法重來。現在我們想要的只是讓剩下的日子充滿意義。

小雀聽進去了。

於是，當我覺得我在為自己的生命奮戰、在想辦法反擊那個對我濫用權力的政府時，小雀讓我可以用全新的觀點來看待這件事：我的審判跟她的遭遇相比，可說是相形失色。而且就算如此辛苦，她仍不停對我伸出援手。每當網路上的攻擊和謊言數量增加時，她都會通知我；只要我覺得快被這一切淹沒時，她就會開始替我回覆留言。她總是想知道我怎麼了？感覺如何？她會努力給我力量，同時在我做不到時替我咒罵攻擊我的人。

她幫我找出某個謊言的散播者是前任記者，對方在推特上表示我的父母是印尼人。後來這個人的社群媒體發文透過杜特蒂的宣傳機器不停到處推送。

小雀非常兇悍地回覆了這些推特上的留言。她的發文讓我充滿力量。我的回覆永遠不會像她這麼有力道。

雖然她的診斷結果令人絕望，我卻始終認定她有辦法像第一次那樣擊敗癌症。我直到最後都還在抗拒事實。

其實在二〇一九年時，她的外觀改變就應該要讓我有所警惕：她的頭髮全數掉光、身體必須綁上支撐帶；在我們最後幾次午餐之約的其中一次，她還拄了拐杖。我主動提議要去她家吃飯，但她表示想來辦公室找我。那時的她必須為了避免染病戴上口罩，還要求我在她走路時扶著她。

但儘管如此，我還是認定她的意志力可以讓她戰勝疾病。我想我應該重新檢視我所抱持的這個基本信念：你能用你的心靈影響你生活的這個世界。

二〇一九年十二月，小雀的健康狀況急轉直下，謝琦和我去醫院探望她。那時一甩原本病弱姿態的她開始擬定許多機會。她表示想看跨年煙火，所以我提議來我家看，因為從我的公寓可以看到完整而美麗的天際線。屆時她、她的丈夫保羅，以及兩人的兒子璜周可以一起來我家過夜。由於她的免疫系統已經因為癌症治療而受損，我取消了原本計畫要辦的派對。

他們在十二月三十一日抵達時，外面的天已經黑了。保羅用輪椅推著小雀，璜周把他們的行李放進客房。小雀的思緒還是清晰的，她為此鬆了一口氣。醫生現在已經有開止痛的吩坦尼（fentanyl）給她，而就算是他開的四分之一劑量都有可能讓她無法思緒清晰地寫作或思考。其實，在杜特蒂總統剛就任以及後來的二〇一九年，他本人都曾承認自己有使用吩坦尼。由於

Malcolm Conlan @MalcolmConlan · Jul 18, 2019
她怎麼會是菲律賓人？她的父母都是印尼人，
她能出生在菲律賓純粹是因為運氣好，才剛好有了菲律賓的公民身分。
27 2 12

Twink Macaraig @twinkmac · Jul 18, 2019
她的父母都是菲律賓人。她的父親死了，她的母親後來跟一個美國人結婚。但總之她父母都不是印尼人。我知道是因為我從四歲到九歲都是她在馬尼拉的同學。她有個一等親是菲律賓鋼琴家羅爾．桑尼柯（Raul Sunico）。你的資訊來源是哪裡？說清楚啊。你這惡毒的痞子。
12 66 464

Maria Ressa @mariaressa · Jul 18, 2019
謝謝你，小雀！
2 2 79

Twink Macaraig
@twinkmac

Replying to @mariaressa @MalcolmConlan and @FlamingPie30

沒什麼。你被人散布的謊言實在太多了，就算只能破解一個也是我的榮幸。小心安全。
#堅守陣線 #捍衛媒體自由

8:05 AM · Jul 19, 2019 · Twitter for Android

他使用的劑量比小雀高很多，她強烈質疑杜特蒂怎麼可能還有辦法清楚思考。

保羅把小雀推進客廳後留下我們兩人獨處。小雀顯然想說些什麼。我們閒聊十五分鐘後，她說她開始覺得累了。看到她那麼脆弱實在讓我心碎。

「瑪麗亞，我死了之後不想辦守靈，」她說。

「喔，拜託，小雀，別說這個了。你會打敗這場病，」我說。「我能幫上什麼忙？讓我們來規劃

你之後要做的事吧。」

「還記得我跟你說我死後想辦派對嗎？」她問。「我現在還是這麼希望。」

我是在一九八六年回到菲律賓，剛回來的我很常在凌晨兩點左右跑去她家。我會在她家過夜，醒來後再一起閒聊和人生、愛情有關的話題。我們的人生當時才剛起步，所以曾在閒聊間談起我們希望自己死去的方式。小雀向我解釋，菲律賓人會在所愛之人過世後把死者放進敞開的棺木，然後在這具棺木前沒日沒夜地待上好幾天，而這是我在得知後最感到不舒服的習俗之一。那就是守靈，用菲律賓語說是 lamay，這個習俗通常會延續三到七天，有時甚至還會更久。

「我不想要人們看著我，」她當時這樣告訴我，「因為到時候我已經不能看著他們了。所以絕對不要守靈。我寧願我的朋友們一起辦場派對來為我慶祝。」

我一聽自然嚇壞了，兩人為此爭辯了好幾年。如果你跟我們一樣常在報導死亡和毀滅性事件，那當然會有很多機會討論這種事。

不過隨著年紀愈來愈大，我意識到守靈不是為死者辦的。那其實是為了生者存在的習俗。

2019 年 12 月 31 日的跨年煙火，我和小雀・馬卡瑞格及她的老公保羅・阿爾卡瑟彥（Paulo Alcazaren）一起。（照片由派翠西亞・伊凡傑利斯塔拍攝）

「答應我你會辦一場派對，」她在二〇二〇年炸開的新年煙火前握住我的手這麼說。我不記得自己有沒有答應她。反正我也不需要。因為不管發生什麼事，總之我都會照她的意思做。

二〇二〇年一月十四日，就在一場大流行逼迫我們必須像她之前一樣戴上外科口罩之前，小雀死了。我一直到五月九日才真正意識到這是真的了，因為那天是她的生日；如果她還活著，會在那天滿五十六歲。

此時全球性的大規模封鎖已經逼迫我們必須在家隔離，我因此有餘暇找出我們的一些老照片，和她在二〇一九年寫的一篇專欄文章。我知道她為此投注了多少心力，因為她還特別在發表前把草稿寄給我看。這篇文章中的她已經接受自己的死亡，不過卻也在接受的同時宣戰，她透過自身的癌症來談這個國家為了民主所進行的戰鬥。她寫道：

我看著這個我努力想繼續生存其中的世界，卻只感到絕望。菲律賓人選出來當總統的這個暴君讓人民染上惡疾，就連最致命的癌症都相形見絀……

癌症和暴君都壓抑了我們的自由。因為疾病的作用，我的一舉一動都受到極大的限制。我無法再奔跑、做瑜珈的拜日式、打網球或報導一則新聞事件。我的免疫系統受損得太厲害，因此每次走進充滿人的空間都成為一場賭注。我無法長時間站立或坐直身體，複視問題也讓寫作變得困難。簡而言之，在往後的人生中，我成年後就投身其中的新聞事業已不再是一個可行的選項。就更廣泛的脈絡而言，杜特蒂讓我們的體制充滿了跟他一樣不把人權、正當法律程序，以及文字真實意義當一回事的爪牙，並因此弱化了我們的體制。這些體制是構成我們國家免疫系統的一部分，而這個免疫系統原本是要用來確保我們的自由可以獲得保障。但相反地，現在這個體制卻也在壓制反對意見、將所有反對者妖魔化，而且不讓媒體進行批判性檢視。憲法是我們民主體制的最後堡壘，同時也是我們這個集體免疫系統中的關鍵元素，此刻卻也正遭到瓦解。等真的瓦解殆盡後，這個國家的防護力會徹底消失，當然也包括憲法保障的所有自由。

所以，人民的怒火在哪裡？反抗在哪裡？

我的腦中有個微弱的聲音在說，別看我，我快死了。我應該有資格不管這一切了吧。

我已經跟我的死亡和解了……我最後的遺言及遺囑——在我的淚眼婆娑下寫就——就收在一個安全的……

我大可放棄、屈服、投降。但我不會。

以下這段無論讀多少次，我都會哭。

……因為放棄奮戰，就等於忽視一個仍然存在且無比真實的選項：菲律賓人可以選擇變得更好、也值得更好的生活。而且我們還有一群勇敢、高尚的靈魂因為相信菲律賓人可以更好，因此就算可能付出生命都仍要堅守陣線。他們即便不是解決問題的萬靈丹，卻也象徵著一條可能找出解方的孤獨道路。我或許已經來不及看到這條道路的美麗盡頭，但我們的下一代可以。

因此，當我的親友及他們的親友不停為了讓我好起來而誦唸玫瑰經、或為我送來各種脈輪及咒語的力量時；

當我的丈夫持續用他的貼心感動我，我的兒子也總有講不完的傻氣笑話、變不完的魔術把戲，還會跟我分享他每天認真蒐集的有趣小故事時；

當我的核心——那個儲存著我的良心及信念、愛與夢想、回憶及自尊的所在——始終能夠不受到任何動搖的同時，我都會繼續奮戰。[18]

我也會永遠記得小雀。

安息吧，我的朋友。

第十一章

堅守陣線

那些殺不死你的，都會讓你更強大

2020 年 6 月 15 日，雷伊・桑托斯二世（Rey Santos, Jr.）、泰德・戴（Ted Te 的音譯）和我在我們遭到定罪後一起回答記者的提問。（《拉普勒》）

二〇二〇年二月，我在倫敦和卡洛爾．卡德瓦拉德一起吃了晚餐，那是我在疫情襲來前跟其他人一起共享的最後幾頓晚餐之一。卡洛爾是《觀察報》的記者，她和《紐約時報》的幾名記者一起做出揭發「劍橋分析」一案的報導。大英帝國推行脫歐運動最慷慨的資助商人亞倫．班克斯（Arron Banks）是在前一年對她提起毀謗案的訴訟。[1] 做為回應，卡洛爾也回頭對他提起毀謗訴訟。[2]

在疫情期間，卡洛爾和我會針對新聞報導與行動主義之間的界線彼此交流，其中包括網路上的攻擊如何影響我們的工作，以及我們又是如何處理目前正在進行的法律訴訟。由於總是在承受大量攻擊，我們必須重新檢視新聞報導與行動主義的老舊定義。卡洛爾面對的挑戰非常巨大，畢竟她的背後沒有一個支持她的組織。她利用一場成功的群眾募資活動來支付她的法律相關費用，但還是需要把房子拿去抵押。在那些最低潮的時候，我們總會定期關心彼此的狀況。[3]

卡洛爾那系列石破天驚的報導為她引來大量攻擊，也讓她陷入跟我類似的困境。卡洛爾是這樣跟我描述的：「在英國，我看到的是民主體制遭到侵蝕，以及科技平台在其中扮演的角色，另外還有一些行跡惡劣的機構出現在其中，但這卻讓我陷入一場文化戰爭。與其說這是『捍衛法治的戰爭』，有人更認為這是『捍衛國家安全的戰爭』，而這兩者並不相同。總之我現在被當成了一個反英國脫歐的猖狂人士……就是這個標籤導致那些厭女、辱罵的語言出現……我發現自己被針對、遭人抹黑。這件事讓我無法做我原本的工作，因為我被當成是一個……狂熱分子、一個爭議性角色，但我其實只是想做好我的工作而已。」[4]

我的情況也很類似，那些在網路上的針對性攻擊將我描繪成一個反政府主義者或艾奎諾支持者，他們把我的報導政治化，但我和《拉普勒》從未這麼做，而其實在此之前，菲律賓的政治環境和媒體並不像美國和英國這類國家一樣強調意識形態。這些針對我的攻擊已經開始影響我的工作，比如我無法再訪問到政府官員。在跟卡洛爾的一次聊天之後，我打電話給老大姊們，討論要讓我慢慢離開編輯台的時程表。我們都同意讓我繼續執行在技術、數據資料及行銷營運部門的工作，可是我將不再是執行主編。於是從二〇二〇年十一月開始，《拉普勒》的新聞編輯部正式交由葛蘭達．葛羅莉亞來掌管。[5]

我就此進入人生的新階段：我從研究者變成行動者。此刻的我沒什麼好損失的了。我因為疫情封鎖而無處可去，面對的還是可能讓我終身監禁的審判，可是同樣在那一年，《拉普勒》的全新經營模式已經成功開始運作，於是我因此又有能量去嘗試一些新事物。我已經意識到新聞報導不只是提出解答的手段之一，還能讓事實生存下去，但重要的是要讓社會中的各個社群有所回應。我們需要在全球各地找出一種公民參與的新模式。

從二〇一六年開始的頭幾年，我都還是會去跟臉書的高層主管溝通，希望我們的數據和論述可以督促他們針對這個平台的部分面向做出改變。但到了二〇一八年，我意識到臉書不會作出任何實質性改變。等到了二〇二〇年，我已經開始覺得臉書就是邪惡的一方。同樣在那一年，卡洛爾邀請我加入她的原創計畫，我們之後將此稱為「真正的臉書監察委員會」（Real Facebook Oversight Board）。[6]

馬克・祖克伯最近宣布創立臉書的「最高法院」，該監察委員會[7]的設計是要將原本的內容審核工作帶到一個類似法院的獨立機構來處理。這個委員會打從一開始要處理的議題就錯了：真正的問題始終不是「內容」。最需要優先處理的問題是這間公司的訊息分發模型，而針對內容的監察委員會永遠趕不上網路訊息傳播的速度。

「真正的臉書監察委員會」則由許多專家組成，這些專家的工作是要求臉書修正此刻正在摧毀我們世界的種種政策。其中一位專家是肖莎娜・祖博夫，她就是創造出「監控資本主義」一詞的學者。其他人還有羅傑・麥克納米（Roger McNamee），他是臉書一開始的矽谷投資者之一；拉沙德・羅賓遜（Rashad Robinson）是推動公民權利的非營利組織「改變之色」（Color of Change）的主席；德瑞克・強森（Derrick Johnson）是美國全國有色人種協進會（National Association for the Advancement of Colored People，簡稱 NAACP）的主席兼執行長；另外還有反誹謗聯盟（Anti-Defamation League）的執行長喬納森・格林布拉特（Jonathan Greenblatt）。我開始明白，運動者在這類行動中的角色非常關鍵。學者和記者有可能在原地不停繞圈，但運動者能針對不同的行動要點提供可能的路線圖。

「真正的臉書監察委員會」是在二〇二〇年總統大選的一個多月前開始運作。在這樣的危急存亡之際，我們認為是該擊破祖克伯總是迴避各種批評的作法，以及臉書無法想像的巨大權力為我們帶來的習得無助感。

「我們這個團體只有一個目標，」肖莎娜說。「我們需要有人採取全面性的行動，來確保臉書不能被當作用來破壞選舉的武器，甚至藉此進一步破壞美國的民主。」

我們決定，與其提出廣泛、鬆散的訴求，不如先聚焦於臉書有辦法快速做出回應的要點[8]，特別是當時我們的時間所剩不多，而且川普的行徑已經變得愈來愈有恃無恐。我們在討論後精煉出三個訴求：認真執行臉書自己的政策並移除可能引發暴力的貼文；禁止張貼意圖讓選舉結果失去合法性的廣告；採取行動避免有關選舉結果的虛假訊息及錯誤訊息出現。不過這個時代的陳腔濫調莫過於此：臉書在二十四小時內就表示已有採取相應行動。

雖然臉書從未承認，但他們開始攻擊我們的成員。在那幾個月期間，無論是《拉普勒》根據自己的數據及研究對臉書及社群媒體做出的大部分發現，還是我們本來就抱持的諸多懷疑，都逐漸獲得許多記者、吹哨者，還有那些公司自己的證實。

其中受到攻擊的一位是克里斯多福・懷利（Christopher Wylie），他是「劍橋分析」一案的吹哨者，我曾跟他見過兩次面——一次是以記者的身分採訪他，第二次是參加他的《工作室B：即興發揮》（*Studio B: Unscripted*），那是在倫敦錄製的一個半島電視台（Al Jazeera）節目。[9] 我一直希望有人可以證實《拉普勒》一直以來的發現，而他不只核實我們的數據，還針對他協助建立的程序及產品提供分析。

克里斯在歐巴馬的競選團隊中學到有關數據及廣告定向的相關知識，後來也把這些知識帶到加拿大的反對陣營團隊。他自學寫程式碼的技能、上過倫敦經濟學院（London School of Economics）的法學院，而在意識到「劍橋分析」搞出他口中「用來惡搞人們大腦的心理戰工具」時[10]，他還拿到了有關流行趨勢預測的博士學位。在我們對話時，他也可以清楚解釋劍橋分析這間公司跟菲律賓的關係。

「劍橋分析的醜聞爆發時，」我在我們第一次會面時對他說，「受到負面影響的最多臉書帳號在美國，其次是……」

「……在菲律賓，」他立刻回答。[11]

克里斯之前就職的公司名為策略性溝通實驗室集團（Strategic Communications Laboratory，簡稱 SLC），這間劍橋分析的母公司已在菲律賓政界運作了很長一段時間。之後他去為劍橋分析工作，而那裡的職員也會去菲律賓出差。克里斯從劍橋分析獲得的資訊及教訓是，「殖民主義不死，只是轉移到網路上。」

「在賺錢這件事上，ＳＬＣ和之後的劍橋分析會跑去管制制度相對處於未開發狀態、或是法治規範不健全的國家，」克里斯解釋，「因為這樣他們就能為所欲為，然後他們會透過自己的宣傳活動來支持特定政治人物，好讓這些人之後願意回報一些好處。」[12]

克里斯意識到，就算西方力量表面上已正式退出一個國家，卻仍留下了特定種類的影響力。「只是運作方式變得更謹慎。而ＳＬＣ的專長就是做這件事，」他說，「那間公司也有在菲律賓運作。你只要看看那些開發中國家或是南方國家，其中有些國家的網路滲透率及社群媒體使用程度就是高得特別顯眼。菲律賓就是其中之一，你們有很多人上網，也有很多人在使用社群媒體。你們擁有成為理想目標的充分條件。」

「適合用來作實驗的理想目標嗎？」我問。像是雅虎這些公司的前任數位產品經理和其他新創公司的創辦人，都曾跟我說過同樣的事：如果你想為西方進行數位產品的測試工作，第一站都是來菲律賓。

「對，」克里斯說。「……無論是操弄選民意見或散播宣傳內容，要在美國、英國或歐洲這種管制系統相對健全的地方執行會比較難，那些地方的執法狀態比較健全……而貪汙盛行的國家就像創造出一個理想的培養皿環境，你可以實驗各種無法輕易在西方施展的花招與技術，如果最後沒有用也沒關係，反正也不會被抓。但要是成功了，你就可以開始思考如何把這些手法輸入到其他國家。這間公司在東南亞及非洲的許多地方都有運作，另外還有加勒比海國家；他們在這些地方翻玩各種想法、嘗試開發不同的科技技術，然後再輸入西方國家。」

「如果我說，在菲律賓進行的各種試誤實驗、也就是這裡的培養皿環境，其實是在為英國脫歐和唐納．川普的崛起預先鋪好道路，這算是合理的說法嗎？」我問。

他沉默了一下。「好，如果你看看菲律賓——」他又沉默了一下。我想他或許在思考如何避開法律面的潛在雷區。

「最近的菲律賓政治圈看起來跟美國的很像，」他繼續說，同時一邊翻白眼一邊揮動雙手。「你們有一個在川普變成現在的川普前就已經是川普的總統，你們那裡也有一群跟他親近的人和ＳＬＣ及劍橋分析都有關係。你們有很多的數據資料都遭到蒐集——除了美國之外，數據資料蒐集量第二名的就是菲律賓。此外，如果你去看ＳＬＣ和劍橋分析是如何在許多國家運作的方式……他們常會說他們使用……他們不會用劍橋分析這個身分去到其他國家。他們也不會用ＳＬＣ的身分進去其他國家，因為那樣就太明顯了。所以他們會使用當地的合作夥伴——」

「代理人，」我釐清用詞。

「他們會使用代理人，」他繼續說。「……他們自己在影片上承認過。他們會到其他國家設立一些亂七八糟的公司，都是空殼公司，然後把員工派過去。這會讓負責管制工作的人或反對黨很難真正搞清楚發生了什麼事。而且就跟他們也另外承認過的一樣，一旦選舉結束，他們就拍拍屁股走人。所以他們說來就來、說走就走。他們就是把人派來派去，然後你知道他們可以隨時再回來要求一些好處做為回報。」

「好，」我打斷他，「亞歷山大・尼克斯（Alexander Nix，劍橋分析的總裁）在二〇一五年底來到菲律賓，當時競選活動還沒開始，後來有一張他的照片——」[13]

「對，他有跟那裡的人見面，」克里斯說。

「——跟為杜特蒂工作的人見面，」我把他沒說的部分說完。

「沒錯！不然你以為他去那裡做什麼？」克里斯問。[14]

每次又有人揭露臉書的手法時——從劍橋分析醜聞，到《華爾街日報》系列報導中由吹哨者弗朗西絲．霍根（Frances Haugen）洩露出來的文件——都確認了《拉普勒》長期以來的觀察，而且其中很多內容都是我們一開始就向臉書報告過的。我們都在某個階段將我在這裡寫下的內容跟臉書分享過，包括其中的顆粒化資料（granular data）。就算希望渺茫，我們也希望他們能採取行動。

而在臉書確實有採取行動的例子中，結果卻往往只讓問題惡化，或讓虛假訊息傳播的速度變得更快。其中一個例子就是關閉掉應用程式介面（application programming interface，簡稱API），那是一個讓第三方團體可以獲取資料的橋樑。這個作法原本是為了避免下一個劍橋分析醜聞發生，但也讓像我們這樣的研究者無從了解這個平台。《拉普勒》是首先開始關注留言中「偽草根行銷」現象的單位之一，這種作法誘騙大眾相信某些特定政治活動是真的擁有草根群眾的支持及共識。可是沒有API之後，研究者就無法再進行相關研究。馬克宣稱他是在讓這個平台運作變得更透明，但其實這間公司是在確保除了他們自己之外，沒有人能獲得足以看到整體局勢的數據資料。[15]

就算是這間公司自己進行的內部研究有了令人不安的發現，他們的高層也拒絕採取行動。二〇一六年有關德國的一場內部發表，就曾針對「加入極端主義社團的人有百分之六十四是透過我們的推薦系統」一事詳細說明，這個系統包括計算出「你該加入的社團」和「探索」的運算法。這份報告提出一個非常清楚的論點：「是我們的推薦系統造成了問題。」[16]

臉書在決定新聞組織的命運方面擁有驚人的能力——甚至是決定新聞產業本身的命運。現在的臉書有一個本該由運算法決定的內部新聞排名，但運算法本身勢必要由一個真實的人去編寫程式碼；此外，臉書還能決定是否要對特定用戶餵養更多的仇恨或事實。二〇二一年一月六日國會山莊發生暴力事件之後，臉書決定發布他們對最糟可能情況的反應計畫（稱為「敲破玻璃」措施）。[17] 其中一個就是提高事實的數量，這代表他們會在分發訊息的綜合運算數值中提高所謂「新聞生態系品質」的數值[18]，那是他們內部基於新聞單位報導品質而做的祕密排名。其中對於像是CNN、《紐約時報》和美國的全國公共廣播電台（National Public Radio，簡稱NPR）的推薦指數就特別高，而像是「布賴特巴特新聞網」（Breitbart）這種高度狂熱黨派分子的頁面，推薦指數則會下降。所以我們知道，臉書其實是做得到這件事的。

恢復「較良好的新聞動態內容」是「真正的臉書監察委員會」的眾多訴求之一。我們的菲律賓在關鍵的二〇二二年五月九日選舉前需要看到這個結果，而這也是所有國家在選舉時需要擁有的環境。

我一直都很清楚臉書對我們民主體制造成什麼影響，因為《拉普勒》有數據資料，而且我們經歷過臉書帶來的有害衝擊。在疫情襲來的二〇二〇年，我們的員工仍持續工作、研究，並做出許多新發現。

我們的「鯊魚缸」資料庫現在已經開放，任何想理解資訊作戰如何將強健的民主體制變成獨裁統治國家的學術機構和研究者都能使用。[19] 截至二〇二一年八月，「鯊魚缸」資料庫已從臉書上的六萬八千零九十七個公開頁面、兩萬三千七百三十六個公開社團，以及四百七十五萬九千六百七十八名用戶當中擷取出三億八千兩百六十三萬三千零二十一篇公開貼文，以及四億四千四百七十八萬八千九百九十四則留言。另外還擷取到來自二十三萬五千兩百六十五個網站的一千一百四十萬零兩百四十一個不重複連結。二〇二一年，Youtube 超越臉書成為菲律賓使用率第一名的社群平台後，我們立刻開始監控平台上的公開頻道，現在也已針對三十三萬一千四百七十一個頻道做出研究觀察。

底下是我們將資訊生態系製作成圖表的一個例子。其中每個圓圈都是一個臉書頁面，而圓圈的大小是基於它們的特徵向量中心性（eigenvector centrality），或者可以說是將訊息分散出去的力道。從二〇一六年到二〇一九年，我們可以看出傳統媒體組織已從中心被推到邊緣。

當時臉書已經啟動他們在菲律賓的國際事實查核計畫。《拉普勒》和一個小型非營利媒體組織「維拉文件」（Vera Files）成為臉書在菲律賓當地的事實查核夥伴。[20] 我一直堅信事實查核

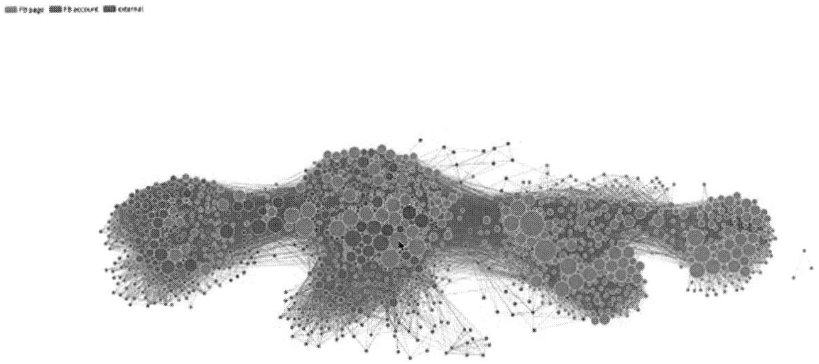

以上的組織網路圖表製作於 2018 年 10 月，時間點很接近 2019 年 5 月的期中選舉。圖表中央主要由親杜特蒂、親小馬可仕還有各種政府的帳號霸占，這些我口中的宣傳機器不停放出半真半假的謊言。由左邊的一些圓圈代表的新聞組織，則從中間被推到邊緣。右邊的兩個集群主要是快速成長的臉書迷因頁面，這些頁面隨時準備聽從選舉宣傳團隊的命令展開行動，而這個狀況也確實在 2019 年的選舉期間發生。

工作就跟打地鼠遊戲沒兩樣，但這項工作可以讓我們辨識出哪些發文的目的是蓄意誤導。杜特蒂政府立刻針對這項計畫表達不滿。[21]

我們在事實查核過程中的第一步是找出謊言。正如之前提過的一樣，最好的謊言就是半真半假的謊言，而這些謊言的運作是為了支持某一個元敘事，例如「杜特蒂是最好的領導者」或「記者都是罪犯」。第二步則是使用自然語言處理（natural language processing）這項技術，也就是利用電腦來處理大量文本後，找出虛假訊息網路中反覆出現的訊息。然後這個步驟將我們帶到第三步：辨識出跟這些組織網路有關的網頁及其他數位資產，包括那些仰賴此產業營利的組織。[22]

杜特蒂常使用不對稱作戰（asymmetrical warfare）的手法來鞏固權力，並因此導致社會出

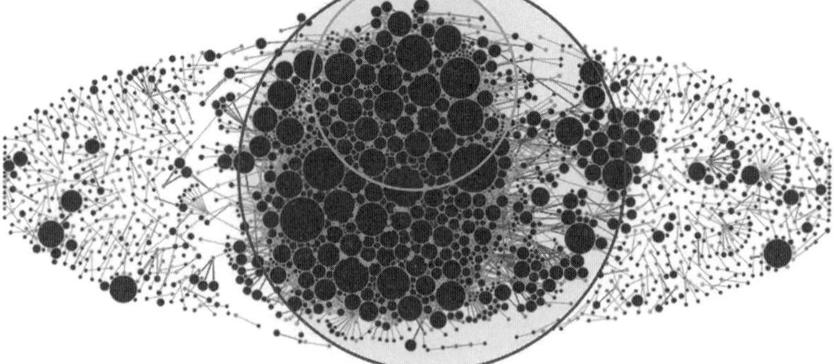

親杜特蒂社群在一個巨大且共同協作的組織網路中主動分享、傳播彼此的內容。
在此同時，反杜特蒂社群才剛開始在網路上組織起來，
單就內容數量來說落後很多。

Visualization: https://public.flourish.studio/visualisation/229794/

現極化現象。而像我們這些想為事實挺身而出的小團體，則試圖對抗那些更可能在親杜特蒂及親小馬克仕組織網路中傳遞的虛假訊息。

我們的資訊生態系幾乎已是一分為二的狀態，足以看出此現象的頭幾個案例之一，就是我在二〇一九年二月十三日遭逮捕的事件。你可以從下面的圖表看出，大多數菲律賓人分享、擴散的都是傳統新聞組織的訊息，因此讓新聞獲得更大的特徵向量中心性，但你也可以看到親馬可仕的組織網路直接跟政府帳號串聯，他們還會主動分享像是「VOV Ph」這類臉書社團的文章，那是一個不停遭到事實查核、且已被披露有加入並煽動資訊作戰的團體。

這些政府宣傳的成果通常有受到外力因素的協助及教唆。二〇一八年十二月，《拉普勒》的研

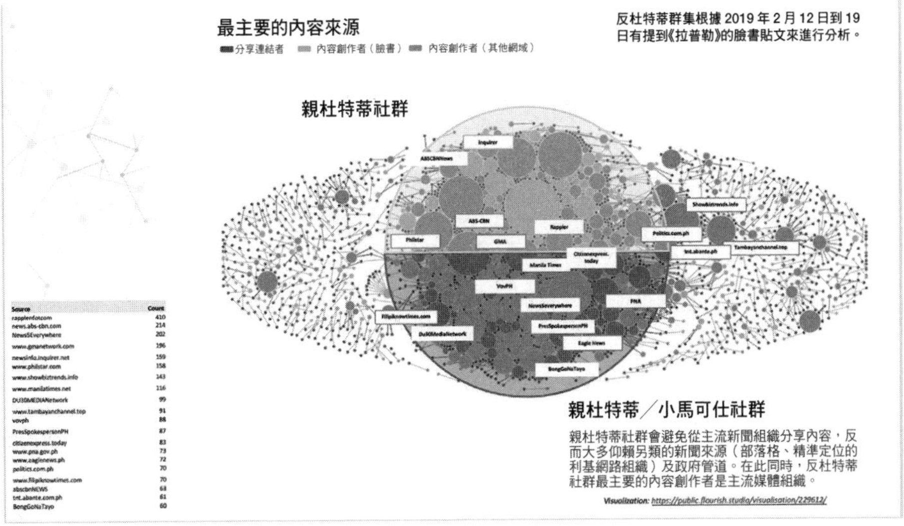

究團隊找到菲律賓的臉書專頁「每日哨兵」（Daily Sentry）與俄羅斯虛假訊息組織網路[23]之間的連結，這個專頁後來也很快成為攻擊《拉普勒》最不遺餘力的組織。

臉書之後會在二〇一九年一月下架「每日哨兵」專頁。二〇二〇年九月，臉書也下架了一些跟中國資訊作戰組織有關的頁面，這些頁面的內容除了專門攻擊我之外，還會為小馬克仕美化形象、支持總統的女兒薩拉·杜特蒂。另外為了美國的總統選舉，他們也會使用人工智慧產生的相片來創立假帳號。[24]在《拉普勒》報導的推波助瀾下，臉書也下架了許多進行所謂「貼紅標」（red-tagging）行動的軍警帳號，這個行動的目的是要把人權運動者、記者和政治人物貼上「恐怖主義者」的標籤。[25]

二〇二一年，《拉普勒》的研究團隊啟動了團隊史上最重要的計畫之一。[26]我們想深入研究並找出將網路暴力轉化為現實世界暴力的訊號。我們的目標是人權組織卡拉帕坦聯盟（Karapatan），他們在杜特蒂執政期間共有十五名成員遭到殺害。我們發現，受害者的網路帳號在此之前並沒有遭受針對性攻擊，只有那些高調的人物和團體才會遭受這類攻擊。可是，那些暴力訊息的傳遞仍舊創造出一種足以讓任何人去殺害卡拉帕坦聯盟成員的環境，其中包括扎拉．阿爾瓦雷斯（Zara Alvarez）。[27]她曾要求法院提供保護，但直到最後都沒等到。

某天晚上，她和一個朋友走在路上，但才剛買完晚餐就被一名槍手從背後射殺。那名行刺者為了確定她死了，還直接站在她倒下的身體旁，往下又開了幾槍。這種基於政治動機的殺戮行徑既殘暴又明目張膽，理應要挑起大眾的憤怒及驚恐情緒，可是又一次地，宣傳機器立刻動作起來。菲律賓政府於此時創立了一個資金充裕且由軍方領導的單位——「終結當地共產武裝衝突國家特遣隊」(National Task Force to End Local Communist Armed Conflict，簡稱 NTF-ELCAC)，這個單位很快就展開帶有他們自己獨創風格的麥卡錫主義式反共聖戰行動。

底下的圖表將卡拉帕坦聯盟和 NTF-ELCAC 在臉書上的能見度放在一起比較。你可以看見，人權團體能觸及到的群眾非常有限，因為他們缺乏通往各個公共樞紐的數位通道。相反地，NTF-ELCAC 則有利用政府帳號建立的「貼紅標」組織網路及虛假訊息網路可使用。結果

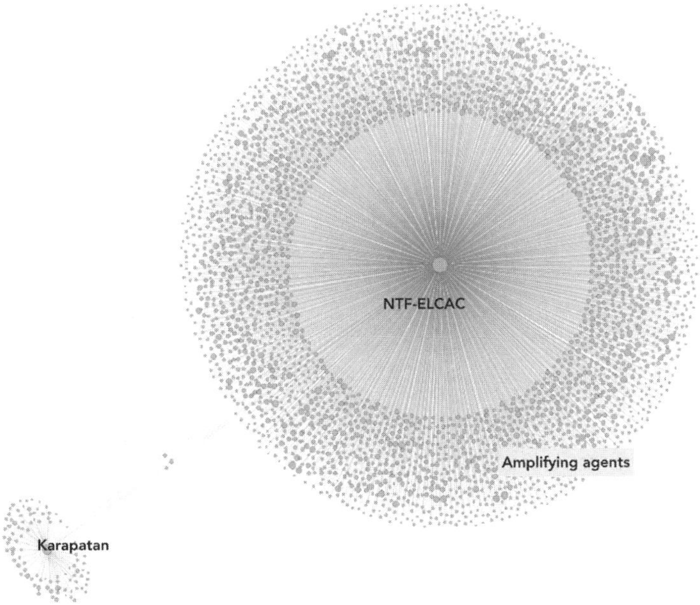

臉書上有關運動者遭到殺害的討論

政府單位和媒體組織專頁的按讚數

以下顯示的是部分菲律賓政府單位及媒體組織從 2020 年 1 月 1 日到 2021 年 9 月 30 日的成長狀況。上下垂直的長條顯示的是每日互動率的改變（七日的平均改變動態），線條顯示的則是專頁按讚數的累計增長狀態（以增加的百分比來呈現）。

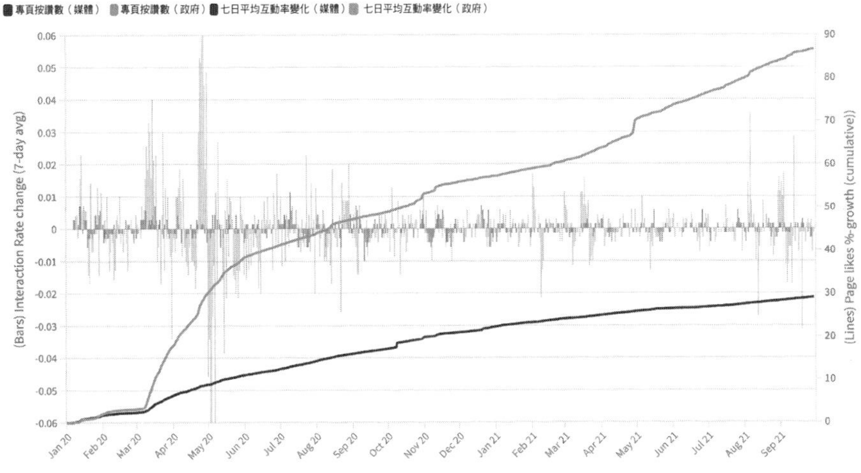

就是，那些受到針對性攻擊及殺害的運動者消息永遠待在一個無法突破的泡泡內；換句話說，這些消息只能在進步團體及少數報導相關新聞的新聞組織之間流傳。

這說明了菲律賓資訊生態系的演化，同時也說明 NTF-ELCAC 為何自成立後就扮演了如此顯著的角色。這個圖表顯示 NTF-ELCAC 和政府單位的聯手多麼有效——他們使用在反毒戰爭中的試誤手法，而且在二〇一八及二〇一九年的臉書下架措施後持續進化——他們的聯手可以放大虛假訊息及辱罵特定目標的效力。這是杜特蒂政府使用暴力及恐懼的第二波行動，這波行動創造出足以讓真實世界產生更多暴力的環境，同時也是另一個版本的「敵我分明」。

如此情況又因為疫情而更加惡化，這是另一個「通往地獄的道路是由善意鋪成」的例子。臉書決定優先推送官方衛生部門的資訊，這代表記者向當權者問責的能力進一步遭到縮減，因為政府可以藉此讓自己的粉絲專頁快速累積人氣——比所有新聞組織的專頁都快。在這些快速成長的政府頁面中，成長幅度最顯著的是一直以來協助將運動者及記者「貼紅標」的軍警相關頁面。藉由優先推送來自「官方」的訊息，臉書對記者做出攻擊，這樣的攻擊因為有國家資產撐腰而更具效果，也更難制衡。

那我們還可以採取什麼行動呢？當被問及運動者是否應該創立假帳號或使用跟他們類似的技巧時，我的回答都是一樣的：別在對抗怪物時成為怪物。這又讓我們回到平台本身。這個平台總是能逍遙法外的狀況應該要停止了；他們必須為自己的行為負起責任。

至於那些利用平台的政府及政治操弄者，我嘗試過各種反擊的方法：忽視他們（沒有用——你在不知不覺間就落敗了）；回應他們（必須花費大量時間，而且太過孤軍奮戰）。最後我找到了足以引領我行動的北極星，這也是《拉普勒》為所有大眾做出的提案：建立行動的社群。

我們要如何為了反擊去創造出一個利用科技、資料數據還有公民參與的全社會一體方案呢？為了二〇二二年五月選舉，這是我們設定要去達成的目標。

但首先，《拉普勒》必須想出生存下去的方法。持續的網路攻擊不只影響到《拉普勒》本身和我們的社群，還對我們公司的財務狀況造成巨大衝擊。自從二〇一六年十月開始，我們的單頁點閱率和廣告收益就開始下滑。如果我們面對問題的反應跟一般公司一樣，二〇一八年一月撤銷我們營業執照的命令應該就等於替《拉普勒》判了死刑。我們的一些主要廣告商甚至接到來自政府官員的電話（主要訊息：別蹚渾水），而《拉普勒》——曾備受推崇並讓人覺得很酷的一個品牌——被逼到了破產邊緣。

隨後的法律訴訟和調查，讓我們在四個月內損失掉百分之四十九的收益。我們的未來非常明確：如果不試圖做出一些改變，我們會付不出薪水。我們需要創造足以持續下去的全新經營模式，不然就只能默默等死。

政府似乎確信他們會在這場消耗戰中獲勝，而我們的情勢確實有一度非常不樂觀。我們的法律訴訟費用不停膨脹，幾乎占據每月營業費用的三分之一。我本來打算用來建立新科技平台的資金也必須挪來支應，導致我們這方面的計畫必須又延後好幾年。

可是，就是在這樣生死交關的時刻，我們拿出了更好的想法及更好的自己。我開玩笑地說，所有管理新聞編輯室可能遭遇的衝突與矛盾，現在都必須先放在一旁：現在的我們就是我為人人、人人為我。你可以從《拉普勒》的每位成員身上感受到他們的活力。受到公開攻擊的新聞編輯團隊可以獲得圖像、影片製作、科技和數據，以及行政部門的支持，而提供支持的行政部門中也包括我們的人力資源、財務，以及最重要的行銷團隊。[28]

我們的廣告團隊跟核心主管一起透過我們的調查報導找出了解決方案：以之前來追蹤虛假訊息組織網路的那些程序為基礎，我們建立起一個以資料及科技為基礎的商業模式，這個模式從二〇一八到二〇一九年成長了百分之一萬兩千，並藉此幫助推動我們新模式的第一年獲利。

直至二〇一六年為止，我們主要的獲利來源都是廣告。然而網路攻擊開始後，我們的廣告營收大幅下降，於是我們把公司重心轉往提供其他科技服務，這個做法也協助我們對之後的疫情封鎖做好準備。

然後，支持我們的社群進入參與。我們開始為了訴訟費用舉辦群眾募資。到了二〇一八年底，我們的「拉普勒＋」開始運作，這是菲律賓第一個會員限定的新聞方案，選擇訂閱的都是我們最忠實的用戶。這些與我們的使命及價值觀產生情感共鳴的支持者不停地問「我們可以幫上什麼忙？」而他們也真的在募資時出手相助。

《拉普勒》在此之前的三年成長被打回原點——這是我們受到政府攻擊後必須付出的代價，不過我不確定這是否為划算的交易。新聞組織的商業模式——廣告——已成為過去。政府在二〇一六年的攻擊迫使我們必須面對這個事實、找出解決方法、學習創新，並想辦法開拓未來。二〇一九年的《拉普勒》終於是收支平衡的一年[29]，我們總算能將這四年的危機正式宣告為轉機。達到這個里程碑後，我們決定發獎金給《拉普勒》的每個人，而且金額從收發員到執行長都一視同仁。雖然不是多大筆的錢，卻足以表達我們的感激。我們想感謝整個團隊所抱持的理想、創意和勇氣。

尼采（Friedrich Nietzsche）說的沒錯：那些殺不死你的，都會讓你更強大。

「全體起立！」有人大吼，我們所有人一起站起來。

這天是二〇二〇年六月十五日，我們正在馬尼拉地區初審法院第四十六分院。那是一棟破敗的危樓，不但磁磚壞損、碎裂，油漆剝落，牆上還有很多破洞。電梯大多時候無法運作，所以我必須爬上破爛且到處散落鷹架的樓梯井抵達四樓，整個場景都顯示此地的維護目標只在於不讓建築垮掉。

我們是為了我的案件來到這裡：二〇一九年的一個網路毀謗案。[30] 在此案中被點名的是《拉普勒》於二〇一二年五月做的一篇報導，當時我們被指控違反的法條甚至都還沒頒布。這則報導指出了有名商人跟當時最高法院大法官之間的關聯，而這位大法官則是涉入一樁讓他之後被迫下台的彈劾案。這篇報導的內容非常標準，因此我們被控的罪名相較之下簡直是胡鬧；針對這樁罪名所解釋這些細節，更只是讓人在一堆胡說八道中感到頭昏腦脹。這些指控及法律訟訴變得如此荒謬、前後標準不一，就連程序正義也受到損害；而針對這一切作出解釋的過程，感覺幾乎像是要把這件打從一開始就不該發生的事合理化。[31]

我知道台上坐的人全都來者不善。政府對我提出的八項指控——包括網路毀謗、逃稅、證券詐欺——可累計的最高刑期超過一百年。

三十七歲的法官雷內爾達．埃斯塔西奧—蒙特薩（Rainelda Estacio-Montesa）走進來。沒戴口罩的她跟我們其他人不一樣，她臉上的亮紅色的唇膏和剛畫好的妝容在這個沉悶的法院內特別顯眼。她所支配的這個無窗小空間因新冠肺炎而出現許多改變，首先，現在能進來參加庭審的人很少、法庭觀察員也不被允許進入，另外還不能有任何外交相關人士出現。許多塑膠隔板則讓充滿隔間的空間看起來更小，但也更乾淨。

正對著法官的是我的律師泰德．戴，他是前任的最高法院發言人，而在他身旁的則是來自另一方的司法部檢察官吉奈特．達克帕諾（Jeannette Dacpano）（這位檢察官常跟我們的這位法官一起用政府公費出差）。[32] 這位檢察官身後是一整個控方律師團隊，而之所以雇用他們，是為了讓政府的贏面更大。在這個案子的每次聽證會時，控方人數永遠比我們辯方的人數更多。

控方律師團的後方有兩張短凳。跟我一起被指控的前同事雷伊．桑托斯和我坐在第一張凳子上。雷伊這個人沒什麼名氣，他安靜、溫和，臉上戴著細邊眼鏡。他一開始是《拉普勒》的研究員，不過也常協助我們進行調查報導，是後來才成為記者。諷刺的是他現在是為政府工作。[33]

我必須在這種時刻讓自己保持忙碌，所以決定把目前的狀況發到推特上。等禱告結束後，我們靜候法院書記官唱完所有人名。然後書記官要我們在發布判決時起立。

我抓起筆記本站起身，開始作筆記。

「每個人的言論自由權利都是受到憲法保障的權利，」書記官說。「那是一種不會因為恐懼受到嚴懲或報復而得以自由發言的權利。在不受到過度的限制下，媒體自由報導新聞及發表意見的權利也同樣受到保障。」

我幾乎是將這段話逐字抄錄下來。我心中開始浮現一絲希望。

「這些權利之所以被賦予巨大權力，就是為了推動大家的共同利益，同時是為了建立出一個每個人都能自由的社會，才希望人們可以運用這些權力去做出改變並影響他人的心靈。可是一旦遭到濫用，這份自由可以用來散播仇恨、造就人們之間的分歧與怨懟，最終導致失序及混亂的結果。」

我感受到的希望就從此刻開始死去。

我闔上筆記本，將筆記本放回凳子上，雙眼直直往前看。我盯著埃斯塔西奧－蒙特薩和她的紅唇膏。書記官還在宣讀判決，我試圖和法官四目相交，但她低垂著眼。「（這個判決）沒有減損言論和媒體自由的權利……社會期待擁有的是一個負責任的媒體。他們有責任透過行動證明這份自由代表的意義。實踐這份自由時也應該、必須考量他人的自由。正如納爾遜．曼德拉所說，『自由不只是掙脫一個人身上的鎖鏈，而是要以尊重及增進他人自由的方式活著。』」

曼德拉要是聽到一定會從墳墓裡跳出來。現在的我因為一篇不是由我主筆、編輯或指導的報導遭到定罪，而且還是基於一項報導發布時根本還不存在的罪名。為了將我定罪，埃斯塔西奧—蒙特薩不只把起訴毀謗罪的時效從一年改成十二年；還接受「重新發布」這個嶄新的理論。現在的我大可因為《拉普勒》的任何一個人在二〇一四年時修正一個拼錯的字、或改掉某字的一個字母而入獄。法院認定我們「無庸置疑地有罪」並各判我們六年徒刑（現在可能是八年了，這個差異是基於對法條的不同詮釋）。

埃斯塔西奧—蒙特薩特別強調，她的判決完全沒有受到政府影響。我搖搖頭。她允許我們上訴前保釋——當然我們會這麼做。

我吐出長長一口氣。我在那天早上就將準備好的隨身行李放進車內，因為我想像中的最糟糕結果就是被直接丟進監獄。所以就某方面來說，這個結果還不算太糟。

然後她直接對我說，若是我需要出國必須向上訴法院申請許可。然後她問我有沒有什麼話要說。

我盯著她，我露出微笑。

埃斯塔西奧—蒙特薩敲打法槌，法庭內隨之出現各種窸窸窣窣的動靜。沒人望向我的眼睛。我們為了接受媒體採訪前往馬尼拉市政府。我的口中有股怪味，肚子也感覺陣陣翻攪。但我還是想辦法讓自己保持鎮定。

托新冠肺炎的福，那是我們許多人三個月以來第一次離家。當記者在設置麥克風和現場直播設備時，我跟雷伊說一切都會沒事的，他在口罩上方的雙眼看來心煩意亂。「別擔心，」我告訴他，「我們會上訴。我們會照顧你，你也不用擔心訴訟費用。」我保證我之後都會保護他。泰德在我右邊跟一些記者說話。開始有許多麥克風架設在我面前。

我開始說話。我的聲音在大廳中迴盪，同時我在眼前搜尋熟悉的面孔。我感覺整個人像在漂浮，也無法確定自己在跟誰說話，所以決定把注意力集中在腹部深處像是絞紐成一團的內臟。「我向你們呼籲——包括在這裡的所有記者，還有正在聆聽的所有菲律賓人——希望你們保護自己的權利，」我告訴他們。「我們勢必要成為一則警世寓言，而且我們勢必會讓你們感到害怕，是吧？」我的聲音開始有點哽咽。「別害怕。因為如果不行使自己的權利，你們就會失去那些權利。」

在我身後，菲律賓國家記者聯合會（National Union of Journalists）的某位成員舉起一張標語，上面寫著：把髒手從媒體拿開。

「媒體自由是你們身為菲律賓公民所有權利的基礎，」我繼續說。「如果我們不能向當權者問責，我們就什麼都不能做了。而如果我們無法做我們的工作，你們也就不再擁有那些權利。」

在二〇二〇年三月的鎖國措施開始前，我曾警告不該任由病毒感染我們的民主體制[34]，但實際發生的情況正是如此。權力會讓人想要鞏固更多的權力。五月五日，政府關閉了ABS-CBN。[35]這件事得以發生的原因之一是我們都在隔離。杜特蒂甚至不需要像一九七〇年代的老馬可仕一樣宣布戒嚴，反正疫情已經替他這麼做了。

我也在二〇二〇年八月失去了出國的權利。儘管我已經從國外返國超過三十六次，上訴法庭在處理網路毀謗案時卻仍四次都做出對檢察總長荷西・卡里達有利的裁決，並表示我確實有潛逃之虞，還在裁決中不公平地（而且荒謬地）把我比喻成伊美黛・馬可仕。[36]

上訴法庭否定我的其中一項訴求，就是不讓我去佛羅里達探望被診斷出癌症後需要手術的母親。我媽和我爸都老了，無法和兒孫相聚更是讓他們的處境每況愈下。我想去那裡盡可能地幫忙打理瑣事，也希望緩和疫情對他們帶來的心理衝擊。更何況聖誕節也快到了。

然而這件事的轉折非常殘酷：我從處理我八宗起訴案件（現在變成九件）的法院獲得出國許可，所以買好週六早上的班機，但上訴法庭卻選擇在週五傍晚五點否決我的許可。當時我的父母已經準備好我的房間，正興奮地期待我的到來。這個政府卻透過長期騷擾逼迫他們一起經歷這種劇烈的情緒起伏。我已經可以應付了，可是連累我年邁的父母實在是很不人道的作法。

我消化掉痛苦，安撫了家人，然後以我所知的最佳方式應付這個局面：我工作。

第十二章

為什麼法西斯主義節節勝利

合作、合作、再合作

在挪威諾貝爾獎委員會討論室和委員會成員合照。從左到右：阿斯勒・托耶（Asle Toje）；諾貝爾得主德米特里・穆拉托夫（站在我身後）；2020 年諾貝爾和平獎得主、世界糧食計畫的代表大衛・比斯利（David Beasley）；貝麗特・賴斯—安德森（Berit Reiss-Andersen）；安妮・恩格（Anne Enger）；克里斯汀・克萊梅特（Kristin Clemet）；約根・瓦特尼・弗里德尼斯（Jorgen Watne Frydnes）。
（© Nobel Prize Outreach，拍攝者：Geir Anders Rybakken Ørslien）

二〇二一年十月八日那一週，《拉普勒》正在報導候選人提交候選人身分證明的過程。這是為了二〇二二年五月菲律賓的那場關鍵選舉，屆時菲律賓人將投票選出超過一萬八千位政府公職人員，其中包括總統。

杜特蒂跟其他獨裁者不同，此時的他似乎終於願意交出手中權力。菲律賓總統只能作一任的六年任期，但之前有一段時間，他一直放話要以副總統的身分競選，但卻在十月的那一週宣布自己做完總統就退休。大多數菲律賓人都懷疑他已準備好繼任者。有小道消息指出他的女兒薩拉會出來競選，不過後來她宣布以副總統候選人的身分參選，因為要把總統候選人的位置讓給別人，而那人就是小馬可仕，小名邦邦，那位前獨裁者的兒子。

他的家人已經被人民力量革命趕出菲律賓近三十六年，而且他那曾監禁、謀殺數千人的父親還從國庫竊取了一百億，可現在竟然又有個馬可仕家族的人準備回歸大位。每天都受到杜特蒂政府資訊作戰攻擊的反對黨領袖萊妮·羅布雷多也提交了總統候選人的身分證明文件，而她迅速攀升的支持率似乎連她自己也感到驚訝。

至於距離選舉委員會停止收件不到半小時的此刻，我正在跟另外兩位分別位於印尼及馬來西亞的獨立媒體主導人進行網路研討會，這個研討會的標題是「陷入危難的媒體：獨立新聞報導可以在東南亞生存嗎？」

此時的馬尼拉又因疫情封城了。在已經應付新冠肺炎近十九個月之後，這是杜特蒂政府唯一能試圖緩解疫情的措施。這個政府也努力在疫苗方面追趕進度，因為他們獲取可用貨源的進度晚了別國大概一年半[1]，而等到終於有貨進來時，他們卻優先選擇可用疫苗中效力最低的中國科興疫苗。接觸者追蹤系統基本上仍是可望不可及的夢想，在此同時，參議院正在調查幾筆規模最大的疫情相關交易，因為杜特蒂似與一些可疑的公司有不當牽扯。這些公司屬於他的中國朋友兼經濟顧問麥克・楊（Michael Yang）。[2]

此時我的兩個案子已經被撤銷。持續不斷的法律戰極度消耗我的身心，可是我決心不讓這一切阻礙我繼續去向全世界提出警告的使命。僅僅三天前，看似在實質上被禁止出國的我還是向法院提交了出國申請，這次是為了去哈佛甘迺迪學院（Harvard's Kennedy School）進行為期一個月的獎助金計畫。我想藉此直接向政府發起挑戰，畢竟有衝突才能解決問題。

然後我的手機開始閃爍。我看著那串數字。是從挪威打來的電話。[3]「哈囉，請問是瑪麗亞・瑞薩嗎？」

「是的，請問你是？」我回答。

「我是奧拉夫・恩約斯塔（Olav Njølstad）。這裡是奧斯陸的挪威諾貝爾研究所。這是我的榮幸，瑪麗亞，我打來是要代表挪威諾貝爾委員會通知你——」

我的雙眼睜得老大。我把身體靠向椅背。不可能吧。

「——在奧斯陸這裡的當地時間十一點，我們會宣布你獲得二〇二一年的諾貝爾和平獎——」

「喔我的天，」我低聲說。我伸手去拿筆，但根本不知道我要寫什麼。

「——因為你為菲律賓的表達自由勇敢奮戰。你會和另一名候選人共同分享這個獎項，但我現在還不能讓你知道名字，因為我得先打電話給對方。」

「喔我的天。」

「我目前只能代表委員會恭喜你，之後會再告訴你更多相關資訊。不過我很樂意聽聽你現在得知消息的第一個反應。」

「我……我……我說不出話來。我其實正在另一個活動的直播現場，可是，喔，我的老天。喔，我的天。我說不出話來。真的很感謝你。」我目瞪口呆。

我感覺心臟跳得好大聲。我立刻用 Signal 傳訊息給老大姐們：「我獲獎了！」然後我深吸一口氣，讓自己靜止不動，感覺心臟似乎跳得比剛剛更快。我們都知道我有獲得提名，可是真正得獎仍是我們所有人都想像不到的事。她們很快就回覆了訊息，但這些平常伶牙俐齒的老大姐此刻只說得出「噢天哪！」「噢我的天哪！」

二十分鐘後，這個消息正式公布，我辦公桌上的所有通訊裝置——兩部手機和兩台電腦——全都響了起來。我衝過去把所有設備關成靜音，然後聽見研討會的主持人要求我針對這個消息做出回應。我打開我的麥克風開始說。「這是頒給我們所有人的，」我說。然後一股情緒瞬間湧現。「喔，我的天，你們知道我還很震驚。你們懂我的意思嗎……」我的聲音開始有哭腔，但我沒有假裝若無其事，只是停止說話，讓自己的狀態回穩。「抱歉。我想這個獎表彰的是記者工作，以及堅持這份職業的困難……這個獎認可我們遭遇到的各種困難，同時希望也代表我們終將贏得這場真相之戰、這場為了保護事實的戰爭。我們堅守陣線。」[4]

這不只代表我一個人的勝利；這是《拉普勒》所有人的勝利，同時也能證明我們的清白——我們一起私下為此哭泣、大笑，而且表現得歡天喜地。不過我仍不確定這樣的情緒釋放算不算好事，所以我也提醒我的團隊，這代表我們的處境也可能變得更糟。在這樣一個應該大肆慶祝的喜悅時刻，我實在很不想掃興，可是我不希望所有人太過志得意滿。其中一個老大姐用 Signal 傳訊給我：就讓他們慶祝吧。

這座獎項代表的意義已經超越了《拉普勒》。我是那年唯一獲獎的女性，也是史上首位贏得諾貝爾和平獎的菲律賓人。我的獲獎不只為我的國家帶來一絲曙光，這道光芒也同樣打在所有南方國家的土地上。

無論情況變得多艱困，菲律賓仍有許多記者想找到繼續走下去的希望及動力，而這座獎也對這樣的人深具意義。我們位於宿霧市的分部長萊恩・馬卡瑟羅（Ryan Macasero）提醒我們[5]，記者弗蘭琪・梅伊・康姆皮歐（Frenchie Mae Cumpio）已經入獄超過一年[6]，另外還有記者雷克斯・柯爾內里歐（Rex Cornelio），他在二〇二〇年騎著摩托車遭人射殺時，他的妻子柯琳就坐在那台摩托車的後座。[7]

「只要還有好人在，就還有希望，」柯琳曾說。「那些掌權者不會永遠握有權力。無論他們幹過什麼骯髒事，最後總會報應到自己身上。」

伸張正義就是我們成為記者的原因。那種對於善良正直的信念，是我們看待這個世界時不可或缺的價值觀。透過表彰我和俄國《新報》（*Novaya Gazeta*）的德米特里・穆拉托夫，挪威的諾貝爾獎委員會向全世界的記者喊話，「我們有看見你的痛苦、犧牲，還有磨難。」這個獎項認可了我們因為無形原子彈在資訊生態系中爆破而感受到的絕望，讓這份絕望終於被其他人看見、感受到了。

我們跟你們在一起，諾貝爾獎委員會說。我們一起來想辦法。

就在諾貝爾獎公布，以及我被實質禁止出國後沒多久，菲律賓法院就准許我去波士頓的哈佛大學待一個月。除了在哈佛甘迺迪學院公共領導中心（Center for Public Leadership）擔任豪澤駐校領導學人（Hauser Leader）[8]，我還在肖恩斯坦媒體、政治和公共政策中心（Shorenstein Center on Media, Politics and Public Policy）進行獎助金計畫[9]，這些認可都讓我備感榮耀。我可以在此專注研究我已開始逐漸沉迷的各項議題，包括科技和新聞報導是如何形塑、影響政治與公共政策，以及公共領導所代表的意義。另外我也想知道，如果錯誤的行為不停獲得正回饋，我們的未來領導者要如何確立他們的價值觀？在這樣一個是非顛倒的世界，「領導」這份工作呈現出的到底是什麼樣貌？

儘管我因《拉普勒》和那些法律案件而持續受到壓力，而且活得就像薛西佛斯和卡珊卓拉的綜合體，但因為獲得了諾貝爾獎，在面對這個願意聆聽我的世界時，我被迫重新且更精細地思考我想告訴這個世界的話。我在這樣一個全新的脈絡下重新檢視自己過往的一些想法，也讓自己沉浸在哈佛大學令人興奮的各種對話及探索中。其中最棒的體驗之一是和肖莎娜・祖博夫的合作，她的研究對我有很深的影響。我們因為「真正的臉書監察委員會」在虛擬世界合作超過一年，可這次我是受邀前去她位於緬因州的家。那是個可以俯瞰一整片如畫湖景的地方。我們一起散步時，她詳細向我解釋她的世界觀及許多過往經驗，其中包括很多的「第一次」，像是在當時由男性主導的哈佛商學院中，她是第一位獲得終身聘任的女性教授。身為榮譽退休教授的她期望網路能擁有包容性的未來，現在也仍在針對促成——或者毀滅——這種包容性網路的各種模式及趨勢進行研究及教學工作。

對肖莎娜而言，所有問題都是由「初步提取」(primary extraction）這項原罪所衍生出來的次要問題或副產品——「初步提取」這個詞彙也是她創造出來的。她用這個詞彙來描述社群媒體公司利用我們私下行動和生活的方式：他們使用機器學習及人工智慧來蒐集、組織我們的個人數據，建立出我們每個人的行動模型，然後公開宣稱這是他們的公司資產，再利用這些模型創造出讓我們在無意間受到操縱的演算法並因此獲利。他們不需要因為從人們身上蒐集資訊提供報酬，也不用獲得我們的允許。肖莎娜認為「初步提取」在道德上應受指責，她將其比喻為一種奴役行為，並要求政府應立法禁止。如果這項原罪得以獲得糾正，所有由此創造出來的其他問題及隨之衍生出的各種失靈狀況都能獲得解決，其中包括安全、競爭，以及隱私等問題。[10]

她讓我聯想到「第一位追隨者理論」(the first follower theory)，所謂的追隨者通常也承擔了領導者承擔的風險。不過我們許多人早在二〇一六年就開始提出警告，當時的情況也已經讓肖莎娜將臉書的科技及其商業模式連結起來，並命名為「監控資本主義」：這個模式帶來的大量的權力及金錢也讓我們震驚，感到必須奮起行動。她覺得我們現在正在行動的第三個階段，另外她也提醒我，特別是在臉書吹哨者弗朗西絲・霍根帶出令人感到無比震驚的內部文件後，大眾已開始針對這個議題進行過不少辯論。只不過對我們這些在前線戰鬥的人來說，這些討論遠遠不夠。對我和其他像我一樣的人來說，每一個沒有針對此議題拿出作為的一天，就是不正義的一天。

我和肖莎娜相處時的對話內容總是非常令人振奮，我們會不停來回辯論，並交流各種想法。我們討論整體大局和個體原子化經驗之間的關係，也討論此時此刻跟下一個十年之間的可能差異。我去找她的最後一天，我們坐在她家的門廊邊聞內劈啪作響的火堆前，討論我的疑問：這個世界現在到底該要做出什麼行動？我希望找到能讓臉書和 Youtube 可以立即採用的簡單改善步驟。她認真聽過我的所有提議，然後告訴我為什麼這些作法並不合適，以及為何唯有直接攻擊這種商業模式才能帶來真正的改變。她這個人就跟我一樣固執。

「我們必須在二十一世紀重新發明新聞報導這個建制，」她告訴我。「你要怎麼在數位世界中報導新聞呢？新聞報導不是監控資本主義——你不能跟監控資本主義者競爭同樣的監控紅利。但那些新聞媒體現在就是這麼做的。這是他們唯一懂得的方式。」

「結果，現在的我們是在餵養這個體系，我們一邊使用他們的社群分享功能，一邊將我們最寶貴的資源拱手奉上——我們的人脈關係，」我一邊思考一邊回答。「同時我們的新聞品質也隨之降低。」我之前也一直在說，當新聞報導只追求單頁點閱率時，我們就是在把我們的工作成果商品化，而既然我們的報導是在社群媒體上傳播，就勢必會進入這個惡性循環的體系，因為我們永遠無法跟那些駭人聽聞的內容競爭，導致我們能觸及到的觀眾始終很有限。而且，這樣做並不符合我們的規範及倫理守則。

「因為新聞報導被迫為了社群媒體而自我優化（self-optimization）。」肖莎娜幫我把沒講完的話講完了。社群媒體在改變新聞報導的樣貌，就比如臉書曾向廣告商和新聞公司表示影片的擴散率會比文字好[11]，於是世界各地的媒體組織開始裁撤新聞編輯室的成員，並轉而雇用影音團隊；於此同時，廣告商也開始在臉書上傳廣告影片。不過臉書其實在說謊：他們的影片觀看數是灌水後的結果[12]，而且拿出的數據是原本的百分之九百。根據臉書的內部文件指出，他們事後還說謊掩飾自己的錯誤，將這件事保密長達一年多。

「說到底，還是監控資本主義在決定什麼樣的新聞得以生存。」肖莎娜做出強而有力的結論。光是摧毀民主體制，還不能讓這些科技公司滿足；如果不加以制止，他們還能摧毀更多。

就在我一步一腳印為自己的自由及安全奮戰時，資訊作戰卻也正在一點一滴毀壞、重塑菲律賓過去的歷史。就在眾目睽睽之下，我們的歷史正遭受千刀萬剮的酷刑。不過相對於到處散播的元敘事、各種赤裸裸的謊言，獨裁者兒子的興起更令人不安，也是更為關鍵的大事件。

二〇二二年二月八日星期二，距離馬可仕家族被人民力量革命趕出菲律賓的三十六年後，最有勝選希望的總統候選人小馬可仕正式展開他的競選活動[13]，並在活動中使用他父親高壓統治時代的措辭、口號及歌曲。在一個巨大LED螢幕前的大舞台上，老馬克仕於一九七〇年代戒嚴時期的國歌〈新國家〉（Bagong Lipunan）[14]透過全新節奏[15]譜寫後首次展示在新世代面前：「眼前有新的誕生／新的生命／新的國家、新的道路／在一個新社會中！」[16]小馬可仕的父親將此稱為「憲法威權主義」（constitutional authoritarianism），並表示這是為了改革並創造新社會必須採取的手段。但明明直到今天，他都還是「政府犯下規模最大搶案」的金氏紀錄保持人；透過盜賊統治的手段，他總共從國庫中竊取走一百億美金[17]，其中最具象徵性的就是伊美黛的大量鞋子收藏。甚至到了二〇二〇年底，菲律賓都只想辦法收回其中的三十四億。至於他在人權方面的表現則是：七萬人遭到拘留、三萬四千人受到刑求，還有三千兩百四十人遭到殺害。

在馬可仕家族出逃菲律賓流亡海外之前，老馬可仕和妻子伊美黛這位唯一的兒子有兩張照片，深深烙印在我的記憶中：在第一張照片中，這位年輕的「邦邦」站在馬拉卡南宮的陽台上，軍裝褲頭塞了一把槍；另一張相片中的邦邦則在總統遊艇上參加派對，臉頰上畫了菲律賓國旗。不過此刻站在台上的他已經六十四歲，但身上穿的是父親以前穿過的衣服——一九六〇年代風格的T恤和長褲——此外還全套搭配上跟父親一樣的髮型。這場將近三小時的競選活動，從頭到尾都在玷汙歷史、過去和現在。小馬可仕沒說什麼實質的內容，只是使用每個人母親常會說的那種金玉良言，來強調「團結」的重要，而且光在二十分鐘內就把菲律賓文的「團結」重複了二十一次，其中還出現我曾從他母親口中聽過的句子。這個源自過去的當下此刻實在太過駭人，因為這個例子足以清楚說明，資訊科技有辦法幫助任何一個數位民粹主義者竄起，那些曾跟過往高壓統治有關的人更容易成功。

邦邦有什麼擔任總統的資格？就連他的父親都曾在日記中抱怨兒子放縱又不守紀律的行事風格。[18]然而他的父親仍幫助二十一歲的邦邦選上他們家鄉北伊羅戈省（Ilocos Norte）的省長，這個位於馬尼拉北部的地區距離馬尼拉大概兩百七十三英里。他的姊姊艾米（Imee）也曾半開玩笑地抱怨過這個沒在工作的弟弟[19]，說他除了政治工作外大概有十四年都沒工作。[20]他先是在一九九二年贏得代表地方的國會席次，然後才成為省長。一九九五年他第一次參加全國性職位的選舉並落敗。但在二〇一〇年，他選上了參議員。

二〇一六年，邦邦以副總統候選人的身分參選，最後大概以二十萬票之差落敗，但這場選舉卻為他鋪好了競選總統的道路。他的母親伊美黛說得很直接：她說邦邦的「命運」[21]就是要成為總統，他的權力之路先是靠著從未真正消失的酬庸政治盟友在基層中周詳打點過，之後再藉由社群媒體推了最後一把。

直到今天，小馬可仕都否認自己跟那些「酸民」有關[22]，但二〇一九年時，《拉普勒》就已經根據數據資料揭露了小馬可仕的宣傳手法，並將所有內容寫過一系列的三篇報導。他的所有社群媒體帳號才剛創立就已經開始扭曲過去，而且手法並不細緻。首先，他不停謊稱自己在牛津大學和華頓商學院（Wharton School）受過教育，等《拉普勒》獨家披露這些學歷是謊言後[23]，他的參議院辦公室默默修改了他在參議院網站上的履歷，但他仍在現實生活中加倍努力地向大家播送這個謊言[24]，因為他很清楚，謊言可以輕易在社群媒體上擴散成事實。而除了他以外的很多人也已經明白這個道理，其中包括唐納．川普和馬克．祖克伯。

他的虛假訊息組織網路也會跑去占領受歡迎的臉書專頁和新聞社團。他們會將留言大量複製貼上，藉此一點一滴侵蝕掉馬可仕家族的宿敵——艾奎諾家族——累積下來的名聲，同時重建馬可仕家族的形象和定位。

這些組織網路可能藉由網頁、臉書專頁及社團、Youtube 頻道，還有社群媒體上的網紅來發聲，他們大規模地播送大量宣傳訊息，目的是先透過這些訊息淡化老馬可仕政權曾揮霍無度、施行盜賊政治及侵犯人權的問題，或針對這些議題公然說謊，然後再過度誇大老馬可仕的成就後，進一步詆毀所有評論者、對手及主流媒體。

二〇一四年，伊美黛．馬可仕才剛暗示會有一個馬可仕家族的人重回總統大位，跟小馬可仕有關的臉書專頁就大量增加。[25]當時在人氣很高的臉書專頁「菲律賓嘻哈電台」（Pinoy Rap Radio）上有篇貼文指出，小馬克仕表示沒有證據可以證明馬可仕家族竊取了國家財產，而且他母親「贏了每一場（指控她的）貪汙官司」。這兩項發言都是謊言。

然而，那則臉書貼文在《拉普勒》於二〇一八年十一月十五日發現並進行事實查核前，就已經被分享過三十三萬一千次、獲得超過三萬八千則留言，還被按下總共三十六萬九千次的表情按鈕。這則貼文在未受查核的情況下傳播了四年，因此創造出了一個其中成員都已相信這個謊言的同溫層。相對之下，事實查核貼文的觸及率非常可憐：三千五百次分享及兩千一百則留言。

這就是為什麼宣傳組織網路能夠有效改寫歷史：謊言的傳播規模，比隨後的事實查核大多了，而等到謊言的假面具被拆穿，已經相信的人通常拒絕改變自己的觀點。這種社群媒體對使用者行為造成的衝擊，在世界上的其他地方也都出現了。[26]

小馬可仕跟杜特蒂的假訊息及宣傳組織網路聯手，使用同樣題材來達成共同目標。到了二〇一八年，小馬可仕及杜特蒂的組織網路已經占據了菲律賓臉書資訊生態系的中心位置，並把所有新聞組織推擠到邊緣。不過這些組織網路的說詞有很多都被事實查核者確認並非事實，甚至在二〇一八年，他們有一些專頁和社團還因「協同性造假行為」而遭到臉書下架。[27]在那一年成長最迅速的其中一個臉書專頁是「每日哨兵」。在該專頁遭到臉書下架之前，《拉普勒》揭露了這個專頁跟俄羅斯虛假訊息之間的關係[28]（不令人意外的是，對《拉普勒》攻勢最猛烈的也是這個專頁）。二〇二〇年，臉書也下架了來自中國的資訊作戰相關組織，他們負責美化小馬可仕的形象，並攻擊我和其他記者。不過小馬可仕的組織網路還是持續成長，他們製造及擴散內容的規模遠遠超過菲律賓的主流媒體。[29]

等到小馬可仕宣布他將於二〇二一年參選總統時，他的組織網路已經稱霸社群媒體。或許這就是為什麼他一開始就花這麼多錢在臉書上打廣告，同時他也因此拒絕接受他認為會對自己提出刁難問題的辯論會和記者採訪。[30]畢竟他不需要贏過任何人，他早已擁有一批受到他控制的群眾。而且正如他所說：現在已經沒必要討論三十五年前的問題啦。在他展開競選活動的二十分鐘演說當中，他沒有提出任何政治宣言、沒有說明任何方法或理由，此外當然也沒有提及在他父親掌權時遭殺害的數千人、失去工作的好幾百萬人、國家欠下的數萬億披索債務，以及隨之而來的各種貪污醜聞。不過他確實反覆描繪出一個閃閃發亮的未來，並保證會讓菲律賓再次偉大。

到了這個時候，全球資訊生態系的問題已經很明顯了。面對這個將全世界鬧得天翻地覆的科技，我幾乎把二〇二〇年的所有時間都花在嘗試找出對抗方法。我開始意識到，世界上的其他地方可以再次參考《拉普勒》在菲律賓的經驗，並利用這個經驗去理解他們自身的政治脈絡及處境，然後才能知道該如何反擊。

我希望其他人可以複製我們做出反擊，並持續開創新局的三要素：科技、新聞報導，以及社群。

首先，我們必須向造成這一切的科技問責。[31] 一開始必須由政府採取行動，因為對社群媒體公司來說，將公眾給予的壓力及強烈抗議置之不理，也不會有什麼問題。除了立法之外，唯一能跟科技對抗的就是科技。我們已經在《拉普勒》推動的一件事就是打造並推出「燈塔」（Lighthouse），這是一個由許多記者共同建立的科技平台，目的是維護以事實為基礎的公共論述。

第二個要素是保護並發展調查報導。我協助帶領的一個全球性倡議活動是「公益媒體國際基金」（International Fund for Public Interest Media），這個活動的目的是希望為全世界新聞媒體組織廣告收益下滑的問題提供立即性的短中期解法。如果你是一個對民主有信心的政府，那就把錢放在能反映出你的價值觀的地方——嗯，基本上的概念就是，為了替新聞報導產業找到新的資金來源，我們希望讓「政府開發援助」（Official Development Assistance）的基金增加百分之零點三。[32]

除了尋找資金之外，新聞報導產業也需要受到保護，而且首先得從法律層面開始，因為不該有任何人或公司能有恃無恐地脫罪。跟艾瑪、高爾菲歐恩及柯文頓律師團隊的合作讓我意識到，法律對全世界記者提供的保護有多麼不足，導致有好幾年間，律師在處理這個問題時就像在玩一場打地鼠遊戲。此外，就跟民主國家的「政府開發援助」基金一樣，我們需要一起有系統地修改國際法。根本性的邏輯是這樣的：如果我們沒有事實，那法律就沒有意義，民主也就不復存在。

存在於法律之外的，是源自舊世界的險惡：除了發生在現實生活中的騷擾及暴力，還有厭女及仇恨言論。獨裁者比任何人都更懂得如何使用科技，他們會利用科技監視記者和人權運動者，但不用為此面對任何刑責。而且他們還會透過彼此學習來將獨裁者的統治手段調整得更完善，甚至保護彼此不受西方那些過時的反制手段所困擾。[33]比如，只要俄羅斯和中國這類國家趕來幫忙，經濟制裁手段就會失去威力，白羅斯、緬甸、委內瑞拉、土耳其和許多其他國家都是很好的例子。信奉民主價值的國家需要提出新的範式，因為那些不追求自由開明的國家正在合力削弱像是聯合國和聯合國教科文組織這類國際組織的力量。

第三個要素的重點，則是我們必須不停建立更大的行動社群。這件事的中心思想是：合作、合作、再合作。首先，全球必須合力保護前線的記者。這就是為什麼保護記者委員會、國際新聞工作者中心，還有無國界記者（Reporters Without Border）想辦法連結了超過八十個主張新聞自由、媒體及其他公民社會相關議題的團體，雖然他們一開始這樣做是為了幫助《拉普勒》——他們將這樣的合作稱為 **#堅守陣線**聯盟[34]——不過也是為了幫助全世界其他需要支持的記者。這個聯盟也在持續擴張後，開始協助呼籲大家注意人權運動者所面對的不公義處境。

我們繼續在二〇二一年增加盟友：**#拿出勇氣**（#CourageON）連結了許多人權團體，他們其中許多人都見識過網路攻擊是如何轉化為真實世界的暴力行動。當超過八十五個團體結合在一起後，我們證明靠眾人之力抵抗確實是有效果的。到了年中，我們開始為了選舉準備進行 **#菲律賓投票**（#PHVote）聯盟。

可是到了二〇二一年十一月，我們意識到我們必須做得更多，而且需要更破釜沉舟的作法。因此，基於我們看到的資料數據、研究結果，以及我們所經歷過的一切，我開始夢想可以進行一個全社會一體的行動，我們將其稱為 **#菲律賓事實優先**（#FactsFirstPH）[35]，希望藉此呼籲我們的社群挺身行動。

我們先從「事實」為基礎展開我們的行動。自二〇一六年開始，我就希望國內的大型新聞組織能為了一起捍衛事實進行合作。可是這些組織間的競爭阻礙了可能的合作，結果我們所有人都深受其害，因為我們的不團結，等於是讓杜特蒂—小馬克仕的虛假訊息網路有機會把所有新聞組織邊緣化，還將原本停留在國家層面的資訊作戰轉為軍事層面的資訊戰。我們的目標是希望整合所有組織的數位足跡。

這個想法源自《拉普勒》一個心態上的轉變：與其為了公司的自身利益行動，我們決定在不停學習後將成果分享給競爭者——這樣做確實會為我們的公司帶來風險，但在為了民主奮戰的戰場上，這似乎是個道德正確的選擇。我們分享的內容包括如何透過搜尋引擎去觸及我們超過百分之六十四的觀眾。[36] 因為一旦意識到社群媒體只是在降低我們的報導品質，我們就決定把焦點從社群媒體轉移到搜尋引擎上。

所以，我們創造出一個分成四層的「金字塔」合作架構，然後就能透過數據流（data pipeline）的連結，一起合作縮短查核謊言的速度、促進公民社會採取行動，並確保法律系統不讓任何人逃脫應有的刑責。我設定出三方面的目標：規模、影響力，以及遏止作用。

在金字塔的最底層是新聞報導的核心，也就是已經很久沒有作用的「事實查核」機制。菲律賓的四個主要新聞團體成為這個聯盟的重要支柱：ABS-CBN、News5、《交互作用》（*Interaksyon*），還有《拉普勒》，此外加入的還有非都會及各省分的地方新聞團體，這樣可以確

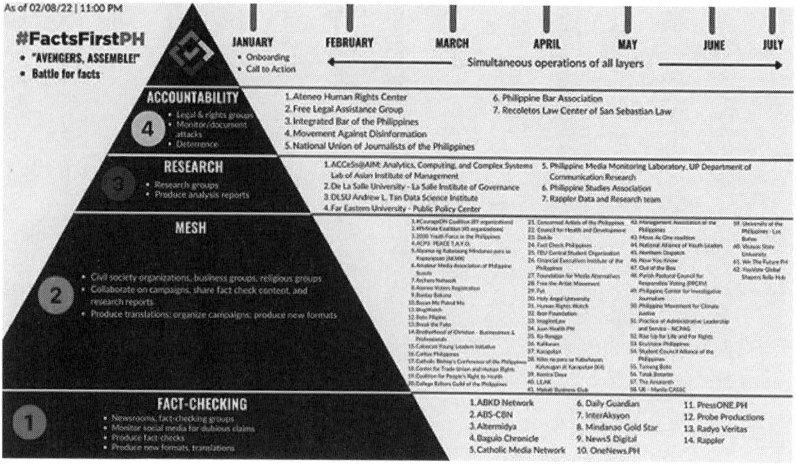

保我們的新聞傳遞到不同地理區域，以及各個超在地（hyperlocal）所在。等各個新聞團體做完事實查核工作後，我們就進入四層金字塔中的第二層，我將其暱稱為「羅網（the mesh）」。在這一層中的每個團體成員都可以轉貼或重新利用事實查核的內容，同時明確標示做出這些查核內容的新聞團體，此外也承諾會分享該新聞媒體在社群媒體上的查核貼文。這樣做可以達成兩個目標：兩個網站間的連結會讓我們在 Google 搜尋上一起出現，因為我們的分享動作會送出有關訊息傳遞狀態的演算法訊號。

「菲律賓事實優先」行動的第二層當中也包含公民社會團體、人權團體、非營利組織、商業團體，以及教會的參與——整體來說，總共有超過一百個團體會將事實擴散到他們的社群內，而且我們會提醒他們，要透過情緒的交流來分享這些訊息。這個合作羅網不只讓我們得以一起即時進行討論及合作、強化我們經由演算法的擴散程度，也能幫助我們一起反抗謊言，並進一步確保事實查核的內容更能擴散開來。

金字塔的第三層是由至少七個虛假訊息研究團體所組成，這些團體會蒐集資料、解讀資料，然後做出公領域是如何遭到操弄的每週報告給我們。這個做法的靈感來自美國於二〇二〇年選舉時創立的「公正選舉夥伴」(Election Integrity Partnership)。[37]透過和前兩層的連結，我希望我們不只可以縮短行動的時間，還能鼓勵更多人參與合作，進一步增進事實查核訊息傳遞的廣度。從二〇二二年三月到五月，這些研究團體總共發布出二十一份每週報告，我們的社群因此得知他們是如何受到操弄、哪些人從中獲利，以及還有哪些人正在遭受攻擊。

最後是已經沉默了太久的金字塔第四層，這個關鍵層面的組成者是律師，也就是理應盡力維護法治並執行問責工作的團體。參與其中的包括顛覆民主運動組織（Movement Against Democracy）、菲律賓綜合律師協會(Integrated Bar of the Philippines)、菲律賓律師協會(Philippine Bar Association）以及免費法律扶助團體（Free Legal Assistance Group）。這個法律層面的成員會為受攻擊的人提供保護，並針對各平台不同的設計選擇（design choices）提出系統化的法律解方——在必要時也提起策略性及技術性的訴訟。

這樣做會有用嗎？我不知道。但我們二〇二一年八月在臉書上開始運作《拉普勒》時，我也不知道這個媒體會不會成功。即便科技平台沒有提出任何真正的解決辦法，也不代表我們只能高舉雙手投降。更何況我們選舉的公正性正危在旦夕。我們知道，不可能立刻找到神妙解方，所以只能運用有限資源，盡力去做：我們行動，而且每天不停行動。截至目前為止，這是我們共同抵禦攻擊的唯一方法，而找到解答的唯一作法，就是採取行動。

我們在總統投票的前一百天展開行動，當時謊言散播得比事實快速的情勢已顯而易見。來自媒體、公民社會、教會、學術界、商業界，還有法律界超過一百四十個團體聯合在一起——透過這樣全社會一體的途徑去對抗虛假訊息，並希望確保我們選舉的公正性。

儘管我們花了近三個月才組織好這一切，過程卻非常令人興奮，因為我們總算不再只是受害者了。那種感覺就像是開設一間國家級的新創公司。此外，我們也獲得 Google 新聞倡議計畫（Google News Initiative）及舊金山新創組織「Meedan」的協助，他們提供了連結金字塔四個層面所需的技術及資料平台。[38] 我們都對這個行動終於得以開始運作感到非常興奮。畢竟我們真的是全力投入。

我將這個行動開始運作的時刻稱為「復仇者們，集合」，而第一個成功的跡象出現在兩週後，當時那位帶領法律武器化攻擊的檢察總長荷西．卡里達在最高法院對《拉普勒》及選舉委員會提出申訴，他指控《拉普勒》意圖操弄選舉，並宣稱所謂的事實查核是「預先審查」。[39]

我們並沒有迴避這項挑戰，仍然持續壯大我們的社群，最後成功為傳播事實創造出一個有機的「羅網」及訊息傳遞系統

這樣做有用嗎？當然有用。數據資料是這麼顯示的。

如果你的國家有選舉，你們必須在一年前開始組織你們的**#事實優先**行動，不然至少也得在六個月前開始。

然後這個世界發生了劇變。二〇二二年二月二十四日，俄羅斯入侵烏克蘭。一天之後，在人民力量革命的三十六週年當天，在這個慶祝菲律賓將老馬可仕獨裁政權趕出國家的紀念日，萊妮·羅布雷多的競選活動開始吸引大量人潮。長時間以來，烏克蘭和羅布雷多都是虛假訊息攻擊的對象，但在接下來幾週，所有真實的人共同採取行動，隨之改變的風向也創造出讓希望和光明得以容身的裂縫。

弗拉迪米爾·普丁曾在二〇一四年入侵克里米亞，當時他將這片領土從烏克蘭手中併吞過來時，採取的也是現在全世界常看見的雙管齊下手法：先是封鎖並壓制對他不利的事實，再用他想要的元敘事取而代之。而他在那時所使用的敘事如下：克里米亞人和烏克蘭人的真正心願是與俄羅斯統一，而出手阻礙的則是那些與俄羅斯敵對的反猶太法西斯分子。

八年後，普丁用同樣的元敘事入侵烏克蘭，並藉此讓俄羅斯人和烏克蘭人活在截然不同的現實中。他沒有預料到的角色是一個曾為喜劇演員的總統，弗拉迪米爾·澤倫斯基（Volodymyr Zelensky）——他拒絕離開烏克蘭，並呼籲他的國家反擊。於是，這一個人的決定破壞了普丁的計畫；他不只鼓舞了烏克蘭人，也鼓舞了全世界的人。

在菲律賓，萊妮·羅布雷多的競選造勢活動開始在不同城市聚集了成千上萬的人潮，這股氣勢也點燃我們國家以前從未見過的志工服務精神。[40] 為了對抗虛假訊息，他們挨家挨戶地登門拜訪。

種種發展讓三月成為一個行動的月份。我們的 **#事實優先**行動和羅布雷多的實地動員同步進行。

可是這樣還不夠。

這些熱情在遭遇上有數十年準備工作撐腰的系統化戰術後逐漸消退——對方從政治機器到封建酬庸政治體系的盟友都一起聯手出擊。烏克蘭的戰爭彷彿無休無止地進行著，數千名烏克蘭人死去，數百萬人流離失所。而菲律賓政府的資訊作戰以及從二〇一四年開始創造的線上組織網路、再搭配上薩拉·杜特蒂身為小馬可仕的競選夥伴，最終又讓馬可仕家族的人重回菲律賓的最高權利舞台。

二〇二二年五月九日，無可避免的結果，終究是在菲律賓發生了。

但別忘了：我們國家的此刻，就是你們國家的未來。

「人類對抗權力的鬥爭，」作家米蘭．昆德拉寫道，「就是記憶與遺忘的鬥爭。」我們一天到晚對著迷因圖發笑，我們正在忘記我們的歷史。就連我們包括大腦和心臟的生物構造都已經在不知不覺間遭受到系統化的攻擊，而攻擊者就是負責傳遞新聞、並讓謊言擁有比事實更高優先順位的科技平台——而且這些平台還是故意這麼做的。

我經歷過好幾輪的歷史循環，我知道狂亂晃動的擺錘最終仍會取得穩定的新平衡。在記者是公共資訊生態系守門人的期間，時代的擺錘晃蕩了好幾十年。然而接手的新科技選擇放棄維護我們情緒安全的職責，歷史因此可以在幾個月內遭到竄改。其實，透過我們的情緒來扭曲歷史就是這麼容易。

一旦這種事發生，制衡權力的舊有機制便已遭摧毀，並因此讓整個世界的面貌改變。我們會選出沒有能力的民粹主義者，他們會煽動我們的恐懼、分化我們、讓我們彼此反目成仇，而且激發、餵養我們的恐懼、憤怒和仇恨。他們會指派跟他們一樣的人擔任官員，因為他們的目標不是好好治理國家，而是獲得更多的權力。一旦白蟻侵蝕了木材，就算表面看不出來，但我們腳下的地板仍隨時可能崩塌。那些領導者心心念念的只有權力遊戲，完全忽視那些全球都應該作出回應的存亡問題。

造成這個結果的不只是科技；科技只是點燃引火柴的助燃劑，而那堆引火柴則是數十年自由主義發展所造就的結果。畢竟正如牛頓第三運動定律所說：所有的作用力都有反作用力。一旦我們變得更進步——女性權利、同志婚姻，還有更多元的社會——就會有人更加懷念其實從未真正存在的「單純的過去」。巴拉克．歐巴馬的勝選也帶來同等的反作用力，那股反作用力的旋風造就了法西斯主義的再次興起，然而這次是以一個新名字出現：白人取代理論（White replacement theory）。你只需要觀看「美國眾議院調查一月六日國會山莊攻擊事件特別委員會」（Select Committee to Investigate the January 6th Attack on the United States Capitol）的一場聽證會就能明白。

當今正有一批右翼民粹主義領袖開始興起，他們使用社群媒體來質疑、摧毀現實，並以指數性增長的謊言當作溫床，培養人們的憤怒及偏執情緒。這就是法西斯主義被常態化的過程，是政治上的義憤情緒轉化為恐怖主義的關鍵，也是群眾暴力的序曲。

類似的概念已在歷史上反覆出現，而且每次都帶來暴力的後果。從義大利的法西斯主義者貝尼托．墨索里尼（Benito Mussolini）、信奉白人至上的三K黨（Ku Klux Klan）到阿道夫．希特勒皆是如此。希特勒更曾在《我的奮鬥》（*Mein Kampf*）中寫過：「這種讓血統變得不純的有害行徑，我們有成千上萬的人民不當一回事，但今日的猶太人卻是系統化地在進行。這些跟黑人一樣的寄生蟲有系統地在我們國家內玷汙那些頭髮美麗的女孩，並藉此摧毀我們在這個世界上無從取代的事物。」

之後在二〇二二年五月，匈牙利總理奧班．維克多發言時呼應這段話，將取代理論含納入他的國家意識形態當中：「在我看來，歐洲有大量人口遭到替換的現象形同自殺，因為歐洲缺少的那些基督教孩子，正受到來自其他文明的成年人取代——那些移民。」41

就在同一週，他成為美國保守政治行動會議（US Conservative Political Action Conference，簡稱 CPAC）的特別講者，這場第一次在匈牙利舉辦的會議，將大西洋兩側的右翼勢力連結起來。根據一場非正式的民意調查指出，如果共和黨的黨內初選在當時舉行，有百分之五十九的成員表示他們會投給唐納．川普。42

這個趨勢有什麼預兆嗎？其實就是大規模槍擊事件。挪威奧斯陸、紐西蘭基督城，還有紐約水牛城這些槍手的殺人宣言中都出現了取代理論。他們都是在受到網路激進化後自稱法西斯主義者。

在情勢變好之前，一切只會變得更糟。

所以，要如何對抗一位獨裁者？

要及早定義並擁抱一些重要的價值觀——也就是你在這幾個章節中讀到的潛藏副標題：誠實、表現自己的脆弱、同理心、不受情緒影響、擁抱你的恐懼，並相信良善的價值。此外，你無法獨自對抗獨裁者，你得打造一個團隊並強化你的影響力，然後把有用的資源連結起來，大家一起編織一個行動的羅網。

而且，要避免用「敵我分明」的心態來思考。學習換位思考的能力。如果你想要別人怎麼待你，你就要那樣待人。科技已經證明人類的共通點遠比差異還多。無論我們來自什麼國家或文化，科技平台都能神不知鬼不覺地操弄我們的生物運作機制。法西斯的意識形態幽魂無論是否以「大取代」(The Great Replacement）為名出現，總之都是在追求同質性的前提下，試圖挑出潛藏於國內的「敵人」，而這些敵人總是那些擁護民主及其理想的人。這樣的情況不只發生在西方，也發生在印度、緬甸、斯里蘭卡和菲律賓。我們都有屬於我們國家的波布*，這種人鼓勵基於「敵我分明」概念的大規模暴力行動。

二〇一八年，我在華盛頓特區對著未來、各國政府及許多政治人物懇求：別為了權力去操控人性最糟的一面，因為這會嚴重傷害我們的下一代。他們沒有聽進去。他們不懂為什麼要放棄那條通往權力的道路。對著各個社群媒體平台，我說，「你們的商業模式已經分化了社會，也弱化了我們的民主體制。個人化的設計代表我的現實跟你的現實不同，而且我們都能擁有各自的現實。可是這些現實必須有辦法在公領域共存才行。你不能把我們撕裂到讓我們對事實毫無共識的程度。」他們沒有聽進去，而我們今天的情況又更糟了。我當時呼籲記者和運動者繼續走在正確的道路上，我們也確實這麼做了——但也因此付出很大的代價。[43]

至於我，我曾有好幾次都快要撐不下去。只因為不願停止我的工作，我失去了出國的自由，也無法進行長期的人生規畫，因為身上還揹著七個刑事案件，甚至可能因此得在監獄內待到人生的最後。可是我拒絕活在這樣的世界裡。我需要一個更好的世界。我們也值得更好的世界。

在我的諾貝爾獲獎演說中，我希望每個人都能站出來捍衛我們的民主——以及我們的自由及平等。我試圖在本書中詳述能夠這樣做的細節，包括我們的反擊是如何從私領域推進到政治領域，再從個人價值觀推進到跨足四個層面的共同行動。所有問題都還是有解決辦法的：長期

---

* 譯註：Pol Pot，一九六三年至一九九七年期間紅色高棉的實際最高領導人，他曾以階級清洗為名大肆屠殺異議分子與知識分子。

來看，最重要的是教育，所以就讓我們從現在開始做起；中期來看，為了重建虛擬世界的法治秩序，我們必須進行法律及政策上的修改，並希望在未來創造出一個能連結、而非撕裂我們的網路世界。至於短期來看，現在的我們就只能合作、合作、再合作。而且必須是基於信任的合作。

當然，這些想法要實際做起來並不容易。你會想要放棄、想像鴕鳥一樣把頭埋進沙子裡；可是如果真的放棄了，你就是在協助這個世界走向毀滅。你的孩子會繼續被操控，他們的價值觀將是一片廢墟般的光景，而地球將是一片荒蕪。現在已經是危急存亡的時刻了。

每當我想要放棄時，小雀的文章就會讓我再次清醒過來。她在垂死之際仍選擇繼續奮戰：為我奮戰、為菲律賓人奮戰，也為更大的利益奮戰。我們不能自憐自艾。現在就是行動的時候。

我對**你**有信心。

我對**我們**有信心。

後記

有時你必須輕鬆一點過日子，盡量什麼都不去深究，因為認真感受一切實在太苦了。你只能想辦法往前走、想辦法讓自己很忙。你把每天的每分每秒塞滿工作，只盼望著自己某天能撐過去。你不再試圖理解自己**為什麼**會這麼痛苦。回顧過去，只要有機會回到我在美國的老家紐澤西州海洋郡湯姆斯河，就能讓我在面對這些困境時應付得更好。畢竟就跟我們的選舉一樣，那裡的一切都讓我感覺像是回到過去。

每次回去團聚的感覺實在太棒了！一開始，我的親友會變回我們認識之初的模樣，接著再慢慢展現出長大成人後的樣貌。我們最後一次全員團聚是在四十年前，那是一九八二年，當時的我剛從湯姆斯河高中畢業。二〇二二年五月二十二日的週日，我成為湯姆斯河地區高中名人堂的一員。隔天週一早晨，學校職員在一個我曾無比熟悉、但現在已嶄新翻修過的空間門口進行揭匾儀式，那個藍色的牌匾上寫著「瑪麗亞・瑞薩禮堂」，這個禮堂可以容納超過一千人。

我對這個禮堂充滿回憶，而且可以在此先唱美國國歌再唱菲律賓國歌的感覺實在棒極了，因為我的兩個世界就此合而為一。我的父母和家人坐在禮堂的第一排，我的大概三十個同學就坐在他們身後。我望向那些學生——根據校長艾德．凱勒（Ed Keller）所說，這裡跟湯姆斯河的其他高中一樣擁有大概超過六百位分別來自北部、南部和東部的學生。我決定跟他們談一談「意義」——以及他們為什麼無法在社群媒體上找到意義。

「能夠獲得我們關注的事物，就是賦予我們生命意義的事物，」我告訴他們。「我們選擇在什麼領域花時間，就能決定我們未來有什麼成就，而那個領域也會成為我們擅長的領域。關於我們心靈的這場戰爭——也是關於**你們**心靈的這場戰爭——已經開打且由對方獲勝，但他們不是透過幫助你們思考來獲得勝利。他們之所以勝利，是因為可以操控你們的情緒。憤怒和仇恨已經成為塑造我們未來樣貌的元素。社群媒體正把有毒的爛泥灌入我們體內。所以如果你感到憤怒，或者對某一個群體出現仇恨情緒，請先抽離那個情境，深呼吸。」

我在那次回到湯姆斯河的第一天晚上就說過幾乎同樣的話。那天晚上我們十幾個人圍坐在桌邊，其中三人是民主黨支持者。當時是在我的堂弟維尼家，他以前總會在我們家車道上來回騎著他的巨輪玩具摩托車，不過現在的他已不再是有著一頭黑捲髮的小男孩，而是曼徹斯特的一位警衛隊長。他的弟弟彼得之前擔任過海軍陸戰隊員和消防員，現在則是因身心障礙狀況留職停薪的警察。

他們談起警察內部追求平權的肯定性行動（affirmative action），表示為了讓警察內部的多元性組成得以達標，招募標準已經往下調降三次，並抱怨這個狀況很不公平。他們還聊到移民問題，說起所有人是如何為了那群根本不想工作的人做出犧牲（完全沒考量我們就是一個來自義大利和菲律賓的移民家族）。我的父母住在佛羅里達，他們曾投票給柯林頓，然後在歐巴馬健保提高他們的醫療費用後決定改投川普。我和我的弟弟、妹妹都能感覺到有些什麼持續在煽動他們的怒氣。果然，等到臉書把俄羅斯資訊作戰的相關專頁及帳號下架之後，他們的帳號也不再那麼活躍了。

等大家聊開後，我告訴家人，我們不該讓自己受到仇恨情緒所影響。維尼告訴我，湯姆斯河雖然人口只有九萬五千人，卻也在上週犯案的水牛城槍手長達一百八十頁的殺人宣言中出現，原因是此地的哈西迪猶太教社群人口正在逐漸增長。[1] 警方已經加強該區的警力，海洋郡的檢察官也出面安撫大家的恐懼情緒：「我可以明確表示，沒有證據顯示那名槍手有想要來到海洋郡的任何意圖或跡象。」他又補充說道，「那份文件中還出現極度卑劣的反猶、白人至上主義，還反映出激進種族主義的各種迷因圖和刻板印象，更不停提到『取代理論』。」[2]

我看著禮堂中的學生。現在就連一根針掉在地上的聲音都能聽見。我放下準備好的講稿，跟他們聊起我的真心話。我說，現在的生活對他們來說一定更不容易，因為挖掘自己身分認同的過程充滿不安，而且現在還必須在網路眾人矚目下進行，甚至可能有暴徒隨時等著襲擊你；當生活不再是一個挖掘、而是展演的過程時，任何錯誤似乎都可能致命，而且還可能被迫面對大量憤怒及仇恨的情緒。我向他們指出，湯姆斯河的北部和南部可以在運動場上競爭，但這些學生還是可以當朋友，可是政治議題已經變得極度分裂，幾乎像是古羅馬角鬥士要殺個你死我活的那種戰場。

「我的這個世代已經失敗了，我們交給你們的是這個壞掉的世界，這代表你們必須比我們更堅強、更聰明，」我一邊說卻又一邊忍不住懷疑，他們究竟能否說出這個世界哪裡出了錯？畢竟他們打從出生認識的，就是這個世界啊。所以我請他們要獨立思考、要對社群媒體抱持懷疑態度，而且要能換位思考。把手機放下吧，我說，因為到頭來真正重要的，只有你愛的人。你選擇在哪裡使用寶貴的時間，就會在哪裡找到意義。「你最後會記得的，只有你真正影響過的人，以及曾經改變你人生的人。」

在禮堂的命名致敬儀式結束隔天，在德州一個人口大多為拉丁裔居民的小鎮尤瓦爾迪（Uvalde），有名槍手殺害了二十一個人，包括兩位老師和十九位學生。[3] 那晚，海洋郡宣布提升保安人力，當地警方也出現在我以前的高中校園內。[4]

二〇二一年諾貝爾和平獎得主瑪麗亞・瑞薩和德米特里・穆拉托夫為了面對資訊危機提出的十點計畫

二〇二一年九月二日發表於挪威奧斯陸諾貝爾和平中心的表達自由會議（Freedom of Expression Conference）

在我們希望擁有的世界中，科技發展是為了服務人性，而這個世界的全球公共組織也要能保護人權不受追求金錢利益的欲望損害。當權者必須盡責，建立出這樣一個以人權、尊嚴及安全為優先的世界，採用的手法包括維護科學和新聞報導的工作程序及其已受驗證的相關知識。

為了建立這樣一個世界，我們必須：終結以監控獲取利益的商業模式、終結科技歧視並平等對待世界上所有地方的人，並重建獨立新聞報導產業這個對抗暴政的手段。

我們向所有友善人權的民主政府呼籲：

一、要求科技公司針對人權衝擊議題進行獨立評估，結果也一定要公諸於世，此外必須要求這些公司將營運的各個面向公開透明化——包括內容審核、演算法衝擊、資料處理程序，到誠信政策。

二、藉由完善的資料保護法來保護公民隱私權。

三、公開譴責針對全球自由媒體及記者的辱罵，並對遭受攻擊的獨立媒體及記者提供資金及其他面向的協助。

我們向歐盟呼籲：

四、大刀闊斧地執行《數位服務法》（*Digital Services Act*）與《數位市場法》（*Digital Markets Act*），好讓這些法條不再只是科技公司需要另外應付的文書工作。歐盟必須真正要求他們改變商業模式，比如終結威脅人民基本權利並散播虛假訊息及仇恨的演算法擴散方式，其中也必須包括風險源自歐盟邊界之外的各種案例。

五、緊急提出禁止監控式廣告的法案，將該作法從根本上認定為不符人權規範的行為。

六、嚴格執行《歐盟通用資料保護規則》（*EU General Data Protection Regulation*），好讓人民的

資料終於能真正獲得保護。

七、在即將實施的《歐洲媒體自由法》（*European Media Freedom Act*）中納入新措施，藉此在數位空間內強力保護記者安全、確保媒體得以持續經營，並提供民主保障。

八、藉由從上游截斷虛假訊息來保護媒體自由。這代表在任何新科技或媒體法規的領域中，任何組織或個人都不應享有特別待遇或例外。畢竟在全球資訊彼此流通的前提下，不需受規範的政府及非國家行為體能夠任意創造出工業規模的大量虛假訊息，並藉此傷害世界各地的民主體制、極化各地的社會。

九、對非常規的遊說機制、偽草根行銷宣傳，以及大型科技公司和歐洲政府機關之間招聘旋轉門的問題提出質疑。

我們也向聯合國喊話：

十、創立聯合國祕書長特殊使節，此職位的工作必須是關注記者安全（Special Envy for Safety of Journalists，簡稱 SESJ），其中包括對目前行之有年的現況提出質疑，並想辦法提高對記者提告的代價。

致謝

感謝陌生人的善意。近幾年的遭遇總讓我意識到，原來還有這樣的善意存在。就算遇到再多糟糕事，那些意料之外的慷慨援助總是讓我有辦法走下去。我們這個小小的《拉普勒》能撐過羅德里戈．杜特蒂的六年任期，實在是個微小的奇蹟，而這一切都是因為我們在菲律賓獲得許多人的支持，其中很多人只求在幕後默默幫忙，另外也有人跑在最前頭協助帶領大家衝鋒陷陣。最令我驚訝的是，我們在菲律賓進行的這些戰鬥，竟然可以跟全世界產生如此大的共鳴，甚至獲得來自全球的支援。感謝選擇將我們的故事說出去的數百位記者及其所屬新聞組織。

如果你支持過我們，但我不認識你，我想在這裡說聲「謝謝你！」你們所給予的能量讓我有辦法保持樂觀，你們的善良與關心也讓我們得以繼續走下去。那樣泉湧而出的慷慨澆熄了仇恨的火，讓我們得以對更好的未來抱持希望。

你們的幫助強化了我對集體人性的信心。而這份信心帶來的意義可說至關重大。

當你努力想矯正一個是非顛倒的世界時，時間就是最稀缺的商品。所以就讓我從化解仇恨的最重要手段談起：愛。

無論是過去或現在，對在《拉普勒》工作的所有人來說，你們每個人都已在我們心上留下印記，因為我們一起擁有一個夢，也一起擁抱創造的精神。我們今日的成就都有你們的參與。

至於我的家人：我的父母彼得和赫米麗娜、我的妹妹瑪莉珍、米雪兒和妮可、我的弟弟彼得．埃姆斯，另外還有我的姪子、姪女、外甥和外甥女——吉雅（Gia）、米蓋爾（Miguel）、迪亞哥（Diego）、傑利（Gelli）、安東尼（Anthony）、麥克（Michael）和潔西卡（Jessica）。我無法透過言語表達我對你們的無盡愛意。謝謝你們對老是忙於工作的我如此有耐心。

感謝那些從未丟下我們的人：班傑明．比坦加（Benjamin Bitanga）、我們真正的天使班傑明和潔娜琳．蘇（Benjamin and Jenalyn So）、曼尼．阿雅拉（Manny Ayala）、我們的股東和董事，以及所有就算可能得罪人還是願意聲援我們的**#事實優先**行動、**#拿出勇氣**行動，以及**#菲律賓投票**聯盟的每一個勇敢的人，謝謝你們幫助我們**#堅守陣線**。

感謝史蒂芬．金（Stephen King）、尼尚．羅瓦尼（Nishant Lalwani）、馬可斯．布洛克立（Marcus Brauchli）、史都華．卡爾（Stuart Karle）和沙沙．弗西尼克（Sasa Vucinic），謝謝你們相信我們在《拉普勒》實踐出來的所有想法。感謝媒體自由捍衛基金（Press Freedom Defense

Fund）的吉姆・李森（Jim Risen）：是你的智慧和同理心幫助我去勇敢面對各種意料之外的挑戰。

感謝**#堅守陣線**全球聯盟的核心組織者以及超過八十個參與組織——謝謝保護記者委員會、無國界記者，以及國際新聞工作者中心所參與協助的組織工作，當然也謝謝你們所做的其他一切。

感謝我在普林斯頓大學的朋友，尤其是負責帶領支援行動的奧莉維亞・赫爾拉克（Olivia Hurlock）和雷絲莉・塔克，她們自從大學開始就是我的寫作搭檔。身處海洋另一邊的她們協助在募資平台上進行食物集資活動，讓我知道我們不是孤軍奮戰，就連後來進入封城狀態，我們都還是想辦法一起吃飯喝酒。感謝凱西・奇力（Kathy Kiely），她突然跳出來為我們組織了一場又一場的支援活動，還跟出身普林斯頓的許多記者一起衝鋒陷陣。感謝了不起的一九八六年畢業班跟我們的班長伊莉莎白・羅傑斯（Elisabeth Rodgers），另外還有數百位橫跨不同年齡層的普林斯頓校友，感謝你們的發聲支援，為我們帶來不少走下去的能量。

感謝拉莫那・狄亞茲（Ramona Diaz）、莉亞・馬里諾（Leah Marino），還有蘭尼・阿倫森（Raney Aronson）所帶領的《前線》（*Frontline*）節目團隊，感謝他們記錄下我們所經歷的一切。謝謝你們為我們帶來希望的光芒。這整個團隊陪伴我們超過八百小時，而《凌遲民主》（*A Thousand Cuts*）這部紀錄片電影只是其中剪出來的一小部分。

感謝我在 Google、臉書（現在是 Meta）、推特和 Tiktok 這些科技公司的朋友，其中包括李察德・金葛拉斯（Richard Gingras）、凱特・貝多（Kate Beddoe）、馬德夫・欽納巴（Madhav Chinnappa）、艾琳・傑伊・劉（Irene Jay Liu）、凱瑟琳・雷伊恩（Kathleen Reen）、奈森尼爾・葛萊徹（Nathaniel Gleicher）、布里頓・海勒（Brittan Heller），以及許多嘗試伸出援手的人。

感謝我在聯合國和聯合國教科文組織的朋友，他們總是會回應我的要求，其中包括負責意見及表達自由的特別報告員大衛・凱伊（David Kaye）及他的繼任者艾琳・康恩（Irene Khan）。

感謝所有幫助這本書寫出來的人：哈娜・特賴伊—伍德（Hana Terai-Wood）在我們完全不認識的情況下寫信過來，提議我應該把這一切記錄下來，此外我也因此跟雷夫・薩加林（Rafe Sagalyn）重新取得聯繫，還得以和亞曼達・厄爾本（Amanda Urban）一起合作。另外我要說聲謝謝你，蘇西・韓森（Suzy Hansen），你花了無數小時和我一起反覆推敲此書應該修改的內容及方式，還有強納森・趙（Jonathan Jao），很感謝你無比精湛的編輯技巧。感謝哈潑柯林斯出版社（HarperCollins）和企鵝藍燈書屋（Penguin Random House）的出版團隊讓這本書得以成真。

感謝我們的律師，他們所做的一切早已遠超出我們的預期。感謝菲律賓的約翰・莫羅（John Molo）和他的 MOSVELDTT 法律事務所。感謝我們強大的 ACCRALAW 事務所法律團隊，其中帶頭的是前任菲律賓證券交易所總裁法蘭西斯・林（Francis Lim）、艾瑞克・雷卡爾德（Eric R. Recalde）、賈克琳・陳（Jacqueline Tan）、派翠西亞・泰斯曼斯—克萊門提（Patricia Tysmans-Clemente）以及葛雷絲・薩隆加（Grace Salonga）。我也要感謝前任最高法院發言人西奧多爾・戴（Theodore Te，也就是內文的泰德・戴）以及免費法律扶助團體；另外也感謝曾經在關鍵時刻提供幫助的許多人。

感謝艾瑪和喬治・克隆尼，他們用影響力驚人的強大鎂光燈照亮了我們正在進行的戰鬥。這對夫妻不但歡迎我這個不速之客到他們家拜訪，兩人也對我敞開心房。艾瑪為我們引介了她在道迪街律師事務所（Doughty Street Chambers）的傑出同事，還和其他人共同領導我們的國際法律團隊，這個團隊的成員包括高爾菲歐恩・蓋勒（Caoilfhionn Gallagher KC）、肯・耶金酥（Can Yeginsu）和克萊兒・歐佛曼（Claire Overman）。他們對我付出關心並提供建議，再加上他們總有辦法為情勢預先做好準備，我才有辦法專注於自己的工作。感謝我的普林斯頓大學同學彼得・立奚滕包姆（Peter Lichtenbaum），他在科文頓・柏靈律師事務所（Covington and Burling, LLP）為我提供免費的公益法律協助，還為我引介了丹恩・費爾德曼（Dan Feldma）、布萊德・麥可寇爾米克（Brad McCormick），以及已故的克爾特・威爾默（Kurt Wimmer）。

感謝在我和德米特里被宣布為得獎者之後成為挪威首相的約納斯・加爾・斯特勒（Jonas Gahr Stor），謝謝你將我提名為諾貝爾和平獎候選人。這正是陌生人的善意啊！另外也感謝挪威諾貝爾獎委員會及其主席貝麗特・賴斯—安德森，針對資訊自由對民主體制造成衝擊的議題，你不但做出相當有遠見的分析，也藉此讓全世界的記者知道我們並不孤單。

感謝葛蘭達、柴和貝絲，謝謝妳們分擔我的痛苦，我也從妳們身上學到許多我獨自一人永遠學不會的事物。感謝妳們永遠陪在我身旁，也感謝妳們讓我相信我們永遠可以信任別人。就算感到驚恐害怕，我們還是一起堅守陣線。就算眼前一片黑暗，我們也一起蹣跚前進。而且正因我們團結一心，我知道總會有人跟上我們的腳步。

二〇二二年八月，我在為《拉普勒》一位死忠支持者守靈時也感受到同樣的愛，這位支持者是攝影師兼社會運動者梅爾文・卡爾德隆（Melvyn Calderon），他是葛蘭達的伴侶，也是他們女兒黎歐納（Leona）的父親，他在黎歐納展開大學生活的前一天被火化。梅爾文曾在老馬可仕時代入獄，在我們被攻擊得最慘烈的時候，他一如往常活力充沛地為我們辯護，但卻在疫情的封鎖結束後離開我們。他的死提醒了我們人生有多短暫。

死亡令人悲痛欲絕。我們失去的人已經太多，但總還能找到走下去的方法。一旦情勢變得愈可怕，我們就愈會尋求愛的幫助。

無論贏面多小，愛都能支持我們繼續前行。

'We Want a Change': In the Philippines, Young People Aim to Upend an Election," *New York Times*, May 1, 2022,https://www.nytimes.com/2022/05/01/world/asia/philippines-election-marcos-robredo.html.

41. Robert Tait and Flora Garamvolgyi, "Viktor Orbán Wins Fourth Consecutive Term as Hungary's Prime Minister," Guardian, April 3, 2022, https://www.theguardian.com/world/2022/apr/03/viktor-orban-expected-to-win-big-majority-in-hungarian-general-election; and Flora Garamvolgyi and Julian Borger, "Orbán and US Right to Bond at CPAC in Hungary over 'Great Replacement' Ideology," Guardian, May 18, 2022, https://www.theguardian.com/world/2022/may/18/cpac-conference-budapest-hungary-viktor-orban-speaker.
42. Zeeshan Aleem, "Trump's CPAC Straw Poll Shows He's Clinging On to Dominance of the GOP," MSNBC, February 28, 2022, https://www.msnbc.com/opinion/msnbc-opinion/trumps-s-cpac-straw-poll-shows-he-s-clinging-dominance-n1290274.
43. "Maria Ressa Receives Journalism Award, Appeals to Tech Giants, Government Ofcials," Rappler, November 9, 2018, https://www.rappler.com/nation/216300-maria-ressa-acceptance-speech-knight-international-journalism-awards-2018/.

後記

1. Anthony Johnson, "Bufalo Mass Shooting Suspect Mentioned 3 New Jersey Towns in 180-Page Document," ABC7 New York, May 17, 2022, https://abc7ny.com/bufalo-mass-shooting-shooter-new-jersey/11861690/.
2. Vin Ebenau, "Ocean County Prosecutor: 'No Implied or Explicit Treat' Following Bufalo, NY Shooter's Mention of Lakewood, NJ and Toms River, NJ," Beach Radio, May 17, 2022, https://mybeachradio.com/ocean-county-prosecutor-no-implied-or-explicit-threat-following-buffalo-ny-shooters-mention-of-lakewood-nj-and-toms-river-nj/.
3. "'She Was My Sweet Girl': Remembering the Victims of the Uvalde Shooting," *New York Times*, June 16, 2022, https://www.nytimes.com/2022/06/05/us/uvalde-shooting-victims.html.
4. Karen Wall, "Ocean County Schools' Police Presence Increasing Afer Texas Shooting," Patch, May 24, 2020, https://patch.com/new-jersey/tomsriver/ocean-county-schools-police-presence-incresasing-afer-texas-shooting.

snubs-facebook-advertising-as-of-december-31-2021/; "Afer Skipping Jessica Soho Interview, Marcos Accuses Award-Winning Journo of Bias," Philippine Star, January 22, 2022, https://www.philstar.com/headlines/2022/01/22/2155660/after-skipping-jessica-soho-interview-marcos-accuses-award-winning-journo-bias.

31. *Working Group on Infodemics Policy Framework*, Forum on Information & Democracy, November 2020, https://informationdemocracy.org/wp-content/uploads/2020/11/ForumID_Report-on-infodemics_101120.pdf.

32. International Fund for Public Interest Media, "Maria Ressa and Mark Tompson to Spearhead Global Efort to Save Public Interest Media," September 30, 2021, https://ifpim.org/resources/maria-ressa-and-mark-thompson-to-spearhead-global-efort-to-save-public-interest-media/; and Maria Ressa, "As Democracy Dies, We Build a Global Future," Rappler, October 13, 2020, https://www.rappler.com/voices/thought-leaders/analysis-as-democracy-dies-we-build-global-future/.

33. Anne Applebaum, "Te Bad Guys Are Winning," Atlantic, November 15, 2021, https://www.theatlantic.com/magazine/archive/2021/12/the-autocrats-are-winning/620526/.

34. "Defend Maria Ressa and Independent Media in the Philippines," Committee to Protect Journalists, https://cpj.org/campaigns/holdtheline/.

35. Bea Cupin, "#FactsFirstPH: 'Groundbreaking Efort Against Discrimination,'" Rappler, January 26, 2022, https://www.rappler.com/nation/philippine-media-civic-society-groups-launch-facts-frst-philippines-initiative/.

36. Isabel Martinez, "Maria Ressa Brings the Readers. But Here's How Rappler Makes Tem Stay," Te Ken, January 27, 2022, https://the-ken.com/sea/story/maria-ressa-brings-the-readers-but-heres-how-rappler-makes-them-stay/.

37. Please see: "Election Integrity Partnership," https://www.eipartnership.net.

38. Disclosure: I sit on the board of Meedan.

39. Dwight De Leon. "Rappler Asks SC to Junk Calida Petition vs Fact-Checking Deal with Comelec," Rappler, April 12, 2022, https://www.rappler.com/nation/elections/comment-supreme-court-junk-calida-petition-vs-fact-checking-deal-comelec/.

40. Michelle Abad, "Te Pink Wave: Robredo's Volunteer Movement Defes Traditional Campaigns," Rappler, May 4, 2022, https://www.rappler.com/nation/elections/leni-robredo-volunteer-movement-defes-traditional-campaigns/; and Sui-Lee Wee, "

7, 2022, https://www.rappler.com/plus-membership-program/holes-ferdinand-bong bong-marcos-jr-work-experience/.
21. Patricio Abinales, "Te Curse Tat Is Imelda Marcos: A Review of Lauren Greenfeld's 'Kingmaker' Film," Rappler, November 14, 2019, https://www.rappler.com/enter tainment/movies/kingmaker-movie-review/.
22. Lian Buan, "Marcos Insists He Has No Trolls, Says Fake News 'Dangerous,'" Rappler, February 7, 2022, https://www.rappler.com/nation/elections/ferdinand-bongbong-marcos-jr-claims-has-no-trolls-fake-news-dangerous/.
23. Marites Dañguilan Vitug, "EXCLUSIVE: Did Bongbong Marcos Lie About Oxford, Wharton?," Rappler, February 24, 2015, https://www.rappler.com/newsbreak/investigative/84397-bongbong-marcos-degrees-oxford-wharton/.
24. "Bongbong Marcos: Oxford, Wharton Educational Record 'Accurate,'" Rappler, February 24, 2015, https://www.rappler.com/nation/84959-bongbong-marcos-statement-oxford-wharton/; Cathrine Gonzales, "Bongbong Marcos Maintains He's a Graduate of Oxford," Inquirer.net, February 5, 2022, https://newsinfo.inquirer.net/1550308/bongbong-marcos-maintains-he-graduated-from-oxford.
25. "Imelda Marcos, Son Plot to Reclaim PH Presidency," Rappler, July 2, 2014, https://www.rappler.com/nation/62215-imelda-marcos-son-philippines-presidency.
26. Jianing Li and Michael W. Wagner, "When Are Readers Likely to Believe a Fact-Check?," Brookings, May 27, 2020, https://www.brookings.edu/techstream/when-are-readers-likely-to-believe-a-fact-check/.
27. "Tip of the Iceberg: Tracing the Network of Spammy Pages in Facebook Takedown," Rappler, October 27, 2018, https://www.rappler.com/newsbreak/investigative/215256-tracing-spammy-pages-network-facebook-takedown.
28. "EXCLUSIVE: Russian Disinformation System Infuences PH Social Media," Rappler, January 22, 2019, https://www.rappler.com/newsbreak/investigative/221 470-russian-disinformation-system-infuences-philippine-social-media/.
29. Gemma B. Mendoza, "Networked Propaganda: How the Marcoses Are Using Social Media to Reclaim Malacañang," Rappler, November 20, 2019, https://www.rappler.com/newsbreak/investigative/245290-marcos-networked-propaganda-social-media.
30. Cherry Salazar, "Robredo Leads, Marcos Snubs Advertising on Facebook," Rappler, January 16, 2022, https://www.rappler.com/nation/elections/robredo-leads-marcos-

September 3, 2021 https://shorensteincenter.org/maria-ressa-sahana-udupa-named-fall-2021-joan-shorenstein-fellows/.

10. 我第一次聽說這件事是矽谷投資者羅傑・麥克納米告訴我的，他是臉書最初期的投資者之一，他也出版了一本書要求臉書在安全、競爭及隱私方面處理得更好；請見 McNamee, "Facebook Will Not Fix Itself," Time, October 7, 2021, https://time.com/6104863/facebook-regulation-roger-mcnamee/.
11. Chris Welch, "Facebook May Have Knowingly Infated Its Video Metrics for Over a Year," Te Verge, October 17, 2018, https://www.theverge.com/2018/10/17/1798 9712/facebook-inaccurate-video-metrics-infation-lawsuit.
12. "Facebook Lied About Video Metrics and It Killed Proftable Businesses," CCN, September 23, 2020, https://www.ccn.com/facebook-lied-about-video-metrics/.
13. Lian Guan, "In Chilling Nostalgia, Marcos Loyalists Show Up Big for the Son of Dictator," Rappler, February 8, 2022, https://www.rappler.com/nation/elections/loyalists-show-up-big-dictator-son-ferdinand-bongbong-marcos-jr-campaign-launch/.
14. Lenarson Music & Vlogs, "Te Original Version of Båğöňğ Ľîpůňåń 1973—Lyrics (President Ferdinand Marcos Era 1965–1986)," YouTube, November 25, 2021, https:// www.youtube.com/watch?v=KssVXnAgW0Q.
15. Plethora, "BBM—Bagong Lipunan (New Version)," YouTube, November 7, 2021, https://www.youtube.com/watch?v=2-8lbAbGGww.
16. "Martsa ng Bagong Lipunan (English Translation)," Lyrics Translate, https://lyricstranslate.com/en/bagong-lipunan-new-society.html.
17. Christa Escudero, "Marcos' 'Greatest Robbery of a Government' Guinness Record Suddenly Inaccessible," Rappler, March 11, 2022, https://www.rappler.com/nation/guinness-record-ferdinand-marcos-greatest-robbery-of-government-suddenly-inaccessible-march-2022/.
18. Antonio J. Montalván II, "Te Marcos Diary: A Dictator's Honest, Candid Description of His Only Son," Vera Files, January 27, 2022, https://verafles.org/articles/marcos-diary-dictators-honest-candid-description-his-only-so.
19. ANC 24/7, "Sen. Imee Marcos: Bongbong Marcos to Run in 2022, but Position Undecided Yet," YouTube, August 25, 2021, https://www.youtube.com/watch?v=w4hO4RzNBxA.
20. Marites Dañguilan Vitug, "Holes in Marcos Jr's Work Experience," Rappler, February

carranza.14/posts/10157883975069671.

第十二章

1. Sofa Tomacruz, "What Prevents Swif COVID-19 Vaccine Deliveries to Philippines' Provinces?," Rappler, February 1, 2022, https://www.rappler.com/newsbreak/investigative/what-prevents-swif-deliveries-provinces-analysis-philippines-covid-19-vaccination-drive-2022-part-2/.
2. "Senate Halts Search for Yang, Lao, Pharmally-Linked Ofcials Due to COVID-19 Surge," Rappler, January 18, 2022, https://www.rappler.com/nation/senate-halts-search-michael-yang-christopher-lao-pharmally-ofcials-due-covid-19-surge/.
3. 我發現自己獲得諾貝爾和平獎的那一刻（包括我的反應）都被記錄在以下這支影片中。FreedomFilmFest: "Live Reaction: Maria Ressa Wins Nobel Peace Prize," Facebook, December 9, 2021, https://www.facebook.com/freedomfilmfest/posts/10160060586766908.
4. Guardian News, "Moment Maria Ressa Learns of Nobel Peace Prize Win During Zoom Call," YouTube, October 8, 2021, https://www.youtube.com/watch?v=UtjFwNiHUbY.
5. Ryan Macasero, "[OPINION] Maria Ressa's Nobel Peace Prize Is About All of Us," Rappler, October 12, 2021, https://www.rappler.com/voices/rappler-blogs/maria-ressa-nobel-peace-prize-about-all-flipinos-media/.
6. Lorraine Ecarma, "Tacloban Journalist Frenchie Mae Cumpio Still Hopeful a Year After Arrest," Rappler, February 9, 2021, https://www.rappler.com/newsbreak/in-depth/tacloban-journalist-frenchie-mae-cumpio-still-hopeful-year-after-arrest-2021/.
7. Ryan Macasero, "Remembering Dumaguete Radio Reporter Rex Cornelio," Rappler, February 13, 2021, https://www.rappler.com/newsbreak/in-depth/remembering-dumaguete-city-radio-reporter-rex-cornelio/.
8. "Announcing Harvard Kennedy School's Center for Public Leadership Fall 2021 Hauser Leaders," Harvard Kennedy School Center for Public Leadership, August 30, 2021, https://cpl.hks.harvard.edu/news/announcing-harvard-kennedy-school's-center-public-leadership-fall-2021-hauser-leaders.
9. "Maria Ressa and Sadhana Udapa Named Fall 2021 Joan Shorenstein Fellows," Harvard Kennedy School Shorenstein Center on Media, Politics and Public Policy,

vestigative/anti-terror-law-state-sponsored-hate-disinformation-more-dangerous/.

26. Ibid.

27. Nicole-Anne C. Lagrimas, “Tagged, You're Dead,” GMA News Online, October 13, 2020, https://www.gmanetwork.com/news/specials/content/170/zara-alvarez-tagged-you-re-dead/.

28. 我就是在這時候看見《拉普勒》的每個人在面對困境時展現出的強韌心性與勇氣，另外我也發現我們的財務長費爾．達拉弗（Fel Dalafu）其實一直想當記者，只是她的父母要求她去讀一個更能找到穩定工作的科系。所以她在成為一名會計師後選擇進入 ABS-CBN 新聞工作，我們之前也在那裡一起共事。當針對《拉普勒》的攻擊展開後，她很驕傲地宣示她的工作就是確保「最頂尖的記者有辦法好好做自己的工作」。要是沒有費爾的勇氣，我們不可能做好自己的工作。她這位完美的財務主管帶領我們避開所有政府設下地雷，確保我們的公司永遠能為最壞的可能性做好準備。

29. “Rappler Ends 2019 with Income: A Comeback Year,” Rappler, June 30, 2020, https:// www.rappler.com/about/rappler-income-2019-comeback-year/.

30. 我是在二〇一九年一月十日遭到起訴，然後在一個月後被逮捕（這次的低級起訴手段徹底推翻了之前讓這次起訴無效的決定）。請見 “Despite NBI Flip-Flop, DOJ to Indict Rappler for Cyber Libel,” Rappler, February 4, 2019, https:// www.rappler.com/nation/222691-doj-to-indict-rappler-cyber-libel-despite -nbi-flip-flop/.

31. Sheila Coronel, “Tis Is How Democracy Dies,” Atlantic, June 16, 2020, https:// www.theatlantic.com/international/archive/2020/06/maria-ressa-rappler-philippines-democracy/613102/.

32. Marc Jayson Cayabyab, “Cybercrime Expert? Who Is Manila RTC Judge Rainelda Estacio-Montesa?” OneNews, June 17, 2020, https://www.onenews.ph/articles/cybercrime-expert-who-is-manila-rtc-judge-rainelda-estacio-montesa.

33. 雷伊．桑托斯在本書出版的前幾個月離開了政府。

34. Maria Ressa, “We Can't Let the Coronavirus Infect Democracy,” Time, April 14, 2020, https://time.com/5820620/maria-ressa-coronavirus-democracy/.

35. Ralf Rivas, “ABS-CBN Goes Of-Air Afer NTC Order,” Rappler, May 5, 2020, https://www.rappler.com/nation/abs-cbn-goes-of-air-ntc-order-may-5-2020/.

36. Ruben Carranza, Facebook, August 19, 2020, https://www.facebook.com/ruben.

wsj.com/articles/facebook-knows-it-encourages-division-top-executives-nixed-solutions-11590507499.

17. Mike Isaac and Sheera Frenkel, "Facebook Braces Itself for Trump to Cast Doubt on Election Results," New York Times, August 21, 2020, https://www.nytimes.com/2020/08/21/technology/facebook-trump-election.html.
18. Kevin Roose, Mike Isaac, and Sheera Frenkel, "Facebook Struggles to Balance Civility and Growth," New York Times, November 24, 2020, https://www.nytimes.com/2020/11/24/technology/facebook-election-misinformation.html.
19. In 2020, Rappler began working with Sinan Aral and his team at MIT, as well as researchers at several other universities at home and abroad.
20. Bonz Magsambol, "Facebook Partners with Rappler, Vera Files for Fact-Checking Program," Rappler, April 12, 2018, https://www.rappler.com/technology/social-media/200060-facebook-partnership-fact-checking-program/.
21. Manuel Mogato, "Philippines Complains Facebook Fact-Checkers Are Biased," Reuters, April 16, 2018, https://www.reuters.com/article/us-philippines-facebook-idUSKBN1HN1EN.
22. Jordan Robertson, "Fake News Hub from 2016 Election Triving Again, Report Finds," Bloomberg, October 13, 2010, https://www.bloomberg.com/news/articles/2020-10-13/fake-news-hub-from-2016-election-thriving-again-report-fnds#xj4y7vzkg.
23. "EXCLUSIVE: Russian Disinformation System Infuences PH Social Media," Rappler, January 22, 2019, https://www.rappler.com/newsbreak/investigative/221470-russian-disinformation-system-infuences-philippine-social-media/.
24. Craig Timberg, "Facebook Deletes Several Fake Chinese Accounts Targeting Trump and Biden, in First Takedown of Its Kind," Washington Post, September 22, 2020, https://www.washingtonpost.com/technology/2020/09/22/facebook-deletes-several-fake-chinese-accounts-targeting-trump-biden-frst-takedown-its-kind/; Ben Nimmo, C. Shawn Elb, and Léa Ronzaud, "Facebook Takes Down Inauthentic Chinese Network," Graphika, September 22, 2020, https://graphika.com/reports/operation-naval-gazing/.
25. "With Anti-terror Law, Police-Sponsored Hate and Disinformation Even More Dangerous," Rappler, August 13, 2020, https://www.rappler.com/newsbreak/in

Executive Editor," Rappler, November 11, 2020, https://www.rappler.com/about/maria-ressa-future-proofs-rappler-for-digital-challenges-names-glenda-gloria-executive-editor/.

6. Olivia Solon, "While Facebook Works to Create an Oversight Board, Industry Experts Formed Teir Own," NBC News, September 25, 2020, https://www.nbcnews.com/tech/tech-news/facebook-real-oversight-board-n1240958.
7. Roger McNamee and Maria Ressa, "Facebook's 'Oversight Board' Is a Sham. The Answer to the Capitol Riot Is Regulating Social Media," Time, January 28, 2021, https://time.com/5933989/facebook-oversight-regulating-social-media/.
8. Rob Pegoraro, "Facebook's 'Real Oversight Board': Just Fix Tese Tree Tings Before the Election," Forbes, September 30, 2020, https://www.forbes.com/sites/robpegoraro/2020/09/30/facebooks-real-oversight-board-just-fix-these-three-things-before-the-election/?sh=2cb2cb3c1e6c.
9. "Is Big Tech the New Empire?," Studio B: Unscripted, Al Jazeera, March 27, 2020, https://www.youtube.com/watch?v=7OLUfA6QJlE.
10. Christopher Wylie, Mindf*ck: Cambridge Analytica and the Plot to Break America (New York: Random House, 2019).
11. "EXCLUSIVE: Interview with Cambridge Analytica Whistle-Blower Christopher Wylie," Rappler, September 12, 2019, https://www.rappler.com/technology/social-media/239972-cambridge-analytica-interview-christopher-wylie/.
12. Ibid.
13. Raissa Robles, "Cambridge Analytica Boss Alexander Nix Dined with Two of Rodrigo Duterte's Campaign Advisers in 2015," South China Morning Post, April 8, 2018, https://www.scmp.com/news/asia/southeast-asia/article/2140782/cambridge-analytica-boss-alexander-nix-dined-two-rodrigo.
14. "EXCLUSIVE: Interview with Cambridge Analytica Whistle-Blower Christopher Wylie."
15. Meghan Bobrowsky, "Facebook Disables Access for NYU Research into Political-Ad Targeting," Wall Street Journal, August 4, 2021, https://www.wsj.com/articles/facebook-cuts-of-access-for-nyu-research-into-political-ad-targeting-11628052204.
16. Jef Horwitz and Deepa Seetharaman, "Facebook Executive Shut Down Eforts to Make the Site Less Divisive," Wall Street Journal, May 26, 2020, https://www.

Freedom," Rappler, November 20, 2020, https://www.rappler.com/world/global-afairs/reason-amal-clooney-fghts-for-press-freedom/.
14. "Rodrigo Duterte's Persecution of Maria Ressa Is Dangerous," Daphne Caruana Galizia Foundation, June 16, 2020, https://www.daphne.foundation/en/2020/06/16/maria-ressa.
15. Malou Mangahas, "Te Duterte Wealth: Unregistered Law Firm, Undisclosed Biz Interests, Rice Import Deal for Creditor," Rappler, April 3, 2019, https://www.rappler.com/newsbreak/investigative/pcij-report-rodrigo-sara-paolo-duterte-wealth/.
16. Terry Gross, "Philippine Journalist Says Rodrigo Duterte's Presidency Is Based on 'Fear, Violence,'" NPR, January 6, 2021, https://www.npr.org/2021/01/06/953902894/philippine-journalist-says-rodrigo-dutertes-presidency-is-based-on-fear-violence.
17. Twink Macaraig, "When the Big C Sneaks Back," Philippine Star, June 28, 2016, https://www.philstar.com/lifestyle/health-and-family/2016/06/28/1597196/when-big-c-sneaks-back.
18. Twink Macaraig, "Why I Fight," Philippine Star, March 24, 2019, https://www.philstar.com/lifestyle/sunday-life/2019/03/24/1903779/why-i-fght.

第十一章

1. David Pegg, "Judge Makes Preliminary Ruling in Carole Cadwalladr Libel Case,"*Guardian*, December 12, 2019, https://www.theguardian.com/law/2019/dec/12/judge-makes-preliminary-ruling-in-carole-cadwalladr-libel-case.
2. Nico Hines, "Award-Winning Reporter to Counter-sue Man Who Bankrolled Brexit for 'Harassment,'" Daily Beast, July 15, 2019, https://www.thedailybeast.com/carole-cadwalladr-award-winning-reporter-to-counter-sue-man-who-bankrolled-brexit-for-harassment.
3. Ben Judah, "Britain's Most Polarizing Journalist," Atlantic, September 19, 2019, https:// www.theatlantic.com/international/archive/2019/09/carole-cadwalladr-guardian-facebook-cambridge-analytica/597664/.
4. Author interview with Carole Cadwalladr, "#HoldTeLine: Maria Ressa Talks to Journalist Carole Cadwalladr," Rappler, May 10, 2021, https://www.rappler.com/video/hold-the-line-maria-ressa-interview/carole-cadwalladr-may-2021.
5. "Maria Ressa Future-Proofs Rappler for Digital Changes, Names Glenda Gloria

administration.
5. Rappler, "WATCH: Patricia Evangelista Reads the Statement of Rappler in UP Fair," Facebook, February 13, 2019, https://www.facebook.com/watch/?v=740171123044662; "Rappler's Statement on Maria Ressa's Arrest: 'We Will Continue to Tell the Truth,'" Rappler, February 13, 2019, https://www.rappler.com/nation/223423-rappler-statement-maria-ressa-arrest-cyber-libel-february-2019/.
6. Rappler, "Students, Journalists, Civil Society Groups Protest Ressa Arrest," Facebook, February 13, 2019, https://www.facebook.com/watch/?v=2085260034888511.
7. CNN Philippines Staf, "Rappler CEO Calls Arrest 'Abuse of Power,'" CNN, February 14, 2019, https://www.cnnphilippines.com/news/2019/02/14/Rappler-CEO-Maria-Ressa-abuse-of-power.html.
8. TrialWatch: Freedom for the Persecuted, the Clooney Foundation for Justice, https://cf.org/project/trialwatch/.
9. Agence France-Presse, "Al Jazeera Reporter Renounces Egypt Citizenship in Bid for Release," Rappler, February 3, 2015, https://www.rappler.com/world/82809-mohamed-fahmy-renounces-egypt-citizenship/; "Rappler, Te Investigative Journal to Partner on Investigative Reporting," Rappler, July 9, 2019, https://www.rappler.com/nation/234921-partnership-with-the-investigative-journal-reporting/.
10. Jason Rezaian, "Reporter Jason Rezaian on 544 Days in Iranian Jail: 'Tey Never Touched Me, but I Was Tortured,'" Guardian, February 18, 2019, https://www.theguardian.com/media/2019/feb/18/reporter-jason-rezaian-on-544-days-in-iranian-jail-they-never-touched-me-but-i-was-tortured.
11. "Amal Clooney," Committee to Protect Journalists, 2020, https://cpj.org/awards/amal-clooney/.
12. 這個團隊包含英國的御用律師高爾菲歐恩・蓋勒、肯・耶金酥，還有克萊兒・歐佛曼。我把他們介紹給彼得・立奚滕包姆，這位我在普林斯頓大學的同學目前在名望極高的科文頓・柏靈律師事務所工作，並在此為我提供了免費的公益法律協助；"Caoilfhionn Gallagher QC," Doughty Street Chambers, https://www.doughtystreet .co.uk/barristers/caoilfhionn-gallagher-qc; "Advisors," Daphne Caruana Galizia Foundation, https://www.daphne.foundation/en/about/the-foundation/advisors.
13. "'Anger Drives a Lot of What I Do': Amal Clooney on Why She Fights for Press

ressa-motion-quash-tax-evasion-case-pasig-rtc-branch-265/.

36. Rappler, "Pasig Court Postpones Rappler, Maria Ressa Arraignment," YouTube, December 6, 2018, https://www.youtube.com/watch?v=4_hPBu0FXXw.
37. Karl Vick, "Person of the Year 2018," Time, December 11, 2018, https://time.com/person-of-the-year-2018-the-guardians/.
38. "TIME Names 'the Guardians' as Person of the Year 2018," CNN, https://edition.cnn.com/videos/tv/2018/12/11/news-stream-stout-ressa-time-person-of-the-year-2018-guardians.cnn.
39. See Paul Mozur, "A Genocide Incited on Facebook, with Posts from Myanmar's Military," New York Times, October 15, 2018, https://www.nytimes.com/2018/10/15/technology/myanmar-facebook-genocide.html; Alexandra Stevenson, "Facebook Admits It Was Used to Incite Violence in Myanmar," New York Times, November 6, 2018, https://www.nytimes.com/2018/11/06/technology/myanmar-facebook.html.

第十章

1. Lian Buan, "'We'll Go Afer You': DOJ Probes Treat of NBI Agent vs Rappler Reporter," Rappler, February 14, 2019, https://www.rappler.com/nation/223489-doj-probes-nbi-agent-verbal-threat-vs-reporter-during-ressa-arrest/. See also Aika Rey on Twitter: "Te arrest warrant vs Maria Ressa is being served at the Rappler HQ now, an ofcer part of the serving party who introduced himself to be part of the NBI tried to prohibit me from taking videos—WHICH IS PART OF MY JOB," Twitter, February 13, 2019, https://twitter.com/reyaika/status/1095615339721834496.
2. Dr. Pagaduan-Lopez, a professor in the Department of Psychiatry & Behavioral Medicine, College of Medicine, University of the Philippines—Manila, was a member of the United Nations Subcommittee on Prevention of Torture and Other Cruel, Inhuman or Degrading Treatment or Punishment (SPT) from 2012 to 2016. She passed away on November 20, 2021.
3. "UP Fair: More Tan Just a Concert," Rappler, February 11, 2019, https://www.rappler.com/moveph/221524-up-fair-2019-more-than-just-concert/.
4. Patricia Evangelista, "Te Impunity Series," Rappler, July 25, 2017, https://r3.rappler.com/newsbreak/investigative/168712-impunity-series-drug-war-duterte-

org/2020/07/06/forum-names-infodemics-working-groups-17-member-steering-committee/; Camille Elemia, "How to Solve Information Chaos Online? Experts Cite Tese Structural Solutions," Rappler, November 14, 2020, https://www.rappler.com/technology/features/experts-cite-structural-solutions-online-information-chaos/.
26. "Maria Ressa Receives Journalism Award, Appeals to Tech Giants, Government Ofcials," Rappler, November 9, 2018, https://www.rappler.com/nation/216300-maria-ressa-acceptance-speech-knight-international-journalism-awards-2018/.
27. Paige Occeñola, "Exclusive: PH Was Cambridge Analytica's 'Petri Dish'—Whistle-Blower Christopher Wylie," Rappler, September 10, 2019, https://www.rappler.com/technology/social-media/239606-cambridge-analytica-philippines-online-propaganda-christopher-wylie/.
28. "Maria Ressa Receives Journalism Award, Appeals to Tech Giants, Government Ofcials."
29. Alexandra Stevenson, "Philippines Says It Will Charge Veteran Journalist Critical of Duterte," New York Times, November 9, 2018, https://www.nytimes.com/2018/11/09/business/duterte-critic-rappler-charges-in-philippines.html?smid=url-share.
30. Lian Buan, "DOJ Indicts Rappler Holdings, Maria Ressa for Tax Evasion," Rappler, November 9, 2018, https://www.rappler.com/nation/216337-doj-indicts-rappler-holdings-tax-evasion-november-9-2018/.
31. Rappler, "Maria Ressa at Champs-Élysées During 'Yellow Vest' Protest," YouTube, December 18, 2018, https://www.youtube.com/watch?v=393JVj-oL-E.
32. "Maria Ressa Arrives in Manila amid Arrest Fears," Facebook, , Rappler, December 2, 2018, https://www.facebook.com/watch/?v=1786538544788973.
33. Rambo Talabong, "Maria Ressa Back in PH: Don't Let the Gov't Cross the Line," Rappler, December 3, 2006, https://www.rappler.com/nation/218066-maria-ressa-back-philippines-arrest-fears/.
34. Carlos Conde, "A New Weapon Against Press Freedom in the Philippines," Globe and Mail, December 5, 2018, https://www.theglobeandmail.com/opinion/article-a-new-weapon-against-press-freedom-in-the-philippines/.
35. Lian Buan, "Rappler to Pasig Court: Tax Charges 'Clear Case of Persecution,'" Rappler, December 6, 2018, https://www.rappler.com/nation/218340-rhc-maria-

Medium, October 21, 2017, https://medium.com/@flip_struharik/biggest-drop-in-organic-reach-weve-ever-seen-b2239323413.

18. Steve Kovach, "Facebook Is Trying to Prove It's Not a Media Company by Dropping the Guillotine on a Bunch of Media Companies," Insider, January 13, 2018, https://www.businessinsider.com/facebooks-updated-news-feed-algorithm-nightmare-for-publishers-2018-1.
19. Adam Mosseri, "Facebook Recently Announced a Major Update to News Feed; Here's What's Changing," Meta, April 18, 2018, https://about.f.com/news/2018/04/inside-feed-meaningful-interactions/.
20. Sheera Frenkel, Nicholas Casey, and Paul Mozur, "In Some Countries, Facebook's Fiddling Has Magnifed Fake News," New York Times, January 4, 2018, https://www.nytimes.com/2018/01/14/technology/facebook-news-feed-changes.html.
21. Mariella Mostof, "'Te Great Hack' Features the Journalist Who Broke the Cambridge Analytica Story," Romper, July 24, 2019, https://www.romper.com/p/who-is-carole-cadwalladr-the-great-hack-tells-the-investigative-journalists-explosive-story-18227928.
22. "Philippines' Watchdog Probes Facebook over Cambridge Analytica Data Breach," Reuters, April 13, 2018, https://www.reuters.com/article/us-facebook-privacy-philippines-idUSKBN1HK0QC.
23. Cambridge Analytica and its parent company, SCL, worked in the Philippines as early as 2013. Tese stories provide background: Natashya Gutierrez, "Did Cambridge Analytica Use Filipinos' Facebook Data to Help Duterte Win?" Rappler, April 5, 2018, https://www.rappler.com/nation/199599-facebook-data-scandal-cambridge-analytica-help-duterte-win-philippine-elections/; and Natashya Gutierrez, "Cambridge Analytica's Parent Company Claims Ties with Duterte Friend," Rappler, April 9, 2018, https://www.rappler.com/newsbreak/investigative/199847-cambridge-analytica-uk-istratehiya-philippines/.
24. Gelo Gonzales, "Te Information and Democracy Commission: Defending Free Flow of Truthful Info," Rappler, September 18, 2018, https://www.rappler.com/technology/features/212240-information-democracy-commission-rsf-infor mation-operations/.
25. "Forum Names 'Infodemics' Working Group's 17-Member Steering Committee," Forum on Information & Democracy, July 6, 2020, https://informationdemocracy.

rappler.com/nation/193687-rappler-registration-revoked/.

8. "Fear for Democracy Afer Top Philippine Judge and Government Critic Removed," Guardian, May 11, 2018, https://www.theguardian.com/world/2018/may/12/fear-for-democracy-afer-top-philippine-judge-and-government-critic-removed.
9. "Rappler's Pia Ranada Barred from Entering Malacañang Palace," Rappler, February 20, 2018, https://www.rappler.com/nation/pia-ranada-barred-malacanang-palace/; "Everything You Need to Know About Rappler's Malacañang Coverage Ban," Rappler, February 22, 2018, https://www.rappler.com/nation/196569-rappler-malacanang-ban-pia-ranada-faq/.
10. "Duterte Himself Banned Rappler Reporter from Malacañang Coverage," Rappler, February 20, 2018, https://www.rappler.com/nation/196474-duterte-orders-psg-stop-rappler-reporter-malacanang/.
11. Pia Ranada, "Duterte Admits Role in Navy–Bong Go Frigates Issue," Rappler, October 19, 2018, https://www.rappler.com/nation/214676-duterte-admits-role-philippine-navy-bong-go-frigates-issue/.
12. Miriam Grace A Go, "'We're Not Scared of Tese Tings': Rappler News Editor on How the Newsroom Continues Despite the Increasing Treats, Alongside Words from Teir CEO Maria Ressa," Index on Censorship 47, no. 2 (July 2018): 48–51, https://journals.sagepub.com/doi/10.1177/0306422018784531.
13. Lian Buan, "SC Allows Other Journalists to Join Rappler Petition vs Duterte Coverage Ban," Rappler, August 15, 2019, https://www.rappler.com/nation/237722-supreme-court-allows-other-journalists-join-rappler-petition-vs-duterte-coverage-ban.
14. Mark Zuckerberg, Facebook, January 11, 2018, https://www.facebook.com/zuck/posts/one-of-our-big-focus-areas-for-2018-is-making-sure-the-time-we-all-spend-on-face/10104413015393571/.
15. Mike Isaac, "Facebook Overhauls News Feed to Focus on What Friends and Family Share," New York Times, January 11, 2018, https://www.nytimes.com/2018/01/11/technology/facebook-news-feed.html.
16. Alex Hern, "Facebook Moving Non-promoted Posts Out of News Feed in Trial," Guardian, October 23, 2017, https://www.theguardian.com/technology/2017/oct/23/facebook-non-promoted-posts-news-feed-new-trial-publishers.
17. Filip Struhárik, "Biggest Drop in Facebook Organic Reach We Have Ever Seen,"

renewal/.

51. See Leloy Claudio, Facebook, October 8, 2021, https://www.facebook.com/leloy/posts/10160062758639258.
52. Maria Ressa, Twitter, July 24, 2017, https://twitter.com/mariaressa/status/889408648799076352?s=20.
53. Carly Nyst, "Patriotic Trolling: How Governments Endorse Hate Campaigns Against Critics," Guardian, July 12, 2017, https://www.theguardian.com/commentisfree/2017/jul/13/patriotic-trolling-how-governments-endorse-hate-campaigns-against-critics.
54. "Lauren Etter, Projects and Investigations," Bloomberg, https://www.bloomberg.com/authors/ASFjLS119J4/lauren-etter.
55. Lauren Etter, "What Happens When the Government Uses Facebook as a Weapon?," Bloomberg, December 7, 2017, https://www.bloomberg.com/news/features/2017-12-07/how-rodrigo-duterte-turned-facebook-into-a-weapon-with-a-little-help-from-facebook.

第九章

1. 在杜特蒂的任期內，司法部先是由政治任命的維塔利亞諾・阿吉雷二世擔任司法部長，後來則由職業官員梅納多・格瓦拉接任，他也在反恐法於二〇二〇年通過時成為杜特蒂政府中權力最大的人物之一。

2. Carmela Fonbuena, "SEC Revokes Rappler's Registration," Rappler, January 15, 2018, https://www.rappler.com/nation/193687-rappler-registration-revoked/.
3. "SEC Order Meant to Silence Us, Muzzle Free Expression—Rappler," Rappler, January 29, 2018, https://www.rappler.com/nation/194752-sec-case-press-freedom-free-expression/.

4. 我一直盯著這張照片，我們團隊的笑容實在讓我迷醉。這張照片後來沒能收錄進這本書，可是你能在這裡看到：https://www.bqprime.com/opinion/nobel-winner -maria-ressa-on-embracing-fear-and-standing-up-to-strongmen.

5. "Stand with Rappler, Defend Press Freedom," Rappler, December 3, 2018, https://r3.rappler.com/about-rappler/about-us/193650-defend-press-freedom.
6. Fonbuena, "SEC Revokes Rappler's Registration."

7. The summary and video of our impromptu press conference is here: https://www.

diehard-duterte-supporters-crisis-manager/.

41. Pia Ranada, "COA Hits PCOO for 'Massive, Unrestricted' Hiring of Contractual Workers," Rappler, July 7, 2021, https://www.rappler.com/nation/pcoo-massive-unrestricted-hiring-contractual-workers-coa-report-2020/.
42. "Gender in Focus: Tackling Sexism in the News Business—On and Offline," WAN-IFRA, November 12, 2014, https://wan-ifra.org/2014/11/gender-in-focus-tackling-sexism-in-the-news-business-on-and-ofine/.
43. "Demos: Male Celebrities Receive More Abuse on Twitter Tan Women," Demos, August 26, 2014, https://demos.co.uk/press-release/demos-male-celebrities-receive-more-abuse-on-twitter-than-women-2/.
44. Julie Posetti, "Fighting Back Against Prolifc Online Harassment: Maria Ressa," in An Attack on One Is an Attack on All, edited by Larry Kilman (Paris: UNESCO, 2017), 37–40, https://unesdoc.unesco.org/ark:/48223/pf0000250430.
45. David Maas, "New Research Details Ferocity of Online Violence Against Maria Ressa," International Center for Journalists, March 8, 2021, https://ijnet.org/en/story/new-research-details-ferocity-online-violence-against-maria-ressa.
46. 我終於在二〇一九年十一月於倫敦的前線俱樂部（Frontline Club）見到了記者娜比拉・夏比爾（Nabeelah Shabbir）和菲立克斯・西蒙（Felix Simon）。See "Democracy's Dystopian Future—with Rappler's Maria Ressa," Frontline Club, November 12, 2019, https://www.frontlineclub.com/democracys-dystopian-future-with-rapplers-maria-ressa/.
47. Julie Posetti, Felix Simon, and Nabeelah Shabbir, "What If Scale Breaks Community? Rebooting Audience Engagement When Journalism Is Under Fire," Reuters Institute for the Study of Journalism, October 2019, https://reutersinstitute.politics.ox.ac.uk/sites/default/fles/2019-10/Posetti%20What%20if%20FINAL.pdf.
48. Pia Ranada, "Duterte Claims Rappler 'Fully Owned by Americans,'" Rappler, July 24, 2017, https://www.rappler.com/nation/176565-sona-2017-duterte-rappler-ownership/.
49. Bea Cupin, "Duterte Treatens 'Exposé' vs Inquirer," Rappler, July 1, 2017, https://www.rappler.com/nation/174445-duterte-prieto-inquirer-mile-long/.
50. Pia Ranada, "Duterte to Block Renewal of ABS-CBN Franchise," Rappler, April 27, 2017, https://www.rappler.com/nation/168137-duterte-block-abs-cbn-franchise-

facebook-philippines-.html.

33. Natashya Gutierrez, "State-Sponsored Hate: Te Rise of the Pro-Duterte Bloggers," Rappler, August 18, 2017, https://www.rappler.com/newsbreak/in-depth/178709-duterte-die-hard-supporters-bloggers-propaganda-pcoo/; Maria Ressa, "Americans, Look to the Philippines to See a Dystopian Future Created by Social Media," Los Angeles Times, September 25, 2019, https://www.latimes.com/opinion/story/2019-09-24/philippines-facebook-cambridge-analytica-duterte-elections.
34. Rachel Hatzipanagos, "How Online Hate Turns into Real-Life Violence," Washington Post, November 30, 2018, https://www.washingtonpost.com/nation/2018/11/30/how-online-hate-speech-is-fueling-real-life-violence/. See also "From Digital Hate to Real World Violence" (video), Te Aspen Institute, June 16, 2021, https://www.aspeninstitute.org/events/from-digital-hate-to-real-world-violence/; and Morgan Meaker, "When Social Media Inspires Real Life Violence," DW, November 11, 2018, https://www.dw.com/en/when-social-media-inspires-real-life-violence/a-46225672.
35. Hatzipanagos, "How Online Hate Turns into Real-Life Violence."
36. See Natashya Gutierrez, "State-Sponsored Hate: the Rise of the Pro-Duterte Bloggers," Rappler, August 18, 2016, https://www.rappler.com/newsbreak/in-depth/178709-duterte-die-hard-supporters-bloggers-propaganda-pcoo/.
37. Watch the video here: "Free Basics Partner Stories: Rappler," April 12, 2016, https://developers.facebook.com/videos/f8-2016/free-basics-partner-stories-rappler/.
38. Michael Scharf, "Building Trust and Promoting Accountability: Jesse Robredo and Naga City, Philippines, 1988–1998," Innovations for Successful Societies, Woodrow Wilson School of Public and International Afairs, Princeton University (successfulsocieties.princeton.edu), July 2011, https://successfulsocieties.princeton.edu/publications/building-trust-and-promoting-accountability-jesse-robredo-and-naga-city-philippines; and transcript and audio of interview with Jesse Robredo, March 8, 2011, https://successfulsocieties.princeton.edu/interviews/jesse-robredo.
39. "#LeniLeaks: Speculations Based on Fragmented Emails," Rappler, January 9, 2017, https://www.rappler.com/newsbreak/inside-track/157697-leni-leaks-speculations-robredo-duterte-ouster/.
40. Natashya Gutierrez, "Blogger-Propagandists, the New Crisis Managers," Rappler, August 20, 2017, https://www.rappler.com/newsbreak/in-depth/178972-blogger-

24. De Lima Denies Starring in 'Sex Video,' Says Ex-Driver Under Treat," ABS-CBN News, August 20, 2016, https://news.abs-cbn.com/news/08/20/16/de-lima-denies-starring-in-sex-video-says-ex-driver-under-threat.

25. "Senate Ends Probe: Neither Duterte nor State Sponsored Killings," Rappler, October 13, 2016, https://www.rappler.com/nation/149086-senate-ends-extra judicial-killings-investigation-gordon-duterte/.

26. Jodesz Gavilan, "Te House's 'Climax' Congressmen: Who Are Tey?," Rappler, November 26, 2016, https://www.rappler.com/newsbreak/iq/153652-profles-law makers-climax-ronnie-dayan-de-lima/.

27. " 'Kailan kayo nag-climax?': Nonsense Questions at the Bilibid Drugs Hearing," Rappler, November 25, 2016, https://www.rappler.com/nation/153547-nonsense-questions-ronnie-dayan-house-probe-drugs/.

28. "'Sen. De Lima Teases Jaybee Sebastian in a Pole Inside His Kubol' Witness Says," Pinoy Trending News, http://pinoytrending.altervista.org/sen-de-lima-teases-jaybee-sebastian-pole-inside-kubol-witness-says/. (Accessed October 7, 2016; no longer there on August 19, 2021.)

29. Pauline Macaraeg, "Premeditated Murder: Te Character Assassination of Leila de Lima," Rappler, December 6, 2019, https://www.rappler.com/newsbreak/in vestigative/246329-premeditated-murder-character-assassination-leila-de-lima/.

30. 北基媒體的創辦人是馬可斯・布勞奇利、史都華・卡爾和沙沙・弗西尼克。卡爾曾是《華爾街日報》的總顧問及「路透社」的營運長。弗西尼克則跟他人共同創辦並營運媒體發展投資基金（Media Development Investment Fund）十六年的時間。請見 Natashya Gutierrez, "Top Journalists' Independent Media Fund Invests in Rappler," Rappler, May 31, 2015, https://www.rappler.com/nation/94379-top-journalists-independent-media-fund-invests-rappler/；以及 Jum Balea, "Rappler Gets Funding from Top Media Veterans Led by Marcus Brauchli," Tech in Asia, May 14, 2015, https://www.techinasia.com/rappler-funding-marcus-brauchli-sasa-vucinic.

31. "Omidyar Network Invests in Rappler," Rappler, November 5, 2015, https://www.rappler.com/nation/109992-omidyar-network-invests-rappler/.

32. Kara Swisher, "A Journalist Trolled by Her Own Government," New York Times, February 22, 2019, https://www.nytimes.com/2019/02/22/opinion/maria-ressa-

https:// www.bbc.com/news/world-asia-36251094.

14. Tis same phrase had been used to attack the media in the United States, India, Brazil, South Africa, and other countries around the world. See Chryselle D'Silva Dias, Vice, "Female Journalists, Called 'Presstitutes,' Face Extreme Harassment in India," May 9, 2016, https://www.vice.com/en/article/53n78d/female-journalists-called-presstitutes-face-extreme-harassment-in-india.
15. "Atty. Bruce Rivera's Open Letter to the Biased Media Went Viral," PhilNews.XYZ, April 9, 2016, https://www.philnews.xyz/2016/04/atty-rivera-open-letter-bias-media.html.
16. Mocha Uson spoke in Filipino, https://web.facebook.com/Mochablogger/videos/10154651959381522/.
17. See https://www.facebook.com/media/set/?set=a.10209891686836139&type=3.
18. "Corrupt, Coerce, Co-opt: Democratic Freedoms Hit Hard as Filipino Journalist Silenced by Authoritarian President," LittleLaw, July 11, 2020, https://www.littlelaw.co.uk/2020/07/11/corrupt-coerce-co-opt-demoratic-freedoms-hit-hard-as-flipino-journalist-silenced-by-authoritarian-president/.
19. Pia Ranada, "Duterte Tags Roberto Ongpin as 'Oligarch' He Wants to Destroy," Rappler, August 3, 2016, https://www.rappler.com/nation/141861-duterte-roberto-ongpin-oligarch/.
20. Sofa Tomacruz, "Big Business Winners, Losers in Duterte's 1st Year," Rappler, July 24, 2017, https://www.rappler.com/business/176500-sona-2017-philippines-big-business-winners-losers-in-dutertes-1st-year/.
21. Ralf Rivas, "Dennis Uy's Growing Empire (and Debt)," Rappler, January 4, 2019, https://www.rappler.com/newsbreak/in-depth/219039-dennis-uy-growing-business-empire-debt-year-opener-2019/; Clif Venzon, "Philippine Tycoon Dennis Uy Eyes Asset Sale to Cut Debt," Nikkei Asia, March 23, 2021, https://asia.nikkei.com/Business/Business-deals/Philippine-tycoon-Dennis-Uy-eyes-asset-sale-to-cut-debt.
22. Bea Cupin, "Duterte Attacks 'Politicking, Posturing' De Lima," Rappler, August 17, 2016, https://www.rappler.com/nation/143353-duterte-hits-leila-de-lima/.
23. "De Lima Admits Past Relationship with Driver Bodyguard—Report," Rappler, November 14, 2016, https://www.rappler.com/nation/152373-de-lima-admits-relationship-ronnie-dayan/.

1. Maria Ressa, "Propaganda War: Weaponizing the Internet," Rappler, October 3, 2016, https://www.rappler.com/nation/148007-propaganda-war-weaponizing-internet/.
2. 「鍵盤戰士」是杜特蒂團隊對他們「志工」的稱呼方式。
3. "Aquino: 'I Hope I Showed Best Face of PH to the World,' " Rappler, June 8, 2016, https://www.rappler.com/nation/135685-aquino-best-face-philippines-world/.
4. Jodesz Gavilan, "Duterte's P10M Social Media Campaign: Organic, Volunteer-Driven," Rappler, June 1, 2016, https://www.rappler.com/newsbreak/134979-rodrigo-duterte-social-media-campaign-nic-gabunada/.
5. Gelo Gonzales, "Facebook Takes Down Fake Account Network of Duterte Campaign Social Media Manager," Rappler, March 29, 2019, https://www.rappler.com/technology/226932-facebook-takes-down-fake-account-network-duterte-campaign-social-media-manager-march-2019/.
6. Maria A. Ressa, "How Facebook Algorithms Impact Democracy," Rappler, October 8, 2016, https://www.rappler.com/newsbreak/148536-facebook-algorithms-impact-democracy/.
7. Chay F. Hofleña, "Fake Accounts, Manufactured Reality on Social Media," Rappler,October 9, 2016, https://www.rappler.com/newsbreak/investigative/148347-fake-accounts-manufactured-reality-social-media/.
8. Rambo Talabong, "At Least 33 Killed Daily in the Philippines Since Duterte Assumed Ofce," Rappler, June 15, 2018, https://www.rappler.com/newsbreak/in-depth/204949-pnp-number-deaths-daily-duterte-administration/.
9. "The Kill List," Inquirer.net, July 7, 2016, https://newsinfo.inquirer.net/794598/kill-list-drugs-duterte.
10. "Map, Charts: Te Death Toll of the War on Drugs," ABS-CBN News, July 13, 2016, https://news.abs-cbn.com/specials/map-charts-the-death-toll-of-the-war-on-drugs.
11. Patricia Evangelista, "Te Impunity Series," Rappler, July 25, 2017, https://r3.rappler.com/newsbreak/investigative/168712-impunity-series-drug-war-duterte-administration.
12. Amnesty International, "Philippines: Duterte's 'War on Drugs' Is a War on the Poor," February 4, 2017, https://www.amnesty.org/en/latest/news/2017/02/war-on-drugs-war-on-poor/.
13. "Philippines President Rodrigo Duterte in Quotes," BBC, September 30, 2016,

We Need to Do," NBC News, March 22, 2021, https://www.nbcnews.com/think/opinion/teen-terrorism-inspired-social-media-rise-here-s-what-we-ncna1261307.

55. Kyle Chua, "8Chan Founder Says Current Site Owner Jim Watkins Behind QAnon—Report," Rappler, September 29, 2020, https://www.rappler.com/technology/8chan-founder-fredrick-brennan-jim-watkins-behind-qanon/.

56. Jim Holt, "Two Brains Running," New York Times, November 25, 2011, https://www.nytimes.com/2011/11/27/books/review/thinking-fast-and-slow-by-daniel-kahneman-book-review.html.

57. Peter Dizikes, "Study: On Twitter, False News Travels Faster Tan True Stories," MIT News, March 8, 2018, https://news.mit.edu/2018/study-twitter-false-news-travels-faster-true-stories-0308.

58. "#NoPlaceForHate: Change Comes to Rappler's Comments Tread," Twitter, August 26, 2016, https://twitter.com/rapplerdotcom/status/769085047915810816.

59. "#NoPlaceForHate: Change Comes to Rappler's Comments Tread," Rappler, August 26, 2016, https://www.rappler.com/voices/143975-no-place-for-hate-change-comes-to-rappler-comments-thread/.

60.「若仍有時間透過討論來揭露錯誤，並經由教育的過程避開邪惡，則更多的言論將是（對於言論所造成之傷害的）最佳補救措施，而非強行要大家沉默。」Whitney v. People of State of California, 274 U.S. 357 (1927)。

61. Raisa Serafca, "Collateral Damage: 5-Yr-Old Girl Latest Fatality in War on Drugs," Rappler, August 25, 2016, https://www.rappler.com/nation/144138-fve-year-old-killed-pangasinan-war-drugs/.

62. Maria Ressa, "Propaganda War: Weaponizing the Internet," Rappler, October 3, 2016, https://www.rappler.com/nation/148007-propaganda-war-weaponizing-internet/; Maria Ressa, "How Facebook Algorithms Impact Democracy," Rappler, October 8, 2016, https://www.rappler.com/newsbreak/148536-facebook-algorithms-impact-democracy/.

63. Chay F. Hofleña, "Fake Accounts, Manufactured Reality on Social Media," Rappler, October 9, 2016, https://www.rappler.com/newsbreak/investigative/148347-fake-accounts-manufactured-reality-social-media/.

第八章

as-democracy-dies-we-build-global-future/.

48. Maya Yang, "More Tan 40% in US Do Not Believe Biden Legitimately Won Election— Poll," Guardian, January 5, 2022, https://www.theguardian.com/us-news/2022/jan/05/america-biden-election-2020-poll-victory. Te fgures 37 percent of Americans and 10 percent of Democrats came from a private poll shared with me.
49. "Is Facebook Putting Company over Country? New Book Explores Its Role in Misinformation," PBS NewsHour, July 22, 2021, https://www.pbs.org/newshour/show/is-facebook-putting-company-over-country-new-book-explores-its-role-in-misinformation.
50. Lora Kolodny, "Zuckerberg Claims 99% of Facebook Posts 'Authentic,' Denies Fake News Tere Infuenced Election," TechCrunch, November 12, 2016, https://techcrunch.com/2016/11/13/zuckerberg-claims-99-of-facebook-posts-authentic-denies-fake-news-there-infuenced-election/.
51. 這個人是愛力克斯・史塔莫斯（Alex Stamos），他理論上應該要向雪柔・桑德伯格回報他的工作內容，而雪柔的責任也包括保護使用者。
52. Sheera Frenkel and Cecilia Kang, An Ugly Truth: Inside Facebook's Battle for Domination(New York: Harper, 2021).
53. Ibid. 根據《紐約時報》記者席拉・法蘭可爾（Sheera Frenkel）和西西莉亞・康恩（Cecilia Kang）在她們的著作中表示，臉書的政策是會在抓到有員工這麼做時開除他們。可是史塔莫斯認為臉書有責任要事先預防這類事情的發生。
54. Daniela Hernandez and Parmy Olson, "Isolation and Social Media Combine to Radicalize Violent Ofenders," *Wall Street Journal*, August 5, 2019, https://www.wsj.com/articles/isolation-and-social-media-combine-to-radicalize-violent-ofenders-11565041473. See also studies on terrorism, including "Te Use of Social Media by United States Extremists," National Consortium for the Study of Terrorism and Responses to Terrorism, https://www.start.umd.edu/pubs/START_PIRUS_UseOfSocialMediaByUSExtremists_ResearchBrief_July2018.pdf. On politics, including Robin L. Tompson, "Radicalization and the Use of Social Media," *Journal of Strategic Security* 4, no. 4 (2011), https://digitalcommons.usf.edu/cgi/viewcontent.cgi?article=1146&context=jss. On far-right terrorism, including Farah Pandith and Jacob Ware, "Teen Terrorism Inspired by Social Media Is on the Rise. Here's What

The Inside Story of the Company That Is Connecting the World, New York: Simon & Schuster, 2010）當中仔細追溯了馬克・祖克伯的發跡及發展過程，而出版於二〇一〇年也可說是正逢其時。在商業模式方面，肖莎娜・祖博夫在二〇一九年創造出「監控資本主義」這個詞彙，請見《監控資本主義時代》（*The Age of Surveillance Capitalism: The Fight for a Human Future at the New Frontier of Power*, New York: Public Affairs, 2019）。史蒂芬・拉維（Steven Levy）的《臉書：內幕故事》（*The Inside Story*, New York: Blue Rider Press, 2020）則依時序詳細記錄這間公司的衰敗。最後則是西南・阿拉爾（Sinan Aral）的《宣傳機器：注意力是貨幣，人人都是數位市場商人》（*The Hype Machine: How Social Media Disrupts Our Elections, Our Economy, and Our Health— and How We Must Adapt*, New York: Currency, 2020），這本書詳細闡述了臉書帶來的各種危害，不過作者仍對這個社群媒體平台界的巨人抱持相對友善的態度，也在書中提供了一些挽救頹勢的作法。

43. Naughton, "Te Goal Is to Automate Us."
44. James Bridle, "Te Age of Surveillance Capitalism by Shoshana Zubof Review—We Are the Pawns," Guardian, February 2, 2019, https://www.theguardian.com/books/2019/feb/02/age-of-surveillance-capitalism-shoshana-zubof-review.
45. 肖莎娜・祖博夫希望這個透過我們行為資料建立起來且猶如奴隸交易的市場遭到廢止。她和我、羅傑・麥克納米以及其他臉書批評者都是「真正的臉書監察委員會」的成員。這個委員會是由二〇一八年揭露劍橋分析醜聞的記者卡洛爾・卡德瓦拉德所創立。我們也就是在那年開始運作這個委員會；請見 Olivia Solon, "While Facebook Works to Create an Oversight Board, Industry Experts Formed Their Own," NBC News, September 25, 2020, https://www.nbcnews.com/tech/tech-news/facebook-real-oversight-board-n1240958.
46. Ryan Mac and Craig Silverman, "'Mark Changed the Rules': How Facebook Went Easy on Alex Jones and Other Right-Wing Figures," BuzzFeed News, February 22, 2021, https://www.buzzfeednews.com/article/ryanmac/mark-zuckerberg-joel-kaplan-facebook-alex-jones; Sheera Frenkel et al., "Delay, Deny and Defect: How Facebook's Leaders Fought Trough Crisis," New York Times, November 14, 2018, https://www.nytimes.com/2018/11/14/technology/facebook-data-russia-election-racism.html.
47. Maria A. Ressa, "[ANALYSIS] As Democracy Dies, We Build a Global Future," Rappler, October 13, 2020, https://www.rappler.com/voices/thought-leaders/analysis-

rappler.com/nation/elections/22454-twitter-map-of-political-coalitions-at-start-of-national-campaigns/.

32. Rappler Research, "Volume of Groups Tracked by Sharktank," Flourish, October 3, 2019, https://public.fourish.studio/visualisation/590897/.
33. Catherine Tsalikis, "Maria Ressa: 'Facebook Broke Democracy in Many Countries Around the World, Including in Mine,'" Centre for International Governance Innovation, September 18, 2019, https://www.cigionline.org/articles/maria-ressa-facebook-broke-democracy-many-countries-around-world-including-mine/.
34. "Explosion Hits Davao Night Market," Rappler, September 2, 2016, https://www.rappler.com/nation/145033-explosion-roxas-night-market-davao-city/.
35. "Duterte Declares State of Lawlessness in PH," Rappler, September 3, 2016, https://www.rappler.com/nation/145043-duterte-declares-state-of-lawlessness-ph/.
36. Editha Caduaya, "Man with Bomb Nabbed at Davao Checkpoint," Rappler, March 26, 2016, https://www.rappler.com/nation/127132-man-bomb-nabbed-davao-check point/.
37. These were the specifc stories on the websites that had the misleadingly repurposed Rappler story: http://ww1.pinoytribune.com/2016/09/man-with-high-quality-of-bomb-nabbed-at.html; http://www.socialnewsph.com/2016/09/look-man-with-high-quality-of-bomb.html; http://www.newstrendph.com/2016/09/man-with-high-quality-of-bomb-nabbed-at.html.
38. Rappler Research, "Davao Bombing," Flourish, July 8, 2019, https://public.fourish.studio/visualisation/230850/.
39. Ralf Rivas, "Gambling-Dependent Philippines Allows POGOs to Resume Operations," Rappler, May 1, 2020, https://www.rappler.com/business/259599-gambling-depen dent-philippines-allows-pogos-resume-operations-coronavirus/.
40. Tis is the now-nonexistent link to the Rappler Facebook post that was taken down: https://www.facebook.com/rapplerdotcom/posts/1312782435409203.
41. John Naughton, "Te Goal Is to Automate Us: Welcome to the Age of Surveillance Capitalism," Guardian, January 20, 2019, https://www.theguardian.com/tech nology/2019/jan/20/shoshana-zuboff-age-of-surveillance-capitalism-google-facebook.
42. 我想推薦四本有關臉書這間公司的著作：大衛・柯克帕特里克（David Kirkpatrick）在《臉書效應：連結世界的公司內部故事》（*The Facebook Effect:*

Labs, September 18, 2019, https://www.arkoselabs.com/blog/arkose-labs-presents-the-q3-fraud-and-abuse-report/.

21. "Sofware Management: Security Imperative, Business Opportunity: BSA Global Sofware Survey," BSA, June 2018, https://gss.bsa.org/wp-content/uploads/2018/05/2018_BSA_GSS_Report_en.pdf.
22. Heather Chen, "'AlDub': A Social Media Phenomenon About Love and Lip-Synching," BBC, October 28, 2015, https://www.bbc.com/news/world-asia-34645078.
23. Pia Ranada, "ULPB Students to Duterte: Give Us Direct Answers," Rappler, March 12, 2016, https://www.rappler.com/nation/elections/125520-up-los-banos-students-du terte-forum/.
24. "#AnimatED: Online Mob Creates Social Media Wasteland," Rappler, March 14, 2016, https://www.rappler.com/voices/editorials/125615-online-mob-social-media-wasteland/.
25. "Duterte to Supporters: Be Civil, Intelligent, Decent, Compassionate," Rappler, March 13, 2016, https://www.rappler.com/nation/elections/125701-duterte-supporters-death-threats-uplb-student/.
26. Gemma B. Mendoza, "Networked Propaganda: How the Marcoses Are Using Social Media to Reclaim Malacañang," Rappler, November 20, 2019, https://www.rappler.com/newsbreak/investigative/245290-marcos-networked-propaganda-social-media.
27. "#SmartFREEInternet: Anatomy of a Black Ops Campaign on Twitter," Rappler, October 8, 2014, https://www.rappler.com/technology/social-media/71115-anatomy-of-a-twitter-black-ops-campaign/.
28. 一個假帳號就能達到一個電視台的觸及率。臉書使用者穆查・波提斯塔就加入了超過一百個臉書社團，因此有可能將虛假訊息散播給幾百萬人。
29. Chay F. Hofleña, "Fake Accounts, Manufactured Reality on Social Media," Rappler, October 9, 2016, https://www.rappler.com/newsbreak/investigative/148347-fake-accounts-manufactured-reality-social-media/.
30. 這三個主要的臉書專頁會根據不同人口組成設計出不同內容，莎絲・薩索特的文章受眾是受教育階層；「思考菲律賓」的目標是中產階級；莫奇・尤森的部落格則是寫給一般大眾看。
31. "Twitter Map: No Real Party System," Rappler, February 25, 2013, https://www.

10. 根據聯合國的資料，菲律賓的人口在二〇二二年七月三日時是一億一千兩百五十七萬九七八百九十八人；請見 "Philippines Population (Live)," Worldometer, https://www.worldometers.info/world-population/philippines-population/.
11. David Dizon, "Why Philippines Has Overtaken India as World's Call Center Capital," ABS-CBN News, December 2, 2010, https://news.abs-cbn.com/nation/12/02/10/why-philippines-has-overtaken-india-worlds-call-center-capital.
12. 這類生意包括金・達康（Kim Dotcom）的雲端檔案分享網站「Megaupload」，根據 FBI 和美國法庭的文件顯示，這項服務有一部分是以菲律賓為據點在運作。請見 David Fisher, "Free but $266 Million in Debt: The Deal That Gave the FBI an Inside Man Who Could Testify Against Kim Dotcom," New Zealand Herald, November 27, 2015,https://www.nzherald.co.nz/business/news/article.cfm?c_id=3&objectid=11551882.
13. Doug Bock Clark, "Te Bot Bubble: How Click Farms Have Infated Social Media Currency," *New Republic*, April 21, 2015, https://newrepublic.com/article/121551/bot-bubble-click-farms-have-infated-social-media-currency.
14. Chris Francescani, "Te Men Behind QAnon," ABC News, September 22, 2020, https://abcnews.go.com/Politics/men-qanon/story?id=73046374.
15. Clark, "Te Bot Bubble."
16. Ibid.
17. Jennings Brown, "Tere's Something Odd About Donald Trump's Facebook Page," Insider, June 18, 2015, https://www.businessinsider.com/donald-trumps-facebook-followers-2015-6.
18. Nicholas Confessore, Gabriel J. X. Dance, Richard Harris, and Mark Hansen, "Te Follower Factory," New York Times, January 27, 2018, https://www.nytimes.com/interactive/2018/01/27/technology/social-media-bots.html.
19. Jonathan Corpus Ong and Jason Vincent A. Cabañes, "Architects of Networked Disinformation: Behind the Scenes of Troll Accounts and Fake News Production in the Philippines," Newton Tech4Dev Network, February 5, 2018, http://newtontechfordev.com/wp -content/uploads/2018/02/ARCHITECTS- OF-NETWORKED-DISINFORMATION-FULL-REPORT.pdf.
20. Glen Arrowsmith, "Arkose Labs Presents the Q3 Fraud and Abuse Report," Arkose

45. “Philippines Presidential Candidate Attacked over Rape Remarks,” Guardian.com, April 17, 2016, https://www.theguardian.com/world/2016/apr/17/philippines-presidential-candidate-attacked-over-remarks.
46. “Philippines President Rodrigo Duterte in Quotes,” BBC.com, September 30, 2016, https://www.bbc.com/news/world-asia-36251094.

第七章

1. Terence Lee, “Philippines’ Rappler Fuses Online Journalism with Counter-terrorism Tactics, Social Network Teory,” Tech in Asia, May 21, 2013, https://www.techinasia.com/how-rappler-is-applying-counter-terrorism-tactics-into-an-online-news-startup.
2. “Leveraging Innovative Solutions to Create Economic Dividends: Case Studies from the Asia Pacifc Region,” National Center for Asia-Pacifc Economic Cooperation, 2014, https://trpc.biz/old_archive/wp-content/uploads/NCAPEC2013_StoriesOf InnovationAndEnablementFromAPEC_14Mar2014.pdf.
3. “Free Basics Partner Stories: Rappler,” Facebook, April 12, 2016, https://developers.facebook.com/videos/f8-2016/free-basics-partner-stories-rappler/.
4. David Cohen, “Facebook Opens Philippines Ofce,” Adweek, April 22, 2018, https://www.adweek.com/performance-marketing/facebook-philippines/.
5. Mong Palatino, “Free Basics in Philippines,” Global Voices, March–April 2017, https:// advox.globalvoices.org/wp-content/uploads/2017/07/PHILIPPINES.pdf.
6. Globe Telecom, Inc., “Facebook CEO Mark Zuckerberg: Philippines a Successful Test Bed for Internet.org Initiative with Globe Telecom Partnership,” Cision, February 24, 2014, https://www.prnewswire.com/news-releases/facebook-ceo-mark-zuckerberg-philippines-a-successful-test-bed-for-internetorg-initiative-with-globe-telecom-partnership-247184981.html.
7. Miguel R. Camus, “MVP Admits PLDT Losing to Globe in Market Share,” Inquirer.net, January 13, 2017, https://business.inquirer.net/222861/mvp-admits-pldt-losing-globe-market-share.
8. “Value of Connectivity,” Deloitte, https://www2.deloitte.com/ch/en/pages/technology-media-and-telecommunications/articles/value-of-connectivity.html.
9. Watch the video here: Free Basics Partner Stories: Rappler, https://developers.facebook.com/videos/f8-2016/free-basics-partner-stories-rappler/.

Transmitted-in-Record-Time-in-Largest-Ever-Electronic-Vote-Count.
34. Ibid.
35. For photos and videos of the leaderless protest, see Bea Cupin, "Scrap Pork Barrel! Punish the Corrupt," Rappler, August 26, 2013, https://www.rappler.com/nation/37282-pork-barrel-protests-nationwide/; Ted Regencia, "'Pork-Barrel Protests' Rock the Philippines," Al Jazeera, August 27, 2013, https://www.aljazeera.com/features/2013/8/27/pork-barrel-protests-rock-the-philippines.
36. Dominic Gabriel Go, "#MillionPeopleMarch: Online and Ofine Success," Rappler, September 11, 2013, https://www.rappler.com/nation/37360-million-people-march-social-media-protest-success.
37. For photos and videos of the leaderless protest, see Cupin, "Scrap Pork Barrel! Punish the Corrupt"; Regencia, "'Pork-Barrel Protests' Rock the Philippines."
38. "#NotOnMyWatch," Rappler, https://ph.rappler.com/campaigns/fght-corruption#know-nomy.
39. Michael Bueza, "#NotOnMyWatch: Reporting Corruption Made Easier," Rappler, September 26, 2016, https://www.rappler.com/moveph/147340-notonmywatch-chat-bot-report-corruption-commend-good-public-service/.
40.「我在印度支付了賄賂」(I Paid a Bribe in India)比我們更早以群眾外包的方式來進行貪汙報導，可是他們沒有為了針對這些舉報內容做出行動，而是跟政府合作。當然，在首相納倫德拉・莫迪將社群媒體武器化之後，這個可能性也消失了。
41. "WATCH: Duterte: Say 'No' to Corruption," Rappler, January 2, 2017, https://www.rappler.com/moveph/157170-not-on-my-watch-fighting-corruption-rodrigo-duterte-call/.
42. "#TeLeaderIWant: Leadership, Duterte-style," Rappler, October 29, 2015, https://www.rappler.com/nation/elections/111096-leadership-duterte-style/ and YouTube, October 29, 2015, https://www.youtube.com/watch?v=ow9FUAHCclk.
43. Maria Ressa, "Duterte, His 6 Contradictions and Planned Dictatorship," Rappler, October 26, 2015, https://www.rappler.com/nation/elections/110679-duterte-contra dictions-dictatorship/.
44. Euan McKirdy, "Philippines President Likens Himself to Hitler," CNN, September 30, 2016, https://www.cnn.com/2016/09/30/asia/duterte-hitler-comparison.

20. #BudgetWatch, Rappler, https://www.rappler.com/topic/budget-watch/.
21. "Slides and Ladders: Understand the Budget Process," Rappler, July 20, 2013, https://r3.rappler.com/move-ph/issues/budget-watch/27897-slides-ladders-philippine-budget-process.
22. "[Budget Game] Did Congressmen Favor Your Budget Priorities?," Rappler, June 11, 2015, https://r3.rappler.com/move-ph/issues/budget-watch/33857-national-budget-game.
23. #ProjectAgos, Rappler, https://r3.rappler.com/move-ph/issues/disasters.
24. Rappler, "How to Use the Project Agos Alert Map," YouTube, October 15, 2014, https://www.youtube.com/watch?v=TfD47KXaFMc&t=79s.
25. "Checklist: What Cities and Municipalities Should Prepare for an Earthquake," Rappler, https://r3.rappler.com/move-ph/issues/disasters/knowledge-base.
26. Rappler, "Agos: Make #ZeroCasualty a Reality," YouTube, May 18, 2015, https://www.youtube.com/watch?v=Dvrubwbeypk.
27. "#HungerProject," Rappler, https://r3.rappler.com/move-ph/issues/hunger.
28. David Lozada, "#HungerProject: Collaboration Key to Ending Hunger in the PH," Rappler, March 4, 2014, https://www.rappler.com/moveph/52036-hunger-project-launch-collaboration-ph-hunger/.
29. "#WhipIt," Rappler, https://r3.rappler.com/brandrap/whipit.
30. Bea Cupin, "#WHIPIT: Can Women Have It All?," Rappler, December 12, 2013, https://www.rappler.com/brandrap/44663-whip-it-ncr-survey-women-issues/.
31. Libay Linsangan Cantor, "#WHIPIT: Te (En)gendered Numbers Crunch," Rappler, January 16, 2014, https://www.rappler.com/brandrap/profles-and-advocacies/47950-whip-it-engendered-numbers-crunch/.
32. Libay Linsangan Cantor, "#WHIPIT: A Filipino Campaign Goes Global and Viral," Rappler, March 18, 2016, https://www.rappler.com/brandrap/profles-and-advocacies/46129-whipit-gets-international-mileage/.
33. Smartmatic, Automated Elections in the Philippines, 2008–2013, https://www.parliament.uk/globalassets/documents/speaker/digital-democracy/CS_The_Philippine_Elections_2008-2013_v.9_ING_A4.pdf; and Business Wire, "Philippine Votes Transmitted in Record Time in Largest Ever Electronic Vote Count," May 9, 2016, https://www.businesswire.com/news/home/20160509006516/en/Philippine-Votes-

McAlone, "There Is a Specific Sociological Reason Why Facebook Introduced Its New Emoji 'Reactions,'" Insider, October 9, 2015, https://www.businessinsider.com/the-reason-facebook-introduced-emoji-reactions-2015-10.

15. Edmund T. Rolls, "A Teory of Emotion and Consciousness, and Its Application to Understanding the Neural Basis of Emotion," in Te Cognitive Neurosciences, edited by Michael S. Gazzaniga (Cambridge, MA: MIT Press, 1995), 1091–1106.
16. Christine Ma-Kellams and Jennifer Lerner, "Trust Your Gut or Tink Carefully? Examining Whether an Intuitive, Versus a Systematic, Mode of Tought Produces Greater Empathic Accuracy," Journal of Personality and Social Psychology 111, no. 5 (2016): 674–85, https://www.apa.org/pubs/journals/releases/psp-pspi0000063.pdf; Jennifer S. Lerner, Ye Li, Piercarlo Valdesolo, and Karim Kassam, "Emotions and Decision Making," Annual Review of Psychology, June 16, 2014, https://scholar.harvard.edu/fles/jenniferlerner/fles/annual_review_manuscript_june_16_fnal.fnal_.pdf.
17. We summarized the moods of the year in annual reviews: "2012 in Moods," YouTube, December 31, 2012, https://www.youtube.com/watch?v=dRXYP7zZTtE; "2013 in Moods," YouTube, December 28, 2013, https://www.youtube.com/watch?v=-PTjYFldhes; "2014 in Moods," YouTube, December 29, 2014, https://www.youtube.com/watch?v=9kDW72xbCEo&t=76s; "2015 in Moods," YouTube, December 26, 2015, https://www.youtube.com/watch?v=UJXNzwXh0_Q&t=197s.
18. 在菲律賓，《拉普勒》試圖理解情緒在新聞中扮演的角色。馬爾寇・格里尼（Marco Guerini）和雅各布・斯塔亞諾（Jacopo Staiano）進行的兩項學術研究跟我們的研究內容很類似，我們兩邊都是使用來自情緒儀表的資料；請見 Guerini and Staiano, "Deep Feelings." See also "Study Uses Rappler to See Relationship Between Emotion, Virality," Rappler, March 30, 2015, https://www.rappler.com/science/88391-rappler-corriere-guerini-staiano-study/. 之後還有一個由美國研究者做的研究：Jessica Gall Myrick and Bartosz W. Wojdynski, "Moody News: The Impact of Collective Emotion Ratings on Online News Consumers' Attitudes, Memory, and Behavioral Intentions," *New Media & Society* 18, no. 11 (2016): 2576–94。
19. "Vice Ganda Gets Flak for 'Rape' Joke," Rappler, May 28, 2013, https://www.rappler.com/entertainment/30116-vice-ganda-jessica-soho-rape-joke/.

站在三腳架後方攝影的性別刻板印象。

5. Simon Kemp, "Digital 2011: Te Philippines," Datareportal, December 30, 2011, https://datareportal.com/reports/digital-2011-philippines.
6. 這些文字的部分內容首先出現在我於二〇一一年九月交給國際政治暴力及恐怖主義研究中心（International Centre for Political Violence and Terrorism Research）的一篇報告中，之後我又在碧瑤市發表了這些內容，而在碧瑤市發表的前一週，我也曾在新加坡的國際社群參與會議（International Conference on Community Engagement）上發表過相關內容；請見 Maria A. Ressa, "The Internet and New Media: Tools for Countering Extremism and Building Community Resilience," May 1, 2013, https://doi.org/10.1142/9781908977540_0010.
7. Much has been written and said about this. See, e.g., William Saletan, "Springtime for Twitter: Is the Internet Driving the Revolutions of the Arab Spring?," Slate, July 18, 2011, http://www.slate.com/articles/technology/future_tense/2011/07/springtime_for_twitter.html; and D. Hill, "Op-Ed: Te Arab Spring Is Not the Facebook Revolution," Ottawa Citizen, November 16, 2011.
8. Marshall McLuhan, "Te Medium Is the Message," 1964, https://web.mit.edu/allanmc/www/mcluhan.mediummessage.pdf.
9. Suw Charman Anderson, "Te Role of Dopamine in Social Media," ComputerWeekly.Com, November 26, 2009.
10. Jack Fuller, *What Is Happening to News: Te Information Explosion and the Crisis in Journalism* (London: University of Chicago Press, 2010), 46.
11. Suzanne Choney, "Facebook Use Can Lower Grades by 20%, Study Says," NBC News, September 7, 2010, https://www.nbcnews.com/id/wbna39038581.
12. 臉書先在二〇一五年八月將直播功能提供給美國當地的一部份特定使用者，之後才在二〇一六年四月於全球推出。
13. "Rappler Is PH's 3rd Top News Site," Rappler, September 6, 2013, https://www.rappler.com/nation/rappler-third-top-news-site-alexa/.
14. 《拉普勒》在二〇一一年推出了情緒儀表和情緒風向標的測試版本。以下是針對情緒及病毒式擴散性（virality）之間關聯的一些學術分析：Marco Guerini and Jacopo Staiano, "Deep Feelings: A Massive Cross-Lingual Study on the Relation Between Emotions and Virality," arXiv, March 16, 2015, https://arxiv.org/pdf/1503.04723.pdf. 臉書在二〇一五年的第四季推出表情符號；請見 Nathan

結束了尼曼新聞基金會（Nieman Foundation for Journalism）為期一年的記者獎助金計畫。

她的著作包括和馬萊斯·丹吉蘭·維圖格（Marites Dañguilan Vitug）合著的《在新月之下：民答那峨島的反叛》（*Crescent Moon: Rebellion in Mindanao*），這本具開創意義的書榮獲國家圖書獎（National Book Award）肯定，其中詳細呈現出民答那峨島上的衝突面貌。二〇一一年，她和已故的阿里斯·魯福（Aries Rufo）以及潔瑪·巴加亞瓦—門多薩（Gemma Bagayaua-Mendoza）合寫了《內敵：軍隊貪汙的內部故事》（*The Enemy Within: An Inside Story on Military Corruption*）。

葛蘭達真是我在建立《拉普勒》路途中的好夥伴，她的存在就像讓我多長了一隻得以傷人的惡魔之眼，就連我在寫這段時都還忍不住一直微笑。如果說我的責任是扮演好警察，她就是壞警察。她總是嚴格確保大家遵守紀律，藉此盡力完成我們所有人的期待，所以要是有人敢讓她失望就慘了。每天認真執行新聞報導的每個細節是打造出一個記者和新聞網站的基礎，而她就是靠著這份基礎在我們的中長期目標之間取得平衡。

2. 曼尼·阿雅拉是我們的創始董事會成員之一，他曾是紀實節目《探查》的記者，後來去哈佛讀了工商管理碩士後成為投資銀行家。我們的其他創始董事會成員還包括網路企業家尼科·諾萊多（Nix Nolledo），以及曾經的媒體神童雷芒德·米蘭達（Raymund Miranda），他最近剛離開ＮＢＣ環球公司（NBC Universal）新加坡亞太分部的部長一職回到菲律賓。我在二十多歲時和曼尼還有雷芒德共事過，而尼科的加入讓我們的創始董事會更加完美。這三個人是我們在經營及網路方面的專業智囊團。除了尼科之外，我們都曾在大型媒體公司工作過，所以很懂新聞及娛樂產業。二〇一四年又有三位董事會成員加入：菲莉西雅·亞千薩（Felicia Atienza）曾是投資銀行家，她主持過菲律賓美林證券（Merrill Lynch Philippines）的融資收購案，後來因為希望孩子學習中文而去上了中國國際學校；第二位是前任ＩＢＭ菲律賓分公司總裁詹姆斯·威拉斯克斯（James Velasquez）；最後一位則是律師兼創投企業家詹姆斯·比坦加（James Bitanga）。
3. "MovePH," Facebook, https://www.facebook.com/move.ph.
4. 我們當天的線上直播是由多媒體記者派翠西亞·伊凡傑利斯塔和凱瑟琳·維斯康提（Katherine Visconti）掌鏡。參與活動的學生後來也有問起她們（以及跟她們有關的問題），因為光是她們的女性身分就已經打破了總是由男人

蕾思・吳（Miriam Grace Go）一起針對二〇一〇年的菲律賓選舉合著過《野心、命運、勝利：總統大選的故事》（*Ambition, Destiny, Victory: Stories from a Presidential Election*, 2011）。

她一直在從事媒體議題相關的書寫，也曾出版《新聞出售中：菲律賓媒體的墮落及商業化》（*News for Sale: The Corruption and Commercialization of the Philippine Media*，二〇〇四年的版本由菲律賓調查報導中心出版）。她從紐約哥倫比亞大學的新聞學院拿到學位，後來在馬尼拉雅典耀大學（Ateneo de Manila University）擔任大學部講師。她曾獲得海米・V・王彬獎（Jaime V. Ongpin Awards）的新聞報導傑出獎項（Excellence in Journalism）。

身為雅典耀大學亞洲新聞中心的前主任，柴也教導大學生如何進行新聞寫作及調查報導。她之所以深受新聞業吸引，是因為這行能讓她寫出有可能造就改變的報導。

柴永遠是我們的老師，這也是我們團隊總是成長如此快速的原因之一。我們總會共享我們的資源和分析結果，因此跟其他地方或許多競爭激烈又彼此提防的新聞組織相比，《拉普勒》擁有他們沒有的文化——所有人彼此分享的文化。

柴也有一雙慧眼，她總能把他們班上最頂尖的學生招募進《拉普勒》。我們需要的是願意提出問題的人，在面對新聞報導的使命時，我們需要的也是能把自尊心暫時放到一邊的人。

葛蘭達跟我們一起在二〇一一年創辦了《拉普勒》，她本來是我們的執行編輯，不過在二〇二〇年十一月十六日被任命為總編輯。她於一九八五年畢業於新聞系，當時距離老馬可仕的獨裁政權結束還有一年的時間。她曾在《菲律賓每日詢問者報》、《馬尼拉時報》（*Manila Times*）、《菲律賓調查報導中心》（*Philippine Center for Investigative Journalism*）還有一些國際新聞單位工作。在艾斯特拉達政權步向衰亡的那段期間，她跟別人合作創立了菲律賓最頂尖的調查報導雜誌《新聞速報》。那本雜誌一開始是以週刊的形式出版。

而從二〇〇八年到二〇一一年，她以營運長的身分負責管理 ABS-CBN 的新聞頻道 ANC。

葛蘭達是在馬尼拉的聖多默大學（University of Santo Tomas）拿到她的新聞學位。身為英國志奮領獎學金（Chevening Scholarship）的獲獎者，她於一九九九年從倫敦政治經濟學院（London School of Economics and Political Science）拿到政治社會學的碩士學位。二〇一八年五月，葛蘭達在哈佛大學

Justice in Maguindanao Case Is Too Long: We Can Do Better," Committee to Protect Journalists, December 19, 2019, https://cpj.org/2019/12/ten-years-justice-maguindanao-mas sacre-impunity-journalists/.

14. 這是二〇〇九年十一月二十三日由公民記者傳送給 ABS-CBN 的訊息內容。
15. 二〇一〇年時臉書才剛開始運作沒多久，而根據當時可取得的基線，這是我們唯一能獲得的統計分析結果。
16. Maria Ressa, "#MovePH: How Social Media and Technology Are Changing You," Rappler, August 10, 2014, https://www.rappler.com/moveph/65802-moveph-how-social-media-and-technology-are-changing-you/.
17. 金恩・瑞依斯（Ging Reyes）是非常合適的繼任人選，之前身為北美分社長的她是第一個以新聞主管身分接任我職位的人。她曾是黃金時段新聞報導團隊的製作人，一直以來也都在 ABS-CBN 工作。我們一九八七年時常在走廊上撞見彼此。現在她已經帶領 ABS-CBN 的新聞團隊超過十年。
18. Maria Ressa, "Maria Ressa's Letter to ABS-CBN News and Current Afairs," ABS-CBN News, October 11, 2010, https://news.abs-cbn.com/insights/10/11/10/maria-ressas-letter-abs-cbn-news-and-current-afairs-team.

第六章

1. 貝絲・弗朗多索是寫作者、製作人、平面／影音攝影師，以及新聞報導製作人，她在菲律賓大學迪里曼分校（UP Diliman）研讀政治學，在 ABS-CBN 時擔任「新聞與時事」部門的製作總監。她現在是《拉普勒》「多媒體策略及成長」（Multimedia Strategy and Growth）部門的負責人。

   貝絲的行事風格就跟一名將軍一樣——蒐集資訊、指派任務，然後進行布署。這樣的風格其來有自，因為新聞製作是為社群媒體平台帶來流量的原動力，這也代表她的團隊必須在兩者間取得平衡：一邊是將觀看者帶進來的影音工廠生產線，另一邊則是確保新聞內容夠有創意，才能讓這些高品質的報導和紀錄片為我們贏得獎項。她還進行過一個三百六十度全景拍攝的影音實驗（嗯，我們還真的因此贏得一個獎）。

   在《拉普勒》的資深編輯和創辦人當中，柴・霍菲萊娜是執行編輯。她之前是《拉普勒》「調查編輯部」——負責「新聞速報」單元——的主導人，也負責人員訓練的工作。在加入《拉普勒》之前，她為《新聞速報》（*Newsbreak*）雜誌寫稿，同時也是二〇〇一年創辦那本雜誌的編輯之一。柴和米麗安・葛

lapse-during-election.html.

3. Pauline Macaraeg, "Look Back: Te 'Hello, Garci' Scandal," Rappler, January 5, 2021, https://www.rappler.com/newsbreak/iq/look-back-gloria-arroyo-hello-garci-scandal/.
4. "Proclamation No. 1017 s. 2006," Ofcial Gazette, February 24, 2006, https://www.ofcialgazette.gov.ph/2006/02/24/proclamation-no-1017-s-2006/.
5. "States of Rebellion, Emergency Under Arroyo Administration," *Philippine Daily Inquirer*, September 4, 2016, https://newsinfo.inquirer.net/812626/states-of-rebellion-emergency-under-arroyo-administration.
6. Raissa Robles, "Coronavirus: Is Covid-19 Task Force Duterte's 'Rolex 12' in Plan for Marcos-Style Martial Law in the Philippines?," South China Morning Post, April 28, 2020, https://www.scmp.com/week-asia/politics/article/3081939/coronavirus-covid-19-task-force-dutertes-rolex-12-plan-marcos.
7. Korina Sanchez, Henry Omaga-Diaz, and Ces Oreña-Drilon were the founding anchors of Bandila.
8. We co-opted two key ideas: crowdsourcing from James Surowiecki, who wrote the book Te Wisdom of Crowds, and the tipping point from the book Te Tipping Point, written more than a decade earlier by Malcolm Gladwell.
9. "Ako ang Simula," YouTube, October 20, 2009, https://www.youtube.com/watch?v=Kbm1HfW9HYs.
10. 關於權力的神話，約瑟夫・坎伯（Joseph Campbell）說的沒錯，而我們認為任何普世真相都能對菲律賓人造成影響。
11. Video call to action available here: bravenewworldressa, "Boto Mo, iPatrol Mo Maria Ressa Stand Up and Say AKO ANG SIMULA!," YouTube, January 6, 2011, https://www.youtube.com/watch?v=D13Q23BXpZg.
12. 關於這個驚人事件的他加祿語報導："Boto Patrollers Rock with Famous Artists, Bands." 而活動標題「Himig ng Pagbabago」的意思是「改變的聲音（或旋律／樂音）」。"Boto Patrollers Rock with Famous Artists, Bands,"ABS-CBN News, February 20, 2010, https://news.abs-cbn.com/video/entertainment/02/20/10/boto-patrollers-rock-famous-artists-bands.
13. Alia Ahmed, "CPJ's Press Freedom Awards Remember Maguindanao," Committee to Protect Journalists, November 24, 2010, https://cpj.org/2010/11/cpjs-press-freedom-awards-remember-maguindanao/; Elisabeth Witchel, "Ten Years for

Journal of Medicine 358 (2008): 2249–58, https://www.nejm.org/doi/full/10.1056/nejmsa0706154. Sexual diseases: Elizabeth Landau, "Obesity, STDs Flow in Social Networks," CNN, October 24, 2009, https://edition.cnn.com/2009/TECH/10/24/tech.networks. connected/index.html. Obesity: Nicholas A. Christakis and James H. Fowler, "Te Spread of Obesity in a Large Social Network over 32 Years," *New England Journal of Medicine* 375 (2007): 370–79, https://www.nejm.org/doi/full/10.1056 / nejmsa066082.

20. 我曾和尼古拉斯・克里斯塔基斯透過電子郵件討論過這件事，他說這個論點應該可以成立，可是相對於他和詹姆士・福勒那次擁有足以系統化建立「三度影響準則」的數據集，這次他卻沒有足以確切證明這個論點的資料集。
21. 我是美國海軍研究所 CORE 實驗室二〇一一年的東南亞訪問學者。我跟其他人的計畫是要將東南亞的恐怖主義組織網路製作成圖表。
22. Maria Ressa, "Spreading Terror: From bin Laden to Facebook in Southeast Asia," CNN, May 4, 2011, https://edition.cnn.com/2011/OPINION/05/03/bin.laden.southeast.asia/.
23. "Treat Report: Te State of Infuence Operations 2017–2020," Facebook, https://about.f.com/wp-content/uploads/2021/05/IO-Treat-Report-May-20-2021.pdf.

第五章

1. 我在馬尼拉的第二個 CNN 團隊成員如下：波因・帕里里歐（Boying Palileo）負責攝影、亞爾曼德・索爾（Armand Sol）負責文字技術編輯，而茱蒂絲・托爾斯（Judith Torres）是製作人。至於新聞編輯部的系統及工作流程，我決定邀請 ∪ZZ 亞特蘭大總部的林恩・菲爾頓（Lynn Felton）來馬尼拉開設工作坊，他一直以來都非常照顧我。另外我還和當時才剛成立的半島電視台英文頻道談了一場互惠交易，我希望他們團隊中曾擔任檢察官的記者馬爾加・歐提加斯（Marga Ortigas）可以跟我一起開設訓練課程，交換條件是讓他們能在 ABS-CBN 的綜合大樓內擁有一個工作空間。此外，我們每個月也獲得授權播放一定數量的半島電視台節目。為了新聞製作人還有 ABS-CBN 的二十四小時輪播新聞頻道 ANC，我也從 ∪ZZ 的香港分布請來前同事霍普・吳（Hope Ngo）來訓練這個團隊，目的就是要將一切改頭換面。
2. Carlos H. Conde, "Arroyo Admits to 'Lapse' During Election," New York Times, June 28, 2005, https://www.nytimes.com/2005/06/28/world/asia/arroyo-admits-to-

12. 就是因為這些當記者時學到的教訓，當《拉普勒》面臨到社群媒體出現之前根本不可能想像到的大規模攻擊時，我們也開始建立用來追蹤那些數位攻擊的資料庫。
13. 想像你和另外六個人一起待在一個房間裡，有名研究者給你看一張上面畫了一條線的卡片，另外還有一張卡片畫了 A、B、C 三種不同長度的線條。研究者要求你比較兩張卡片，並請你從第二張卡片中選出跟第一張卡片一樣長的線條。你很確定答案是 C，卻驚訝地發現另外六人都在研究者的詢問下陸續給出 B 的答案。最後輪到你回答時，雖然你本來很確定自己的答案，現在卻開始自我質疑，並考慮給出跟大家一樣的答案。所以你會選擇原本的答案還是跟大家一樣呢？此時阿希會指示雇來的演員去慫恿受試者，而其中百分之七十五的人會屈服於團體壓力。但若沒有其他人在，同一批受試者幾乎百分之百會給出正確答案。不過，阿希的這個實驗仍在逆境中給予我們一絲希望：有百分之二十五的人選擇獨立思考。這些人始終不打算從眾。
14. 在米爾格蘭的研究中，受試者獲得在協助他人學習的實驗中施予電擊的權力。當被隔板擋住的「學習者」沒能以夠快的速度記起剛剛看過的單字配對時，身為「協助者」的受試者就會施以電擊，而且只要每次對方答錯，都會提高電擊的伏特數。米爾格蘭發現大多數人都會遵從指示，就算「學習者」尖叫或懇求停止，這些人還是會施以可能使對方致命的電擊。
15. 在他的實驗中，史丹佛大學的學生原本被要求擔任兩週的囚犯或獄卒。不過因為獄卒開始出現施虐傾向，實驗不到一週就結束了。
16. Nicholas Christakis and James Fowler, "Links," Connected, 2011, http://connectedthebook.com/pages/links.html.
17. See Connected (home page), 2011, http://connectedthebook.com.
18. John T. Cacioppo, James H. Fowler, and Nicholas A. Christakis, "Alone in the Crowd: Te Structure and Spread of Loneliness in a Large Social Network," *Journal of Personality and Social Psychology* 97, no. 6 (December 2009): 997–91, https://www.ncbi.nlm.nih.gov/pmc/articles/PMC2792572/.
19. James H. Fowler and Nicholas A. Christakis, "Dynamic Spread of Happiness in a Large Social Network: Longitudinal Analysis over 20 Years in the Framingham Heart Study," *British Medical Journal* 337 (2008): a2338, https://www.bmj.com/content/337/bmj.a2338. Smoking: Nicholas A. Christakis and James H. Fowler, "Te Collective Dynamics of Smoking in a Large Social Network," *New England*

9/11: Te Philippine Connection, available here https://www.youtube.com/watch?v=BX7ySYJXel8&t=209s.

6. "Plane Terror Suspects Convicted on All Counts," CNN, September 5, 1996, http://edition.cnn.com/US/9609/05/terror.plot/index.html.
7. Maria Ressa, "U.S. Warned in 1995 of Plot to Hijack Planes, Attack Buildings," CNN, September 18, 2001, https://edition.cnn.com/2001/US/09/18/inv.hijacking.philippines/.
8. 我花了很多年追蹤這些在一九九五年時牽涉其中的人，這些內容也收錄在我第一本有關艾達・法里斯卡爾（Aida Fariscal）的著作中。艾達・法里斯卡爾是一位警官，她拒絕收取穆拉德的賄賂，她對此案的執著也成功阻撓了這位駕駛的計畫。她於二〇〇四年四月過世前和我見過好幾次面。

   請見 Maria A. Ressa, "How a Filipino Woman Saved the Pope," Rappler, January 15, 2015, https://www.rappler.com/newsbreak/80902-filipino-woman-save-pope/.
9. 我為此追蹤大量檔案紀錄，並採訪過至少三個不同國家的調查員，然後在 CNN 報導中披露了幾項獨家內容。這些報導的大部分內容之後都收錄進二〇〇四年七月二十二日出版的《九一一委員會報告》（*9/11 Commission Report*）。

   請見 "The 9/11 Commission Report: Final Report of the National Commission on Terrorist Attacks upon the United States: Executive Summary," 9/11 Commission, https://www.9-11commission.gov/report/911Report_Exec.pdf.
10. 我在二〇〇五年回到菲律賓帶領 ABS-CBN 新聞台，並在當年把手頭的資訊放入一集 ABS-CBN 紀錄片中，其中討論的是恐怖主義和菲律賓之間的連結。那次的敘事方式強調的是對菲律賓人重要的資訊，而那是我在電視電影《9/11：與菲律賓的關聯》（*9/11: The Philippine Connection*）中做不到的事。
11. 凱莉・艾瑞納（Kelli Arena）和我一起進行過許多報導，其中一個例子是 "Singapore Bomb Plot Suspect Held," CNN, July 27, 2002, http://edition.cnn.com/2002/WORLD/asiapcf/southeast/07/26/us.alqaeda.arrest/index.html. 她在二〇一四年時以《拉普勒》「社會公益高峰會」（Social Good Summit）的講者身分來到菲律賓；請見 Jee Y. Geronimo, "PH+SocialGood: Good Journalism, and the Power of the Crowd," Rappler, September 16, 2014, http://www.rappler.com/moveph/69241-good-journalism-crowdsourcing/. 現在看來，當時要追蹤犯罪路徑似乎簡單多了。

的著作《空鏡》(*The Empty Mirror*)，那是我在「世界歷史」課上的指定讀物。

4. "Apartheid Protesters Arrested at Princeton," New York Times, May 24, 1985.
5. Artemio V. Panganiban, Philippine Daily Inquirer, August 26, 2018, https://opinion.inquirer.net/115635/masterminded-ninoys-murder.
6. "How Filipino People Power Toppled Dictator Marcos," BBC, February 16, 2016, https://www.bbc.com/news/av/magazine-35526200.
7. Mark R. Tompson, "Philippine 'People Power' Tirty Years On," Te Diplomat, February 09, 2016, https://thediplomat.com/2016/02/philippine-people-power-thirty-years-on/. "Czech President Ends Philippine Visit," UPI Archives, April 7, 1995, https://www.upi.com/Archives/1995/04/07/Czech-president-ends-Philippine-visit/9128797227200/.

第三章

1. 我們這個年輕團隊中有一些非常傑出的人才，他們後來都成為不同產業的領導者。其中包括動畫師兼導演邁克・阿爾卡澤倫（Mike Alcazaren）和人力管理師喬紀・鼎貢（Jojie Dingcong）。
2. "Secretary Delfn L. Lazaro," Republic of the Philippines Department of Energy, https://www.doe.gov.ph/secretary-delfn-l-lazaro?ckattempt=1.

第四章

1. Author interview with Eason Jordan on May 13, 2021.
2. Piers Robinson, "Te CNN Efect: Can the News Media Drive Foreign Policy?" *Review of International Studies* 25, no. 2 (1999): 301–9, http://www.jstor.org/stable/20097596.
3. 這裡的大部分內容我都在九一一攻擊事件發生後寫過或談論過。隨後的一些想法出自二〇一一年五月十一日我在香港國際飛航安全會議（International AVSEC Conference）中發表的演說。
4. Maria Ressa, "Te Quest for SE Asia's Islamic, 'Super' State," CNN, August 29, 2002, http://edition.cnn.com/2002/WORLD/asiapcf/southeast/07/30/seasia.state/.
5. Documented in my frst book, *Seeds of Terror: An Eyewitness Account of Al- Qaeda's Newest Center of Operations in Southeast Asia* (New York: Free Press, 2003), as well as a 2005 documentary I reported, wrote, and produced for ABS- CBN:

發言。這個以伊格爾·羅索沃斯基醫生（Dr. Igor Rozovskiy）為名的帳號表示，烏克蘭民族主義者不讓他治療一名傷患，而且還出言威脅表示「敖德薩（Odessa）的猶太人也會面臨同樣命運」，這篇文字不但在網路上被瘋傳，還奇蹟似地被翻成了其他語言。為了確保這篇文字的效果，他還寫道，「就連被法西斯主義者占領時，我的城市也沒發生過這種事。」全世界都有人相信這個假帳號的假貼文，若再搭配上拉夫羅夫的演講，我們可以看出這些由下而上及由上而下的作法，能在形塑出全球現實時發揮多麼強大的威力。

7. "2022 National Results," Rappler, https://ph.rappler.com/elections/2022/races/president-vice-president/results.
8. Ben Nimmo, C. Shawn Eib, Léa Ronzaud, "Operation Naval Gazing," Graphika, September 22, 2020, https://graphika.com/reports/operation-naval-gazing.

第一章

1. 菲律賓的民族主義者在一九九二年拒絕讓美國基地延長使用期限，雙方於是為此重新進行協商。但直到一九九九年，美國國會圖書館（Library of Congress）才把「叛亂行動」改為「菲美戰爭」。
2. Stanley Karnow, In Our Image: America's Empire in the Philippines (New York: Ballantine, 1990), 18.
3. Marge C. Enriquez, "Remembering Conchita Sunico: Te Philippine Society's First 'It Girl' and Grand Dame," Tatler, September 22, 2020, https://www.tatlerasia.com/the-scene/people-parties/conchita-sunico-philippine-societys-frst-it-girl-and-grand-dame.
4. "Raul M. Sunico: Pianist," https://raulsunico.com.
5. 在諾貝爾和平獎得主宣布後沒多久，我就收到了厄格蘭小姐的電子郵件，她現在定居在挪威。
6. 我們每次都會在禮堂定期舉辦的流行演唱會中演出，二〇二一年，我們的學校決定用我的名字命名那間禮堂。

第二章

1. Alice Miller, Te Drama of the Gifed Child: Te Search for the True Self, 3rd ed. (New York: Basic Books, 1997), Kindle ed., 5.
2. Ibid., 6.
3. 這個說法是取自作家揚威廉·範·德·韋特林（Janwillem van de Wetering）

註釋

前言

1. Howard Johnson and Christopher Giles, "Philippines Drug War: Do We Know How Many Have Died?," BBC, November 12, 2019, https://www.bbc.com/news/world-asia-50236481.
2. Kyle Chua, "PH Remains Top in Social Media, Internet Usage Worldwide—Report," Rappler, January 28, 2021, https://www.rappler.com/technology/internet-culture/hootsuite-we-are-social-2021-philippines-top-social-media-internet-usage. Te global annual report can be accessed here: https://wearesocial.com/digital-2021. Te report specifc to the Philippines can be accessed here: https://wearesocial.com/digital-2021.
3. Craig Silverman, "Te Philippines Was a Test of Facebook's New Approach to Countering Disinformation. Tings Got Worse." Buzzfeed, August 7, 2019, https://www.buzzfeednews.com/article/craigsilverman/2020-philippines-disinformation.
4. Peter Dizikes, "Study: On Twitter, False News Travels Faster Tan True Stories," MIT News, March 8, 2018, https://news.mit.edu/2018/study-twitter-false-news-travels-faster-true-stories-0308.
5. "Maria Ressa, Nobel lecture," https://www.nobelprize.org/prizes/peace/2021/ressa/lecture/.
6. 有個具體例子可以說明政府官員是如何由上而下、鞏固一個刻意製造出來的現實：二〇一四年五月三日，俄羅斯外交部長謝爾蓋·拉夫羅夫（Sergey Lavrov）對著聯合國安理會（The United Nations Security Council）表示，「我們都很清楚是誰在烏克蘭創造出目前的危機，也很清楚他們是怎麼做的……烏克蘭西部城市被武裝民族激進主義者占領，他們打著極端主義、反俄羅斯及反猶口號……我們接獲許多人的要求，大家都希望我們限制、處罰這些利用俄國人的行為。」

   他沒有說的是，有個假帳號才在一天前透過大量組織性帳號，在網路上傳播出一模一樣的敘事。這個在二〇一四年五月二日創立的帳號沒有任何追蹤者和好友，然而就在親俄羅斯的分離主義者和希望烏克蘭獨立的支持者爆發暴力衝突之際，這個帳號幾乎一字不差地做出俄羅斯外交部長隔天在聯合國的

國家圖書館出版品預行編目 (CIP) 資料

向獨裁者說不：諾貝爾和平獎記者如何捍衛民主底線，為我們的未來奮鬥／瑪麗亞．瑞薩（Maria Ressa）作；葉佳怡譯——初版——新北市：臺灣商務印書館股份有限公司，2023.06　面；公分（人文）
譯自：How to Stand Up to a Dictator
ISBN　978-957-05-3490-0（平裝）

1. 記者　2. 新聞自由　3. 獨裁　4. 菲律賓

891.1　　112004111

人文

向獨裁者說不

諾貝爾和平獎記者如何捍衛民主底線，為我們的未來奮鬥

原著書名　How to Stand Up to a Dictator
作　　者　瑪麗亞．瑞薩（Maria Ressa）
譯　　者　葉佳怡
發 行 人　王春申
選書顧問　陳建守
總 編 輯　張曉蕊
責任編輯　洪偉傑
封面設計　盧卡斯工作室
內文排版　薛美惠
版　　權　翁靜如
業　　務　王建棠
資訊行銷　劉艾琳、張家舜、謝宜華
出版發行　臺灣商務印書館股份有限公司
23141 新北市新店區民權路 108-3 號 5 樓（同門市地址）
電話：（02）8667-3712　傳真：（02）8667-3709
讀者服務專線：0800-056193　郵撥：0000165-1
E-mail：ecptw@cptw.com.tw　網路書店網址：www.cptw.com.tw
Facebook：facebook.com.tw/ecptw

局版北市業字第 993 號
2023 年 6 月初版 1 刷
印刷　鴻霖印刷傳媒股份有限公司
定價　新台幣 570 元

法律顧問　何一芃律師事務所